BORN TO RUN 2

THE ULTIMATE TRAINING GUIDE

"走る民族"から学ぶ
究極のトレーニングガイド

CHRISTOPHER McDOUGALL & ERIC ORTON
クリストファー・マクドゥーガル、エリック・オートン　近藤隆文・訳

NHK出版

BORN TO RUN 2
The Ultimate Training Guide

装幀　トサカデザイン（戸倉 巌、小酒保子）

BORN TO RUN 2——目次

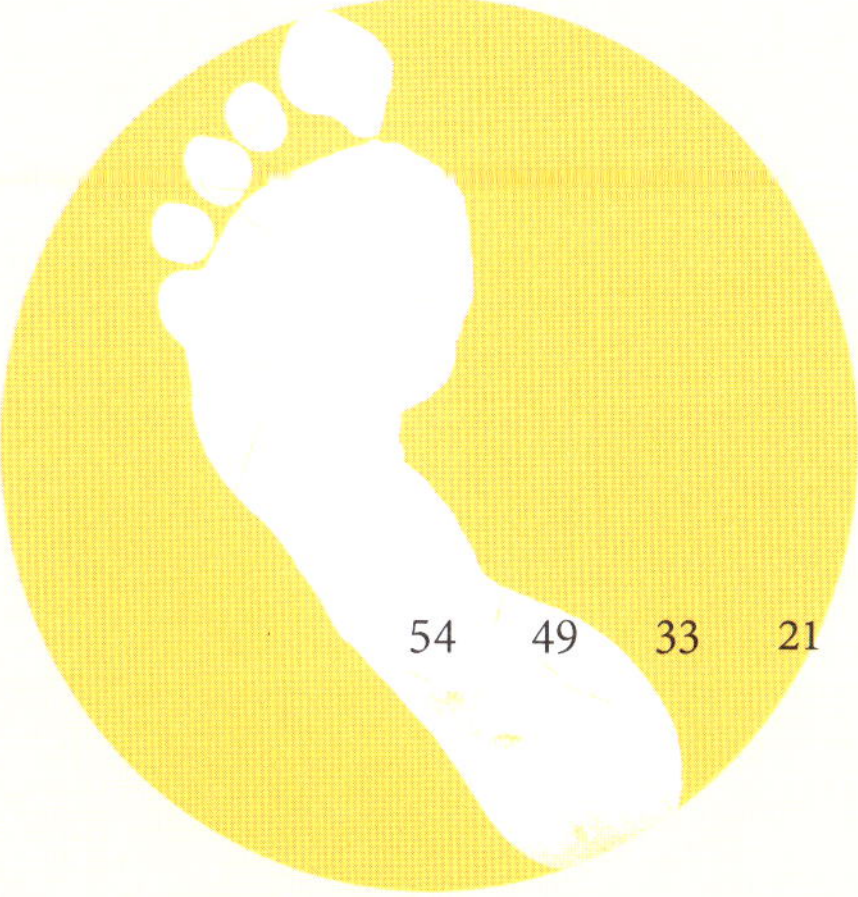

第2部 フリー・セブン

Part 1

BORN TO RUN

《 第1部 》

BORN TO RUN

1 〈ラン・フリー〉の感覚

『BORN TO RUN』が世に出てからというもの、私は世界じゅうからメッセージを受け取ってきた。多くは同じことを伝えるものだ。

「ありがとう！　あなたはわたしの人生を変えてくれた」

私はこう答える。

「その気持ちはよくわかりますよ」

なぜなら私も同じ境遇《シューズ》だったからだ。いまでも同じ境遇にある——シューズはいっさい履いていないとしても。『BORN TO RUN』は山あり谷ありの冒険物語と受け止められることがあって、現に、〈白馬《カバーヨ・ブランコ》〉と呼ばれる謎めいた一匹狼が50マイル〔約80キロ〕のフットレースを、伝説の民族を相手にふたつの凶悪な麻薬カルテルの鼻先で開催するあたりは、そのとおりだろう。

だが本当のところ、『BORN TO RUN』はまったく別のものだ。それは変革の物語、挫折から希望へ、やがて力へといたる上昇の物語だ。その力とはリアルな、人生を変える力。外に出て、あなた自身の2本の足で世界を探検し、どこでも、好きなだけ、気の向くままに走るパワーだ。

それがどんなスーパーパワーかを心から理解するには、一度試してみるしかなくて、試さないかぎり一生わからない。そういう人たちの声がよく届く。もう一度チャンスがあることを発見して狂喜する元ランナーや、スタートを切るのに必要なインスピレーションをついに受けたビギナーたちだ。

独特の痛快さで『BORN TO RUN』は、何歳だろうと、どんな状態だろうと、過去にどんな故障や挫折を経験していようと、あなたのランニング最盛期はまだ先にあると示してみせた。「人は年をとるから走るのをやめるのではない」と94歳のトレイルランナー、ジャック・カーク、通称〝ディップシーの鬼《ディーモン》〟がよく言っていたとおり。「走るのをやめるから年をとるのだ」

でも一夜にしてディーモンになれる人はいない。ランニングとはダンスで、ステップを学ぶのにしばらくかかる。だから私が受ける感謝のメッセージはこんな訴えで締めくくられるものが多い。

早くはじめたくてたまりません。どこからスタートしたらいいでしょう？

これに対する答えは私ももっていな

かった。

何年ものあいだ、つぎに何をすべきか断言できなかったのは、私自身、探している最中だったからだ。気分としては、宝くじに当たったのに、そのお金が自分のものとはとうてい思えない。そのころにはもう、メキシコ奥地の銅峡谷《コッパー・キャニオンズ》での向こう見ずな冒険に向けてエリック・オートンのトレーニングを受けてから10年以上たっていた。その冒険が『BORN TO RUN』となり、ご覧のとおり、ベアフットランニングやウルトラマラソン、ララムリ〔〝走る民族〟、タラウマラ族の本来の呼称〕のスーパーフードであるチアシードの世界的なブームに火をつけたわけだ。

私にとって、それはわれわれが大事なことに気づいた証《あか》しだった。人はただ走りたいのではない。走るのが好きになりたいのだ。われわれ狂人《マス・ロコス》どもが焼けつく太陽の下、峡谷の底で長く危険なレースの最中に感じたのと同じ喜びを探し求めている。

「自由に走れ《ラン・フリー》！」とカバーヨ・ブランコがよく唱えた2語からなる鬨《とき》の声に、それは申し分なく集約される。〝フリー〟は〝好き勝手《ワイルド》〟に近いけれど、同じではない。カバーヨが言いたかったのは、けがからの自由。ストレスからの自由。法外な価格のシューズやギアやレース参加料からの自由だ。ラン・フリー、休み時間に外に飛び出していく子供のように……あるいは現代世界を捨て、ちっぽけな小屋と奇天烈《きてれつ》ながらも愛情にあふれるララムリの家族を選んだ不機嫌な一匹狼のように。

でも私は自分でその感覚を見つけたという確信はなかった。

私はコーチであるエリックのアプローチを全面的に信頼していた。エリック流の〈ラン・フリー〉システムに裏切られたためしはない。レースにつぐレースで、来る年も来る年も、不思議な冒険につぐ冒険を重ねようとも。信頼できないのは自分だった。頭の片隅ではいまも、ランニングは人体に悪い、あなたのような体格ではなおさらだ、と警告する医師たちの声が聞こえる。ランニングは私のような男には向かないとの気持ちを振り払えない。いまのところはうまくやれているかもしれないが、近いうちに代償を払うことになるだろうと。

そして迎えた9月後半のやたらに暑い朝、いままでとは違う一日がやってきた。お気に入りのイベント、地元ペンシルヴェニア州のバードインハンド・ハーフマラソンに出たときのことだ。これはアーミッシュのわが隣人たちが毎年主催するもので、2006年にアーミッシュの校内虐殺事件で銃撃された子供たちの救助に駆けつけた消防士や緊急対応要員のために募金がおこなわれる。

バードインハンドのコースは息をのむようなまったき静寂に包まれている。鳴り響く音楽はなく、2マイル〔約3・2キロ〕地点のメノー派の一家が玄関ポーチ

ララムリの若者たちは蹴ったボールを追うゲーム、"ララヒパリ"でランニングフォームに磨きをかける

で静かに歌う声がするばかりだ。アーミッシュの子供たちがエイドステーションのボランティアを務め、家の農場の外でカップを差し出しながら呼びかける。「水《ヴォーター》だよ！　ヴォーター！　ヴォーター！」。ランナーたちがうねって進む緑の丘は無線の谷《ヴァリー・オブ・ノー・ワイアーズ》、その名の由来はどの家庭も電話や電気を引いていないからだ。

　でもこれだけはお伝えしたい、そんな丘のひとつが、けだものなのだ。毎年覚悟しているのに、毎年記憶よりひどくなる。まず、ここはひたすら卑劣だ。レッド・レイン・ヒルは10マイル〔約16キロ〕過ぎ、ホームストレッチに入ったと思ったとたんにあなたをつかまえる。そして陰険だ。なだらかな一条の道路を目にしているかと思うと、つぎの瞬間には隠れていた土の道に逸れ、空に向かってトウモロコシ畑を切り進むことになる。おまけに、熱で焼けるように暑い。木は一本も見当たらず、午前なかばの太陽が全力で顔面をたたく。そして最後に、われわれ裸足のランナーにとって、レッド・レイン・ヒルは未舗装路にジャブを繰り出す小石がどれだけひそんでいるかを再発見する場所なのだ。

　頂上に到着すると、先行していた年嵩《としかさ》の男性が不意に立ち止まった。汗だくになって瀕死の機関車みたいにあえいでいる。といきなり、オリンピックで金メダルを獲ったように両腕を突きあげた。

「よし！」と男性は息を切らして言った。「われわれはラッキーじゃないか？」

　そのとき私はいろいろなことを感じていた――のどの渇き、疲れ、いらだち、足のひりつき――が、〝ラッキー〟はリストになかった。少なくとも足を止め、まわりを見渡し、男性の言わんとするところを知るまでは。その朝、われわれは干し草畑に集まって日の出を眺めたのだった。それから自らの二本の脚で出発し、思うままに速く、遠く、自由に走った。自分だけの力であの丘を登ったあと、いままた飛ぶように駆けおりる衝動がこみあげつつあった。

それは驚くべきギフト。スーパーパワーだ。そしてデンヴァー（コロラド州）中央の公園で最初に出会ったときにエリックが差し出してくれたものでもある。疑念を静めるには何マイルもかかったが、レッド・レイン・ヒルの頂上に立つ私は、ついに思い当たった。エリックは私を1レースのために鍛えようとしたのではない。

生涯のために鍛えていたのだ。


この旅をはじめたときの私は平均的なジョガーで、あまりにも頻繁にけがをするものだから、医師たちから、繰り返し言われていた。このまま走りつづければ、いずれ両膝とも優れた人工関節に置換するしかないと。

銅峡谷へ旅立つまえの私は、古い問題への新しいアプローチを追い求めることにうんざりしていた。そもそもたいしたランナーだったためしはなく、ただの1日数マイルの男でたまにハー

エリック・コーチのお気に入り、スキッピング・フォー・ハイトを練習するクリストファー・マクドゥーガルとイマン・ウィルカーソン

フマラソンに向けて力を入れるにしても、数か月とたたないうちにけがをする。一流スポーツ医になぜ自分はけがばかりするのか尋ねると、医師は頭の鈍い者でも見るような目を向けた。「この話はもうしましたよね?」と彼は問いかけ、私の足にその年3回目のコルチゾンを注射する準備にかかった。「あれだけ飛び跳ねたら身体によくないのです」。シュレックみたいな身体ならなおさら、と医師は言外に語った。ご自分が6フィート4インチ〔約194センチ〕で240ポンド〔約109キロ〕なのをお忘れではあるまいと。

では私はどうすればよかったのか? 走るのは体調を整えるためのはずだ。ただ、体調が悪ければ、走っている場合ではない。なにも私にかぎったことではなく、誰もがそうだ。ランナーの負傷率はむやみに高く、年間70パーセントを超える状態が何十年もつづいている。新型シューズがつぎつぎ売り出されるが、どれも——一度として——けがを減らすことは証明されていない。

皮肉にも、当時私は『ランナーズ・ワールド』誌で記事を書いていたから、けがの予防やトレーニングのアドバイスに事欠いていたわけではない。ランニング誌で見つかる対策は全部試した——ストレッチング、クロストレーニング、熱成型カスタムインソール(中敷き)、氷風呂、150ドルするシューズの4か月ごとの買い替え——が、何をやっても、何か月かすると激痛が踵《かかと》やハムストリング、アキレス腱《けん》に走るのだった。

唯一試さなかったのは、ランニングフォームを変えることだ。だってなぜ変える? さすがに正気は保っていた。

フォームをいじってはいけない。けっして、絶対に、断じて。ランニングの評論家たちは意見が合わないことが多々あるが、ことこの点に関しては聖歌隊さながらだ。

「ランニングスタイルは十人十色です」というのが、カルガリー大学ランニング・インジャリー・クリニック院長、リード・ファーバー博士の持論だ。「正しい走り方などなく、間違った走り方もありません」。人気の高い『アドバンスト・マラソントレーニング』（ベースボール・マガジン社）の著者たちも同意する。「誰もが独特の体格をしているのだから、理想的なフォームも完璧なフォームもありえない」

『ランナーズ・ワールド』で長く編集長を務めたコラムニスト、アンビー・バーフットはまた別のスポーツ科学者、ジョージ・シーハン博士の言葉をたびたび引用する。「われわれはみな、一度きりの実験である」

だがそれでは科学に反するのではないだろうか？　この考え方でいくと、ランニングとは物理法則から完全に自由な唯一の活動だ。踊る、泳ぐ、バットを振る、ギターをかき鳴らす、箸で食べる——あなたの身体がやってみせるほかの動作はどれも、練習でスタイルを向上させることができる。

ところがランニングはそうではない。ランニング界の重鎮たちは、正しいも間違いもないと信じてもらいたがっている——ただし、シューズという、年間１３００億ドルの万能薬となると話は別だ。それだけは替えろと言われる。フォームではなく、フットウェアだけは。習うよりも、そう——買えばいいと。

〈白馬《カバーヨ・ブランコ》〉に蒙《もう》を啓《ひら》かれたのはそんなときだった。

『BORN TO RUN』を読んだ人なら、銅峡谷での長期にわたる捜索や、あの用心深くて空腹な、日に焼かれた放浪者、その名もカバーヨ・ブランコを私がついに追いつめた瞬間をおぼえているだろう。物珍しい姿というか、トレイルの土ぼこりにまみれ、使い古したサンダルに藁《わら》のカウボーイハットという装備だったが、よく調べてみると、われわれには思いのほか共通点があった。カバーヨは私と同じ身長、同じシューズのサイズで、同じ年齢のときに彼も初めてメキシコに発ち、伝説的なララムリの長距離ランナーたちの秘密を見つけようとしていたのだ。

さかのぼって90年代なかば、カバーヨがコロラド州レッドヴィルにいたときのことだ。ララムリの一団がレッドヴィル・トレイル100——ロッキー山脈の頂上を走る100マイルのフットレース——のスターティングラインに現れたかと思うと、並みいる敵を打ちのめし、トップ10のうち8人を占めてみせた。翌年、ララムリはその驚異的なパフォーマンスを再現する

……が、ふたたび峡谷の奥へと姿を消し、二度と戻ってくることはなかった。

カバーヨは跡を追った。ねらいは、どういうわけでララムリはごく簡素なサンダルしか履かずに長い距離を走り、高齢になっても溌剌《はつらつ》として、われわれと同じけがや無気力、肉体の衰弱に悩まされないのか、を知ることだった。もしランニングがわれわれの膝によくないのなら、と彼は思案した。彼らの膝にもよくないはずじゃないか？　どうしてララムリに凝《こ》ったシューズや補正装具は要らないのか？

私はその答えをかいま見た気がしていたが、〈白馬〉に確かめないわけにはいかなかった。ついに見つけたとき、彼はすでに峡谷地帯で10年以上をすごし、川から手で運びあげた石を使った手造りの小屋に暮らしていた。

彼は私の話を最後まで聞き、そして首を振った。

それでは正しい答えは得られない、とカバーヨは言った。質問が間違っているからだと。なぜララムリがわれわれと大いにちがっているかは気にしなくていい、と彼は説明した。なぜ彼らはたがいによく似ているかに注目することだ。

それだ。ここでようやく私は自分が目にしたものを理解した。数日前、ララムリの子供たちが土のトレイルを走りまわり、木製の球をサンダルのつま先ではじき合うのを見た。不思議な点がひとつ、印象に残った。

子供たちはみんな同じ走り方をしているのだ。

速い者もいれば遅めの者もいるが、こと走法に関してはララムリの子供たちはほとんどいっしょだった。べつにたいしたことじゃないと思うなら、いつか地元の10キロレースを見物してみたらいい。100人の出走者が通過するごとに、100の創作ダンスを目にすること請け合いだ。あるランナーは踵で着地し、別のランナーはつま先で、多くは背中を丸め、少数は直立し、全員が腕と脚と頭を自分にだけ聞こえるリズムに合わせて揺らしている。一度きりの実験を探しているなら、並みのロードレースにまさるものはない。

「この子たちは何かコツをつかんでいるのかもしれない」と私は彼らの走りを眺めながら思った。それが確信に変わったのはその朝のうちに、ララムリの大人たちがトレイルに姿を見せたときだ。彼らは全員、子供たちと同じ軽い足取りで、膝を前に出すスタイルで駆けていた。

それがカバーヨをここまで誘い出した秘訣だった。「学びたいって?」と彼はやがてうなるように言った。「教えてやろう」

翌日の明け方、カバーヨは私を連れて土のトレイルに向かい、くねくねとマツの森に分け入っていった。私が後れをとると6つの単語を発し、それが私の人生を引っくり返すことになる。

「ぴったりつけ《スティック・タイト》。私がやるとおりにやれ《ドウ・ワット・アイ・ドウ》」

カバーヨがいきなり速足になった。私は数ヤード後ろをついていった。

「もっと近く」と指示が飛んだ。

ぴったり寄りつくと、彼の踵が危うく私の膝を蹴りそうになる。

「そこだ」カバーヨが言った。

長身のわりに、彼の歩幅《ストライド》はやけに短く、ポン、ポン、ポンと小気味よく弾むようでもあった。着地がダンサーのように静かなのも道理で、履いているのはクッション付きのランニングシューズではなく、使い古した〈テバ〉のサンダルだった。

「さあ、〝楽に〟と考えるんだ」とカバーヨが前から声をかけてきた。「まずは〝楽に〟から。それだけ身につければ、まあなんとかなる。つぎに〝軽く〟に取り組む。軽々と走れるように、丘の高さとか目的地の遠さとかは気にしないことだ。それをしばらく練習して、練習していることを忘れるくらいになったら、〝スムーーーズ〟だ。最後の項目については心配しなくていい——その3つがそろえば、きっと〝速く〟なる」

私はカバーヨから目を離さず、そのパタパタしたステップ、伸びた背筋、振り出される膝をまねようとした。一心に観察し、森を出たことにすぐには気づかないほどだった。

「わお!」と私は声をあげた。

太陽が山脈《シエラ》群の向こうに昇ってくるところだった。はるか前方では、高台《メサ》の上からイースター島の石像のような巨大な立石が雪化粧した山々を背にそびえている。

マイカ・トゥルー—またの名をカバーヨ・ブランコ、シエラ・タラウマラのさすらう〈白馬〉

「どのくらい走ったんだろう？」私は息を切らしつつも夢中で尋ねた。

「４マイル〔約６・４キロ〕くらいだ」

信じられない。「ほんとに？　感覚的にはすごく――」

「楽か？」

「まさに」

「言っただろ」とカバーヨは得意げだった。

2 揺れを追い払う

では、どうしたらあの〈ラン・フリー〉の感覚に戻る道は見つかるのか？　ラッキーなことに、それは思ったより簡単で速く、しかも楽しいとくる。なにも全面的にカバーヨ化し、峡谷の底で豆とチアを生きる糧《かて》とする必要はない。サンダル履きで走るまでもない。ただ、パズルのご多分にもれず、解法の第一歩は全体像を見ることにある。行き先がわからなかったら、どうはじめるかに注意することだ。

「２８００万人のランナーがこの国にいるとしたら、２７００数十万人はぶっつけ本番でやるだけだ」とエリックは言う。われわれは強みに頼り、弱点には目をつぶりやすい。身体の一部はさらに強くなり、弱い部分にますます負荷がかかる。

そのうち……

「こっちへ！」エリックから声がかかった。「早く」

私は急いでエリックがチャリス・ポプキーに簡単なウォールスクワットを指導しているところへ向

かった。2021年11月の金曜日の午後、エリックと私は1ダースのランナー——〈バットマン・ジ・アドベンチャー・ドッグ〉——を含むカリフォルニア州コルトンの公園に集めた。アクション写真をたっぷり撮るつもりだった。だが、そのプランは状況を見てすぐに変更された。

チャリスは万人がイメージするとおりの〝完璧なアスリート〟だ。強く、速く、29歳で、まさにピークを迎えている。最近100キロの山岳レースで圧勝したときは、2位の男性に驚愕の90分差をつけていた。立派な態度、立派なコーチ、類まれな才能を兼ねそなえている。

しかもいまは片手を腰にあてたポーズだ。

「わかるかい?」とエリックが言う。

チャリスはさっと手を離した。「そんなにひどい?」

エリックはもう一度そのエクササイズを通しでやらせる。チャリスは右手を壁につけて右足を地面から浮かせた。左脚を下げてしゃがむと同時に左手をすばやく腰に戻した。

「おっと」と私は言った。

「間違ってる?」チャリスが訊いた。

「ああ」エリックが言った。「でもそれでいい。やり方を間違えるのは、ちゃんとやっているからこ

そだ」

こうした動作でおもしろいのは、そのおぼえやすさだ。そして、ここから明らかになることに驚く。たとえばチャリスの場合、人は彼女を見たら、このウォールスクワット50回を一滴の汗もかかずにやってのけると思うだろう。たしかに彼女なら可能だ——ただし、片手が毎回とっさに動いて腰を支えようとする。ほんの数分前には、イマンとジェナが横脚上げをやりながら気楽におしゃべりし、そのすぐそばではイマニュエル——車を越えそうなくらい高くジャンプするのを見たことがある——が痛みに顔をゆがめていた。3人のいずれ劣らぬ鍛練《フィット》したアスリート、ひとつの単純な動き、ふたつの激しく異なる反応。

「痛みを感じるところ」とエリックが言う。「そこが必要としているんだ」

そしてここにいる誰もが何かを必要としている。もしかしたら〈バットマン・ジ・アドベンチャー・ドッグ〉は例外で、どうやらわれわれにとっては夢でしかないレベルでランニングを理解しているが、あとのみんなは思いも

マーカス・レンティと保護犬の〈バットマン・ジ・アドベンチャー・ドッグ〉

よらない隠れたホットスポットに気づきつつあるのだ。

それでもエリックだけは驚かない。これと同じ発見の衝撃があらゆる年齢と技量のアスリートの顔をよぎるのを何年も見てきた。「強みというのはおもしろいもので」と彼は説明する。「いい具合に、われわれの鎖に弱い環《わ》があっても、しばらくは補ってくれる。でもそんな秘密の弱みに負荷がかかった瞬間、ブチッ！　鎖全体が弾け飛ぶんだ」

マーゴ・ワターズには自分の鎖は最硬合金《アダマンチウム》１００パーセントだというけっこうな自信があった。大学時代はフィールドホッケーとラクロスの優秀な選手だったが、結婚して5人の子供のひとりめを出産したあとはスポーツから離れていた。自分の人生にはかなり満足していた――のだが急に、それも危ういほどに、満足できなくなる。重度の産後うつに沈み、医師から直ちに薬物治療をはじめるよう勧められた。マーゴは別のルートを試すことに決めた。

「すると、ほら！」と彼女は言う。「ランニングをはじめることでわたしは救われたの」。マーゴは目標に生きがいを感じ、友人の白血病を患う息子のための募金といった大義に身を捧げるうち、かりそめのジョガーから使命を帯びたアイアンウーマンへと駆けあがった。40代になっても依然、快速ロードレーサーで、年齢別の10キロレースを制し、オリンピック・ディスタンスのトライアスロンで表彰台に上がったこともある。ところがトレイルランニングに挑戦して最初の数回でアキレス腱が悲鳴をあげた。2年間、医師に診てもらったが、痛みはひどくなる一方だった。

結局、エリックが医師たちの見逃したものを見つけた。「エリックはわたしをボスボール〔半球形のバランスボール〕の上に立たせて、バランスをとろうともがく様子に注目した」とマーゴは私に話してくれた。「それで言うには、〝アキレス腱じゃないと思う。たぶん鎖のもっと低いところにあるものだ〟って」。今度こそ、ターゲットを絞ったMRIにより、足首の靭帯《じんたい》がフィールドホッケーで負った20年前のけがで断裂したままだと判明した。

手術で組織が再結合され、その後はエリックが舵《かじ》を握った。

「2か月間、ギプスをはめていたから、ゼロからやり直すチャンスだった」とエリックは言った。マーゴはいつも**ゴー！ゴー！ゴー！**と突き進んでばかりだから、エリックはリカバリー期間を完全な〈ラン・フリー〉再起動《リブート》する好機ととらえた。マイルを重ねるのではなく、ふたりは微調整にフォーカスする。カラテキッド〔映画『ベスト・キッド』の原題〕が塀のペンキ塗りをはじめようとしていた。

「エリックに出会うまでは典型的な、矯正具をつけた厚底ランニングシューズの人だった」とマーゴは言う。「でもそれまでやっていたことは効果がなかったから、彼を信頼するようになってね」

エリックはマーゴを納得させた。どれだけの距離を、どれだけ速く走れるかは忘れ、どれだけうまく走れるかだけを考えるのだと。

着地の軽さはどうか？

身体のバランスはどうか？

ケイデンス〔歩調：1分あたりのステップ数〕のリズムはどうか？

ペンキ用のローラーを置いてブラシを手に取る。ランニングはいまやカリグラフィ、連続する精密な筆さばきだった。

まあ、それもいい――尻を蹴飛ばされても気にしないのであれば。だが金属製品を勝ち取ることに慣れていたマーゴにすれば、エリックのアート風アプローチでは見栄えはよくなってもレースはさえないとの印象をぬぐいがたかった。ところがギプスがはずれて6か月とたたないうちに、彼女は米国代表としてトライアスロンの世界選手権に出場する。

「バランスの悪いところに片っぱしから取り組み、本物の筋力と効率をめざして調整することができた」とエリックは言う。「彼女が見落としていた休眠筋肉がどれも発火するようになった」

それはマーゴの心も同じだった。

あのぐらぐらする足首は、銅峡谷で私が体験した〝そうか！《アハ》〟の稲妻のマーゴ版となる。何年ものあいだ、彼女は空回りをするばかりで、まったく気づかずにいた。努力が足りないと思いこんでいたのだ。本当の問題は長く埋もれていた弱みによる足運《ゲイト》びの揺れだったのに。

「それでもずっとやってこれたのは、ロードはとてもなめらかで安定しているから」とマーゴは言い添える。「でもトレイルに出たとたん、足首がおかしくなった」

「横方向の安定性がまったくなかった」とエリックも同意する。「まるで一本脚で走っているみたいだった」

現在、マーゴの〈ラン・フリー〉リブートから10年になる。あれから、いろいろなことが変わった。彼女は孫のいる身になった。アイアンマン・トライアスロンを完走すること7回、世界選手権出場2回。かつて自身をよろめかせたトレイル上で絶対的な〝恐怖〟の存在に変貌し、最長200マイルの超ウルトラマラソンで半分の年齢のランナーたちを置き去りにする。

整理しよう——マーゴは現在、7回以上マラソンをつづけざまに走りきり、揺れから解放された両脚は老いることを知らない。

「強い足があること」とマーゴは言う。「それにおよぶものはありません」

揺れの要点はこうだ――原因はかならずしも足ではない。脚でもない。身体ですらない。

揺れは故障には――まだ――見えないかもしれないが、系統は同じだ。揺れがあると軽度のフラストレーションとしつこい痛みのサイクルにはまり、健康やパフォーマンス上の目標に達しにくくなる。朝起きると足が痛いとしたら、背中がうずくとしたら、走るたびに苦行に思え、どう見ても調子や速さが上向くことはないとしたら?

あなたには揺れがある。

揺れを見つけにくいのは、どの方向からも襲ってくる可能性があるからだ。犯人はシューズかもしれないし、食事、ジョグストローラー〔ジョギング用ベビーカー〕の押し方、犬の扱い方、仲間との走り方かもしれない。揺れが犯罪の達人となるのは、何を探すかがわからないうちは目につくこともないからだ。だからこそ、きわめて厄介になる。

それでもラッキーなことに、揺れはかならずひとつ手がかりを残す。カバーヨ・ブランコはそれを知っていて、初めていっしょに走ったときに確実に私の頭に叩き込んだ。ランニングは、〝楽に〟〝軽く〟〝スムーズに〟、そして速く走る日には、〝速い〟と感じられなくてはならない。

そうでなければ、フードをあけて点検する必要がある。

エリックはつぎの揺れを探すまでもない。今回それは彼に向かって飛び出してくる。

おかしなことに、エリックと私が12人のランナーをあのカリフォルニアの公園に集めたのは、彼らが問題を抱えていると思ったからではないという点だった。この新人たちを選んだのは、本当に普遍的なグループ、体格も経歴も多彩な虹を求めていたからだ。ふたを開けてみると、彼らはランニングで結ばれるだけではなかった。揺れでも結ばれたのだ。

「ほら、こっちにも」とエリックがまた手を振って私を呼び寄せる。そのかたわらにいるのはジェナ・クローフォード、30歳のマラソンランナー兼バックカントリーレーサーで、トレーニングで走る距離は年間2000マイル〔約3200キロ〕をくだらない。ジェナはよく鍛錬し、ナイキ、ニューバランス、アシックスのモデルを務めてきたうえに、とても速く、この公園でのセッションから2か月としないうちにローズボウル・ハーフマラソンで優勝する。

「彼女はおそらくここでいちばん堅実なランナーだ」とエリックが言う。「足の着地《フットストライク》がいいし、脚はよく伸びて、うまく力が抜けた両腕もいい。すべてうまくハマっていて、レースの成績が向上して距離を延ばせているのもうなずける」

ところがチャリスにとって難題となった例のウォールスクワットを試してみると、ジェナの左の臀《でん》筋《きん》がペイントのミキサーのように揺れはじめる。

「これは筋力の問題じゃない」とエリックは説明する。「神経と筋肉に関係するもの、脳と身体の断絶だ。ジェナはパワーにあふれているのに、それが活性化されていない。あの揺らぎはむしろいい兆候でね。ここにきて筋線維が発火をはじめているしるしだ」

エリックはつづけてグループをひとりずつチェックし、われわれは各ランナーが自分の限界を知るのを見守る。免れる者はいない。ザック・フリードリー、義足をつけているためバランスとフォームに細心の注意を払うアダプティブアスリートもだ。毎日のランを8年間(!)、かならずララムリ式のサンダル履きでつづけるカーマ・パークも。元ローラーブレードのスタントスケーターで、いまは騒々しい保護犬の〈バットマン〉と森を快調に流すマーカス・レンティもだ。

「〈バットマン〉は?」と私は訊く。「あの子犬はどんな感じかな?」

「〈バットマン〉はハマっているよ」とエリックは羨望と称賛半々で言い添える。「足の着き方が完璧だから、持ち前の弾性エネルギーとサスペンションシステムを使える。前後の脚を見事に調和させ、全身をひとつのユニットとして――」

「待った」と私は話の腰を折る。「どうして彼女だけは揺れないんだ?」

『BORN 2』の「オリジナルキャスト」 上段:ルイス・エスコバー。中段左から右:エリック・オートン、ザック・フリードリー、カーマ・パーク、ジェナ・クローフォード、クリストファー・マクドゥーガル、マーカス・レンティ。前列左から右:パトリック・スウィーニー、アレハンドラ・サントス、イマン・ウィルカーソン、チャリス・ポプキー、イマニュエル・ルネス。寝そべり:バットマン・ジ・アドベンチャー・ドッグ

そう、〈バットマン〉は雌だ。そしてもうひとつ、私は１００パーセント本気で言っている。たしかに〈バットマン〉は犬だ。でも人間だって生物学上の動物だろう？　だからわれわれ全員に生体力学的な問題があるとしたら、彼女にもあるはずじゃないか？　われわれはただ犬と走るために進化したのではない——よりよく走るために進化したのだ。人間はこの星でもっとも長い距離を走る生き物だ。われわれにはほかの哺乳類、犬も、馬も、チーターも張り合えないふたつの特質がある。

われわれは裸であり、汗をかく。

人間は、呼吸ではなく発汗によって熱を放出する。激しくあえいで身体を冷やすことは、蒸し暑い日にも必要ない。息をしながら体温を下げておくことができる。バットマンが８月の午後にマーカスについていこうとしたら、足を止めて体内の熱を吐き出すか、バタッ——ひっくり返るだろう。だからバットマンの何がそんなに特別なのかと問うとき、私は基準をあまり高くしない。だいぶ低く設定する。遺伝的にはわれわれもバットマンも、野生の祖先との距離は似たようなものだ。われわれが特質を受け継いだ祖先のランナーたちは足が優れていただけではない。無敵だった。

走って獲物を捕らえることのできた太古の英雄たちにまつわるほら話をおぼえているだろうか？　結局のところ、それはほらというわけではなかった。そういった物語は世界のあらゆる文化に現れる。ネイティブ・アメリカンの言い伝えから北欧神話、タンザニアのハッザ族からギリシアの神々、オーストラリア先住民アボリジニの神話の〈夢の時代《アルチエリンガ》〉にいたるまで。偶然ではない。共通の歴史だ。

ただし、単独の狩人ではなく、一族全員が参加した。男も女も、老いも若きも、狩猟団を組んで散開し、それぞれが持ち前の技術を用いる——熱意あふれる若者が追跡の先頭に立ち、経験豊富な老人が足跡を調べ、もっとも強健な成人は温存された――こうしてサバンナで獲物を追いかけるうち、獲物はオーバーヒートして倒れることになる。

それもさほど長くはかからない。

カラハリ砂漠のブッシュマンは今日にいたってなお持久狩猟をしている。心地よい暖かさの朝、彼らは獲物のあとから速足で、つかず離れず、相手を追い立てていく。10キロか15キロほど走りつづけると、クーズーの動きは遅くなりはじめ……よろめき……どさっと倒れ込む。これはつまり、夏の日にさくさく6マイル〔約10キロ〕を走れるなら、友よ、きみは動物界の殺傷兵器ということだ。

「では走るために生まれたのなら」と私は問いかけた。「なぜこんなに走るのがへたなのでしょう?」

この質問の受け手は、世界の誰よりこれに答える資格がある人物、デニス・ブランブル博士だった。ユタ大学の生物学者である博士は、後輩研究者のデイヴィッド・キャリアー博士とともに、走る能力が人類の進化における最重要要素であることを発見した。飛び道具を開発するはるか以前、われわれは見事な長距離走で獲物を熱疲労〔中等の熱中症〕へと追いやり、生き延びたのだ。

だとすると、何がいけなかったのか?

「あなたや私が走るのは爽快だと知っているのは、それを習慣にしているからです」とブランブル博士は答えた。ところがその習慣がなくなると、いちばん耳に響く声を出すのは古来の生存本能になって、力を抜けとけしかける。苦い皮肉だ。持久力が脳に必要な食物をもたらしたおかげでとてつもないテクノロジーが創出されたのに、そのテクノロジーがわれわれの持久力を衰えさせているとは。

「われわれが暮らす文化では極端な運動はばかげているとみなされる」とブランブル博士は言った。「われわれの脳がそう言うからです。〝なぜ必要もないマシンを作動させる?〟とね」

一方、バットマンのマシンを作動させるのは、まさにバットマンの脳がめざすところにほかならない。犬とは、エイブラハム・リンカンが言った、木を切り倒すのに6時間もらえたら、まず4時間かけて斧を研ぐという意見への生ける反論だ。あなたの脳はつねにエネルギーを節約する近道を探してぐるぐる回っている。そういう配線になっている。犬なら、おしっこをして切りはじめるだけだ。

バットマンはよもや、夜、眠らずにスマホ画面を眺めることも、午後ほかの連中がやっているゲームを見物するばかりで飛び入りせずにいることも名案だとは思わない。足を休ませてやろうとクッションン付きのシューズに押し込もうものなら、バットマンはそのシューズをランチにするだろう。バットマンがどんな語彙《ごい》をもっているのか定かでないが、「気楽にやる」とか「休息日をとる」はどう考えてもその一部ではない。棒を投げたところで、人気ポッドキャスターで格闘家のジョー・ローガンがカーディオ〔心肺機能トレーニング、有酸素運動〕を嫌う理由をバットマンが教えてくれることもないだろう。

われわれとはちがい、バットマンの脳は身体を置いてきぼりにして未来へ先走ることがなかった。

今度、犬が公園を突っ切るのを見たら、つぎのことを思い出してほしい。

ランニングについて知るべきことはすべて1万年前に発見された。そこに戻る道のりは思ったよりずっと短い。

3 原点回帰の旅――10分間で

〈ラン・フリー〉プログラム全体でいちばん簡単なところは、いちばん難儀に思われがちな部分だ。

すなわち、物事を変えることである。

われわれは、習慣を変えるのはつらく退屈だと信じるよう条件づけられてきた。まるで全身ギプスがはずれたあとに歩き方を学び直すようなものなのだと。だがここにランニングの真理がある。つまり、それが困難で複雑なものだったとしたら、われわれは絶滅しているということだ。人間が生存のために頼りにしたからには、走ることは幼児として学び、老人として当てにできるスキルでなければならなかった。水に戻された魚の感覚さながらの楽しさと解放感がなければならなかった。

だからもしこれは大変そうだと思ったなら、元気を出してほしい。あなたのランニングをリブートしてカバーヨ・ブランコの足跡をたどるには、つぎの３つの目標に焦点を合わせればいい。

・フットウェアをフラットにする。
・ケイデンスを速める。

・仲間を見つける。
トリックの臭いがする？　そんな簡単なはずはないと思う？　だとしたらどうか試してほしい。本篇のさわりとして、ここに〈ラン・フリー〉のランニングフォームを身につけるのはいかにむずかしいかを示そう。まずは、スケジュールをあけたほうがいい、というのも、これに要する時間は概算で……10分だ。

やることは以下のとおり。

1　B-52sの曲〈Rock Lobster（ロック・ロブスター）〉を用意する。
2　壁を背に、1歩ほど離れて立つ。
3　大音量で曲を鳴らす。
4　ビートに合わせてその場ランニング。

以上。完璧なランニングフォームを習得するにはそれだけでいい。

その場で走るなら、踵着地《ヒールストライク》もオーバーストライド〔歩幅が大きく、重心より前すぎる着地になること〕もありえない。背中を壁に近づけていれば、蹴り上げ《キックバック》をすることもバランスをくずすこともない。そしてB-52sのおかげで、1分間の歩数をいくつにすべきか考えずにすむ。

姿勢、フットストライク、ケイデンス。完璧なフォームの3要素は、おぼえやすく、しくじることはありえない。

熟達するのは別の問題だが、それもまた楽しいところだ。ドアから外に出るたび、うまくいったときの喜びがたちまちわき起こるようになる。ジャンプショットを決めたりバックハンドを打ち抜いたりするのが簡単だったら、バスケットボールやテニスのコートはからっぽになっているだろう。われわれを何度も立ち戻らせるもの、それは夢を実現すること、自分の動きをイメージと一致させようとするチャレンジだ。

それには練習が必要であり、練習こそが熟達の肝となる。でも習得するのは？　その部分は簡単だ。

いまでも、あれから10年以上たってなお、むち打ちが癒《い》えきらないほど急激にエリック・オートンは私のスピードと距離だけでなく、自信まで向上させてくれた。最初の〈ラン・フリー〉ワークアウトで数週間としないうちに、エリックから自覚する限界をはるかに超えた2時間の遠出に送り出され、火星への有人ミッションみたいな気分だ

走るまえのウォームアップ、〈ラン・フリー〉スタイル

った。その数か月後には、カバーヨ・ブランコや狂人《マス・ロコ》団の仲間と並んでバスのいちばん後ろに陣取り、峡谷の底で開かれる一世一代のレースに向かっていた。

エリックの方式がそこまでうまくいくのは、私の見たところ、カギとなるふたつの要素のおかげで間違えようのないものになっているからだ。

その1は〈感覚《フィール》〉。

エリックは何をすべきか教えない。どう感じるべきかを教える。それが10分間ロック・ロブスター・ラン・フォーム修正法《フィックス》の長所だ。自分を撮る必要はない。たくさんのユーチューブ動画を研究したり、フィットネストラッカーを手に入れたりしなくてもいい。ニューウェイヴ系のオルタナティヴ・ロックを5分も聴けば、よいフォームと悪いフォームの差がすぐわかるようになる。

同様に、ほかにも〈ラン・フリー〉プログラムは食習慣から全体的なフィットネスにいたるあらゆる面で、身体の読み取り方を教えてくれる。食事、フォーム、

全般的なフィットネスや最適なケイデンスをチェストストラップやＦｉｔｂｉｔに頼らず調整する方法が身につく。あなたは自分の身体の熟練メカニックになり、揺れが生じそうになっても、軌道修正して回避する方法がわかるようになる。

その２は〈フリー・セブン〉、生涯アスリートに向けた先祖伝来の七本柱だ。

走ることはかつて日常を占める活動だった。いまはむしろ休止だ。生活のすみずみまで織り込まれるのではなく、１時間の気晴らしになるエクササイズに縮められている。それが完全に理にかなっているのはもちろんのこと、われわれはもう文字どおり命をかけて走る日々をすごしてはいない。ただし──

あなたの身体にそう告げた者はない。

あなたの身体は思っている。いまもアフリカのサバンナの奥にいて、ディナーが地平線の向こうに消えるまえに追いつこうと急ぎ、子供たちが一歩も遅れずついてきているか確かめるのだと。あなたの身体はいまも、いつだって走らなくてはならないと信じている。伴侶や真水を、あるいは暗闇から光る目が現れるまえに家族の安全な隠れ場所を見つけるために。

そして走ることは生死にかかわる以上、ひとつのモーターだけに頼るわけにはいかない。複数の燃料電池を備え、すべて接続して確実に身体を始動させ、準備万端にしなくてはならなかった。あなたが食べたもの、ともにすごした相手、あなたを笑顔にさせたもの──あなたという存在を織りなす先祖伝来の要素はすべて、エネルギー源でもある。

よいフォーム＝しなやかな脚のはね返り＝フリーエネルギー

ともに走ること＝共通の作業量＝フリーエネルギー
適切なフットウェア＝良好な固い着地＝フリーエネルギー
フィットネスとストレングス＝確実なレッグ・コンプレッション＝フリーエネルギー
そうした要素を引き離せば、システム全体が弱くなる。結合させれば、〈フリー・セブン〉が連係し、あなたのランニングを楽に、軽く、スムーズに、速くしてくれるはずだ。

〈フリー・セブン〉 THE FREE SEVEN

1　フード——貪欲《フォーク》はあなたのコーチではない

いくら走っても不健康な食生活は振り切れない。何マイルつぎこんでも、食事が原因で血糖値スパイク〔急上昇とその後の急下降〕が起こるかぎり体脂肪は溜まりつづける。そんなわけで、〈ラン・フリー〉リブートのステップ1は食物《フード》へのアプローチを調えることだ——絶食して減量するのではなく、食欲を度外視してひと口あたりのエネルギーを最大化する。

2　フィットネス——熟練メカニックになる

われわれの祖先には足を頼りに生き延びる必要があったため、誤りから立ち直る類まれな能力が遺された。あなたは構造上の弱点を見極め——ちょうどチャリスやジェナが休眠中の臀筋を復活させることを学んだように——それを逆転させることを学ぶだろう。そのための筋トレ動作はごく簡単で、キッチンで朝のコーヒーを淹《い》れながらやっつけられる。

3　フォーム——イージーの技術

クッション性の高いシューズでフォームが台なしになったら、ミニマリストシューズで直せばいいと思い違いしているランナーはあまりにも多い。フットウェアを変えたところで何も変わらず、ふくらはぎの肉離れや踵のうずきがその証拠になる。

有効なのは一見したところ4パックの楽なエクササイズだ。それでロードに出たとたん、数十年来の貧弱なフォームが足下から消えるのを感じるだろう。

4　フォーカス——もっと速く、もっと遠く、もっとずっと長く

「あなたの身体に耳を傾けなさい」はフィットネス関連で唯一、「われわれはみな、一度きりの実験である」より無益なアドバイスではないだろうか。あなたとあなたの身体は同じ言語を話せない。おたがい何を話しているのか見当もつかない。おぼえておきたいが、あなたの本能が形成されたのは食料が乏しかった時代で、なんとしても身体エネルギーを保

存しなくてはならず、酷寒の気候は面倒どころか、化石記録への片道切符だった。あなたが受け継いだ自然な衝動はどれも、命がかかっていないのなら移動してはならないと迫るはずだ。

同じように、われわれは強弱や緩急をうまくつけられなくなっている。全部のギアを使うのではなく、たいがい真ん中に入れたままで、結局トランスミッションを燃え尽きさせるのだ。ラッキーなことに、古代ローマの軍人たちが編み出した簡単な技を使えば、活動ごとに理想的なペースの見つけ方がわかる。あらゆるチャレンジに適したギアを備える、大きな〈ラン・フリー〉エンジンを組み立てられるはずだ。

5　フットウェア――なにより、害をなすなかれ

ランニングシューズはあなたのフォームを改善できないが、大きく改悪することはある。足下がゆるくなればなるほど、地面を感じられない。クッション材は一種の麻薬。麻酔剤だ。あなたをよりよい、より健康なランナーにしてくれる感覚を足から消す。手を局所麻酔してハンマーでたたいたときのダメージを考えれば、ぐにゃっとしたシューズで走るたびに何が起きるのか理解できるだろう。そして、もし「歩行解析《ゲイトアナリシス》」が答えだと思うなら、考えを改めることだ。各種研究で示されているが、ゲイトアナリシスをもとにシューズを購入したランナーは最大で5倍けがをしやすい。

6　ファン――仕事みたいに思えたら、あなたはがんばりすぎている

「苦しさの限界には興味がない」と、わが『BORN TO RUN』の冒険仲間ベアフット・テッド

は言った。週25マイル〔約40キロ〕しかトレーニングせずに100マイル〔約160キロ〕のレースを走る秘訣を訊いたときのことだ。「ぼくは楽しさの限界を探っているんだ」

科学的には、ベアフット・テッドの〝快楽原則〟は完全に筋が通っている。進化は苦しみに報いるのではない。喜びに報いるのだ。苦しみは経験を拡げるのではなく、限定する。そこから生まれるのは視野狭窄、解離、自己陶酔、誤りだ。顔はうつむき、脳は酸素に飢え、ストレスレベルは上昇する。体内の全細胞がこれでいいわけがないと警告している。あなたは苦しみを締め出し、取り込まないようにする。

一方、楽しみは意識、自信、ストレス緩和、能力を高める。楽しんでいるとき、あなたは集中している。なぜか？　あなたの身体がそれを気に入り、さらに多くを求めるからだ。顔が上がる。呼吸は力強い。視界も可動域も最大限になっている。祖先から受け継がれた脳が、エンドルフィンの泡立つマグナム瓶のコルク栓を抜き、そのままつづけるよう促す。あなたはフローの状態だ。

7　ファミリー——ともに汗かく者はともに天翔《あまが》ける

われわれはたがいに励まし、助け合うように進化した。群れの生死が相互の成功にかかっていたからだ。もっている意見や能力が多様なほうが、成功する確率は大きい。人とともに走ることが向上にいたる最善策のひとつで、というのも、社会的動物であるだけに、われわれの目に見えないメカニズムは多くが同期するためだ。言葉を交わさなくても、ランニングのパートナーはあなたの心拍数を安定させ、ケイデンスを引き締め、フォームを洗練させるのに役立つ。

おまけとして、

故障——パンクを修理する

機能不全というのは、もう少しだけ機能させれば治るものがほとんどだ。もしあなたが足底筋膜炎や腱炎、うずく腸脛《ちょうけい》靭帯炎（ランナー膝）、厄介な股関節屈筋群と闘っているなら、可動性と強化のスキルを身につけることで障害を取り除き、動作パターンを再訓練できるようになるだろう。

〈フリー・セブン〉はビュッフェ形式ではなく、バランスのとれた食事だと考えてほしい。各品目がほかのものと関係しているので、一部だけ選んであとは捨てるといった誘惑に負けないことだ。ひととおりそろえることで、第3部の**〈90日間ラン・フリー〉プログラム**を進める際、あなたの揺れを突き止めて修正し、筋力と柔軟性を向上させるために必要なものがすべて得られる。

このあとの章であなたは、〈フリー・セブン〉の各項目の働きやそれぞれが関連している理由を知るだろう。ムーブメント・スナック〔スナックをつまみ食いするように短時間で済ませられる運動〕や2週間テスト、１００アップといった新しいスキルを伝授される。２０００年来の心拍ゾーンの測り方を発見し、フットウェアを選ぶ最良の方法を身につけるだろう（ヒント：「ゲイトアナリシス」や「安定性《スタビリティ》は関係ない」）。

こうしたスキルを練習しながら進んでいこう。これを楽にこなせるようになり、活用する準備を整えて〈90日間ラン・フリー〉プログラムをはじめたい。終了するころには、古い癖はなくなり、新しい習慣が身についている。どんなレースのトレーニングであれ、準備は万端だ――あるいは、ふと思いつくまま出発し、これからの人生、好きなだけ遠くへ、いつでも好きなときに走ってもいい。

3・1 カバーヨ最大の秘訣

「わたしはこの炎を自分のなかに感じた、この怒りを」とジョーダン・マリー・ブリングズ・スリー・ホワイト・ホースィズ・ダニエルは振り返る。それで心は決まった。「赤いペイントをつけて指に語らせるんだ」

それまで、プロのロードレーサーとしてのジョーダンの生活は、いかに走るかを中心にまわっていた。それからは、なぜ走るかがすべてになる。

慎重に、彼女は血のように赤い手形を顔にペイントした。親指を片方の頬に、ほかの4本をもう片方にあて、手のひらで唇を覆う。このひどく生々しい描写どおりに多くのネイティブ・アメリカンの女性が死んでいった――口を押さえつけ、声を封じる手にかかって。

ジョーダンはビブを装着し、エリートたちに交じって2019年ボストンマラソンのスターティンググラインについた。見物人に指さされ、じろじろ見られようが、じっと前方を見据えていた。「ヘイ、いい手形だ」と誰かが叫んだ。いったいどれだけ鈍感なんだろう、と彼女は考えた。口をふさぐ血のように赤い手をジョークだと思うなんて？

「でもわたしを見た先住民の人たちは、わかってくれた」とジョーダンは言う。「わたしたちのガールズのことを知っているから」

ネイティブ・アメリカンの女性にとって、殺人は流行病だ。暴力が死因となる確率はほかのアメリカ人の10倍で、それほどの犠牲者を生む残虐行為の蔓延にアムネスティ・インターナショナルの調査員たちは行動を呼びかけた。だが６０００人近い先住民の女性が行方不明とされているのに、かろうじて１００人を超える程度しか司法省のデータベースには記録されていない。誰が彼女たちに代わって声をあげるのか？　若いブロンド女性の失踪には全米で大騒ぎになるのに、とジョーダンは憤った。どうして先住民の女性が危険に見舞われても、ＦＢＩでさえ気にする様子がないのか？

ジョーダンがこの脅威を切実に感じたのは、サウスダコタ州の部族の土地にある生家の付近で若い女性が蒸発し、その捜索に母親が参加したときのことだ。女性の遺体が発見されたのは、ジョーダンが成長期に祖父と並んで走った場所からそう遠くなかった。あの遺体は自分だったとしてもおかしくない、とジョーダンは思った――そしてやがて気づく、あれはまさに自分なのだと。これまでに２度、恋愛関係で暴力の犠牲になったことがある。大学に入ったころにはすでに10数回、悲劇的な死を遂げ

た親類や友人の葬儀に出ていた。

それでもジョーダンは幸運なほうだった。その脚がほかの女性たちにはない機会をもたらしたのだ。ジョーダンはサウスダコタのランニングの名門に生まれた。祖父は伝説的なオリンピック金メダリスト、ビリー・ミルズの友人にしてライバルで、ミルズは彼女のよき師となっている。母親は短距離走者として１９８８年オリンピックへの出場を見込まれながらジョーダンを出産し、ジョーダン本人はメイン大学でトラック競技の輝かしいキャリアを築いたのち、ニューバランスやアルトラのランナーとしてプロに転身した。

「昔からランニングというのはスーパーパワーだと思っていた」と彼女は言う。だがパワーは蓄えているだけでは、役に立たない。使うこと、伝導すること、変革のエンジンに利用することが必要だ。ジョーダンがそれまでやったランニングはすべて、勝利もメダルもプロとしてのスポンサー契約も、彼女のパワーを瓶に詰めていたにすぎない。それを使う潮時だった。

ボストンでスタートの号砲が鳴るまえに、ジョーダンは４つの赤い文字を両脚に書き加えた。〝ＭＭＩＷ〟、つまりMissing and Murdered Indigenous Women（失踪・殺害された先住民女性）だ。１マイルごとにひとりの女性のために祈るつもりでいた彼女は、26人の名前があっさり出てくることに気づいて愕然とした。「このランはわたしたちの奪われた姉妹たちに捧げたかった」とジョーダンは言う。「この女性たちのことを目にし、耳にし、思い出してもらう、わたしなりのやり方だった」

マサチューセッツ州の街を駆ける祈りのランで、ジョーダンは避雷針となった。つまり、パワフルな伝統を過去の在り処から現在の目的へと運ぶ伝導体だ。その日からずっと、先住民の権利擁護に身を献じ、いまや彼女のランニングは過去に抱いたことのない切迫感と使命感を帯びるようになった。

「わたしはずっとランニングを自分のためのものにしておきたかった。競技上の目標のために」と彼女は言う。「それがわたしのアイデンティティだったから、外のストレスはもちこみたくなくて。でもそういうものを分けておくことはできないとわかった。ほかにもたくさんのグループがランニングを一種の演説として使うのを見てきたし、そこに立ち会えるのはすごいことだから」


マイカ・トゥルーがそれと同様の生まれ変わりを体験したのは、カバーヨ・ブランコとなったときのことだ。

若いころは恐るべきプロボクサーにして堅実なウルトラランナーだったが、技巧を強みとしていたことはない。生の衝動のまま猛進しては、何度となく、酷使によるけがという煉瓦《れんが》壁に頭から激突した。銅峡谷までやってきて、彼はそれを逆転させる。何年間もランニングの技法に没頭した。絶壁のつづら折りを牡ヤギのごとく駆け下ることを学び、長くぎこちないストライドを、俊足なララムリの年長者たちを観察して知った急速歩《ダブルタイム》のステップに変えるようになった。

50代になり、過去の人生で知った多くのランナーがずきずきする膝やきしむ腰を理由にランニングから足を洗う年齢に達しても、カバーヨはまだほんの駆け出しだった。「彼の走る距離は幅広かった」とルイス・エスコバーから聞いたのをおぼえている。このトレイルランニング界の伝説的人物は、カバーヨの第1回コッパー・キャニオン・ウルトラマラソンの象徴的な写真を撮り、以来カバーヨと親しくしていた。「その気になれば、12マイル〔約19キロ〕を30マイル〔約48キロ〕に変更することもできる」

〈白馬〉は快適な孤高の生活に慣れていった。日中は高台《メサ》を散策し、夕方にはバトピラス川を見下ろす石造りの小屋の外で夕日を眺める。たぶんそんなふうにして生涯を締めくくっていただろう——

怒りに駆られなかったとしたら。

彼を憤慨させたのは1件の殺人事件だけではない。麻薬カルテルの暴漢どもにごく親しい仲間の息子を殺されたときにはすでに熱くなっていた。それまでに、シルビーノ・クベサレをはじめ、よき友たちがカルテルのせいでトラブルに巻き込まれるのを見ていたし、ララムリのランナーが受け継いできた古来の芸術が、止めどなく峡谷へと侵入する外の世界に蝕《むしば》まれるのを目の当たりにしていたからだ。

カバーヨはランニングを以前とはまるでちがった目で見るようになった。趣味でもスポーツでもなく、ひとつの力として。パワーとして。ララムリの友人たちに出会えたのは幸運だったし、そのパワーを分け与えられ、おかげで人生も変わった。今度は自分の番だ。

仮にそこまでだったとしたら――マイカがそのパワーを瓶詰めして自分用にとっておくだけだったら――彼の物語を耳にする者はひとりもなかっただろう。だが、彼はランニングの方法を超えてその理由に身を投じ、自身、想像もつかなかったほど偉大な、そして愛されるものを生み出したのだ。

それがマイカ・トゥルーの真の遺産だ。峡谷で開かれる仲間たちのウルトラランニング祭は、レースではない。人類の歴史のはじめからそうだったように、われわれ自身よりも大きな目的と結びついたランニングは、いかに素晴らしいかを思い出すよすがなのだ。

4 さあ、はじめよう

たいていの人は走り方をさかさまに学ぶ。

初心者はゆっくり進み、上達すれば速くなると考える。だがそれは順番が逆だ。最初に、素のスピードを発達させる必要があり、そうすることで長く走る筋力とスキルが身につく。速く走ることが楽に走る秘訣だ。
ララムリは子供たちにそう教える。ララムリの小学生はまず短時間の球技で競い合い、短いトレイルを全速力で行ったり来たりする。このボールレースの特長は、最年長から最年少、いちばんの俊足からいちばんの鈍足まで、誰もがチームの対等なメンバーになることだ。もしあなたがのろのろして後ろにいるときに先頭集団が折り返し点に着いたら、ボールはあなたのところまで戻され、一躍あなたがカウンターで抜け出た歓喜のストライカーとして攻撃をリードし、ほかのメンバーは全力で追いつこうとする。ララムリの子供たちはゆっくり走る練習をしない。まず速く進み、速さが得意になったら、つぎは長く進む。

スピードは素晴らしい教師だ。スピードはよいランニングフォームを促す。トップギアで走るなら、前足部《フォアフット》での着地や足を地面から跳ね返らせる理由を説明されるまでもない。そうするしかないからだ。世界のほかの地域でも若年層のランナーはララムリと同様のアプローチに従い、中等学校では短距離走のトレーニングからはじめ、年齢とともに距離を長くしていく。まずスピードとストレングス〔筋肉の力を生み出し、筋の活動や機能を制御する神経・筋系全体の能力〕の基礎を築き、つぎにスタミナを加えるわけだ。

ところがわれわれの多くはその大事なスピードとストレングスの段階を逃している。あとになってランニングをはじめるにしても、理由はたいがい同じで、なまった身体を鍛え直したいと思い、それには何か大きなもの、ハーフマラソンやウルトラトレイルに向けてトレーニングするのがいちばんだと考えたりする。重点が置かれるのは、より長く走ることであって、よりうまく走ることではない――それこそが、トラブルに陥る原因だ。われわれは建物をひどく狭い土台の上に築き、どんどん距

岩の多いトレイルでも、よいランニングフォームを身につけていれば、サンダルがちょうどいい

離を積み上げるばかりで、順応性や効率を高めることを学ばなかった。ごくわずかな揺れが生じただけで、倒れるのも当然だ。

〈90日間ラン・フリー〉リブートはそれを修正することを目的としている。大きな前進のために求められる小さな後退のステップだ。あなたはより速く、より強く、よりけがをしにくくなる。習得したスキルのおかげで、これからの人生、ランニングが楽しくなるだろう。

各章の終わりにアクションアイテムを挙げている。フードからはじめて、〈フリー・セブン〉をファンとファミリーまで進んでいこう。そうしたスキルに慣れてしまえば、〈90日間ラン・フリー〉プログラムをはじめるのに必要なツールがそろうはずだ。

ではいつ開始したらいいのか？　それはあなたのいまの状態による。あなたは初心者《ビギナー》だろうか？　道楽人《ダブラー》だろうか？　熟練者《ベテラン》だろうか？　以下のガイドがあなたの〈第1日〉を決めるのに役立つだろう。

ビギナー BEGINNERS

〈90日間ラン・フリー〉プログラム開始前の準備段階：3～4週間

- この期間に〈フォーム〉〈フィットネス〉〈ムーブメント・スナック〉のエクササイズをする。
- 週に3、4回軽く走る。ほどほどに、タンクにまだ少し余裕があるうちにストップする。うずきや疲れを感じて走り終えるようではいけない。ねらいは気楽さと継続性だ。
- 〈1マイル・テスト〉を走るだけの自信がついたら、開始する準備はできている。

ダブラー　DABBLERS

〈90日間ラン・フリー〉プログラム開始前の準備段階：2〜3週間

●経験はあっても継続性はあまりなく、ときに数週間から数か月間、定期的には走らないランナーの場合、エクササイズに加えて週に3、4回走って準備しよう。
●〈1マイル・テスト〉を走るだけの自信がついたら、開始する準備はできている。

ベテラン　VETERANS

〈90日間ラン・フリー〉プログラム開始前の準備段階：1週間

●あなたが継続性のあるランナーで堅固なトレーニング基盤ができている場合、1週間のリカバリーをとって身体を休めよう。
●この1週間の休みを使って〈フォーム〉〈フィットネス〉〈ムーブメント・スナック〉のエクササイズをマスターしよう。
●その週の終わりには、〈1マイル・テスト〉を終えて開始する準備ができているはずだ。

故障をしたら

●しつこい痛みや、踵やアキレス腱、すねの痛み《シンスプリント》の問題があるように感じたら、巻末の治療法に従ってほしい（358ページ「故障――パンクを修理する」参照）。

- 機能と柔軟性が戻るのを感じて、すぐに具合がよくなりはじめるはずだ。
- そうならなかったら、医師の診察が必要なけがをしているかもしれない。
- 痛みがなくなりしだい、〈ダブラー〉の手順に従おう。

5 プリゲーム——ムーブメント・スナック

覚悟してほしい。これは心を揺さぶる旅となる。


走り方を変えるのはかならずしもむずかしくないが、脳を納得させる必要はあるかもしれない。われわれは本能的に新しい動きに尻込みする。石器時代からの生存本能が、試したことのないものに抵抗するためだ。だからこそ高飛び込みは、いくら安全だとわかっていても、1回目は身が縮む思いがするし、2回目はどうということもない。

「先に神経系を静めておけば、そのプロセスはずっと楽になる」と語るのはジュリー・エンジェル、パルクール〔走る・跳ぶ・登るなど人間本来の動作で障害物を越えて移動するスポーツ〕と先祖伝来の動き《アンセストラル・ムーブメント》の専門家だ。「あなたの身体はいつも自分を守ろうとしていて、だから何か新しいことをやり遂げたときは、わくわくした気分がこみあげてくるのです」

そこで心と身体を不慣れな〈ラン・フリー〉の動作に備えるために、まず手をつけたいのが〈ムーブメント・スナック〉だ。これはひと口サイズの気分転換になるゲームで、遊び半分のウォームアップと簡単な可動域評価を兼ね、隠れた問題箇所の特定に役立つ。

ジュリーと彼女のコーチングパートナー、ジャレド・タヴァソリアンがムーブメント・スナックを創案したのは、新しいスキルの習得に対する最大の障壁は筋力や筋肉運動の連動性《コーディネーション》ではなく、自信だと気づいたからだった。その抵抗と戦うのではなく、和らげたらいいのではないか？「動けるようになればなるほど、安心感が高まる」とジャレドは説明する。「安心感が高まれば高まるほど、楽しさが増して不安は消えるんだ」

「いまのエクササイズは、大きな課題を設定して、〝やり抜け！〟といった考え方をするけれど、小さいものにしたらどうかな？」とジュリーが言い添える。「安心してできるもの、神経系とつながって、身体に力を感じさせてくれるものにしたら？」

私がムーブメント・スナックの大ファンになったのは偶然で、ロンドン郊外で女性ばかりのパルクールの

セッションに参加したときのことだった。そこにいた主な目的はわきから見学することだったが、隠れる場所のない状況でチームリーダーのシャーリー・ダーリントンから全員に集団の特徴的《シグネチャー》な挨拶に加わるよう声がかかった。グループで大きな輪をつくり、全員がくま歩き《ベアクロール》で中心に進んで、腕を伸ばしてほかの人と握手をしてから、四つ足でもとの位置までバックするというものだ。

大勢のなかでベアクロールしながら片手でバランスをとるのは厄介で、衝突は避けられなかった——少なくとも私とまわりの人は——が、そのあと立ち上がったときには1分前よりずっと気分がよくなっていた。肩からアキレス腱まで全身の屈伸になり、たわいないエクササイズひとつで他人どうしがチームメイトに変貌したのだ。

「1分間の運動にあなたの感じ方、考え方、つぎの行動を変えるパワーがある」とジュリーは言う。「誰だって1日に1分くらいは遊ぶ時間があるものだし、その1分間に、身体をほぐして、緊張を和らげ、活力を取り戻すパワーがないなんて考えないこと」

初めてのパルクール式挨拶以来、私はランニングクラブを訪ねたり本のトークイベントを開いたりしたときはほぼ毎回、なにかしらムーブメント・スナックを用いてきた。その反響はびっくりするほどだが、ジュリーとジャレドはみじんも驚かない。

「人は運動というのは筋肉と身体のことだと思っているけれど、あなたの頭も動くし、エゴも動く、心も動く」とジュリーは言う。「多くのコーチはぜんぜんそういう話をしない。運動というのは運ぶ動きのこと。そうやってわたしたちは人生を切り抜けていく。だから、走っている人を見ると、その人は本当に足下の地面と戦っていたりするわけ。運動は楽しいのと同じだけ人をすくませるし、怒らせるし、不安にもする」

こうしたムーブメント・スナックはひとりで試してもいいが、スナックの効果が最大になるのは仲間とチームを組んだときだ。グループの絆を築くのに、これにまさるものはない。いますぐはじめよう。所要時間は1分のみ、超ローインパクトだから1日を通して好きなだけやってかまわないし、そのあとはすべてが気分よく、楽になる。

デッドバグ腹式呼吸《ベリー・ブレス》
DEADBUG BELLY BREATH

やり方

- あお向けになって両膝を曲げ、足を浮かせて、すねを地面と平行にする（または無理のない範囲で平行に近づける）。
- 腕をまっすぐ頭の先へ伸ばす。
- 頭を上げてあごを胸のほうに引き、脚のあいだを

見る。
・鼻から息を吸いながら、腹部がふくらんで腰が地面にぺたりとつくのを感じる。
・鼻から息を吐きながら、姿勢はそのままで腹部がやわらかくなるのを感じる。
回数：5回吸って吐く。
特別な注意点：あごを引き、脚のあいだを見ながら、舌を口蓋にあて（飲み込む動作をすれば位置がわかるだろう）、鼻で呼吸して口は閉じておく。確実に腹部がふくらんだり、へこんだりするように。
ねらい：呼吸の仕方で身体に安全かどうかを教える。呼吸をトレーニングすれば、エネルギーを節約して神経系を静めることが可能だ。

クイックフィート・ウィズ・パートナー
QUICK FEET WITH PARTNER

やり方

・パートナーと向き合い、両手をあげて、おたがいの手のひらを合わせる。
・手のひらを合わせたまま、「リードする」パートナーがすばやく相手のつま先を踏もうとする。
・フォローする側のパートナーはダンスするように逃げ、なんとかして足の接触を避けつつ、手は離さずにおく。
・リード役とフォロー役を交代しておこなう。
回数：リーダー役を何度か交代し、とにかく楽しく遊ぼう。
特別な注意点：けっして手を離さないこと。
ねらい：このグループで楽しめるウォームアップでは、足を使った多方向へのすばやい動きで心拍数を高め、中枢神経系を刺激する。

ディープスクワット：ソロ、またはウィズ・パートナー
DEEP SQUATS: SOLO OR WITH PARTNER

やり方
〈ソロ〉
・足を肩幅くらいに開き、まっすぐ前に向けて立つ。
・腰をできるだけ深く落とし、体幹を活性化させつつ身体をリラックスさせる。
・初心者は無理せずソファの肘かけなどを使い、楽にできる範囲でゆっくり腰を下げろ。

・少しじっとしてから、立ち上がって最初の姿勢に戻る。

〈**ウィズ・パートナー**〉

・パートナーと向かい合い、相手の手首を握る。
・おたがいを後ろに引っ張って支えながら、スクワットの体勢までゆっくり腰を下げる。
・ひと呼吸おいてから、おたがいを引き上げる。
回数：10～12回、スピードよりも可動域と抑えたやり方に重点を置く。
特別な注意点：できるだけ深く腰を落とし、よいフォームで、足はまっすぐ前に向けておく。時間がたつうちにうまくなる。
ねらい：ディープスクワットは首から足の裏まで、すべての可動域を解放し、硬くなった股関節やアキレス腱をほぐして腰の緊張を和らげる。

ウォームアップ・シンボックス＋ロッキング・シンボックス

WARM-UP SHIN BOX + ROCKING SHIN BOX

やり方

〈ウォームアップ・シンボックス〉

● 〝シンボックス〟という両膝を曲げた姿勢で座り、左の足裏を右の太腿につけ、右膝を90度強曲げる。背筋を伸ばして視線を前に向ける。
● 必要なら、手を後ろに置いて支えにする。
● 右を向き、両足を床（地面）につけたまま両膝を右に移動させ、逆の脚でシンボックスの姿勢になる。
● この一連《シークエンス》の動作を繰り返し、シンボックスで左右／脚の位置を交互に変える。
● 楽にできるようになったら、手を身体の前に持ってきてこの姿勢を練習しよう。

〈ロッキング・シンボックス〉

● 膝を曲げ、足を床につけて座る。
● 左手を左膝の外側に、右手を右膝の外側に置く。

・身体を引いて胸を広げ、背筋を伸ばす。
・背中を丸めて後ろに転がり、肩甲骨を床につける。
・逆に転がって身体を起こし、座った姿勢に戻る。
・一連の動作をつづけながら、右臀部に重心を移して両足を左に振り、シンボックスの姿勢になる。
・後ろに転がり、左右を交替する。
回数：左右各5回《レップ》または回転《ロール》。
特別な注意点：目を開けたまま身体を後ろに揺らし、口は閉じて、舌は口蓋につけ、静かに鼻で呼吸する。揺らすときの接触面は背骨を丸め、揺れる動作《ロッキングモーション》をスムーズで痛みのないようにする。
ねらい：背骨と股関節の可動性を高める。必要に応じて緊張も緩和もできるようになれば、あらゆる動作の柔軟性や効率、反応の鋭さが増す。

ベアクロール　BEAR CRAWLS

やり方
・はじめに四つんばいになり、手は肩の下、膝は尻の下、頭は楽な位置にし、視線は1〜2フィート〔30〜60センチ〕以上先、できれば、まっすぐ前方に向ける。
・手のひらに均等に体重をかけ、つま先を立てて膝は床から浮かせる。
・左のつま先と右手に体重をかけ、左手と右足で一歩進む。
・ほどよく流れるような動作で前へ進んでいく。股関節を安定させ、左右に揺れすぎないように。この互い違いの腕と脚というパターンを繰り返して前進する。動いているあいだ、鼻で楽に呼吸することを忘れずに。
回数：20歩〔右手で接地する回数〕からはじめて、だんだん増やしていく。
特別な注意点：膝は床から2〜3インチ〔5〜7・5センチ〕浮かしておく。股関節を安定させ、左右に揺れないようにする。必要に応じて休息する。
ねらい：這い歩き《クロール》することで全身に筋力がついて上半身と下半身がつながり、連動性《コーディネーション》も高まる。しかもこ

っそり大腿四頭筋《クワッド》も鍛えられるのだ！

ストレートレッグ・ベアクロール
STRAIGHT LEG BEAR CRAWL

やり方

- はじめに四つんばいになり、手は肩の下、膝は股関節の下に置く。腰を上げて脚をまっすぐにする。
- 頭と首は楽な位置のまま、視線は下の両手のあいだに向ける。
- 左足のつま先から母趾球《ぼしきゅう》〔親指の付け根のふくらみ〕の部分と右手に体重をかけ、左手と右足で一歩進む。
- ほどよく流れるような動作で、反対の手と足を動かし、前へ進んでいく。手で先導し、上達したら手と足を同時に上げてやってみよう。動いているあいだ、鼻で楽に呼吸することを忘れずに。

回数：20歩（右手で接地する回数）からはじめて、だんだん増やしていく。

特別な注意点：初めは膝をやわらかくしておき、無理をしない。必要に応じて休息する。
ねらい：このクロールは椅子に座りすぎて硬くなったハムストリングや肩をときほぐすのに役立つ。とくにランナーにとっては、こうした動きは、力のある部位と弱い連結部というより、もっとバランスのとれた運動連鎖《キネティックチェーン》をもたらす。

スリーポイントクラブ
THREE-POINT CRAB

やり方
- まず四つんばいになって膝を股関節の下、手を肩の下に置く（ベアクロールの姿勢）。
- 指を大きく広げる。つま先を立て、膝を床から1インチ〔約2・5センチ〕浮かせる。
- 右手と左足に力をかけながら左手を上げて右膝を前に出していく。
- 右足を床に置いて左手を後ろの床につき、「蟹《クラブ》」の姿勢に

なる。このとき胸が上を向いているはずだ。
● クラブの姿勢から、右手を空に向かって上げる。左手と両足でバランスをとり、尻を引き締め腹に力を入れて安定させる。
● 腰を一直線にできるだけ高く押し上げる。
● そのままひと呼吸してから、手と腰を下げて元のクラブの姿勢に戻る。
回数：左右3回ずつ。
特別な注意点：床には指先ではなく、手のひらをつくこと。クラブの姿勢から胸を張ってあごを引く。限界まで追い込んではいけない。必要に応じて休もう。
ねらい：胸を開いて背中（上背部）と肩を強化し、それによって呼吸を大いに助ける。座っていると硬くなりがちな股関節屈筋を伸ばす。

ニンジャジャンプ　NINJA JUMPS

やり方
● しゃがんで前に跳び、できるだけやわらかく静かに着地する。
● ぴったり着地することに集中し、膝を深く曲げて姿勢を保ちつつ着地をやわらかくする。
回数：いろいろな方向にジャンプを5回。
特別な注意点：力を抜くことを心がけ、膝をやわらかくし、腕のバランスをとりながら着地する。全可動域を使って着地の衝撃を吸収する。急がずに、できるだけ効率をよくしたい。
ねらい：爆発的なパワーを呼び起こし、運動連鎖全体を活性化する。

《第2部》

フリー・セブン

Part 2

THE FREE SEVEN

6 フード——フォークはあなたのコーチではない

「世界でいちばん健康的なダイエットをご存じかな？」フィル・マフェトンが問いかけた。

「地中海式ですか？」と私は当たりをつけた。

「そのとおり。どこが起源か知っているか？」

「ギリシャでは？」

「惜しい」と彼は言った。「クレタだ」


「わお。それはじつに……」もっと気のきいたことを言おうとしたが、私はいささか動転していた。世界のどこといって、まさしくクレタこそ、私がフィルの家を訪ねた理由なのだ。「わお」と私は繰り返した。

私が会いにやってきたフィルの自宅は、出来すぎの気もするが、アリゾナ州のオラクルにある。古代ギリシアの託宣《オラクル》者は、ご存じのとおり、筋金入りの真理を伝える者で、その知恵は当時のきわめて偉大な指導者たちからも求められた。母なる大地からじかに託されたといわれていたためだ。このメタファーを大ハンマーで激しく鍛錬せずして、これ以上このスポーツパフォーマンスの大家にふさわしい場所はひねり出せない。フィルが祖先から受け継いだ食のアドバイスは、アイアンマン王者もロックミュージシャンも崇め、帰依《きえ》するほどだった。

フィルが精鋭アスリートと協力するようになったのはウルトラマラソンやトライアスロンの草創期、こうした新しいスポーツで要求される条件が地図のない領域だったころのことだ。マラソンは依然、「究極のチャレンジ」だともてはやされていたが、にわかに、人々は山中に向かって4連続マラソンに挑んだり、ラン26・2マイル〔42・195キロ〕の前にオープンウォータースイム2・4マイル〔3・8キロ〕、バイク112マイル〔180キロ〕に臨んだりするようになった。

はたして、一流のアイアンマン・トライアスリートたちはただ壁にぶち当たるのではなく、無謀にも頭から突っ込んで何か月もトレーニングから遠ざかっていた。アスリートたちはしょっちゅう疲労骨折や腱断裂で身体を壊し、活力レベルや健康的な体重の維持に苦

ハワイのオハナ・トレイルでのランニング・フリー：(左から右)ダニエル・キンチ、シエナ・アキモ、カイマナ・ラモス、スカイ・キクチ、ダニエル・ガトウスキー

労していたのだ。

こうした極限的《エクストリーム》なチャレンジでも、人体の故障を防ぐことは可能なのだろうか？　燃料とメンテナンスが二大ミステリーだった——だがやがてフィル・マフェトンが両者はじつは同じものなのだと発見する。食べるものに左右されるのは筋力と体重だけではない、と彼は気づいた。けがをするリスクもだ、と。

マフェトン・メソッドをいち早く採用したひとりは、著書『ナチュラル・ボーン・ヒーローズ』にも記したとおり、エリートウルトラランナーのスチュー・ミトルマンだった。スチューは健康でさえあれば類まれなスタミナとスピードの持ち主だったが、健康だったためしがなかった。それでもレースに出場し、必死に24時間を完走して、あとからずっと足を脱臼していたことに気づいたりする。最初の処置でフィルはスチューの足を整復したが、いまのやり方を変えないかぎり、もっとまずい事態に見舞われると忠告した。

スチューは全身を耳にした。わかりました。僕の問題点は何ですか——ランニングのテクニック？足底のアーチが弱いこと？

砂糖《シュガー》だ。

シュ——本当に？

甘いものや炭酸飲料だけじゃない、とフィルは説明した。パスタ、エナジーバー、パンケーキ、ピザ、オレンジジュース、米、パン、シリアル、グラノーラ、オートミール——それまでスチューがランナーの理想食だと聞いていた精製炭水化物はすべて。どれも砂糖が姿を変えただけだ、というのがフィルの考えだった。人間はほかのどの生き物よりも長距離にわたってこの星をさすらってきた優秀な持久力系アスリートだ。しかもそれはレッドブルやベーグルのおかげではない。われわれが頼りとしたのはもっと豊富でクリーンな燃料だった。すなわち、自分の体脂肪である。

「トレーニングのポイントは、どれだけ速く足を動かせるようになるかじゃない」とフィルは言った。「ポイントは、身体がエネルギーを得るやり方を変えることだ。もっと脂肪を多く燃やし、糖を減らしたほうがいい」。当時のスチューの身体は「糖を燃やし、脂肪を蓄えるモンスター」だった。

スチューは途方に暮れた。オーケー。でもどういうわけで食べ物が足を傷つけるのだろう？

自分の身体を炉だと考えるといい、とフィルは説明した。それをゆっくり燃える薪でいっぱいにすれば、何時間も順調に、力強く動く。しかし紙やガソリンの染みこんだぼろ布でいっぱいにすれば、熱く燃えあがってパイプをがたがた揺らすが、燃料をくべつづけないかぎり火は消える。きみがしたのはそういうことだよ、とフィルは言った。自分の炉にごみを詰めこみ、けがをするまで身体を揺らした。ずっと健康を保ち、なおかつベストなパフォーマンスを発揮したいなら、脂肪を燃料にすることを身体に教えるべきだ。

「われわれの身体は、ほんの少量の炭水化物しか貯蔵できない」とフィルは説明した。「それに比べたら脂肪の供給は無限に近い」。グリコーゲンとして貯蔵される炭水化物は水たまり、脂肪は太平洋だ。きみの身体にはどんなときでも活用できるエネルギーが約16万キロカロリーある。２５００がグリコーゲン、ざっと６万５０００が筋タンパク質、そして大部分――ほぼ９万キロカロリー――が貯蔵された脂肪だ。

「体脂肪率が6パーセントのアスリートでも、何時間もの運動を支えるだけの脂肪をもっている」とフィルはつづけた。「脂肪をもっと使えば、もっとエネルギーをつくり出せるし、炭水化物の貯蔵は長持ちする。脂肪に頼ることを身体に教えれば、炭水化物の燃焼は減って、炭水化物を無性に欲しがることもなくなる」

ただし、ここでごまかしはきかない。身体は脂肪が大好きだ。われわれの器官はその宝物を燃やすよりも貯めこんでおきたいため、ほかに燃やせるものがあると感づいたら、そちらを先に使い、残りはさらなる脂肪に変える。糖を燃やすサイクルから解放されるには、スチューは糖への依存をきっぱり断つしかなかった。一日じゅういくらでも食べつづけていいが、それは肉、魚、卵、アボカド、野菜、ナッツ類にかぎられる。豆はだめ、果物もだめ、穀物もだめ。大豆もだめ、白ワインもだめ、ビールもだめ。サワークリームや本物のチーズといった全脂肪乳製品ならいい。低脂肪牛乳はなしだ。

じつは、スチューを説き伏せたのはフィルの論理ではない、自身の足だった。痛みから解放されたことが決め手となり、スチューはマフェトン・メソッドにチャンスを与えることにしたのだ。

それからというもの、スチューは向かうところ敵なしだった。その強靭さと気品でつぎつぎに記録を塗り替える様子は、努力というより芸術に見えた。あるジャーナリストから「ほぼ完璧なレース運び」と評されたとおり、ある1000マイルレースでは世界チャンピオンを破ったばかりか、後半の500マイルを前半よりも速く走ってみせた。どういうわけか、年をとるにつれて強さを増し、40代なかばに樹立した3つのアメリカ記録のひとつ、5日間で577マイルという偉業はいまなお破られていない。アメリカウルトラランニングの殿堂入りを果たした際には、「男女問わず、彼ほど幅広い距離のレースで、全米クラスの卓越した成績を残したアメリカ人ウルトラランナーはほかにいない」と称えられた。

しかもスチューはフィルのいちばん優秀な生徒だったわけでもない。マーク・アレンは、80年代後半にフィルのもとを訪れたとき、けがとアイアンマンでのさえない成績のサイクルを打破しようともがいていた。トレーニングパートナーたちは、マークはもうだめだと確信した……ところが数か月後、マークは飛ぶように彼らを置き去りにする。

「おれは有酸素《エアロビック》マシンになったんだ！」

とマークは声をあげた。「いまや脂肪を効率的に燃やし、1年前は限界ぎりぎりだったペースを保てるようになった」。マークはつづいて常識はずれの連続記録を打ち立てる。2年にわたり、どこの、どんな距離のレースでも負けなかった。アイアンマンでは6度優勝、なかでも驚異的な返り咲きを果たした37歳での優勝記録は、20年にわたって破られない。

「今度走ったら故障しそうだと感じる

スカイ・キクチとダニエル・キンチが示すとおり、すべてのランはムーブメント・スナックをするチャンスだ

こともなくなったし」とマークは語っている。「トレーニングのあとは、へとへとになる代わりにすがすがしい気分になった」

　新鋭時代のマイク・ピッグも、マークの王座奪回に感動してフィルのもとを訪ねたくちだった。「あのタイミングで彼に会えて幸運だったよ」とマイクは言う。マフェトン・メソッドに切り替えてから、全米トライアスロン選手権で４度優勝し、25年近く活躍をつづけた。まもなく、音楽界のスーパースターたちもフィルの噂を聞きつけて電話をかけはじめる。レッド・ホット・チリ・ペッパーズ、ジェイムズ・テイラー、ジョニー・キャッシュ――いずれもマフェトン・メソッドを頼りに、つらいスタジオセッションやコンサートツアーを乗り切る力を得た。ペッパーズのベーシスト、フリーにいたっては、48歳にして激しい風雨のなか３時間52分59秒でマラソンを走り、さらに翌年再度挑戦して10分速いタイムで完走している。

「ちょっと妙なことをお訊きしたいのですが」と私は託宣者《オラクル》に言った。「まったく別の種類のランニングについて」

　私は第二次世界大戦中にクレタ島のレジスタンスで伝令を務めたギリシャの羊飼いの話を見つけたのだった。その羊飼いは30マイル〔約48キロ〕にわたって森を駆け、山中のレジスタンスの隠れ場所まで手紙を届けると、ふたたび引き返すのだが、その間ずっと、ごくわずかな食事しかとらず、死の脅威にさらされる。

　しかもそれは彼だけではない。レジスタンスについて調べれば調べるほど、驚くべき話が見つかった――どうやら男女の一団が夜陰にまぎれて山々を越え、ドイツの前哨《ぜんしょう》地に奇襲をかけて銃や食料を奪っては、重い袋を背負って日の出前に尾根の向こうに消えていたらしい。

「そんなことが身体的に可能なのでしょうか?」と私はフィル・マフェトンに尋ねた。「この普通の民間人たちは信じがたい持久力を発揮している。山の奥深くでマラソンをし、命がけで戦って、さらに荷物を背負って駆け戻る。オリンピック選手だってそんな芸当は無理だ」

私が疑問を抱いたのは勇気や技能のことではなく、素の身体能力についてだった。クレタ島のレジスタンス闘士たちは兵士ですらない。ドイツ軍による侵攻後に山に向かい、ゲリラ隊に動員された一般の人たちだ。彼らは始終、崖をよじ登り、長い距離を徒歩で移動していた。手に入るわずかな食料しか口にせず、エネルギーの低下は命取りとなり、一度でも任務で遅れが生じようものなら、生きて挽回することもかなわない。

「ああ、間違いなく可能だ」とフィルには言った。

「どうすればいいんです?」

「こんなふうにね」と答えながら、彼が手振りで示したのは妻とともに用意してくれた昼食だった。テーブルの上にあるのは、大皿のステーキ——薄くスライスされた血のしたたるレアだ。添えられたサラダは葉物野菜とトマト、キュウリ、ヤギの乳の自家製フェタチーズを混ぜたもので、オリーブオイルで光り、新鮮なハーブがふりかけられている。

なるほど、クレタ人の生き延びる糧となったクルミに干しマトン、干しイチジク、森で集めた青物と比べれば、相当高級なごちそうだが、原材料にまで分解すれば、人類の繁栄を長らく支えていた同じスーパーフード だ——少なくとも、農業が広まって現代の育てやすい穀物が伝統的な食物を追い払うまでは。

この星のあらゆる文化は――南北はアフリカからアイスランド、東西はアメリカからモンゴルまで――まさに不屈のクレタ島のレジスタンス闘士たちを支えたのと同じ食事法で栄えたのだった。食事法についてアドバイスを求める人にとっては、無視しがたいロールモデルだ。肉体的に、彼らの生活はわれわれよりもっとずっと過酷であり、日々の食事でミスをする余地はなかった。1日に徒歩で数十マイルを移動したマサイ族の牛飼い、何日も休まずに狩りをしたイヌイットの人々、900万平方マイル〔約2300万平方キロ〕にわたってアジアを席巻したチンギス・ハンの兵士たちは、いずれもそれぞれの〝ペミカン〟で日々、活力を高めていた。ペミカンとは、同量の獣脂と燻製肉を混ぜ合わせ、干したベリー類で甘味をつけたネイティブ・アメリカンのエナジーバーだ。

偉大なララムリのランナーたちでさえ、ふと思えば、銅峡谷でのレース前の朝食でびっくりさせてくれた。カバーヨ・ブランコをはじめ、われわれはママ・ティタ手製のパンケーキにかぶりついたが、アルヌルフォとシルビーノは炭水化物に目もくれず、ボウルをポソーレでいっぱいにした。骨の出汁《ボーンブロス》とこってりした豚肉の塊でつくる濃厚なシチューだ。通常、ララムリは荒野の農民で、必然的に伝来の堅いトウモロコシを常食とするが、ヤギやシカをごちそうになる機会があれば、遠慮はしない。

今日、商業的な食肉生産を支持できる倫理的根拠はない。われわれが動物を食用に供することで虐待しているのは、弁解のしようがないことだ。一方、栄養の観点から、そして歴史的に、われわれが筋力とスタミナのために何を食べたかについても疑いの余地はない。

「彼らレジスタンスの闘士たちがデンプンや砂糖からカロリーを摂取していたはずはない。欲しくても手に入らなかったからだ」とフィルは説明した。「逃げまわりながら食べるしかなかったとすると、一日じゅう安定して高カロリーのエネルギーを供給してくれる食べ物が必要だった」。ギリシャの戦場にパワーエイドを配るステーションやオレンジのスライスはなかった。逃亡者たちはスナックを求めて回り道するわけにもいかない。生死はふたつのことにかかっていた。ゆっくり燃焼できる食べ物を選ぶこと、そして、それを使えるように身体を適応させることだ。

「食事は方程式のほんの半分だ」とマフェトンはつづけた。「世界一素晴らしい燃料があっても、まともなエンジンがなかったら役に立たない。ふたつのシステムで成り立っているんだ。インプット、つまり何を食べるか、そしてアウトプット、どう転換されるかだ」

脂肪を燃料に転換するには、身体が攻撃を受けているとは感じないよう低強度でトレーニングすることが肝心だ。基礎トレーニングが穏やかなものであればあるほど、身体は蓄えられた脂肪に頼り、緊急モードに切り換えて速く燃焼される砂糖には手を伸ばさない。低強度トレーニングは学びやすく、楽しくできる。落とし穴になりがちなステップは、ご存じのとおり、速く燃焼される食物へのアプローチを変えることだ。

「ただ、ここがおもしろいところでね」とフィルは言った。「それはじつに、じつに簡単なんだ」

「それは誰にとってもですか、それとも鍛えられたアスリートだけ？」

「誰にとってもだ」

「学ぶのにどれくらいかかりますか？」

「２週間。２週間あれば習得できる。２週間あればきみも、そのレジスタンスの闘士たちと同じように脂肪を使って走ることができる」

私は自分のノートを彼のほうへ押しやった。

マフェトンが走り書きをはじめた。彼に時間をあげようと、私は食器を下げる手伝いをするために席を立った。あるいは散歩でもして待とうか――

「さあどうぞ」とフィルが言い、ノートを返してよこした。

まだ10行かそこらしか書いていないはずだが。私は座り直して読みはじめた。

「本当に？　こんなに簡単なのですか？」

「もちろん」と彼は肩をすくめた。「健康というのは簡単であるべきだ」

6・1 2週間テスト

フィルはきちんとポイントがつかめるように「テスト」と強調の線を引いた――2週間テストは断じてダイエットではない。

ダイエットなんて悪い冗談だ。ダイエットというのは、失敗することが繰り返し証明されてきた、犠牲と罪悪感の力学の上に成り立っている。怠け者だから体重が増えるわけではなく、粘り強いから体重が落ちるわけでもない。人間という動物も、ほかのどの動物もそういう仕組みになってはいない。

「いまだにそう信じている人がいるなんて困ったものだが、大勢いるんだよ」とフィルは言った。「明らかに、どう見ても、不自然なのに」

人間は狩猟採集民だ。毎日、一日じゅう食料を探し、見つけしだい平らげるように生まれついている。食べることは内にある本来の喜びであり、それで気分がよくなるのは実際によいことだからだ。腹をすかせるのは外に原因があること、押しつけられた結果にすぎない。食べ物を断つことは、われわれが進化してきた方向とはあらゆる意味で正反対であり、自然の摂理を否定する試みのご多分にもれず、失敗する運命にある。

だから召しあがれ！　好きなだけ食べるといい！　ひとたび食欲をリセットすれば、それはわれわれがつくりあげた偽物ではなく、ずっと狩猟し採集してきた食料を求めるようになる。それが2週間テストのねらいだ。自然な代謝を、工場出荷時設定のように復元すれば、ある食べ物が自分にとっていいのか悪いのか、「カロリー過多」かどうか悩まなくていい——食べたときの感覚でわかるようになるだろう。食べればたちまち気分がよくなるから、あなたはよりよい食品が欲しくなる。健康的な食事を本来の喜びとして取り戻すわけだ。

デンプンのサイクルから脱し、身体が自然な代謝に戻ったら、とフィルは言う。我慢できない空腹や午後の低血糖や真夜中の間食から解放されるのだと。それには14日しかかからない。条件はたったひとつの大ざっぱなルールを守ること——糖質吸収度が高いものは口にしないことだ。つまり、血糖値を上げ、インスリンが脂肪を貯蔵しはじめるようなものはいっさい食べてはいけない。

ここでいちばん大変なのは注意を払うというところだ。たいていの加工食品は砂糖とコーン油を加えて口当たりをよくし、やわらかさと甘さを増している。未加工と思われる食品、たとえば生の七面鳥の胸肉でさえ、砂糖を注入されていることが多い。ではほかとはちがうヘルシーなファストフードと謳われる〈サブウェイ〉のサンドイッチは？　あのパンは精製された小麦粉と砂糖がいっぱいで、アイルランドでは、ケーキに分類されるほどだ。

テスト開始から2週間後には、血糖値の点からいってまっさらな状態になり、砂糖による急上昇から急上昇へとつづく悪循環は断たれているはずだ。そしてテストが終わったら、精製炭水化物を少しずつ食事に戻していって、どうなるか様子を見る。パンを一切れ食べても平気なら、それでかまわない。でも膨満感があったり、気だるくなったり眠くなったりしたら、身体が効果的に代謝するにはデンプンが多すぎたということだ。

それこそが2週間テストの意味だ。生まれつき具わっている診断パネルを再活性化させる設計になっているから、ダイエット本に何を食べるか教えてもらわなくても、瞬時に正確なフィードバックを自分の身体から得ることができる。

「正常なインスリン値と最適な血糖値の状態がどんな感じか、実際に体験できる」とフィルは説明する。

旅先のオラクルから帰宅すると、私はスーパーマーケットに向かった。カートに詰めこんだのは、ステーキ、魚、ブロッコリー、アボカド、イカの缶詰、ツナ、トマトジュース、ロメインレタス、サワークリーム、クルミ――山ほどのクルミ、というのは誘惑に負けないための主戦力となるからだ。同じく〝YES（食べていい）〟リストにある、卵、チーズ、純生クリーム、辛口の赤ワイン、スコッチ、それとトマトサルサも。

2週間テスト "YES"および"NO"フード*

"YES"フード

植物
カボチャ
ニンジン
トマト
葉物野菜
レモンやライム
ブロッコリーやカリフラワー
ナッツ類(およびナッツバター)
ココナッツ
マスタード
チアシード
アボカド

肉／魚
牛肉
七面鳥肉
ラム
魚
甲殻類

乳製品&卵
ハード系のナチュラルチーズ
ソフト系のナチュラルチーズ
クリーム〔純生クリームおよびサワークリーム〕
卵

液体
野菜ジュース
コーヒーと紅茶
油
酢
純蒸留酒
炭酸水
辛口の赤ワイン

"NO"フード

植物&植物ベースの食品
すべての砂糖入り製品
スイーツやデザート
すべてのノンカロリー甘味料(天然および非天然)
多くの缶詰や調理済みの野菜
エナジーバー／プロテインバー(砂糖添加も無添加も)
ケチャップその他ソース
精製小麦粉
クラッカー
全粒粉パン
全粒粉パスタ
トウモロコシ
米、豆類
キヌア
ジャガイモ
ベリー類
甘い柑橘類
バナナ
メロン
ハチミツ

肉
加工肉
多くの缶詰や調理済みの肉
燻製品

乳製品
ミルク
ハーフ&ハーフ(ミルクと生クリームを混ぜたもの)
全脂肪ヨーグルト
プロセスチーズ

液体
辛口を含む白ワイン
フルーツジュース
ニンジンジュース
すべての炭酸飲料
すべてのダイエットドリンク
すべての「強化」飲料
スポーツドリンク

* www.philmaffetone.comより

でも、果物、パン、米、ジャガイモ、パスタ、ハチミツはなしだ。豆類、つまり豆腐など、いかなる種類の大豆もだめ。チップス、ビール、ミルク、ヨーグルトもだめだ。調理済みのハムやローストビーフも、たいてい砂糖で保存処理されているからだめ。七面鳥は自分で調理するぶんには大丈夫だが、それでも気をつけないといけない。冷凍食品売り場に七面鳥の胸肉が積まれているのを見つけたとき、これは数食ぶんになる完璧な解決策だと思ったが、ふとラベルを調べたら、砂糖が注入されているのがわかった。

「ガルバンゾ〔ヒヨコマメ〕は血糖値の上がり方がわりと緩やかなようです」と私は自分でちょっと調べてからフィルにメールした。「なので、フムスに関してはロビー活動をしたいですね」

「ステップ1のルールその1」と返信が来た。「ロビー活動はなし」

フィルの科学と専門知識に異議を唱えるのは私には無理だったので、代わりに陰で別の人に訊いてみた。そしてまた迷子になった。

エリック・オートンは2週間テストとフィルの〝まったく不当なフムス裁定〟のどちらにも100パーセント賛同する。「私にとって、栄養の問題はむしろ考え方の問題だ」と彼は言う。「アスリートとして生きることへの覚悟があれば、自覚をもって生きる意識がついてくる。何を口にするかの自覚もそこには含まれる。カギとなるのは中途半端なやり方はやめて、とにかくきちんとやることだ」

なぜなら、中途半端にヒヨコマメ擁護からはじめたら、あなたのミッションは台なしになるからだ。食欲を訓練しなおすかしないかは、ほかの薬物依存をやめるときと同じ。完全にやり遂げなければ、まったくやらないのと変わらない。

やがてわかったのだが、コツは一度に一食ずつ考えることだ。朝食は簡単だった。思いつきでメキシカンフード売り場にある1ドル98セントのイカの缶詰をオムレツの具にしてみたところ、これがじつにうまい。それをつくり、たっぷりサルサをかけると、午前中は満ち足りた気分ですごすことができる。スナックとして、アーモンドと辛いスティック状の肉を一日じゅう手元に置き、コーヒーにはハーフ&ハーフではなく純生クリームを少量入れることをおぼえた。昼食と夕食時も、危機に直面しそうになるのは、うっかりしていて何を食べるか決めるまえに腹ぺこになったときだけだった。

フィル・マフェトンのウェブサイトはメイン料理の素晴らしい情報源だ。特製の高タンパク朝食シェイク(半熟ゆで卵と葉物野菜、少量のフルーツを混ぜる)やパスタ抜きのナスのパルミジャーナ(トマトソース、モッツァレラ、牛挽肉を焼きナスではさむ)といったレシピが載っている。

4日目には、快適なパターンができてきた。自分が何を、いつ食べたいかがわかるから、食べて満足するのに苦労しない。初日から3日目までの渇望はたいがい、気づいてみると、実際の食べ物というより考えに対するものだった。「ああ、死ぬほどシャムロック・シェイク〔米国やアイルランドのマクドナルドで3月に限定発売されるミント味のシェイク〕を飲みたい、いますぐ」と思っても、少し待つだけでその衝動は消える。

第14日は思ったより早くやってきた。それは変化についてもいえる。2週間で11ポンド〔約5キロ〕減量し、30年近くまえに大学のボート選手だったころの体重に戻っていた。気分もまたあの10代のアスリートになったみたいだ。痩せただけでなく足取りが軽く、活力にあふれて休養もとれている。

もっと驚いたのは食事に関する変化だ。ピザやチーズステーキ、ドーナツといった昔からの好物はいまや魅力を失い、気持ち悪くさえあった。2週間テストを終えて1週間ほどしたころ、ローストビーフサンドイッチを買って自分なりにテストしてみた。半分食べて、数分待ち、評価する。おいしい、あるいはトマトが少し足りないか。そこでもう半分にかぶりつくと――

ほら思ったとおり。その感覚はなじみ深く、しかも不思議と真新しい。というのは初めてその原因がわかったからだ。まぶたが垂れはじめ、昼食後、カフェイン摂取前の頭の靄《もや》がかかり、これは2週間テストを開始してから感じていなかったものだと気づく。ふたつめのパンが私のトリガーポイントだった。ひとつだけなら難なく対処できるが、もうひとつ追加すると、血糖値が上昇する。まるでうずく足とともに半生をすごしてきて、ふと気づくと靴に小石が入っていたようなものだ。その小石を取り除くと、俄然、何年もなかったほど気分がよくなる。もしかしたら、かつてなかったほどに。

私の場合、その石をはじき出したのは5年以上前のことだ。以来、何度も石は忍び込んできたが、そういうときは化学反応をあるがままに受け入れる。サンドイッチの残り半分を食べつづけることも

コリン・リーはハワイ州オアフ島の地元の通りでランニングとサーフィンを融合させる

できるが、食べたらどんな気分になるかはもうわかる。

それが2週間テストのねらいだ。何か食べ物を禁止したり、あなたを狂信的にしたりするのではなく、脳とお腹の会話を単純にすること。目標達成のために必要な食べ物がはっきりわかり、疑問がある場合は、ほんの何口かで身体が教えてくれるようになる。

6・2 エイドステーション――2週間テスト、キャリー流

キャリー・ヴィンソンは23歳で体重ほぼ400ポンド〔約180キロ〕、激しくあえいでいたときに、自己流の2週間テストを編み出した。

キャリーはその日、シカゴの自宅アパートメントの近くで友人とブランチの待ち合わせをしていたが、数ブロック進んだところで、歩いていくのはとても無理だと悟った。「息ができなくて、足は痛いし、どこもかしこも痛かった」と彼女は振り返る。「それで思ったの、〝こんなのおかしい。もう早死しそうになっているなんて、まだ20代なのに〟」

不思議なことに、何もかもがあっという間の出来事に思えた。フロリダ州オーランドのハイスクール時代、身長を買われてボートチームに誘われると、天性の才能を発揮してボートを全米チャンピオンの座へと推進させる原動力となった。大学のコーチたちからも勧誘を受けたが、4年間オールをこぎつづけて燃え尽き、ボートレースはやめてサヴァナ・カレッジ・オブ・アート・アンド・デザイン

に進むことにした。

お金がないのに不運には事欠かない家庭の出とあって、キャリーは自分でがんばるしかなかった。レストランとコーヒーショップの仕事をかけもちして学費を稼いだが、ごちそうに近づきやすいその手の場所は、喫煙やパーティもおぼえた大学生にとって最良の環境ではなかったかもしれない。卒業するころにはすでに重くなっていて、シカゴに転居して広告代理店でコピーライティングの仕事をはじめると事態はさらに悪化した。長時間働きはしたが、ポケットには余裕ができたし、イタリアンビーフ・サンドイッチや〈ポーティローズ〉のホットドッグでいっぱいの街が部屋のすぐ外に広がっていたのだ。

4年とたたないうちに、全米チャンピオンのボート選手は2倍以上のサイズになっていた。キャリーは依存症患者が家族にいるが、抱えているストレスや心痛のせいもあって、心安らぐ食べ物が薬のように感じられるのだ。母親は、自身の継父が実母を目の前で殺害したのち、銃で自殺するという一家銃撃事件でかろうじて生存した人物だった。キャリーの母はやむなく独力できょうだいを育て、夫——キャリーの父——がアルコール依存症に陥って娘ふたりを置いて去ってからはシングルマザーとなった。キャリーの姉は10代で家出し、どういう経緯かメキシコに行き着いたが、メタンフェタミンの乱用から不可解な死を遂げ、残された3人の子供をキャリーの母が世話したものの、ひとりは自閉症で、ひとりは性的虐待をキャリーの義兄から受け、その義兄は現在刑務所に入っている。

だから、そのとおり。キャリーはいろいろなことを抱えていた。食べ物に助けられて対処できていたが、ついにその朝、おかげで死にかけていると悟ったのだった。自分の世界がどれだけ狭くなっているかも把握しないまま、気づくと、もはや友人とのブランチの待ち合わせ場所に歩いていくことさえ不可能になっていた。キャリーは心がくじけそうなチャレンジを突きつけられているのだと知った。200ポンド〔約90キロ〕の減量を、安全かつ健康的にやり遂げるには、2年はかかるだろう。

ラッキーなことに、キャリーには天才めいたところがある。問題を扱うときにその問題を忘れることができたのだ。

完全にではない。その2年という部分だけだ。キャリーは自分なりの2週間テストを定式化した――まさにフィル・マフェトン式ではないにせよ、急いで組み立てたにしてはかなり近い。あることを14日間つづけると、魔法のような再プログラミングが起きるのを彼女は発見した。コンピューターの電源を10秒間切ったときみたいに。

「わたしは小さくはじめることにした」とキャリーは言う。「まずは毎日お弁当をつくることから。2週間つづけたらそれが習慣になって」。スーパーマーケットでは、生鮮食品やリアルフードが集められている外側の売り場から離れず、瓶や箱ばかりの危険な中央の通路には近寄らなかった。最初はこれといった食事プランもなく、大量のサラダをつくって野菜を山盛りにし、皿に穀物やジャガイモをのせる余地を残さないというだけだった。

「そのあとディナーも自分でつくることにした」。パレオダイエットについて調べるようになったのは、単一食材のホールフードを食べてそもそもの素材により近づくという考え方が気に入ったからだった。「2週間毎日やっていたら、それも習慣になった。自分の料理番組をもっているつもりになって、大きな声で〝視聴者〟にこれから使う健康的な食材のことをいちいち話しながら料理したり」

言ったとおり――天才めいている。キャリーはすでにランニングをしているかのように振る舞うことで走りはじめる準備をしたのだ。食事に対する新しい取り組み方は、ウルトラマラソン序盤の数マイルさながら。ゆっくり進んで、楽しい部分を味わい、フィニッシュラインではなく、つぎのエイドステーションにだけ集中する。ただキャリーのアプローチで私が気に入っているのは、彼女自身がサイドライン沿いのチアリーダー兼参考資料室となり、新しいレシピを『ボビー・フレイを打ち負かせ（*Beat Bobby Flay*）』風に空想上の料理番組で唱えながら記憶するところだ。

「食べ物のことに詳しくなりはじめると、みんながこのわたし――３００ポンド〔約１３６キロ〕超えの女――に助言を求めて電話してくるようになった」と彼女は目を丸くする。「母はわたしがいるときはニンジンとアーモンドバターを冷蔵庫に常備するようになってね。脂肪とタンパク質の優れた補給源だから。ペミカンみたいなもののつくり方もわかった。主な材料はオーツ麦、アーモンドバター、きざんだショウガにターメリック（ウコン）。それでばっちり！」

キッチンでなかばランニングという行為の真似事をして１か月、キャリーは本物を試す準備が整った。

だいたいのところは。

「ちゃんとした食事のシステムができるまでエクササイズははじめなかった」と彼女は言う。「最初のランの１週間前は、とても恥ずかしくてね、ばかみたいに見えそうで。〝ストライドはどんな感じなの、腕はどう振るの、どんなシューズを買えばいいの……？〟」なんとなくライムグリーンのナイキ・ペガサスを地元の〈フリート・フィート〉で選び、「お店のまわりをいい加減にジョグして」から、思い切って旅をはじめようと外に飛び出した。

「前進する動きはアイデアを生み出す」とキャリーは気づき、この冒険のつぎのステップは最初の一歩に劣らずさえたものとなる。自意識を最小限に抑えてすべてのランを確実に成功させる方法を見つけたのだ。チョクトー族であるキャリーは、自分の部族が走ることを罰ではなく祈りとみなすのをおぼえていた。

「朝起きたら東に走って太陽を迎える。わたしはずっとそうやってきた」とキャリーは話してくれた。それは自身が立つ大地とそこを行き来した先人たち、そして時間を超えた儀式を共有し、暖かさと光の中心へと2本の脚で流れていく大きな特権について考える時間だ。そんな早朝の祈りのランはキャリーにとって、愛する人々や彼らが耐え忍ぶ痛みに思いをめぐらす機会で、だとすると横っ腹の軽い痛みも大局的にとらえられるのは間違いない。気分はリラックスし、不安は抑えられる。まるで霜の降りるシカゴの朝のランは毎回、一方通行のテレパシー電話を郷里の母や甥や姪にかけるチャンスであるかのように。

着実に進歩した1年後、キャリーはこれだけやればもう充分だと感じた。そろそろばかになってもいい。ハーフマラソンを走ろう、条件はひとつだけ、ほかの誰もそこにいてはならない。それまで他人といっしょに走ったことは一度もなかったし、完走できるか見当もつかない距離に取り組むときにそれをはじめるつもりもない。そこでルートを練りあげ、夜明けまえに出発し、1マイルまた1マイルと自分だけで、自分の心の内で、自分のために進んでいった。

13・1マイル〔約21キロ〕を終えて自宅アパートメントの前で止まったとき、彼女のなかで何かがはじけた。「身体が心の冒険にかなうところまでたどり着いて有頂天になった」と彼女は言う。「ずっと冒険に満ちた生き方を夢見ていて、それができる肉体を手に入れたから。内側の自分と外側の自分がついに一致したわけで、そうやってつながると本当にハッピーになる」

いま振り返ると、そんなキャリー・ヴィンソンの喜びが暗中の孤独なランのあいだ長く秘められていたのは不思議に映る。今日、彼女は〈ネイティブ・ウイメン・ランニング〉の代弁者として、先住民族《ファースト・ピープル》が祖先ゆずりの走る伝統へと回帰することを支援しているのだ。広告代理店の仕事はラップトップPCとWi-Fiホットスポットがあれば作業できるから、友人から誘いの電話がかかってきたらいつでも、全地形対応車ばりのつくりあげた肉体を、片っ端からよからぬ考えとしか思えないものへと駆り立てる。

〝全米横断ランをする3か月間、単独女性《ワンウーマン》クルーになってくれる？〟

あたりまえ。

〝100キロレースに出ない？〟

いつ？

〝今週末〟

すてき。いいね。

〝何か月かあとの240マイル〔約386キロ〕は？〟

もちろん。

〝そのつぎが250マイル〔約402キロ〕レース、つぎがバッドウォーターでクルー、つぎが——〟

やる、やる、最後のも、なんだってやる。


さらにキャリーはレースの合間にどうにか時間を捻出し、お気に入りの副業にも精を出す。自分は出場しないレースに顔を出すことだ。

「いい、誰かの目に真実の愛を見たかったら、レースでボランティアをすること」と彼女は言う。「ハベリナ100〔Javelina Jundred。100マイルのコスチュームウルトラマラソンのほか、100キロのレースも開催される〕で完走者メダルを渡す係をしたときは、5000人に連続でプロポーズする感じだった。どういうことかというと、みんな目標に向けて何百時間もトレーニングをしてくるでしょ、それでフィニッシュラインを通過して、かがみこんでへとへとになっているところにバックルを届けるわけで……そのときの目の色が……わお」

キャリーは迷信深いわけでも思い上がっているわけでもない。達成感はあるにしても、200ポンド〔約90キロ〕の減量や1ブロックがせいぜいの歩行者から止めようのないウルトラマラソンランナーへの変貌を、べつに大ごとじゃないとばかりに語る。それでもさすがに宇宙が激励とばかりにお膳立てした不思議な美しさには胸を打たれた。昨冬、車で氷雨の嵐のなかをシカゴからアリゾナ州の新居へと引っ越したときのことだ。

ほんの数時間眠ったあと、夜明けまえに太陽を迎えようとベッドから起きあがった。東へ向かって丘陵地帯に入り、登っていくと、耳慣れない音が上から流れてきた。さらに高く上がり、やがて以前ならとうてい到達できなかった頂上をきわめてみれば、見知らぬ者がひとり、太鼓を叩きながら古代の歌をうたっていた。

彼女の帰郷を歓迎して。

6・3 オンザラン・レシピ

健康的な食事にとって本当の危険地帯はあなたのキッチンではない。それ以外のあらゆる場所だ。


朝食、昼食、夕食のプランニングはむずかしくないし、2週間テストを終えた場合はなおさらだ。そのころにはすでに選択の問題になっている――何を食べるべきか、それを食べないとどうなるかがわかるようになるし、主な食事のレシピは見つけやすく、すぐにマスターできる。

でも朝、ドアから飛び出していったり、デスクでランチを急いで食べたり、子供のサッカーの試合に向かう車のなかでさっと食事を済ませたくなったとき――そんなときは、おいしいオンザラン・スナックの出番だ。

ここに挙げるレシピはどれも簡単に用意できるし、多くはポケットにしまっておくのにうってつけだ。発案したアスリートたちが学んだように、どんなに忙しい日でも、どれだけ長いランでも、ほんの少し準備すればかならず後悔しない食べ物が手に入る。

メモ：こうしたレシピの一部は、オーツ麦や果物を含むため、2週間テストには適さない。だが2週間テストは食べ物に対する意識をリセットするためのものだ。生涯にわたる制限を設定するものではない。いったんテストが終わったら、このオンザラン・レシピはランの最中や日中のスナックに最適になる。ほぼどの材料も比較的血糖値が上がりにくい。

アリックスとビリーのスーパーフードキッチン

意外にも、トレイルの試練に耐えたレシピの提供元として格別なひとつは、ほかでもない、原典『BORN TO RUN』のカバーボーイだと判明した。スケートボーダー転じてサーファー転じてウルトラランニングの野人、ビリー・〝ボーンヘッド〟・バーネットである。

Callie's Adventure Blobs (vegan)

キャリーのアドベンチャー・ブロブ（ヴィーガン）

アリゾナ州に引っ越してからというもの、キャリー・ヴィンソンはほぼ毎週末、砂漠へ探索に出かける。ドライブ中にどんな食べ物が見つかるか、食間のトレックがどれくらいの長さになるか、わからないから、ゲーム前には簡単につくれる自家製エナジーブロブでポケットをいっぱいにする。

材料
ロールドオーツ　80g
ココナッツフレーク（無糖）　50g
フラックスシード〔亜麻仁〕粉末　70g
刻んだ、または砕いたナッツ　75g
チアシード　大さじ1
ナッツバター　240g
アガベ　80 ml
バニラエクストラクト　小さじ1

つくり方
- 粉類を全部まとめてから、残りの液体類と混ぜ合わせる。
- 両手で握って4センチのボール（6個ほど）に丸める。
- 最長1週間冷蔵庫に保存し、あらゆるアドベンチャーに携行できる手軽なスナックに！

【豆知識】おろしたターメリックか根生姜《ジンジャールート》を小さじ2杯加えれば、抗炎症効果も得られる。

いま振り返れば、ビリーが『BORN TO RUN』にぴったりのカバーモデルだったのは、ルックスのよさだけが理由ではないとわかる。われわれがおもしろがって見守るなか、カバーヨ・ブランコとビリーはバディになった。カバーヨは倍の年齢で、ほかのみんなのことはどうにか黙認してくれる程度だったにもかかわらずだ。当時、ふたりのうまが合ったのはカバーヨがビリーのロールモデルだからだと思っていたのだが、あとになってようやく、それは逆だと気づいた。

カバーヨはビリーがみんなを好きになるのと同じように誰でも好きになりたかったし、ビリーがどんな妙なことに迷いこんでも楽しむのと同じように何でも楽しみたかったのだ。ビリーは、なんと、もはや37歳だが、依然としてフィットして

Alyx's Chia Breakfast Pudding

アリックスのチア朝食プディング

アリックスがこのレシピを作成したのは、コーチングのクライアントのためだった。そのクライアントは3児の母、常勤の学校長、軍人の配偶者であり、夫は遠方の配置先にいることが多い。クライアントは野心的なトライアスリートでもあるが、グルテンと卵のアレルギーなので、自身と子供たちが携帯できる健康的な食事を見つけることが優先事項で、課題にもなっている。

「おすすめはメイソン・ジャーか同じような広口瓶に朝食やスナックを入れること、週1回準備して、いざとなったらいつでもつまめばいい」とアリックスは言う。「デザートを朝食にすること？　嫌いな人なんて人いる？」

材料

ココナッツミルク、カシューミルク、アーモンドミルクまたは豆乳《ソイミルク》（より濃厚な高カロリー食にするなら全脂肪ココナッツミルク）　250ml
チアシード　大さじ4
砂糖、ハチミツ、ステビアなどの甘味料
ヘンプハーツ〔殻をむいた麻の実〕、新鮮なフルーツ、ナッツ、ココナッツシュレッド、さらにグラノーラといったトッピングをお好みで

つくり方

- 上記ミルクとチアシードを混ぜ合わせ、じっくりチアをふくらませる。
- 何分かしたらもう一度かき混ぜ、だまになっていないか確かめる。
- えり抜きの甘味料を加える。アリックスは養蜂家なのでハチミツを好むが、ステビアか羅漢果《モンクフルーツ》を選ぶのもいい。
- とろみがつくまで冷やしてから、果物や好みのトッピングといっしょにどうぞ。

速さも変わらない。いまもジェン・シェルトンとは親友どうし、激しく速いその元彼女はララムリを相手にレースでもそのあとのパーティでも真っ向勝負したが、極端な選択に走るふたりの衝動は現在、郵便番号にまでおよび、ジェンが生まれてまもない赤ん坊を連れてアラスカの辺境に入植しているのに対して、ビリーはハワイで妻のアリックスと暮らす。ジェンを別にすると、彼についていける地球上唯一の人間だ。

「いまにも顔面をパンチされると気づいたときほどアドレナリンがわき起こることはない」とアリックスは出会ってまもなく私に言い、つづけてサイクロンさながらの人生を語ってくれた。ＭＭＡ（総合格闘技）ケージファイター、全米馬術チャンピオン、ラスヴェガスの舞台に立つボディビルダー、プロのフィットネスモデル、アイアンマン・トライアスリートを経た彼女は現在、自然療法家にしてエンデュランスコーチだ。

ビリーはもともとアリックスと結婚するまえから腕の立つ自家製パン職人だったから、ふたりそろえばまさにドリームチーム、自分たちの食欲と長時間のワークアウトを使って、レシピのおいしさについても１日分のエネルギーという点についてもテストできている。

Carrot-Top Pesto
ニンジンの葉のペスト

アリックス「このピリっとしたレシピは生ごみを減らすのにとてもいい方法で、うちのお気に入りになっている。冷蔵庫に何週間も簡単に保存しておけて、包めばロングランの燃料補給にもってこい、どんな夕食でもトッピングにしていいし、息子のコズモも大好きな離乳食のひとつです」

材料
ニンジンの葉まるごと1束(葉がやせて見えたらニンジン2束分)
レモンジュース/125〜250mlまたはレモン3〜5個の果汁(好きな食感になるよう量を調節する)
生のクルミまたは好みのナッツ　150g(松の実とマカデミアナッツもわが家ではよく選ばれる)
生ニンニク相当量(「わたしはたっぷり使う」とアリックスは言う。「でも軽めの味が好きなら1片か2片がいいかもしれない」)
オリーブオイルを食感と健康的な脂肪のために大さじ2〜4
ミントの葉ひとつかみ(おおよそ30g)　適宜
生のハチミツかステビア、風味のバランスをとるため　適宜
塩こしょう　適量

つくり方
- フードプロセッサーで撹拌またはピューレ状にする。

Berry Date Energy Gel
ベリー・デーツ・エナジージェル

ラン前の軽食や、スピードワークアウト中のエネルギー補給にうってつけ。市販のジェルは濃くて脱水作用があるのに対し、こちらはさっぱりして、しかも消化しやすい。

材料
チアシード　大さじ1
種抜きデーツ　10〜12個
イチゴ8〜10個またはラズベリー20〜25個
レモン果汁　大さじ1
塩　適量(われわれはヒマラヤ岩塩を使うが、コーシャーソルトや海塩でかまわない)
水　大さじ3〜4、ブレンダー(ミキサー)が故障しない範囲で最小限。ゆっくり加え、確かめながら好みの濃さに
アガベまたはハチミツ　適宜

つくり方
- チアシードを水大さじ2〜3に浸してふくらませる。
- 全部の材料をブレンダーで混ぜ合わせる。ゆっくりとミックスし、必要なら追加で水を振りかける。
- 再使用できるジェルフラスクに注いで冷やす。

Billy's Mid-Run Pancakes

ビリーのミッドラン・パンケーキ

アリックス「ビリーはトレイルに出るまえやロングラン中の軽食時に頼れる、糖質吸収度が低いエネルギーオプションを求めていたの。このパンケーキはジップロックで保存がきくから、冷蔵しないで車のなかやバックパックのポケットにしまっておける」

材料
アーモンド粉末《フラワー》　25g
卵　2個
クリームチーズ　大さじ2
ココナッツオイル　大さじ1
シナモン、刻んだバナナ、ベリー類などお好みの果物　適宜
ピーナッツバターまたはアーモンドバター、ハチミツまたはメープルシロップ　適宜

つくり方
- アーモンドフラワー、卵、クリームチーズを混ぜ、ココナッツオイルを薄く引いたフライパンに移して両面を黄金色になるまで焼く。
- シナモン、フルーツ、ナッツバター、ハチミツやメープルシロップをトッピングにしてサーブする。

Billy's Long-Run Muffin

ビリーのロングランマフィン

銅峡谷にいたとき、われわれ全員が奥地での最初のランで苦い教訓を得た。2時間ずっと登りどおしで、木陰に入って休憩したときのことだ。一部の者は賢明にもグラノーラバーを持参していた。誰より賢明だったのはスコット・ジュレクで、ハイドレーションパックのポケットをあけて取り出したトルティーヤラップには、フムスやアズキ・ビーン・ペースト（小豆餡）がつまっていた。
その教訓を得てからというもの、ビリーはホームクッキングの腕をふるい、ウェスタン・ステーツ100を7度制覇したチャンピオンに挑むにあたって自家製のポケット携帯トレイルマフィンをつくってきた。

材料
精白小麦粉または全粒粉　20g
ロールドオーツ　40g
ハチミツ　適量
シナモン　適量
ベーキングソーダ（重曹）　小さじ¾
ベーキングパウダー　小さじ1
塩　小さじ¼
卵　2（ヨーグルトで代用可）
ニンジンの千切り　120g（ニンジン大1）
つぶした完熟バナナ　150g（バナナ中1）
アップルソース　180ml
調理済みキヌア　185g
バニラエクストラクト　小さじ1
レーズン　40g
刻んだナッツ　40g（カシューやアーモンドがよく効く！）
干しイチジク　40g
ヤギのチーズ　適宜

つくり方
- オーブンを180℃に温めておく。
- マフィン12個用の焼き型にクッキングスプレーで油を多めに吹きかける。
- 大きなボウルで、粉類全部を混ぜる。
- 中サイズのボウルで、液体類（卵からバニラまで）を混ぜる。
- 液体類を粉類に流し込み、なめらかになるまでかき混ぜる。レーズン、ナッツ、イチジクを混ぜ合わせる。
- スプーンで生地をすくってマフィンの型に入れる。
- チーズをボール状にして、生地に埋もれるまで押し込む。
- 25分ほど焼く。

Margot's Salmon Jerky—Three Ways
マーゴのサーモンジャーキー——3つのやり方

マーゴ・ワターズはワールドクラスの耐久アスリートなだけではない、独自のパフォーマンスフードをつくる創造性豊かな家庭料理人《ホームクック》だ。砂糖でいっぱいのエナジーバーに代わるおいしいフードが欲しかったわれわれは、彼女に誰でも簡単に用意できる干し肉の創作という仕事を課した。マーゴは傑作を携えて戻ってきた。

メモ
オーブン用、乾燥機用、燻煙器用と、家にある機器に応じた調理オプションがある。

材料
皮つきまたは皮なしサーモンの半身(500〜600g)
しょうゆ　125ml
糖蜜　小さじ1
レモン汁(搾りたて)　大さじ1
挽きたての黒こしょう　小さじ2
燻液　小さじ1(下記乾燥機およびオーブン式式のみ)
(燻液は基本的には木材の燃焼時に生じる蒸気を濃縮し、不純物を濾過して蒸留してから瓶詰めしたもの)

つくり方
- 鮭を冷凍室に30分入れて切りやすくする。
- しょうゆ、糖蜜、レモン、こしょうと燻液(使う場合)をボウルで混ぜる。わきに置いておく。
- 冷凍室から鮭を取り出し、5ミリの厚さで縦に切る。つぎに長さ8〜10センチの切り身にする。
- 鮭を大きなジップロックの袋に入れ、置いておいたマリネ液を注ぐ。よく混ぜて冷蔵庫に4時間、時間が許せばひと晩寝かせる。
- 水切り器《コランダー》で鮭から水分をよく取る。ペーパータオルで叩くようにして乾かす。
- 3つの方式はどれも鮭を乾燥させるのであって、加熱するのではない。各切り身を離して空気が周囲を流れるようにし、乾燥して噛みごたえが出てきたら、もろくならないうちに取り出す。つくり方によってかかる時間がちがうので、出来具合いをチェックし、乾燥しすぎて割れやすいジャーキーにならないよう気をつけるに越したことはない。
- 乾燥機:60°Cで3〜4時間(またはメーカーの説明書きどおりに)。
- 燻製器:温度を90°C前後に設定・維持し、噛みごたえは残すようにしつつ、3〜4時間乾燥させる(マリネ液に燻液を加える必要はない)。
- オーブン:いちばん低い温度(80〜90°C)に設定し、防水・防脂性のベーキングシートかシリコンパッドの上に置く。途中で1回返しながら3〜4時間乾燥させる。
- 密閉容器で数週間は保存できる。

*このレシピはフード・ネットワーク(Food Network)でアルトン・ブラウン(Alton Brown)が紹介したものを参考にした。

Vegan Pemmican

ヴィーガン・ペミカン

このおいしいペミカンを家でも出先でもつまめるよう手元に用意し、ロングランスナックとしてポケットに隠しておこう。

材料
アーモンド粗挽き《ミール》またはコーンミール　80g
挽いたフラックスシード〔亜麻仁〕　15g
ロールドオーツ　40g
ドライフルーツ各種　40g(ブルーベリー、イチジク、サクランボ、クランベリー、レーズンなど。いろいろ組み合わせて試してみよう)
卵　1個
温めたココナッツオイル　大さじ3
液体甘味料　大さじ2:ハチミツ、アガベ、メープルシロップ

つくり方
- オーブンを165°Cに温めておく。
- すべての材料を混ぜ合わせる。
- 12個用のマフィン型を半分まで満たす。
- 15〜20分焼く。

メモ
温まっているときに砕けやすそうに見えても、心配しないように。冷めると固くなる。

Margot's Power Dates

マーゴのパワーデーツ

通称「王様の果実」は繊維が豊富でカリウムはバナナの倍だ。デーツは果糖《フルクトース》も多く、高強度のワークアウト中には理想的なブーストとなる。長いトレイルランでは、具材のクルミがナッツ類で最大のオメガ3脂肪酸の補給源だ。

材料
まるごとのデーツ
ハーフカットしたクルミ

つくり方
- デーツの片側に縦の切れ目を入れて開く。
- クルミをなかにつめる。
- 小さなポリ袋にしまっておく。

ルーシー・バーソロミューの〝パントリー・オブ・ポテンシャル〟

オーストラリアのルーシー・バーソロミューがウルトラランニングを15歳という異常な若さではじめたのは、父親を待つのに飽きたという理由が大きい。ルーシーは父にとって初となる100キロレースでクルーを務めていたが、エイドステーション間で車に便乗するのではなく走りだし、森を切り裂いてつねに父より先行したのだった。

「わたしが荷物を全部並べたところへ父が入ってきて言うの、〝おお、ルース、なかなかの坂と階段があったよ〟」と彼女は振り返る。「それでわたしは、〝うん、いま登ったから〟って」。そのころ、レースディレクターがまわりに訊いてまわっていた、「誰だ、そのどこにでも現れるブロンドの女の子は?」

ルーシーはまもなく世界最高のウルトラランナーたちのあいだを突き進み、〈サロモン〉とスポンサー契約してまだ10代のうちにプロに転じ、このスポーツの最高峰ウェスタン・ステーツ100への初挑戦で3位となっている。だがじつは、彼女の名声と意欲は損なわれていた。ウェスタン・ステーツでの好成績は新しいファンの大群を引き寄せたものの、その多くはルーシーの身体について思うところを本人に知らせるのが自分の仕事だと感じていた。だが彼らは知らなかったが、ルーシーは12歳のときに摂食障害と闘った経緯があり、ネット上に渦巻く詮索が新たな発作の引き金となった。

「あなたが女子アスリートだったら、みんなは危ういくらい体重が落ちているのを見て言うんだよ、すてき!」とルーシーは話してくれた。「いきなり5万人が書いてくる、あなたのことを──あなたに向けて！　見た目についてコメントして、まえよりぽっちゃりしただとか、タイムと体重の点と点を結びつけて、これを食べるべきだとか、こういう見かけであるべきだとか」

　ルーシーは危険な悪循環に陥っていた。そこから脱却できたのは、ネパールでの5日間のリトリートにうっかり、沈黙式《サイレント》とは気づかないまま申し込んだからだった。「いつものルーシーね」と彼女は言う。「ヒマラヤ山脈を走って楽しくすごすつもりだったけれど、着いたとたん、装備を取り上げられて仏教僧の衣を渡されマットの上に投げ出されるわけ」

　ひとり座して思いをめぐらすのは酷なものだった。「自分は何者なのか、ありとあらゆるストーリーが心に浮かんできてね、まるでネットのコメントを読んでいるみたいに」

だがしだいに、別の一面が見えてきた。「そこから脱け出せたのは自分はただ走っているんじゃないと気づいたから」と彼女は言う。「ウルトラでは、笑顔でごまかして乗り切ることを学ぶ。でもそのやり方のせいでわたしは健康状態が悪化していた。人はずっとわたしにこう言うの、あなたは夢を生きているんだ！って、ただこの夢について言わせてもらうと……」

　現在、ルーシーは食べ物をパワーの源と見ている。食料品庫《パントリー》を調べて可能性《ポテンシャル》を見出すのは、食生活が改善されれば、できることが増えて、より遠くまで行けるからだ。ルーシーはいまや楽しみのため

ウルトラマラソンの最中、ルーシー・バーソロミューは砂糖入りのジェルよりリアルフードを選ぶ

に料理して冒険のために食べる。レシピをダウンロード可能な料理本、『あなたのサステンアビリティ(*Sustain Your Ability*)』にまとめ、自身はヴィーガンでありながら、こんなアドバイスもルーシー式クッキング——そして生活——のためにしている。
「わたしはあなたが成功してハッピーになる手助けがしたいのです。加えたいものがあったら、がんばってやってほしい。あなたはあなた。それだけはいくら言っても言い足りません」

Sweet Potato Date Slice

スイートポテト・デーツ・スライス

「これはわたしがつくった最初のトレイルスナック」とルーシーは言う。「めちゃくちゃ甘くはないのにスイートポテトとナッツと種で満たしてくれるのがいい。ターメリックは炎症によく効くし、ブラックペッパーはそれを吸収しやすくして、ショウガは走っているときにおなかを落ち着かせる効果がある」

材料

サツマイモ　中½本(蒸して、皮をむく)
カシューナッツ　70g
アーモンド　70g
デーツ　4個
刻んだドライフルーツ　40g(ルーシー「わたしの好みはクランベリーとドライジンジャー」)
塩　小さじ1
温めたココナッツオイル　大さじ2
カカオパウダー　大さじ2
チアシード　大さじ2(水に浸してやわらかくする)
粉末のショウガおよび/またはシナモン　小さじ2
ターメリックパウダー　小さじ1
粗挽きブラックペッパー

つくり方

- すべての材料をフードプロセッサーで細かくして混ぜ合わせる。
- ベーキングトレイにペーパーを敷き、混ぜた生地を押しつけるようにして平たく伸ばす。
- 冷凍室に最大12時間入れておく。
- 薄切りにしてジップロック式小袋に小分けする。

メモ

このスライスは冷やして食べるのがいちばんだ。温暖な天候でのランニングに携行する場合は、ココナッツオイルが液体に戻り、棒状の塊はおいしい粥になる。

Pumpkin Brownies with Almond Pulp

アーモンドパルプ入りパンプキンブラウニー

「ご覧のとおり、わたしのクックブックにはカボチャを使ったごちそうが載っています。カボチャは大好き。キッチンテーブルに置くといちばん映える野菜だと思うし、ふだんは残しがちでもあるでしょうね。これは調理ずみのカボチャを使い切るのにうってつけの方法です」

材料

手づくりアーモンドミルクのパルプ(107ページ「ルーシーの手づくりアーモンドミルク」のレシピを参照)
皮と種を取って蒸して、つぶしたカボチャ、または缶詰のパンプキンピューレ　110g
塩　小さじ1
メープルシロップ　60ml
カカオパウダー　50g
挽いたフラックスシード　小さじ山盛り3
アーモンドミルク　250ml
お湯に10分浸したデーツ　115g
デーツを浸したお湯　125ml
挽いたシナモン　小さじ2
オーツフラワー(燕麦粉)　90g
ベーキングパウダー　小さじ2
刻んだナッツ、チョコレートチップ、細かく刻んだココナッツ、生地に混ぜるかトッピングとして振りかける　適宜

つくり方

- オーブンを180°Cに温めておく。
- 材料をすべてひとつのボウルに入れて、なめらかになるまでよく混ぜる。
- 油を塗った平鍋に生地を注ぐ。適宜、追加の材料を入れてかき混ぜる、または上に振りかける。
- 30分、堅めにするならやや長く焼く。ナイフを刺してくっつかなくったらオーブンから取り出す。
- 10分冷やす。
- 細かく切って召しあがれ。

Lucy's Lamington Bliss Balls

ルーシーのラミントン・ブリスボール

「ラミントンはスポンジケーキで、チョコレートを塗ってココナッツをまぶしたもの。わたしたちオーストラリア人はニュージーランドと、この絶品は誰が生み出したのかをめぐって争うけれど、こういうエナジーボールはどれも同じチョコレートやココナッツの栄養分があって、家族のお気に入りなの！」

材料
デーツ　460g（10分間湯煎してから水を切っておく）
カカオパウダー　50g
塩　小さじ1
手づくりアーモンドミルクのパルプ
挽いたシナモン　小さじ2
ロールドオーツ　80g
刻んだアーモンド　70g
まぶし用の細く刻んだココナッツ　50g

つくり方
- アーモンドとココナッツ以外の材料をすべてフードプロセッサーに入れる。
- なめらかになるまで混ぜ合わせる。生地がまだ少し液状だったら、オーツをさらに20g加える。
- 生地をボウルに移し、刻みアーモンドを入れてかき混ぜる。
- 生地を大さじ1取り、湿らせた手でボール状に丸める。つぎにココナッツシュレッドのなかに転がしてまんべんなくコーティングする。
- 密閉容器に入れて冷凍室に保管する。食べる10分前には取り出す。

Lucy's Homemade Almond Mylk

ルーシーの手づくりアーモンドミルク

市販のアーモンドミルクを買うと、最高のプロセスを見逃すことになる。「ミルクを濾《こ》したあとに残るどろっとしたペースト状のものはパルプといって、そこにはいろんな栄養がたっぷり詰まってる」とルーシーは言う。「捨てないでね！　すぐに使えないなら凍らせておいて、トレイルスナックを焼くとき生地に使って食べてほしい」

材料
ひと晩水に浸した生アーモンド　150g
水　750ml
塩　ひとつまみ
種抜きデーツ　1個　適宜

つくり方
- すべての材料をブレンダーに入れ、強で2分、混ぜ合わせる。
- 清潔な布で濾しながら大きなボウルに入れる。
- ミルクを瓶に注ぎ入れる。
- パルプを別にして保存する。

・豚肉をスロークッカーに戻す。さらに30分、または食べる準備ができるまで煮つめる。
・豚肉に使ったのと同じベーキングトレイに刻んだケールを広げ、ブロイラーで2～4分、かりかりになるまで焼く。
・ケールを取り出し、ボウルに入れてわきに置く。
・ポソーレを器によそい、ライム、シラントロ、サワークリーム、ローストケールをお好みのコンボで付け合わせる。

ベジタリアン式

・大きなスロークッカーの半分まで、ひき割りトウモロコシ以外のノンミートの材料一式を入れる。ビーフの代わりにベジタブルブロスを用いる。
・スロークッカーを〈強〉に設定して材料を煮込む。
・オーブンを200℃に温めておく。
・ナス2本、または大きなナス1本とポルトベッロ・マッシュルームの傘1パック分を刻み、ベーキングトレイ1、2枚の上に振りまく。
・15分ほど焼く。オーブンから取り出してスロークッカーに加える。
・ひき割りトウモロコシを入れてかき混ぜ、さらに30分煮込む。
・同じベーキングトレイの上に、細く刻んだケールを散らし、かりかりになるまでブロイラー(グリル)に2～4分かける。
・ケールをボウルに移して置いておく。
・ポソーレを器によそい、ライム、シラントロ、サワークリーム、ローストケールをお好みのコンボで付け合わせる。

Arnulfo's Pre-Race Pozole with Roast Kale

アルヌルフォのレース前ポソーレ、ローストケール添え

悲惨なことに、私は銅峡谷からママ・ティタ流パンケーキのレシピこそ持ち帰ったものの、本当は彼女のポソーレに的を絞るべきだった。記憶を頼りに再現を試みて数年、できあがったこの一品なら立派に代わりが務まると納得している。これはスロークッカーの使用に最適な料理だ。日曜の朝に材料をまとめて、日曜の午後、長いランから戻るまで待たせておける。
肉を使わない場合は、焼きナスおよび／またはポルトベッロ・マッシュルーム、ベジタブルブロスをビーフの代わりにするといい。

材料
骨付き豚肩肉　約2.3kg
チポトレペッパーのアドボ漬け
ダークビールまたは安価な赤ワイン　350ml
クラッシュトマト　(大)1缶
刻んだ甘タマネギ　大1
かなりの量の刻んだニンニク
ビーフブロス　350ml
塩・こしょう　適量
無糖バーベキューソース、瓶詰めまたは自家製
メキシコ式ひき割りトウモロコシ　1缶(一般的な缶詰のホミニーを使ってもいいが、つぶが小さめ)

付け合わせ
細く切ったケール
くし切りにしたライム
シラントロ(コリアンダー)
サワークリーム

つくり方
ポーク版
- 入手できるいちばん大きなスロークッカーに豚の肩肉を入れる。
- バーベキューソースとひき割りトウモロコシ以外の材料をすべて加える。
- スロークッカーを強に設定して3時間、または肉が骨からはがれそうになるまで調理する。
- 豚肉をブロスから取り出して大きなボウルに移す。フォークを2本使い、骨を取り除いて捨てる。
- 豚肉を細く刻む。ボウルをスロークッカーの上方にもっていき、大型の穴あきスプーンを使って、豚肉をボウルに入れたままできるだけ肉のだし汁を切る。
- オーブンのブロイラー(グリル)を強に設定する。
- 刻んだ豚肉とバーベキューソースを混ぜる。バーベキューソースに覆われた豚肉をベーキングトレイに広げ、ブロイラーで5分ほど、少し焦げめがつくまで焼く。
- 豚肉がぱりぱりに焼けているあいだに、ひき割りトウモロコシをスロークッカーに加えてよくかき混ぜる。
- スロークッカーを〈弱〉に切り替える。
- 豚肉をチェックする。少し焦げめがついたと感じたら、ぱさぱさにならないうちにブロイラーから取り出すが、ブロイラーはオンのままにしておく。

Pinole Energy Bars

ピノーレ・エナジーバー

何を味わうことになるのか見当もつかなかったが、銅峡谷の底にあるアルヌルフォの家に着くと、彼は5ガロン〔約19リットル〕の塗料用バケツからすくった乳白色の飲み物を一杯、差し出してきた。何口か飲んだあとにようやくこれはピノーレだとわかった。何世紀にもわたってララムリのチャンピオンたちに動力をもたらしてきた伝統のトウモロコシ飲料である。

カバーヨ・ブランコが当地に到着しないうちに改宗者となったのは、1994年のレッドヴィル・トレイル100でララムリのランナーたちがロッキー山脈を猛然と駆ける姿に圧倒されたためだが、その際彼らはベルトにつけた袋から少量のピノーレを補給するだけだった。カバーヨはララムリの故国に転居したのち彼らの例にならい、壮大な峡谷行脚に出るときはいつもピノーレの袋をポケットにつめこむようになる。

では、ピノーレとはいったい何なのか？　要はこんがり焼いたコーンミールにすぎないが、ここにカギがある。糖質吸収度の低い伝統の穀粒でつくったピノーレは、複合炭水化物のコンボ料理で、即時燃料とゆっくり燃焼する栄養分のあいだのスイートスポットを直撃するものだ。ここでわれわれが頼りにするのが〈ピノーレ・ブルー〉で、これは伝統的な製法で旧世界の穀粒からつくられ、ブルーベリーと同じ健康上の利点があるという理由が大きいが、創設者のエディ・サンドバルがカンザス州でメキシコ人の道路工事作業員である父親とピノーレを飲んで育ち、しかも最初に入手した青色の穀粒はいとこがチワワ州から車で運んだものだったからでもある。

われわれはこのとてつもないバーをアンドルー・オルソンのレシピをもとに作成した。〝単一食材シェフ〟として知られるトレイルランナーだ。

材料

チアシード　小さじ2（水小さじ4に浸したもの）
〈オリジナル・ブルーコーン・ピノーレ（Original Blue Corn Pinole）〉　320g（アンドルーはマサ・アリーナ〔トルティーヤ用のトウモロコシ粉〕をフライパンであぶって独自のピノーレをつくるほうを好む）
刻んだデーツ　115g
水　125ml
ハチミツ　大さじ3（アンドルーは玄米シロップを好む）
シナモン　少々

つくり方

- オーブンを180℃に温めておく。
- チアシードを数分間、水に浸す。やわらかくなったら、材料をすべてフードプロセッサーかブレンダーで混ぜ合わせる。
- どろっとしたペースト状になるまで、必要に応じて水やピノーレを加える。
- ペーストを4〜5枚のまるいクッキー風に成形する。
- 焦げつき防止のトレイ上で10〜12分ほど、外側がきつね色のぱりぱりした皮になるまで焼く。
- 取り出して冷ます。
- アンドルーより「ぼくはこれを半月状にカットして走りにいくまえに半分を、戻ったときにもう半分を食べるのが好き。それか、長いワークアウトだったら、あとの半分を（ラップに包んで）持っていって途中で食べる。家で食べるときは、ピーナッツバターをトッピングするとますます最高なので強くおすすめしたい」

Atole de Pinole, the Post-Run Power Drink

アトーレ・デ・ピノーレ、ポストラン・パワードリンク

食品科学者は先ごろ、メキシコの農民やフランスのサイクリストがとうの昔に見つけたことを発見した。コーヒーは筋肉の回復を助けるということだ。だからこそ日をまたぐ自転車乗りはかつてステージを終えるごとに湯気の立つ砂糖たっぷりのカフェオレを飲んでいた。コーヒーの生理活性物質はブドウ糖(グルコース)の代謝を促進し、燃料をすばやくあなたのタンクに送って翌日のワークアウトに備える。チワワ州で、ハードな一日の仕事の前後に選ばれる飲み物はアトーレという、ピノーレをベースにした飲料で、アイスでもホットでもおいしい。従来、アトーレはネスカフェとコンデンスミルクでつくられるが、われわれのやり方では代わりにエスプレッソ、ターメリック、ハチミツとアーモンドミルクを使い、砂糖をカットして炎症を抑えるとともにナッツのようなピノーレの風味をぐっと引き立てる。

材料
水　500ml
〈オリジナル・ブルーコーン・ピノーレ〉(またはお好みのピノーレ)　小さじ2
ターメリックパウダー　小さじ1
ハチミツ　適量
アーモンドミルク　250ml(107ページの「ルーシーの手づくりアーモンドミルク」を参照)
エスプレッソ(またはお好みのコーヒー)　2ショット

つくり方
- 中サイズの鍋で水を加熱する。
- 沸騰するのを待つあいだに、ピノーレをボウルで少量の冷たい水と混ぜ、泡立ててなめらかなペーストにする。
- ピノーレのペーストを沸騰している湯に加えて、よく泡立てる。
- とろ火にする。ピノーレがだいたい溶けて湯が半分に減るまで、泡だてつづける。
- ターメリックとハチミツを加えてさらに泡だてながら、つづけてアーモンドミルクとエスプレッソを入れる。
- とろ火で少し煮込みながら混ぜ合わせる。
- マグカップに注いだりライスにかけたりして、お楽しみあれ。

Chia Fresca, or Iskiate

チア・フレスカ、またはイスキアテ

初めてイスキアテをララムリの校舎で差し出されたのは、峡谷からの長く暑い登りを開始する直前だった。内心、私はそのへこんだブリキのマグをチャンスがありしだいサボテンの陰に捨てるつもりでいた。あの異様なべとつく代物を飲むなんてごめんだったからだ。

当時、チアシードといったら、外の世界ではもっぱら上限5ドルのシークレット・サンタ〔プレゼント交換イベント〕で当たるふざけたギフトでしかなかった。食べる者などいない――誰も、つまり、ララムリだけは別で、彼らは何世紀ものあいだこれを原料に独自のスーパードリンクをつくっていたのだ。ラッキーなことに、私は自分がどんな宝物を手にしているのか、マグを処分する間際に気がついた。

記憶をたどると、かつて1800年代に、冒険家のカール・ルムホルツが私と同じ状況に置かれたことがあった。「ある午後遅く、洞窟にたどり着くと、女性がこの飲み物をつくっているところだった」とルムホルツは書いている。「私はひどく疲れ、2,000フィート〔約600メートル〕ほど上方の野営地までどう山腹を登ったものか途方に暮れていた。ところが、イスキアテで飢えと渇きを満たすと」と彼はつづける。「むくむく新たな力がわき立つのを感じ、われながら驚いたことに、たいした苦労もなく高峰に登ることができたのである。以後、イスキアテはいつでも困ったときの友となり、力をみなぎらせ、回復させてくれた。これは発見といって差し支えないだろう」

チアシードはちっぽけだけれど、栄養成分のアミノ酸と抗酸化物質で超満杯だ。アステカ族の死者たちはかつてチアを一服してから戦場へと走り、ホピ族も同じようにしてアリゾナから太平洋までの壮大なランに出発した。何にもまして燃料を手間もかけずに補給できるのが、冷たい、柑橘系の一杯、チア・フレスカなのだ。

材料
チアシード　大さじ2
水　500ml
ライム　1個(搾る)
ハチミツ　大さじ1

つくり方
- チアシードを少量の水に数分間、浸す。
- その水にライムをたっぷり搾り、ハチミツをかける。
- かき混ぜて、冷やして飲もう。
- 再使用できるジェルフラスクにうってつけ。

スウィッチェル、アーミッシュ整腸（および成長）スポーツ飲料《ブルー》

ウルトラランナーのスコット・ジュレクが記録破りの速さで走るアパラチアン・トレイルの途中、わがペンシルヴェニア州に入ってまもなくトレイルの起点で年配の農場主から挨拶がわりにあやしげな自家製混合飲料をふるまわれたと聞いたときは、少しばかり地元が誇らしくなったものだ。

スコットはスウィッチェルのことを知らなかったが、電気やジッパーを使うほかの人たちもたいてい聞いたことがない。ピーチ・ボトムに暮らすわがアーミッシュの隣人たちは何世紀にもわたり、畑仕事のあいだにこれを飲んで活気づき、のどの渇きを癒やしてきた。スコットは森で見知らぬ者から渡された無印の瓶の中身を飲むのは「とんでもなく無謀」と思ったが、ミネソタ育ちなだけに年取った農民の気持ちを傷つけるのは忍びなく、礼儀正しく口に含み――そして恋に落ちた。

「スウィッチェルはやたらとうまく、辛味と酸味もあって、長く暑い一日のあとにぴったりだ」とスコットは夢中になった。絶品のぴりっとした風味に加えて、スコットは根ショウガとリンゴ酢（アップルサイダービネガー）が素晴らしい抗炎症薬になるのも知った。ただ彼には知るよしもないが、スウィッチェルには激烈な従兄の〝超強壮剤《スーパートニック》〟がいて、アーミッシュはそれを使って喉の痛みから腸の張りまで、消化経路沿いのあらゆる病気を治療する。どちらもたっぷり摂ってきた私は断然スウィッチェルが好みだが、元気がないときにスーパートニックがもたらす強烈な効果は否定できない。

Switchel
スウィッチェル

材料
水　2ℓ
おろしショウガ　100g
ハチミツ　大さじ2
リンゴ酢　250ml
最近のオプション　たっぷりのレモン汁

つくり方
- 水とショウガを鍋に入れて軽く沸騰させる。とろ火にし、ハチミツを入れてかき混ぜる。2～3分とろとろ煮たあと、火から下ろして冷ます。
- このショウガハチミツ水を大きな瓶に注ぎ、リンゴ酢と、お好みでレモン汁を加える。
- 仕上げに瓶を水でいっぱいにする。冷やして召しあがれ。

Amish Super Tonic
アーミッシュ・スーパートニック

材料
水　1ℓ
すりおろしたショウガ　100g
刻んだニンニク　2、3片分
刻んだ黄タマネギ　1個分
粉の赤唐辛子《レッドペッパー》または生のトウガラシ　大さじ1
すりおろした西洋わさび《ホースラディイッシュ》の根　240g
リンゴ酢

つくり方
- 水とショウガを鍋で混ぜ合わせる。軽く沸騰させてから、とろ火にし、2～3分とろとろ煮る。
- このショウガ水を2リットルの瓶に注ぐ。ニンニク、タマネギ、ホースラディッシュ、レッドペッパーを加える。瓶をリンゴ酢でいっぱいにする。
- 中身をよくかき混ぜ、冷暗所に保存する。1日に1度かき混ぜ、熟成させる。
- 2週間後、超強壮剤が用意できている。清潔な瓶に濾しながら移してどうぞ。ほどほどに。

6・4 エイドステーション――血液をチェックしよう

今度ふたりの友人と走るときに調べてみよう――あなたがた3人のうちひとりは、一滴の血で防げる致死の病のふちにいるのを自覚していない。


あなたが直面しているのはロシアンルーレットだ。米国人の3人にひとりは前糖尿病〈糖尿病予備群〉なのに、大半の人（80パーセント！）は手遅れになるまで気づかない。本格的な糖尿病になる脅威はどこにでもあるから、2週間テストをはじめるまえに、医師か手っ取り早い家庭用キットを頼ってヘモグロビンA1c〔以下HbA1c〕で血糖値を調べたほうがいい。

早期に気づいた場合、糖尿病はきわめて扱いやすい。1型は遺伝性の疾患で、一般的に小児期に発症するため若年性糖尿病と呼ばれることもよくある。2型がいまここで注目している糖尿病だ。これは食事と関係があり、時間とともに進行する。どちらの型でも、膵臓が血糖の処理に不可欠なインスリンを生成しない。だから糖尿病患者はインスリン注射をうつ必要があるし――だから前糖尿病患者は危険を察知して手を打つ必要がある。

HbA1cからはもっぱら過去3か月の平均血中グルコース濃度（血糖値）がわかるので、〈90日間ラン・フリー〉プログラムにもってこいだ。血糖値に影響を与えるふたつの要因――糖質吸収度の高い食品と運動――こそ、〈90日間ラン・フリー〉プログラムがリブートを意図するものにほかならない。ＨｂＡ１ｃ検査を受ければ、ふたつのことが片づく。前糖尿病のリスク評価と、進捗を監視する基準としての血糖マーカーの設定だ。〈90日間ラン・フリー〉プログラムが終わるころには、３か月かけて食事を改善し、しつこい揺れを解消して、走る量も――激しさも――過去数年を上回ることになる。つぎのＨｂＡ１ｃ検査はヴィクトリー・ラップになるはずだ。

でも正直に言おう。私はＨｂＡ１ｃを久しく計測していなくて、あまり気が進まない。薬局で３日前に検査キットを買ってからというもの、途方に暮れている。今年は不摂生な食事をしてきたから少々結果が怖いし、机の上のあの白い箱を見てシナモントーストクランチを家に持ち込んではいけない理由を始終思い出させられるのも耐えられない。

だから私はあなたとともにいる。この章の終わりに行き着いたら、ぐずぐずするのはやめて自分で採血しよう。急を要する理由は４つある。

1　知らぬ間に標的になっているのは友人ふたりのうちのどちらなのか、と頭を悩ませているようなら、自分に問いかけてほしい。〝あなたは男性？　45歳以上？　若干体重がある？　そして運動は週３回未満？〃。もしそうなら、頭を悩ませるのはやめていいだろう。
2　新型コロナにかかったことがある？　だとすると膵臓細胞へのウイルスの影響により、糖尿病リスクは40パーセント増大している。逆のシナリオはなおさら悪い。糖尿病患者が新型コロナに罹患した場合、重い合併症を発症する可能性が高くなる。
3　リスクが高い人は少なくない。黒人、ラテンアメリカ系、アメリカ先住民、太平洋諸島民の場合、または家系に糖尿病の症例がある場合は、発症率が高くなる。
4　甘く考えてはいけない。検査しなくてもわかると思うのは間違っている。前糖尿病の症状は見えないことが多く、そのためすでにホットゾーンにいる10人に8人は手がかりを得られない。

だからこそトッシュ・コリンズは自分で検査するようになった。トッシュを見たら、余命が250年くらいありそうだと思えるだろう。彼は激しくワークアウトする。食生活はクリーンで、最初に予定していた面談のときも、夕食用に野生のサボテンの芽を収穫しに出かけていた。伝統的なネイティブ・アメリカンの健康とウェルネスの専門家なのだ。それでいて危険な立場にあることを自覚している。

「ネイティブ・アメリカンの男性でそろそろ40歳、そしてT2D（2型糖尿病）の罹患率が高いコミュニティの出なら、普通はリスクが高いとみなされるけれど、それはばかげた発想だよ」とトッシュは言う。「いまどきバイオ

1型糖尿病患者のカイマナ・ラモスは長距離ランの際にグルコース・モニターパッチを貼って血糖値を追跡する

マーカーのデータを知らない人は健康管理の面でかなり危険だ。血糖の問題にごく早期に気づけたら、2型糖尿病への進行を防ぐ措置をとることができる」

そんなわけで過去5年にわたり、トッシュは定期的にHbA1c検査をしてきた。インスタグラムの投稿で自身の検査結果を公開し、それにかき立てられて私はぐずぐずするのをやめたのだ。

HbA1c検査キットは3つの部分で構成される。小さな採血ユニット、検査カートリッジ、カートリッジリーダーだ。まず、穿刺針《ランセット》で指に穴をあけるが、これはいつも思ったより簡単だ。つぎに、一滴の血液を採取ユニットに出し、振って混ぜる。

血液が用意できたら、検査カートリッジをリーダーに入れる。最後のステップとして、採血チューブをリーダーに差し込み、じっと待って5分のタイマーが減っていくのを眺めていると、やがて結果が表示される。その結果はつぎの段階のどこかに当てはまるはずだ。

正常なHbA1c：5・7パーセント未満
前糖尿病：5・7〜6・4パーセント
糖尿病：6・5パーセント以上

私の測定結果：5・2。
念のため、私は15分待ち、リーダーを再起動して再度検査する。今度は5・4。ここでは高いほうの数値が正確だと仮定しよう。最初の検査で手間取り、測定を狂わせたかもしれないからだ。すると私はトッシュより0・3パーセント高いことになる。彼は信じがたいレベルなだけに悪くはない。だが、トラブルまで0・3パーセントの範囲内にいるのだから最高なわけでもない。ただ なにより悩ましいのは検査前の不安だ。トレーニングをしてきたわれわれは目的であるレースを楽しみにしている。緊張はあるにしても、準備はできたとわかっているからだ。でも手抜きをしていた場合——白い箱は3日間、机の上に置かれたままになる。

ということで、きのうはトレーニングの目的が5か月後のバードインハンド・ハーフマラソンだった。きょうは、3か月後のHbA1c検査だ。ハーフマラソンのPR（自己最高記録《パーソナル・レコード》）は一過性のものだが、トッシュの血糖値に伍するのは？ それこそ真の勝利だ。

6・5 フード——アクションアイテム

1 2週間テストの準備としてあなたの〝Yes〟フードと〝No〟フードを知る。
2 糖質吸収度の低い食事のレシピ集をまとめる。フィル・マフェトンのウェブサイトでたくさん見つかるが、〝低GI食〟（"Low-GI meals"）をネット検索すれば何万と出てくるはずだ。
3 食料品庫に糖質吸収度の低いおやつをストックする。その作業を日課にすれば、それがあなたの常用食品になる。
4 HbA1c血糖値を検査する。

5

〈ムーブメント・スナック〉エクササイズをつづける。

7 フィットネス——熟練メカニックになる

さかのぼって1878年、病弱なティーンエイジャーのウォルター・ジョージがある事実を見つけ、それはいまなおランニングに対する知恵のゴールドスタンダードとなっている。当時のウォルターは喘息《ぜんそく》に加えて見習い薬剤師としての14時間勤務もあり、さほど走り込んでいなかったが、それでも1マイルの世界記録を破れると信じて疑わなかった。
そこまで確信した理由とは? 〈100アップ〉だ。
ウォルターは必要とひらめきの組み合わせから100アップを生み出した。毎日明け方から日暮れまで薬局のカウンターの後ろに釘づけになって接客していれば、室内で手っ取り早くできる運動は欠かせない。だが真の創造力となったのはランニングの生の力学に対する見識だった。ご多分にもれず、ウォルターももともとランニングを前進運動の行為とみなしていた。A地点からB地点に行く、速ければそのほうがいいのだと。
でもそれが間違いだとしたら? ランニングとはA地点からB地点に行くことではないとしたら——A地点からA地点に行くことだとしたら? なぜなら考えてほしい。実際に何をやるかといったら、片方の足で跳び、もう片方の足で着地することだ。前進について気をもむまえに、とウォルターは思いなおした。上下することに焦点を置くべきかもしれない。

そこで薬局の店内で、長時間のカウンター業務中に、ウォルター・ジョージはランニングの全要素――膝の振り出し《ニードライブ》、まっすぐな背筋、腕振り、中足部着地《ミッドフット》――を盛り込み、その方向を水平ではなく垂直にした運動の実験をはじめる。多少の試行錯誤を要したが、まもなくウォルターは何でもないように見えて、じつはすべてを果たす運動法を編み出した。

それを〈１００アップ〉と名づけたのは、まさにそのとおりのものだったからだ。つまり、片足を１００回ずつ上げる。１００アップにはルールが3つしかないが、その実行に際して、ウォルターはあいまいにすませるつもりはなかった。「生徒には毎回の練習時に完璧なフォームを維持する必要性を銘記してもらう」と彼は強調する。「正しいフォームが失われたら直ちに、運動をやめるべし」

完璧な１００アップには、つぎのことをすればよい。

・地面に2本の線を、肩幅の間隔をあけて引く。
・片足をそれぞれの線上に置く。
・背筋をまっすぐにし、片方の膝を腰の高さまで上げる。元通りに下ろす。逆の足で繰り返す。

要するに、足踏みをする。簡単だろう？

ところが、あっさりやっつけられると思ったら、ウォルター・ジョージの亡霊がそのうぬぼれた笑いを拭い去ってくれるはずだ。「この運動は一見、たやすく達成できそうなので、1000回上げられると思う向きもあるだろう」と彼は忠告する。「それは膝を所定の位置まで上げること——この運動の主目的——が果たせていないか、正しくないフォームの短縮動作で〝疾駆《ギャロップ》している〟せいである」

100アップの真骨頂は組み込み式の診断ツールにある——またの名を、地面に記された2本の線だ。このエクササイズの陰の英雄で、あなたが抱えているかもしれない隠れた揺れをとらえる設計になっている。100アップを実行中、膝を腰まで突き上げることに専念していて、ふと下を向いてみると、バランスが崩れてハッシュマークから半フィート〔約15センチ〕ずれていたりする。左臀部が硬いとか、体幹がだらけて少し前傾している場合、100アップはそれを嗅《か》ぎつけるのだ。

だからこそウォルターが勧めるとおり、20アップか30アップ程度からはじめ、友人を監視人として誘って「脚の動きや姿勢の欠点を指摘してもらう」といい。両足とも100回《レップ》を完遂できたら〈初級《マイナー》〉から〈上級《メジャー》〉に進む準備はできている。足踏みではなく、その

イマニュエル・ルネスは持ち前の弾性を活かして優れたトレイルランナーに

場ランニングに昇格だ。

〈メジャー〉はカラテキッド風にはじまる。まず、片足の母趾球でバランスをとりながら踵を浮かせ、もう片方の脚の膝を腰の高さまで上げてほしい。そして、すばやく動きだす。バランスをとっている足を跳ね上げ、もう片方の足で軽く正確に着地し、まさに走るときのように腕を振ろう。

さてどうだろう？　これで本当に効果があるのだろうか？

それがまた、たしかにウォルター・ジョージの場合はうまくいった。1年間、彼はほぼ100アップしかやらず、やがてレースに飛び入りする機会をつかんだとき、気づけば喘息はおさまり、脚の速さは常軌を逸していた。21歳の誕生日を迎えるころまでに、見習い薬剤師は国際的スーパースターとなり、800ヤード〔731・52メートル〕から10マイル〔16・09344キロ〕までの全距離で記録を破る。いちばんの自慢の種は、24時間酒盛りしてからふらっとトラックに現れると、1マイル4分12秒で疾走して満員のスタジアムを驚嘆させ、30年にわたって追いつかれることのない世界記録を打ち立てたことだった。

膝を跳ね上げれば、素晴らしいフォームがついてくる

「たゆまぬ練習と定期的な使用のみにより」とウォルター・ジョージは100アップについて語っている。「私自身、競走路で数多くの記録を樹立し、過去のいかなる人物よりも多くのアマチュア陸上選手権を制覇した」

ナイキの資金とナノテクが、より強く、より速いスーパーアスリートの育成につぎこまれている今日、もっと優れたトレーニングツールをつくった者がいるはずだと思えるかもしれない。だが100アップはいまでもバネ式ネズミ取りと並んで人類有数の息の長い発明に数えられる。どちらも1800年代に発案され、どちらも生物の問題に対するごく単純な機械的解決策を見つけ、どちらも誰もが簡単に習得可能だ。

ウォルター・ジョージの物語の最良の部分は、その皮肉《アイロニー》にある。もし哀れな男が一日じゅうドラッグストアの店内に閉じこめられていなかったら、あれほど速くはなっていない。彼の偶然の天分とは、ランニングの秘訣はストレングスであって、スピードではないと発見したことだった。トラックに足を踏み入れるまえに強固な土台を築くことで、ウォルターは何年ものハードなトレーニングを可能とする防弾性さながらの肉体を手に入れる。驚異的なデビューから10年を超えてなお、あらゆる挑戦者を打ち負かし、地上もっとも恐ろしい競走者として記録を打ち立てていた。

ただあいにく、〝薬剤師見習いのレッスン〟を学ぶ者はほとんどいない。われわれはもっと遠くへ、もっと速く走ることに熱心なあまり、どこにも出かけないのを得意にすることはない。体調を整えるために走りはじめても、走りはじめるために体調を整えようとはしない。しかも多くの点で、ウォルターよりもわれわれのほうが深刻なのだ。フィットネスに関して、われわれはウォルターが直面しなかった不都合を抱えている。たとえば車。そして翌日配達。ふにゃふにゃのシューズ、ストリーミングチャンネル、一日じゅう椅子に座らされる仕事。

だからウォルターの足跡をたどるには、100アップだけではだめだ。追いつかなければならない。関節を目覚めさせ、その機構を軌道に戻し、脚を復活させる必要がある。たじろくことはない！　こうしたスキルは100アップと同じく簡単に習得でき、けがの予防に効果的だ。あなたは自分の未来をコントロールし、自分の身体の熟練メカニックになろうとしている。

7・1　レッグストレングス・ツールキット

フットコア

腹部の体幹を鍛えろとはよくいわれるが、足の幹についていわれることはない。だがおそらくこちらのほうがさらに重要だ。この決定的な筋トレこそ、健康とパフォーマンスのカギである。足を鍛えるだけで相当な運動機能不全が取り除かれるからだ。地面の上の安定性は、ほかの筋肉をどう活性化させるかに影響する。

片脚裸足バランス　ONE-LEG BAREFOOT BALANCE

● 片脚で表面が硬い場所に立ち、その前足部でバランスをとりながら踵を少し浮かし、土踏まず《アーチ》に強く力がかかるようにする。
● 必要に応じて壁や椅子、パートナーを使って姿勢を安定させる。

メモ：これは足で上下運動をするカーフ・レイズ〔ふくらはぎの筋トレ〕ではない。動きはなく、ただ安定させる。

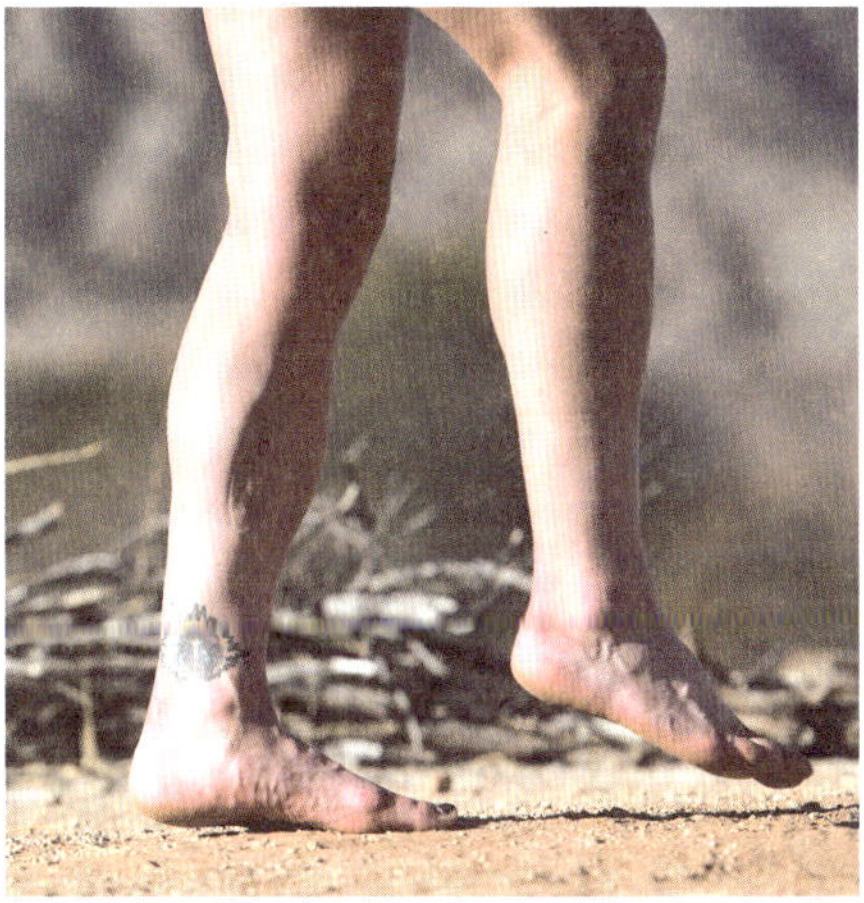

回数：片足30～90秒、または疲れるまで。
特別な注意点：どこが敏感か。足の筋力に難がある人もいれば、足は強く、ふくらはぎや大臀筋にいちばん疲れを感じる人もいる。

サイドリフト　SIDE LIFT

- 裸足の右前足部でバランスをとり、壁や椅子、パートナーを使って身体を安定させる。
- 右脚をまっすぐ伸ばしたまま、左脚を横に上げる（はさみの刃の片方を開く要領で）。
- 左脚をできるだけ高く上げ、腰を水平に保ちながら、最初の位置に戻る。

メモ：これは立ち脚を安定させるエクササイズで、動かす脚の可動域エクササイズではない。
回数：15～25回、逆の脚で繰り返す。

ニーリフト　KNEE LIFT

●裸足の右前足部でバランスをとり、壁や椅子、パートナーを使って安定させる。
●右脚をまっすぐ伸ばしたまま、右の踵を少し上げる。
●つぎに、左膝を前にできるだけ高く上げてから、もとの位置に戻す。ゆるやかな、コントロールされた動き方を保つこと。
●重点を置くのは立ち脚で、動かす脚ではない。
回数：15～25回、そのあと逆の脚で繰り返す。

レッグ・スティフナー

ふにゃふにゃのシューズはエネルギー泥棒だ。たしかに、感触はふんわりしてやわらかいが、それは詐欺師の常套手段だ。あのクッションは走りにくくするのであって、走りやすくしてはくれない。足下のクッションが多ければ多いほど、身体にそなわる本来の弾力性を活かせなくなる。地面から跳ね上がるどころか、フリーエネルギーはすべて発泡体に吸収される。となると空中に戻るために余計にがんばらないといけない。

本当に必要なのは、軽やかにはずんでいくことだ。脚の硬さ《レッグ・スティフネス》がカギを握る。脚の硬さとは、筋肉の緊張や可動域の減少を意味するのではない。むしろ、堅固な土台をつくることで筋肉や腱が弓の弦のように機敏に跳ね返るようにするものだ。そしてすばやく宙にはずむほど、けがをする可能性は低くなる。空中が安全な場所で、地上にいるときこそ危険なのだ。足が浮いているかぎりは問題ない。トラブルが起きるのは着地時だ。ほとんどのけがは地面にいる時間が長すぎることに起因する。全体重を片脚で支えるためだ。その脚のバネで速く跳ねるほど、膝——あるいはふくらはぎ、足底筋膜、アキレス腱——が揺れる身体を支えずにすむようになる。

カバーヨのモットーを思い出そう。これから学ぶのは〝軽く〟の秘訣だ。

ポゴホップ　POGO HOPS
ねらい：アーチとふくらはぎに力を入れ、脚本来の弾性エネルギーを活性化させる。接地を最小化して弾性エネルギーを最大化することを学ぶ。
特別な注意点：すばやく地面を離れること。ねらいは短く弾むバウンドだ。高さではない。

①両足

やり方

- 裸足がベスト。
- 足首でジャンプし、すばやく上下に跳ねる。膝はできるだけ曲げない。
- モッシュピットを思い浮かべる。1979年のブロンディを思い浮かべてほしい。
- うまく跳ねられるようになったら、変化をつける。左右に、前後に、あなたのホップが向かうほうにジャンプしよう。

回数：楽しみながら30秒から45秒つづける。または、すばやくできなくなるまで。スピードが落ちると接地時間が長くなるからだ。

②**片足**
・片足ずつ単独で跳ぶ時間。
・跳ね方はいままでどおり——ただ片足だけ地面につけて！
回数：10〜15回。疲れるまえにやめる。ゆっくりになると接地時間が長くなるため。

基本的なランニング動作

100アップ　100 UP

ねらい：活動する筋肉のパターンを、とくに前足部着地とニードライブに備えてトレーニングする。100アップの実行中に踵で着地するのは不可能だ。
特別な注意点：背筋をまっすぐ伸ばして立つ。臀部と腰が働いているのを感じること。地面を押し込むようにして膝／脚を引き上げ、足がしっかり安定すること

を意識する。

〈マイナー〉　THE MINOR

やり方

- 裸足がベスト。
- 地面に2本の線を、肩幅の間隔をあけて引く。
- 片足をそれぞれの線上に置く。
- 背筋をまっすぐにし、左腕を前に出しながら右膝を腰の高さまで上げる。
- 右足を元の位置に戻す。
- 右腕を前に出しながら左膝を腰の高さまで上げる
——要するに、足踏みだ。

回数：フォームと正確さがもっとも重要だ。線からずれるか膝が充分に上がらなくなるかしたらすぐにやめること。

〈メジャー〉　THE MAJOR

やり方

• 〈マイナー〉と同じだが、足踏みからその場ランニングに移行する。

シングルレッグ・ウォールスクワット　SINGLE-LEG WALL SQUAT
ねらい：大腿四頭筋と大臀筋の均衡を取り戻す。多くのランナーは大腿四頭筋が優位で、大臀筋の活性化が不足し、その結果、腸脛靱帯炎やランナー膝、股関節屈筋の緊張を起こしやすい。筋肉の緊張は優位な筋肉のバランスが崩れることで引き起こされる。
特別な注意点：スクワットの動作は、椅子に座るときのように股関節と臀部から開始する。先に膝をつま先の前に出さないように。

やり方

- 裸足がベスト。
- 壁の横に、その壁が身体の左側に来るようにして立つ。
- 右脚の位置は壁から2フィート〔約60センチ〕ほど離す。
- 左足を地面から少し後ろに浮かす。
- 壁を支えにして、右脚でしゃがみこむ。
- 股関節の〝蝶番式《ヒンジング》の動き〟を意識する。
- 支えとなる手で壁を強く押しつづける。これで外側の脚の安定性を試したい。
- 太腿が地面と平行になるまで身体を下げてから、立ち上がる。

回数：各脚15〜30回。

ラン・ランジ　RUN LUNGE

ねらい：熟練の職人芸とするに値する単一のスキル・エクササイズがあるとすれば、これしかない。筋力、安定性、可動性、腕の同期など、健康的な安定したランナーに必要なすべてに力点を置く。
特別な注意点：ランジをする際は、走るときのように腕を振る。これはかなりの難題なので、鏡を使うといいかもしれない。

やり方

- 表面が硬い場所で裸足になる。
- 浅いランジの姿勢をとる。
- クォータースクワット〔膝を45度くらいしか曲げないスクワット〕にし、深くはしゃがまず、右足は股関節の下、左足は後ろにまっすぐ伸ばす。
- 左膝を上げて前に出す。できるだけ高く身体の前に上げる。
- 走る動作で右腕を前方に振る。

・左右を替えて繰り返す。
回数：目的はコントロールと安定性なので、無理のない範囲で25回以上を目安とする。トレーニングによって身体が自然にバランスポイントを見つけられるようにしたい。

7.2 フィットネス——アクションアイテム

1 〈フィットネス〉エクササイズを身体になじませる。時間をかけ、量ではなく習得に重きを置く。
2 ムーブメント・スナックを〈フィットネス〉エクササイズと組み合わせ、実験的なワークアウトのセットを組み立てる。好きなエクササイズを選ぼう。目標は楽しく自然に感じられる方法で組み合わせることで、〈90日ラン・フリー〉プログラム

で再会したときに安心できるようにしたい。
3　低ＧＩスナックでパワーを落とす。ワークアウト後の空腹時に健康的な食品を選ぶことを習慣づけよう。

8 フォーム――イージーの技術

エリックはランニングフォームを10分で教えてみせると請け合った。しいて見積もるなら、計算が７０００パーセントはちがっていると思う。そこでエリックの主張を検証すべく、自分で試すことにした。

・携帯電話で〈Rock Lobster〉を探した。
・壁から半歩ほど離れて〈再生〉を押した。
・ビートに合わせてその場ランニングをはじめた。

〈一時停止〉を押して時計を確認した。そしてもう一度やってみた。やるたびに、エリックの見積もりはひどく長すぎるとわかった。10分どころではない。むしろ５分だ。

１曲。１枚の壁。３００秒。もし誰かがこの秘訣をカーマ・パークと共有さえしていたら、彼女を不幸から救うことができたかもしれない。

カーマはあまりにも悲惨で、海軍は正直なところ、彼女がとんでもないランナーなのか、とてつもない役者なのか判断がつかなかった。彼女がどういう経緯で新兵訓練所に入ったのかさえ謎だった。

不思議なのは、走ることは彼女の唯一の弱点だったことだ。ボートから海に放り出されても？　問題ない。懸垂、腕立て伏せ、腹筋は？　朝飯前だ。カーマは負けず嫌いの水泳の選手にしてレスリングの学校代表として育っただけに、2時間のトレーニングはお手の物だった。でも1マイル半〔約2・4キロ〕を走れというのは？　それも13分以内で？　無理だ。彼女は何度も挑戦したが、毎回歩くはめになり、痛む脇腹をつかんでは脚のうずきに顔をゆがめるのがオチだった。

「きっと新兵募集係がわたしを入隊させようと体力テストの数字をごまかしたんだ」とカーマは信じている。「走り終えて、ああ、まずい、1分遅すぎたと思ったら、彼女は〝いえいえ、あなたは大丈夫〟って」

ランニング障害に悩みつづけたカーマ・パークは、フォームを変えることで人生を変えた

基礎訓練では、歯を食いしばってベストを尽くした。海軍は夢の生活への切符なのだから、あきらめるわけにはいかない。カーマは当時25歳、ロースクールに通う妻がいて、外科医になることを望んでいた。将来の資金を得るもっとも確実な道は、軍でのキャリアだった。それに、彼女は借りを返さなくてはならなかった。カーマは11歳のときに韓国からアメリカにやってきた。ジェンダーの問題に気づきはじめた外国人の子供にとって、アラバマはどこより居心地のいい場所ではなかったかもしれない。それでもカーマは家族がそこで生活を築くことができて深く恩を感じていた。

「本当にこの国の役に立ちたかった」と彼女は言う。「でも新兵訓練所では病室に出たり入ったりしてばかりだった」。カーマは教官のモットーを自分に向けて唱えた――痛いのはうわべだけ！　踵からつま先！　踵からつま先！――が、がんばればがんばるほど、彼女はだめになっていった。「最初はたぶん、わたしがなまけていないかチェックしていたんだと思う」とカーマは振り返る。「どうもほかの新兵はランニングから解放されたくて仮病を使っていたみたいだから、わたしが疑われるのもわかるけれど、あまりにも痛がるものだから、彼らも別のことが起きているとわかったのです」

やがて海軍の医師たちはカーマを慢性股関節亜脱臼と診断した。彼女は長期療養病室への出頭を命じられ、そこで1か月、6か月、1年と、必要なだけ閉じこもり、治すか辞めるか決めることになる。それが彼女の選択肢だった。よくなるか、速くなるか、出ていくかだ。

カーマは打ちひしがれていたが、内心では潔白が証明された気分だった。幼い時分、母親が新しい故郷に溶け込む方法として家族全員を地元の5キロレースに参加させていたころから、自分が走れないことを知っていたのだ。「よく父といっしょに集団の最後尾を歩いていて、こう思いました。こんなにばかばかしいことってない。車も自転車もあるのに、どうして走るんだろう？　わたしは体育のほかの面はうまくできたのだけど、走ることは試しても試しても一向に上達しなかった」

民間人の生活に戻ってもカーマは苦労した。妻がロースクールを卒業できるよう、自分の教育は保留し、〈サブウェイ〉の店舗経営をはじめる。体重が増えてきたが、運動しようとすると脚の古傷が再燃し、ついに痛みの本当の原因が関節リウマチであることがわかった。薬を飲むと無気力と膨満感に襲われ、身体はひどく痛んで歩くのに杖が必要なほどだった。

カーマが陥った悪循環を止められる者はいなかった。

妻の愛人のほかには。

「妻は本当に鍛錬《フィット》した男と不倫していたのです」とカーマは言う。「彼女に問いただすと、あなたは太っていると言われました。それが本当につらくて」。つらさのあまり、妻との別居後に自分をいちばん嫌なもので罰することにした。「肉体的苦痛を味わうことで、精神的苦痛をまぎらわすことにした」とカーマは言う。「海軍を辞めたときは、走ることもやめると誓った――嫌だ嫌だ嫌だ、もう二度と走らないって。今回は自分自身をぼろぼろになるまで走らせ、早めの墓穴を掘ることにした。自分が嫌いで、走るのも嫌いだったから、それでこうしようと」

今度ばかりは、カーマのけがが救いの手を差し伸べる。心臓よりも先に脚が動かなくなり、自分を打ちのめす新たな方法を模索しているあいだに大きな幸運に恵まれ、シェリダンに出会ったのだ。その素晴らしい女性がそばにいると、傷ついている自覚さえなかった部分が癒えはじめた。そして初めて、自分の性自認《ジェンダーアイデンティティ》と向き合い、ずっと埋もれていた自己への移行《トランジション》をはじめる自信と支えを得た。

さらに、もう一度、身体を鍛えなおそうと決意した。

あなたが自宅で野球のスコアをつけるタイプだとしたら、これまでにカーマはランナーとして3度三振を喫している。長年のあいだに、私はこういった話を挫折した元ランナーたちからたくさん聞いてきた——そして私自身体験もした——が、こんなふうに思ったのは初めてのことだ、そう、これはコールドゲームにして、すっぱりあきらめる潮時かもしれないと。ところが、逆境をものともせずにカーマはふたたび歩を進める。シェリダンが長男を出産すると、これから赤ちゃんが成長するというときに杖をついたり早死したりする親にはなるまいと固く決意した。

「そんなわけで、ちゃんとした走り方を学ぶ旅をはじめたのです」と彼女は言う。

今回、カーマは別の角度からこの問題に取り組んだ。元凶は頭であって、身体ではないとしたら？カーマは数学が得意で、医者の家系の出でもあり、もっと早く気づかなかった自分に少し腹が立ったのだが、方程式が間違った結果を出しつづけるなら、同じ数字を足したところでどうにもならない。もっと激しく走るというより、と彼女は考えた。もっと賢く走る方法があるのではないか。

彼女のわかった《ユリイカ》！の瞬間が訪れたのはまもなく、上り坂よりも下り坂で脚が痛むと気づいたときだった。こうひらめいたのもそのときだ。地球全体を坂みたいに扱ったらどうだろう？　フォアフットで着地するのだ。つまり、いつも言われていたように踵からつま先《ヒール・トウ》、ヒール‐トウ着地ではなく。

「友人にこの話をしたら、彼女はすぐに〝『BORN TO RUN』を読んだことない？　そういうことが書いてあるよ〟って」

カーマは1冊手に入れると、そこに、そのとあるページに人生を変えるロールモデルを見つけた。といっても、レッドヴィル・トレイル100でララムリのランナーチームに走り勝ちかけた勇敢な科学教師、アン・トレイソンではない。ミネソタの荒れた子供時代から這い上がり、史上最高のウルトラランナーとなった気品ある不屈のヒーロー、スコット・ジュレクでもない。カーマが自分の姿を見出したのは、人間火の玉の守護聖人ジェン・シェルトンや、ランニングで傷心を癒やした悲恋の一匹狼カバーヨ・ブランコですらなかった。

ちがう。鏡をのぞいたカーマににっこり笑い返したのは、ベアフット・テッドだった。

いまとなってはうれしくもないことだが、カバーヨ・ブランコと私は初めてテッド・マクドナルドに会ったとき、どちらが彼の頭に一発食らわせて峡谷に放り込むかをじゃんけん《ロック・ペイパー・シザーズ》で決める気満々になった。テッドは「僕の人生は制御された爆発だ」と口癖のように言い、それで私はかえって確信を強めたのだが、彼は「制御《コントロール》」の意味をわかっていない。

ジェンやビリー・ボーンヘッド、マヌエル・ルナがテッドのどこを気に入ったのか、私はなかなか理解できなかった。何度か衝突してようやく合点がいったのだが、たとえば、デス・ヴァレーの真ん中で顔を突き合わせて怒鳴り合いをしたこともあって、置き去りにしてやるから野垂れ死ねとこちらが脅せば、テッドは目の前で「あんたがいくらデカくたってかまわない！　相手になってやる！」と叫んでいた――ちなみに、このときわれわれはバッドウォーター・ウルトラマラソンでルイス・エスコバーのクルーを務めているはずだった。

だが、テッドといて本気で楽しいという人がほかに大勢いることは見逃せなかった。テッドは暇な日には重宝するが、心の広い友人にして独自の才能の持ち主でもある。わがアーミッシュのウルトラランニング仲間の一団が〈ラグナー・リレー〉シリーズへの途上でシアトルを通過することを知らせると、テッドは直ちにルナ・サンダルの店舗を開放し、即席の宿泊所でくつろげるよう手配した。ほぼ毎年、銅峡谷まで戻り、ワラーチのつくり方を教えてくれたララムリの職人、マヌエル・ルナに札束を手渡す。パートナーだからではなく、友人だからだ。

それでも、テッドをコルトンでの写真撮影に誘ったあと、ルイスが私に劣らず湯気を立てて怒った姿には笑うしかなかった。48時間ものあいだ、テッドはイエスともノーとも言ってこなかった。そのまま黙っていたのならまだいい。だがそうではなく、ルイスと私のもとには意味不明でじれったいメッセージが届きつづけた。携帯電話に数秒だけ表示されては消えるデジタルアートのスマイルなどだ。友人が現れる（あるいは現れない）のを待つというより、ゾディアック・キラーにつきまとわれている気分だった。

ところがなんとまあ、アムトラックの列車がサンバーナーディーノ駅に停まり、ひょっこり現れるベアフット・テッドは、大きなサンタクロース式バックパックに詰めたサンダルづくりの道具を肩にかついでいる。6時間かけてやってきた直後に、われらがボランティア・モデルのひとりひとりにすてきな特注サンダルを手づくりしはじめた。手が忙しければ、口も忙しい。テッドは30分にわたるスポークンワード・パフォーマンスを披露し、列車に閉じこめられているあいだに頭蓋骨のなかで鳴っていたことを残らずぺらぺらと、なかなか見事にしゃべりまくった（「見るものすべてを食べ物に変えるのもスーパーパワーだ。きみはそれをもっているか?」という台詞《せりふ》だけはおぼえている）。１ダースのサンダルを仕上げるとすぐに立ち去り、車に便乗してその日の夜にサンタバーバラに戻った、というのも、こちらは知るよしもないが、もともとそこで差し迫った約束があったからだとか。なんという男だろう。

ランナーとしてのテッドは真の革命家だった。ことミニマリズムに関しては群を抜いていて、世間が追いつくのに何年もかかった。もとより説得力のある主張をしていなかったわけではない。ただ、典型的なテッドの流儀で、〝ザ・モンキー〟と名乗る男だけがついていける方向に話が進んだのだ。

上：ベアフット・テッド・マクドナルドは、ペーサーのクリストファー・マクドゥーガルとともに、自作のワラーチを履いてレッドヴィル・トレイル100を完走
下：2006年、ベアフット・テッドはララムリの職人マヌエル・ルナからサンダルづくりの技術を学んだ

思い起こせば、そもそもテッドがランニングをはじめたのは、アメリカの〝時代錯誤の鉄人《アナクロニスティック・アイアイマン》〟になることを夢見たからだった。つまり、テッドだけが知る理由で、40歳の誕生日にフルトライアスロン（スイム2・4マイル〔3・86キロ〕、バイク112マイル〔180・25キロ〕、ラン26・2マイル〔42・195キロ〕）を完走したいのだが、用具は1890年代のものに限定される。テッドに素の運動能力以上の資質があるとすれば、それは絶対的に防弾性の高い自信なので水泳とサイクリングはこなせるのにランニングは手に負えないとわかったとき、問題がこの身体ということはありえなかった。ランニングにあるはずだった。

惜しい。実際はランニングシューズのせいだった。初めて裸足で走ったとき、テッドの遊星歯車が変速したのだ。「ほんとにびっくりするくらい楽しかった」とテッドは言う。「シューズを履いているとひどく痛むのに、脱いだとたん、足は捕まっていた魚がまた水に飛び込んだみたいになったんだ」

あるベアフットランナーのブログで三大真理を見つけた。

・シューズがさえぎるのは痛みであって、衝撃ではない。
・痛みはわれわれに心地よい走りを教えてくれる。
・裸足になったそのときから、きみの走り方は変わるはずだ。

〝走り方は変わる……〟

それはテッドがこれまでランニングについて教わったこととは正反対だったが、これまでランニングについて教わったことはどれもうまくいかなかった。それに、たちまち合点がいった。まともなバスケットボール選手はただボールを空中に放り投げてベストを祈りはしない。真剣なテニスプレーヤーはラケットを棍棒《こんぼう》のように振り回したりしない。数年間、日本で教師をしていたテッドは、寿司職人や武道家が何年もかけて技術の基礎を完成させることを知っていた。動きの世界では、フォームとテクニックが最高位を占めている。

オンラインはともかく、実物のベアフットランナーを知らなかったテッドは、自分で再発明への探求に乗り出す。気づけば第二次世界大戦中、歩哨を務める長い夜にオリンピックの栄光を夢見ていたというチェコの兵士と同じ立場に置かれていた。立ったまま震えるのではなく、兵士はその場で走りはじめ、膝を高く上げて雪を払い、人に聞かれまいと、重いブーツでできるだけ静かに着地した。戦後、帰郷した兵士はすべりやすい雪の代わりに濡れた洗濯物を使う。石鹸と水で満たした浴槽で、服の上を走って洗った（よく聞いてほしい、ミスター１００アップ。一歩でも泡だらけの浴槽で踏み外したら、やり直しどころか緊急治療室行きだ）。

そうした奇抜な自宅での実験が見事に実を結んだ。自身の創意だけをコーチとし、エミール・ザトペックはオリンピック史上もっとも驚異的な戦績を残す。１９５２年大会、初めて挑んだマラソンを含む３つの長距離種目すべてで金メダルを獲得した。

いかに速く走ろうとも、エミールはひどい見た目だと散々文句をつけられた。上半身を見ると、ザトペックは恐怖そのものだった。いつも顔をしかめ、あるスポーツ記者は「まるで心臓を刺し貫かれたようだ」と述べている。頭はぐらぐら揺れて両手で自分の胸を引っかき、胸郭からエイリアンの子供を産み出すかのようだった。だがスポーツ記者たちが何を見落としていたかといえば、それは腰から下にかぎると、ザトペックは機械だったことだ。リズミカルで、正確で、非の打ちどころがない。

テッドは〝時代錯誤の鉄人〟に挑戦していない――少なくとも、いまのところは――が、それ以外は止められなかった。走ることは習得すべき技術であって、耐えるべき罰ではないと気づいてからは、使命を帯びた〈猿〉となった。

やがて彼は、ボストンの出場資格を得られるだけの速さでマラソンを駆け抜け、つぎの出場資格を得られるだけの速さでボストンを走り、そこからはまさしく上り調子で、長いロードから高山のウルトラマラソンへと移っていった。

だが、カーマがなによりうらやましく思ったのは、テッドがレッドヴィル・トレイル１００を驚きの25時間で完走したことでも、スケートボードで思いもよらない世界記録（24時間２４２マイル〔約３８９キロ〕）を樹立したことでもない。テッドと同じくらい速く走れるかどうかはどうでもよかった。同じくらい健康になりたかっただけだ。自分も故障《ハート》したテッドから幸福《ハッピー》なテッドへの足跡をたどりたかった。

「それでフォアフット・ランニングを全面的に受け入れることを

10年以上たってなお、テッドはランナーのためにワラーチを手づくりしている

決意したのです」とカーマは言う。

受け入れる《エンブレイス》という言葉は適切ではないかもしれない。2014年5月3日以降、カーマは1日もランニングを欠かしたことがない。毎晩、どんな嵐がアラバマ州バーミングハムに吹き荒れようと、風邪と戦っていようと経営する診療所で理不尽な事態に対処していようと、カーマはサンダルを履いて戸外へ向かう。

8年以上つづくこの記録は、まさしくベアフット・テッド流の、おかしなはじまり方をした。フォームを変えて1年もたたないうちに、二度と走らないと誓っていた女性が初のマラソン完走メダルを持ち帰ったのだ。杖は消え、自由を奪う関節炎の恐怖も忘れ去る。動き方を変えることで、感じ方を変えられるのを発見した。まもなくマラソンから50キロレースへと階段をのぼると、そこから事態は進展する。その初ウルトラマラソンの翌日、カーマは軽い2マイル〔約3・2キロ〕のジョギングで身体のうずきを試すことにした。すると驚いたことに、そのランのあとは脚の調子がかえってよくなったため、翌日もまた出かけ……さらにつぎの日も……といった具合で連続記録が生まれたのだ。

連日のランニング記録を保持するため、カーマは1日1マイル〔約1・6キロ〕は走るが、それはあくまでベースラインにすぎない。最初の1年に3度ウルトラマラソンに挑み、連続記録内の連続記録をつくりはじめる。1日5マイルを1年間、1日7マイルを10か月、1日3マイルを1300日走った。それだけ走行距離計を作動させながらも、カーマはベアフット・テッドからもうひとつ裏技《ハック》を借りる必要があると感じていた。〝スムーズに軽く〟の鉄則を忘れないように、彼女はつねにテッドが開発したルナ・サンダルで走る。

カーマはそれまで直接会ったことはなかったが、ついにあの日、テッドはサンバーナーディーノ駅で列車から飛び降り、われわれの写真撮影ににこやかな禿げ頭のトルネードよろしく乱入してきた。いつもは機敏なテッドも、ここでカーマと目が合ったときは、自分の立場を把握するのに何拍かかかった。

数年前にテッドに救いを見出した人物は、自分の身体になじめず、2度の恐ろしい転換に直面していた。きょう、テッドの前にいるカーマはすでに反対側まで突き抜けている。かつて、カーマはテッドに希望と導きを求めていた。いまや、まったく別のものを受け取るにふさわしい。テッドは納得して、差し出した。

「質問があったら、カーマに訊くといいよ」とテッドは、ミニマリスト・ランニング術についての一言一句に耳を傾ける経験豊富な熟練ウルトラランナーの一団に言った。「彼女は僕と同じくらいわかってる」

2014年5月3日以降、カーマは1日もランニングを欠かしたことがない

8・1 ~~10分間~~ 5分間フィックス

ランニングには固有の〝キャッチ＝22〟〔逃れられないジレンマ。同名の小説内に出てくる架空の軍規に由来する〕**がある。つまり、フォームが正しいか確かめるには下を向かなければならない……しかし、フォームを見ようとして頭を下げると、フォームは台なしになる。**


エリックは人間の目に代わるものを見つけなければならなかった。必要なのは、視覚と同じくらい正確で、エラーが犯されると即座に警告を発するバイオフィードバック装置だ。ついにその完璧なテクノロジーが見つかった。

壁である。

つぎにエリックはテンポに取り組んだ。ダンスと同じで、ランニングは単なる動きの集まりではない。リズムも求められる。一方だけ修正するのは修正でもなんでもないので、エリックは動きとケイデンスを結びつける確実なシステムを必要とした。求めるビートがはっきりわかったのは、手ごろな価格の消費者向けテクノロジーと、テネシー・バーボンとは何の関係もない男との幸福な衝突のおかげだった。

１９８０年代に安価な手持ちサイズのビデオカメラが市場に出はじめ、突然、誰でもゲリラ映画制作者を気取れるようになった。そんなゲリラのひとりがジャック・ダニエルズ、２度オリンピックメダリストに輝いた大学の陸上コーチだった。エリートアスリートたちを撮影するようになったダニエルズは、ある興味深い事実に気がつく。全員、1分あたり約180歩で走る傾向があったのだ。片脚では90歩、速く走るか遅く走るかに左右されない。加速するときは、その180拍のリズムを変えずにストライドを長くするだけだった。ダニエルズがつづいて新人ランナーに目を向けると、概してケイデンスはかなり遅く、160程度だとわかった。この初心者たちが犯している間違いは、速さときつさを混同していることだと、ダニエルズは気づいた。じつは速いケイデンスで走るほうが楽なのだ、止まる……進む……止まる……進む……というのではなく、跳ねることができるからだ。

そして跳ねるスピードが速ければ速いほど、自由な勢いがつく。

だが現実的になろう。走っているあいだに歩数をカウントしたり、時計を見つめたりしたい者などいるだろうか？　エリックの10分間修正法には、ランナーがリズムを筋肉記憶《マッスルメモリー》にしみ込ませる簡単な方法が必要だった。その点については、B-52sに感謝していい。

〈Rock Lobster〉はきびきびと1分間の拍数（bpm）92でリズムを刻む。80年代のオルタナティヴ・ロックが好みじゃないなら、ラモーンズの〈Listen to My Heart（リッスン・トゥ・マイ・ハート）〉、テイラー・スウィフトの〈ME!〉、あるいはわれらが個人的なお気に入り、レディ・サウスポーの〈Verrazano〉に替えてかまわない。彼女はアルバム全曲をわざと90拍のケイデンスにしたパンクロック・マラソンランナーだ（レディ・サウスポーのことは第11章でランニングと音楽について直接語り合うくだりで、またお伝えしよう）。

さて、ではこれをどう整理するのか？

1　その場でポゴホップ（130ページ参照）をする。高く跳ぼうとするのではなく、足首を使って跳ねる。着地はこねくりまわさないこと。前足部を自然に着地させ、踵を地面にキスさせればいい。

2　スムーズで楽に感じ、一日じゅうやっていられると思えるまで、ポゴホップをつづける。リング上のムハンマド・アリ、ライオット・フェストで歌いながら跳びはねるグウェン・ステファニーを思い浮かべてほしい。
3　わかっただろうか？　では背中が壁にふれそうな位置に立とう。その場で軽く走る。もう跳ねるのではなく、走るわけだが、ポゴホップしているときのすばやく弾む感覚は求めつづけよう。
4　踵が壁にぶつかるとしたら、あなたはキックバックしている。そうではなく、足を上に引くことだ。膝を曲げるというより、膝を前に振り上げるといい。これがその場ランニングの長所だ。やり方を間違えるのは不可能に近い。踵着地《ヒールストライク》はできないし、前すぎる着地《オーバーストライド》にもなりえない。唯一のリスクであるキックバックも、壁が矯正してくれている。
5　いよいよフィナーレ。背中を壁に向けたまま、〈ロック・ロブスター〉を再生し、リズムに合わせて走る。
6　感じられるかな？　これで完璧なランニングフォームを習得できたはずだ。

〔動きをマスターする〕

ランニング・ログ　RUNNING LOGS

〈パート1〉
ねらい：万能キッチンシンク型エクササイズ。ケイデンスや正しい足部着地《フットストライク》、軸脚《スタンスレッグ》、蹴り出し《プッシュオフ》、薪《ログ》をまたぐ練習に役立つ。また、カギとなる高いケイデンスの感覚を養うのにも役立つ。
注意点：これはできるだけ速く足を動かすアジリティ・ドリルではない。薪をまたいでスムーズかつ自然に走ることが目標だ。

やり方

- 地面に1ダースの小さな薪を約3フィート〔約90センチ〕間隔で並べ、〝はしご〟をつくる。薪がない場合は、丸めたタオル1ダースを使うか、チョークで地面に線を引くだけでもいい。このキャンプではシューズを使った。

●薪をなめらかに飛び越し、〝はしご〟の各横木のあいだに片足で着地しながら走る。
●楽なスピードに慣れ、できるだけ自然な走りだと感じられるようにする。
●膝を前に振り出し、薪やシューズ、チョークの線を高さ半フィート〔約15センチ〕と見立ててまたぐ。

回数：疲れないかぎり好きなだけ。

〈パート2〉

ねらい：薪の間隔を少しずつ長くすることで、各ストライドを広げるのに必要な押し込み《プッシュ》を感じる。薪をまたぐには、地面をさらに強く押し込まなくてはならない。それがスピードを生み出す方法でもある。
注意点：間隔を広げるには上げた脚を伸ばすのではなく、立ち脚で地面を押すといい。

やり方
●薪と薪の間隔をひとつ前よりも少しずつ広げて〝はしご〟を並べ替え、薪をまたぐステップの距離を長くしていく。目測でもいいが、基本的には連続する薪の間隔に3〜5インチ〔約7・5〜12・5センチ〕を加えること。

例

薪1〜薪2＝3インチ〔7・6センチ〕…
薪2〜薪3＝3・5インチ〔8・9センチ〕…
薪3〜薪4＝4インチ〔10・2センチ〕…

●あくまで走るのであって、跳ばずにすむよう距離を調整する。
●薪をまたいで走り、より大きな力をかけることに集中して地面を押し、広げた間隔を乗り切る。

回数：楽しもう！　疲れないかぎり好きなだけ。

スキッピング・フォー・ハイト

SKIPPING FOR HEIGHT

ねらい：スキップが苦手なランナーは、たいていランニング中に腕と脚の連動がうまくいかず、効率と安定性を失っている。腕の振りが弱くて脚がばらばらに動き、揺れとエネルギー浪費を引き起こす。
注意点：リラックスしつつ、力を入れる感覚を身につけよう。高さを出すには、呼吸しながら体幹を意識し、リラックスして力をこめなくてはならない。

やり方
• 通常のスキップ動作で、前膝を高く振り出し、距離ではなく高さを稼ぐことに集中する。
• ランニングフォームのように、左右逆側の腕と膝を前に高く上げる。
• スキップのステップは短くし、蹴り出し《プッシュオフ》と強い大きな腕の振りでパワーを生み出す。
• 腕と脚の連動が苦手な場合は、通常のスキップを練習し、上達するにつれて高さを上げていく。

回数：片脚6〜8回ずつ。多ければいいというわけではなく、高さと連動性《コーディネーション》が増せばいい。回数が多いほど、疲れて目的を見失いやすくなる。

スティッキーホップ　STICKY HOPS

ねらい：接地時間を短くして体幹を使う能力を特訓す

る。
注意点：着地はクォータースクワットより深くせず、脚は硬く、上下動はしない。

やり方

〈コントロール型〉
- 片脚で立って前方に跳び、同じ脚で着地して浅くスクワットする。着地したまま3までカウントしてから、また同じ脚で前に跳ねる。この〝同じ脚〟のパターンをつづける。

〈クイック型〉
- 片脚で立って前方に跳び、同じ脚で着地して浅くスクワットしてから、またすばやく前に跳ねて同じ脚で着地する。できるだけすばやく脚を跳ね上げながら、このクイックホップのパターンをつづける。

回数：各脚8〜10回ずつ。

脚のなかの脳

筋肉記憶《マッスルメモリー》はたしかに存在する。

しかもわれわれの多くが思っているよりずっとパワフルだ。研究者たちは、運動をすると筋肉細胞にリカバリーコードのようなものが刻印されることを発見した。それはわれわれがより強くなるためにおこなったすべてのワークのアーカイブであり、だからたとえ数か月――それどころか数年間――運動をやめても、いつでも好きなときにリカバリーモードを作動させることができる。魔法の薬ではなく、近道《ショートカット》だ。過去に身につけた筋力や敏捷《びんしょう》性が、最初に築いたときよりも格段に速く戻ってくる。

ジムに入りびたる人たちは科学者が関わるはるか以前からこのことを自分で見つけていた。ウェイトリフティングの選手たちは、トレーニングから離れて身体がなまっても、ウェイトリフティングを再開すると、予想より短い時間で回復することに気づいた。彼らはこれを〝greasing the groove（溝に油を差す：GtG）〟と呼んだ。つまり、一度ある課題に反応するよう身体を鍛えておけば、ショックを与えて再始動させれば、まもなく以前と同じようになめらかに進行するという考え方だ。

これを検証するため、アーカンソー大学とケンタッキー大学の研究者たちが気の利いた実験をおこなった。マウスに抵抗《レジスタンス》のある回し車を走るように訓練したのだ。いわばウェイトと心肺《カーディオ》のコンボである。2か月のワークアウト後にマウスは3か月の暇を与えられた。これは人間でいえば7年間の休職に相当する。実験用マウスの寿命はわずか3年だからだ。

休んでいたマウスをふたたび活動させ、回し車に不慣れなマウスと競わせたら、どうなったと思う？

8・2 完璧なランニングフォームのプレイリスト

あなたは〈Rock Lobster〉と結婚しているわけじゃない。
目的はとにかく1分間の拍数(bpm)90の曲をあなたの海馬にとどめることだ。
だから、B-52sが好みでないなら、エリック・オートン監修の
この〈ラン・フリー・プレイリスト〉から好きな曲を選べばいい。

Lady Southpaw – "Why I Run" "Verrazano"
催眠的《ヒプノティック》! レディ・サウスポーは、90bpmの完璧な〈ラン・フリー〉アンセムを2曲つくりあげた。

The Ramones – "Listen to My Heart"
ラモーンズ – 〈リッスン・トゥ・マイ・ハート〉
「頼むぞ《テイク・イット》、ディー・ディー! ワン、トゥー、スリー、フォー」。オリジナルなスリーコードの名人たちによる、初心者に最適な90bpmの短くて速いトラック。

Palace Winter – "H.W. Running"
90bpmで奏でられる自由なスピリットの叙情的な旅があなたを魅了し、ゾーンに誘う。

Led Zeppelin – "Rock and Roll"
レッド・ツェッペリン – 〈ロックン・ロール〉
伝説のドラマーとギタリストがこの86bpmの名曲で脚をウォームアップすれば、ロックもランニングも止まらない。

Taylor Swift – "ME!"
テイラー・スウィフト – 〈ME!〉
パートナーを誘ってこの91bpmのポップなデュエットを。一日じゅうこの曲を口ずさんで完璧なペースを手に入れよう。

The Rolling Stones – "Everybody Needs Somebody to Love"
ザ・ローリング・ストーンズ – 〈エヴリバディ・ニーズ・サムバディ・トゥ・ラヴ〉
ストーンズは永遠にロックしつづける。この89bpmのシンプルなブルースロックに合わせたあなたのランニングもそうだ。

The Beatles – "Help!"
ザ・ビートルズ – 〈ヘルプ!〉
曲が進むとタイミングはつかみやすい。リンゴが後ろについている――ビートを見失いそうになったかと思うと、リンゴのドラミングが大きくなるのだ。

Olivia Rodrigo – "deja vu"
オリヴィア・ロドリゴ – 〈デジャヴ〉
とくに追いやすいビートではないけれど、このキラーソングにはそうするだけの価値がある。

Emmylou Harris – "Born to Run"
エミルー・ハリス – 〈ボーン・トゥ・ラン〉
テンポがほんの少しだけ遅いが、"Born to Run"を1曲入れなければならなかったし、スプリングスティーン版はスローすぎる。

鍛え直したマウスたちには、新参者よりもずっと早く筋肉がついた。第2ラウンドの開始時はどのマウスも体調不良だったが、まえにその道を通ったことのあるマウスは中間段階をスキップしてすぐに復調することができた。

サイクル競技では、昔の選手たちがこれを「深い脚」と呼んでいた。彼らの筋肉は、ロードで何マイルも走って強くなっただけではない。賢くなった。だからこそ、けがから復帰したベテラン選手は、トレーニング量が同じでもすぐ新人に追いつくことができた。一度、〝楽に〟動く秘訣を教えたら、脚が忘れることはない。

8・3 フォーム——アクションアイテム

1 〈ランニング・ロッグ〉ドリルを試し、シューズ、チョーク、タオルなど、自分にとっていちばん使いやすい方法を設定する。
2 100アップを実践する。100アップをしながらテ

レビを見てもかまわないが、ルールを忘れないように。ストライドごとに膝を腰の位置まで上げ、床のマークから離れないことだ。
3 〈Rock Lobster〉その他、90ｂｐｍの曲を呼び出し、壁を背にその場ランニングを実践する。
4 音楽に合わせてどれだけ軽く、楽に走れるか確かめる。走りながら歌えるほどリラックスできるか？
5 〈ベーシック・ロック・ロブスタリング〉をマスターしたら、いろいろな動きを試してみる。ビートに合わせて前後左右に軽くホップしてもいい。
6 〈フォーム〉のエクササイズをすべて実践し、動きを身体におぼえさせ、自然な感覚で〈90日間ラン・フリー〉プログラムを開始できるようにする。

9　フォーカス
——もっと速く、もっと遠く、もっとずっと長く

美しい！　エリックの筋力エクササイズのおかげで、あなたの身体は全地形対応車になりつつある。そのフレームは険しい登り坂も幹線道路も苦にしない。１００アップやその他のフォーム調整スキルによってパンクに強いタイヤが装備され、キャリー・ヴィンソン方式で食生活を改善したいま、あなたのタンクはつねにプレミアム燃料で満たされることになる。

頭脳、身体、腹。すなわち、車輪、フレーム、燃料。

では、ほかに何が必要なのか？

モーターだ。

空気はこの乗り物の命に火を灯す必須の要素だ。呼吸の仕方で、進む速度、つづけて走れる長さ、回復する速さが決まる。スポーツ科学者がランナーのポテンシャルを測ろうとするとき、まず目を向けるのがこの点だ——呼吸はうまくできているか？　車を買うのと同じで、なにより重要なのはフードの下にあるものだ。空気がなければ、走れはしない。

「酸素は全身の細胞に火をつける」と、ビッグウェーブ・サーフィンのレジェンド、レアード・ハミ

ルトンに言われたことがある。「呼吸が失敗を決定づけるのだ。どんな格闘家も、どんなアスリートも、口呼吸、息切れをはじめたら、すぐにおしまいになる。何週間と食べ物がなくても、何日と水がなくてもやっていけるが、酸素を断てば数分でさよならだ。呼吸することがあなたの力になる」

私が陸上コーチではなくサーフィンの神を呼んで呼吸について話したのは、ある荒れた午後にふたりの人間が本当は生き残る権利のない悲劇のトンネルの反対側から出てきたからだ。それはひとえに、レアードがどのランナーのモーターにもある3つの主要ギアを熟知していたおかげだった。〈完全燃焼《フルバーン》〉〈閾値《スレッショルド》〉〈終日《オールデイ》〉である。

スポーツ科学の教科書ではこれを無酸素運動（空気を求めてあえぐ）、作業閾値《いきち》（適度な空気）、有酸素運動（たっぷりの空気）と呼んでいる。あなたはこの3つを何度も経験してきた。その感覚はよくわかっているはずだ。だが、それをコントロールする方法を知っているだろうか？〈フルバーン〉

イマン・ウィルカーソンはカリフォルニアの丘陵地帯でクライミングギアにシフトする

でどこまで持ちこたえられるか、手がかりはあるだろうか？　ランニングの途中で燃焼停止《フレームアウト》するのを避けるために、いつ〈スレッショルド〉から〈オールデイ〉にシフトする必要があるのか？

　というのも、そういった基本的なスキルをマスターできないのであれば、残念ながらユリウス・カエサルのローマ軍団の百人隊長になるチャンスはないからだ。カエサルは史上有数の偉大な軍事指導者であり、彼の軍隊が数千マイルの距離を徒歩で移動していたことを考えると、この男は身体の《フィジカル・》健康《フィットネス》について一家言あったにちがいない。カエサルの軍勢はとうてい信じがたいまでのスピードで知られていた。敵の指揮官は、カエサルを永久に釘づけにしてやったと確信し、喜びを噛みしめていると、後方から矢が飛んでくる音がして、一夜のうちに30マイル〔約48キロ〕を走破したローマ軍に背後から封じ込められたことに気づいたのだった。

　カエサルは偉大なランナーを探すまでもなかった。養成できたからであり、ペースにその秘密はあった。ローマ軍に入隊して最初の4か月間、新兵は速度調整を執拗に叩き込まれた。例の3つのギアを筋肉記憶《マッスルメモリー》に深く埋め込み、たとえ真夜中であろうと、命令ひとつで1万人の兵士が即座に行進から早足に一糸乱れず移行できるようになった。足並み《ペース》について手並みが示された、と言ってもいい。

　ご想像のとおり、世界最強の軍隊の最高司令官は、当て推量が好きな人物ではなかった。カエサルは自分の軍団の〈オールデイ〉速度をきっかり「夏の時間〔古代ローマでは日中を12等分した長さを1時間としていた〕で20ローママイル〔約30キロ〕」、つまり1マイル15分00秒に設定した。これより1段速いギアは駆け足《ダブルタイム》で、マイルあたり13分30秒、5時間で22ローママイルを走ることになる。過酷な地形と45ポンド〔約20キロ〕の荷物を背負ったことを考慮すれば、どんなウルトラランナーもうらやむ移動速度だ。

ローマ軍団の最終ギアは……そう、これだけは向かってくるのを見たくないだろう。攻撃速度は〈フルバーン〉チャージで、すべての戦士が4分の1マイル〔約400メートル〕先までの敵に急接近する。ただし、同胞を追い抜いたり、しばし膝に手をつかないと剣を振れなかったりするほど速くはない。そんな計算は簡単だと思うなら、今度走ったときに電柱に向かってスプリントし、着いたときにすぐ野獣モードになれそうか確かめてほしい。

大変だろう? ただ懸命に走るのとはちがう。焦点《フォーカス》を絞って懸命に走ること、しかも自分のペースと目標やトレーニングを同期させるというのは、まったく異なるスキルだ。レアードは「呼吸が失敗を決定づける」と言ったが、裏を返して明るい面を見れば、あなたは突然カエサルになり、そこでは呼吸が成功を決定づけ、一見すると危険なほど速いものの、自分の酸素の限界にぴったりのスピードで巡航できるということだ。

だから、しばしカエサルのサンダルを履く立場になって考えてみよう。心拍計もストップウォッチもまだ発明されていない。狂ったガリア人部族が四方八方から迫り、ローマ帝国全体の運命は、ある厄介な数学の問題にかかっている。

いったい各ギアのペースはどう設定すればいいのか?

たとえば、夏の5時間で18ローママイル〔約27キロ〕はどうだろう? これでもまだかなり速い。あるいは、速足《クイックタイム》を22マイルではなく、25マイルにする? なんとかなりそうだ。もちろん、肝に銘じておいてほしい。少しでも計算を間違え、部隊の到着が少し遅れたり、少し疲れすぎたりしたら、あなたの頭は槍に串刺しされて家に帰ることになる。

この問題に対するカエサルの解決策はじつに独創的で、今日にいたってなお使われている。いっしょに歌うこと《シンガロング》だ。

ランナーが空気をたっぷり取り込める状態で出せる最高速度を判定したい場合は、歌わせるといい。1段速いギアの目盛りを決めるには、ランナーがかろうじてしゃべれるというところまでペースを上げる。そしてもう1段階上げて、一度に2、3語叫ぶことしかできないようにする。

つまりそういうことだ。兵士の唱歌を用いることで、ローマの指揮官はテストと教材の両方を手に入れた。ローマ軍団の古典的なヒット曲は、大半が時間の経過とともに失われたが、残っている断片によれば、部隊の速度に完璧に同期し、猥褻《わいせつ》さで少年たちを夢中にさせるもので、たいていはカエサルがカエサル夫人ではないローマの人妻の多くとセックスするという内容だった。

2000年後のいまでも、米軍はカエサルの戦術書をもとに合図を発している。今日、コンバットブーツは古《いにしえ》の鋲《びょう》を打ったサンダルとほぼ同じ速度で進んでいく。シンガロング方式さえ同一で、好色なローマ人への言及がないだけだ。

アメリカじゅうのブートキャンプで、新兵たちは〈オールデイ〉の速度を走りながら合唱して学んでいる。

われらはアルファ
強い強いアルファ
荒々しいアルファ

真っ正直なアルファ
ブラボーよりもいい
チャーリーよりもいい
チキン・チキン・チャーリー……

駆け足《ダブルタイム》では、教官は言葉を減らし、かけ声と唱和《コール・アンド・レスポンド》の規則的な繰り返しに置き換える。

軍曹：海に動きが――
歩兵：空気ホース切れた！
軍曹：トラブルだらけ
歩兵：泡《バブル》だらけ！
軍曹：ロック、ロック――
歩兵：ロック・ロブスター！

もちろん、このコール・アンド・レスポンドは軍の標準仕様ではないが、そうだとしてもおかしく

〈オールデイ〉ギアでは、がんばりすぎずに、突き進む

ない。*「米陸軍訓練通達3-21・5」のII項4-14によれば、全軍の公式な駆け足歩調《ダブルタイム・ケイデンス》はまさに、時の試練を経た、ジャック・ダニエルズ推奨の……

毎分180歩だ。

9・1 ギアは本当に重要か？ それは……

マウイ島沖およそ2マイル〔約3・2キロ〕、レアード・ハミルトンは気づくと、この3つのギアを頼りに独自のウルトラマラソンに挑んでいた。2007年12月のことだ。その日の早朝、レアードは凶暴な波が猛烈な勢いでやってくるとの知らせを受けた。

レアードと仲間たちはジェットスキーの後部にすばやくボードを積み、海にくり出していった。めざすブレイク地点ははるか沖合にあり、生涯ハワイに住んできたレアード自身、その存在を知ったの

*実際のダブルタイムマーチはむしろ以下のようになる。
軍曹：チャーリー、チャーリー、どこにいた？
歩兵：世界をめぐって帰還した！
軍曹：チャーリー、チャーリー、どうだった？
歩兵：デカい無線車、のろすぎた！

はつい最近のことだった。サーファーたちはうねりに近づくと、畏《おそ》れとともに首をのけぞらせた。レアードはそれまで、およそ人間がサーフィンをしたなかで最大級の波に何度か乗ったことがあった。

ここにあるのは……それどころじゃない。

「私としてはポセイドン・アドベンチャー」とレアードの友人のひとりはのちに語る。「×10だ」

その波はまるで遺伝子実験が失敗して生み出されたモンスターであり、あまりに巨大でとても人間の手に負えそうになかった。言い換えれば、おそらく乗ることはできない。異常な波は頂点《ピーク》に向かって大量の水を吸い込んでいるため、斜面《フェイス》をすべり降りようとするサーファーは、かえって後方に引っ張られ、どんどん上昇したすえに、波が割れて海底へと押しつぶされる。

レアードはかまわずボード上に身をすべらせた。

つぎに起きたことは、スーザン・ケーシーの快著『波（*The Wave*）』に見事なまでに詳しく記されている。サーフィンのサスペンスでありながら、私はずっと思っていたのだが、〝ほら、これがあなたのギアを学ぶべき理由、いますぐ学ぶべき理由だ！〟と教える、これ以上の寓話には出会ったことがない。レアードは突然、自分の命はあの3つの主要ギアにかかっていると悟ったのだ。それは、乗っている巨大な波がいまにも崩れると気づいた瞬間にはじまった。

レアードがそのフェイスに飛び込んだ直後に世界は爆発した。波にもまれ、打ちのめされ、回転しながらもどうにか水面に戻ると、いい知らせと凶悪な知らせがうなりをあげて同時に向かってくるのが見えた。友人のブレットがジェットスキーで救助に駆けつけてくるが、ブレットの背後にまたひとつ巨大な波が迫っている。空気を大きく吸い込んだのも束の間、レアードとブレット、ジェットスキーは水の雪崩《なだれ》の下敷きに。ふたりのサーファーは息をあえがせながら上がってきたが、そこでまた別の怪物に……さらに別の怪物に襲われ……５００ヤード〔約５００メートル〕下の「漆黒の深淵」へと突き落とされた。

レアードは〈オールデイ〉ギアに切り換えた。いつ襲来がおさまるかわからない以上、打つ手は、サーファーなりの夜　行　軍《オーバーナイトマーチ》を発動させ、試練がつづくかぎり耐えるしかない。やがて海面が落ち着き、周囲をうかがえるようになったとき、ブレットが70ヤード〔約60メートル〕先で血だまりに浮かんでいるのが見つかった。

レアードは〈フルバーン〉でブレットに向かって飛び出した。サーフボードの金属フィンのひとつがブレットの脚を骨まで裂き、肉はずたずたになって、まるで「つぶれたオレンジのように」見えた。レアードはすかさずウェットスーツを脱いでブレットの脚に巻きつけ、間に合わせの止血帯にした。急いで岸に着かなくてはならない。だが、水平線にジェットスキーを探すと、それは半マイル〔約０・８キロ〕先で沖に押し流されていた。

レアードはブレットを浮力ベストに縛りつけ、逃げていくジェットスキーを追いかけはじめた。唯一の希望は〈スレッショルド〉ペースに固定することだった。〈オールデイ〉では、追いつけない。〈フルバーン〉では、やりとおせない。見通すことすらできない。酸素が不足すれば視力も落ちる。それも酸素負債の代償だ。あなたにとってはただのスプリントでも、石器時代の神経系にすれば、心拍数の急上昇と息切れは、生存のための闘いが進行中だという赤色警報だ。必須でない機能は一時的に停止する。視野は狭窄し、真正面しか見えなくなる。それこそフォーカスを合わせられない。

ここでレアードが無理をすれば、すぐにあえぎはじめるだけでなく、遠くのジェットスキーも後ろのブレットも見つけられなくなる。瀕死の友人とともに海で行方不明になるだろう。幸運なことに、レアードのタイミングは完璧だった。15分間、懸命に泳いでから、彼はスキーに手をかけた。ところがそこで物語は〝わお！〟から〝いったいいなんて地獄だ？〟に変わる。

スキーのイグニッションキーがブレットの手首につけられたままだったからだ。

レアードはグラブボックスを探ってｉＰｏｄのヘッドホンを見つけると――人食いの大波で逆巻く海に加えて背後では友人が出血多量で死にかけているという重圧と戦いながら――どうにか点火装置をショートさせてジェットスキーを始動させ、轟音《ごうおん》をあげて救助に向かった。無線で助けを求め、瀕死の友人をスキーに引きずり上げると、岸まで１マイル〔約１・６キロ〕ほどを爆走した。

レアードがスキーを砂浜に横すべりさせたときには、すでに救急車が待機していた。救急隊員がブレットを取り囲み、急いで止血作業に取りかかった。レアードは裸のまま、ようやく立ちあがると、気を落ち着かせるように息をつき、からくも切り抜けた大混乱を振り返った。あの常識はずれの摩天楼のような波がまだうねっては砕け散り、近づくなと警告を発していた。

そこでレアードはボードショーツを借りて元気なジェットスキードライバーを雇い、ブレットの様子を確かめてから、海に戻った。

だって、そうだろう。ポセイドン・アドベンチャーの10倍なのだ。

9・2 フォーカス・トレーニング——運動能力＝自覚

私の場合、〈レアードのありえない冒険〉は『メンズ・ジャーナル』誌の取材のためにデンヴァーの公園でエリック・オートンに初めて会った日にはじまった。私の任務は持久力トレーニングに対するエリックの多面的アプローチを記録することだったが、私を相手に1回ワークアウトをすると、エリックはひとつを除いてすべての面をはぎ取ったのだった。

エリックはひと目で私のランニングフォームがひどいことを見抜くと、いくつかの簡単なエクササイズ（のちに写真撮影でジェナ、イマン、イマニュエルを評価するのに使ったものと同じもの）でたちまち筋力の問題を明らかにした。ホイールとフレームのどちらにも課題があり、そこまではっきりした。だが、大きな謎となったのが私のモーターである。

仮にも私がカバーヨやララムリと並んでスタートラインに立つ可能性があるとしたら、エリックは私がどんなトランスミッションで動いているかを見極めたうえで、トレーニングプランを立てなくてはならない。ランナーには、と彼は説明した。８つのギアがある。

１速＝超スローなランニングドリルのペース
2速＝〈オールデイ〉速度（持久力）

3速＝マラソントレーニングのペース
4速＝ハーフマラソントレーニングのペース
5速＝〈スレッショルド〉（10キロ走のペース）
6速＝5キロトレーニングのペース
7速＝〈フルバーン〉（持続可能な速度）
8速＝フィニッシュラインバースト

この3つの主要ギア、〈オールデイ〉〈スレッショルド〉〈フルバーン〉は、オートマチックトランスミッションの〝D（ドライブ）〟だと考えてほしい。ほぼすべてのことに対処可能で、あまり考えなくても正しく切り換えられる。

ほかの5つは？　シフトレバーにある〝S〟や〝L〟といった選択肢と同じだ。その存在はなんとなく知っていても、あまり使わないから快活な〝スポーツ〟やトラクターが牽引するような〝ロー〟の感覚を正確におぼえていないし、本当に必要なときにも使っていない。

心拍計やチェストストラップを使えば、こうしたギアの違いを精緻に把握できるが、ランニングを手首のボタンを押したり数字を見たりすることに費やしたいだろうか？　それより、各速度の自然な感覚を養って、正しいギアに入ったら瞬時にわかるようにしたほうがいいだろうか？

そこでエリックは公園でコーチング法を説明するにあたり、〈2週間テスト〉の食事に対する効果と同じものをペースにもたらすテクニックを教えてくれた。これをおぼえれば、と彼は言った。的を射ているかどうかすぐにわかるはずだと。

エリックは私にシューズを脱ぐように言った。ふたりで公園を裸足でジョギングしはじめた。エリックが前を指差した。

「あの木に着いたら、つぎの木までスプリントだ」と彼は言った。

「それは、つまり――」その簡単な指示に妙にとまどい、私は口ごもった。このまえスプリントしろと言われたのは、ハイスクールでバスケットボールをやっていたときだ。それからの40年間は、たぶんスプリントよりも側転したほうが多かったし、いまの私は側転もできない。9歳児と競走してハムストリングを切ったことのある人なら、賢明な走り方はひとつしかないと知っている。自分のグルーヴを見つけ、それを守りとおすことだ。たまに少し速くなり、たびたび少し遅くなりはしても、たいていはどのペースでも数マイルをほどほどの苦しさで走りきる。ただスプリントだけはしない。大惨事になること請け合いだ。

「全速力で」とエリックは念を押した。「30秒くらい飛ばすんだ。それからジョグに戻る」

30秒のスプリントの20秒目に、私はフレームアウトして歩くしかなくなった。久しくスプリントしていなかったから、やり方も忘れていた。恥ずかしさと腹立たしさが半々だった。だいたいどういう狙いがあるのだろう? トレーニングしたいのは50マイル〔約80キロ〕に向けてであって、50ヤード〔約46メートル〕じゃないと、この男に思い出させないといけないのか?

エリックは私に落ち込む暇を与えなかった。私が回復するとすぐに、われわれはもう1回挑んだ。さらにもう1回。4、5回繰り返したころ、肘をぶつけたあとに手のしびれがおさまるような、奇妙な感覚に気づいた。疲れるどころか、はじめたときより脚がしなやかに、強く、フレッシュになった感じがする。速く走れば走るほど、気分がいい。私は背筋を伸ばし、深く腹から呼吸をし、膝を使って走った。

「いいだろう?」エリックが尋ねた。「弾む感じで?」

速く走ることはバイオメカニクスの自動修正に役立つ、とエリックは説明した。一方、ゆっくりした走りは乱れにつながる。私がいつもけがをしていたのは、それが大きな理由だった。のろのろしたペースのせいで片脚でバランスをとる時間が長くなりすぎ、体重が揺れ動くたびに組織や腱に深刻なトルク(ねじりモーメント)がかかっていたのだ。何年ものあいだ、私はベアフット・テッドが乗っていたヴィクトリア朝巨大前輪自転車の人間版さながら、たったひとつのギアで走っていた。

「つねにスプリントしろというわけじゃない」とエリックは言った。「でも、テクニックは同じでね。信じられないかもしれないが、速く走ることはゆっくりした走り方を学ぶ最良の方法なんだ」

なぜならスピードがどうであろうと、ケイデンスを変えるべきではないからだ。ロック・ロブスタリングをして、パッ‐パッ‐パッと1分間180歩のリズムで足を運ばなくてはならない。より速く走るには、とエリックは説明した。ストライドを少し長くすればいい。そこを変えるだけでけがが治り、筋力とスタミナがつく効果がある。

エリックが話しているとき、私はふとある事実に思い当たった。だからこそ、カバーヨは「まずはとにかく〝楽に〟……」という考えにこだわっていたのか。そのときは大方、川べりでハッパを吸うようなヒッピー哲学を語っているのだと思ったが、エリックの話を聞いているうちにわかってきた。

カバーヨはララムリから学んだもっとも重要なランニングの知恵を明かしてくれていたのだ。

〝楽《イージー》にがすべてだ〟と彼は私に告げていた。〝あとは楽《イージー》にしかない〟と。

ラッキーなことに、エリックのもつ〈イージー〉の伝授法は、峡谷の底での15年にわたるサバティカルを必要としなかった。

帰宅後すぐに、1マイル〔約1・6キロ〕をできるだけ速く走り、そのタイムを送るようにと彼は言った。家の近くにハイスクールの陸上トラックはなかったので、私は小型トラックの走行距離計《オドメーター》を使い、なるべく平坦な道で1マイルを測った。

家にトラックを駐め、2マイルを軽くジョギングして未舗装路に足で引いたスタートラインまで戻った。時計をセットし、何度か深く息を吸い、そして出発した。ロック・ロブスター式ケイデンスの軽快さに加え、新たにまっすぐ伸ばした背中と膝の動きから得られるパワーがとても気に入った。

ざっと半マイルの地点で未舗装路から舗装路に入ると、プランどおりに加速した。満を持して、なめらかなアスファルトを利用してスピードを上げ、一気にラスト——

だめだ。フィニッシュまであと4分の1マイルで、空気切れになり、減速して歩きだした。尻ポケットから電話を取り出すと、自分に腹が立って待ちきれずにエリックにかけた。

「よし!」とミスター楽天家《ハーフ・フル》は答えた。「思いきり走って目標に届かないほうが、最後までやって余力はどれくらいあったか考えるよりいい」。エリックに言われて私は1日休んでから、また挑戦することにした。今回は、コースを逆方向にジョグしたあとにスタートした。距離、ペース、呼吸の感覚にフォーカスした。

6分をまわったころ、すでに口元がゆるんでいた私は時計に手を伸ばして〈停止〉を押した。

〈1マイル・テスト〉

なぜ1マイルか：この中距離は、酸素負債に陥らずに比較的長時間維持可能な最高速度を計算する優れた基準だ。1マイル〔1609・344メートル〕のタイムがランニング用の各ギアの範囲を規定し、〈90日ラン・フリー〉プログラムの基礎となる。
メモ：このテストは〈90日〉プログラムの指定日まで待つこと。
コース：1マイル・テストは正確さと反復しやすいという点から陸上トラックで実施するのがベストだ。陸上トラックが利用できない場合は、なるべく平坦で車や交差点が最小限のコースを探す。
ウォームアップ
- 15分間楽に走る。
- 各スキルを1~2セットおこなう（スキッピング・フォー・ハイト／ポゴ／スティッキーホップ）。
- 30秒の加速を5回。30秒間を通して徐々にスピードを上げ、各回快適な速度で終える。これがきついようなら、がんばりすぎだ。1～2分の休憩を各回の合間に挟もう。
テスト：1マイルをできるだけ速く、かつ着実に走る。飛ばしすぎないこと（ごほごほっ――マクドゥーガル――ごほごほっ）。
クールダウン：リラックスして楽に5～10分のラン／ウォークをする。

フォーカス・トレーニング

フォーカス・トレーニングの効果：持久力を高めようとして、筋力やスピードをつけるのではなく、長くゆっくりとした距離を重ねるランナーがあまりも多い。無理もない間違いだが、幸いにしてエミール・ザトペックはこれを避けることができた。1952年オリンピックでの初マラソンに向けてトレーニングしていたとき、エミールは長い距離を走らずに100ヤードのダッシュをしていると嘲笑《ちょうしょう》された。

「ゆっくり走る方法はもう知っている」と彼は肩をすくめた。「速く走るのが重要だと思ってね」

マラソンでの金メダル獲得はザトペックが正しかったというなによりの証拠だ。ところが、彼を手本にするのではなく、ほとんどのランナーは目標ペースでトレーニングをつづけ、ほかのギアを練習しない。自分に訊いてみよう。あなたの夢が4時間でマラソンを走ることだとしたら、毎日のランを

1マイル9分前後のペースにしていないだろうか？　もしそうなら、スピードもスタミナもつかない。スローペースを守ることが得意になるだけだ。
改善策：26マイル〔42・195キロ〕のためのトレーニングはしない。1マイルを速く走る方法を学び、それをあと25回繰り返す。

2速——オールデイ

この安定した持久力ギアは、酸素を節約するだけでなく、もっとも豊富なエネルギー源にアクセスすることを可能にする。心拍数を〈オールデイ〉の範囲に保つことで、身体は燃焼の速い糖や血糖値が上がりやすい炭水化物に頼るのではなく、脂肪を燃料として利用することを学ぶ。
望ましい感覚：話ができるペース。会話をつづけながらも、着実に努力することを意識できる。
フォーカス目標：速いケイデンス、リラックスして腕を振ること、楽にリズミカルに保つこと。足の着き方については〈ランニング・ロッグ〉を思い描きながら進むことを忘れずに。ときどき立ち止まってその場ランニングをし、感覚を再確認してからつづけよう。

5速──スレッショルド

これはあなたの10キロレースのスピード、45〜60分の全力走に向けて維持できるペースだ。トレーニングの大半をこれより低すぎるペースでおこなうせいで、わずかしか上達せず、長い停滞に陥るランナーがあまりにも多い。〈閾値《スレッショルド》〉こそ魔法が起きるところで、スピードと距離にきわめて劇的な変化がもたらされる。

望ましい感覚：安定していた呼吸がやや苦しくなるが、リズミカルに変化していることに気づく。はあはあと息を切らしはしないものの、文章というより単語を区切って話すことができる。45〜60分間、安定して活動をつづけられる状態。ここでは4〜20分のトレーニングインターバルが使われる。
フォーカス目標：地面を押してスピードを得ること。脚を伸ばしてオーバーストライドする誘惑に負けないこと。数分たって落ち着くと、呼吸がリズミカルで持続しやすくなる。リラックスして腕の振りを感じよう。

7速──フルバーン

VO_2max（最大酸素摂取量）は持久力診断のゴールドスタンダードだ。ここから激しい運動のあいだに吸って利用できる酸素の最大量がわかる。レアード・ハミルトンの「呼吸が失敗を決定づける」という言葉は、$\mathrm{VO_2max}$のことを言っている。空気が切れるまで、あなたはどれだけハードに走れるのか？
〈スレッショルド〉と同様、〈完全燃焼《フルバーン》〉もトレーニング可能だ。〈フルバーン〉での酸素摂取量を向上させれば、その効果はほかのギアにも伝播する。〈フルバーン〉は長い距離と速いスピードでのパフォーマンスを向上させる基礎になるものだ。エミール・ザトペックが長く走るまえに速く走ることを学んだ理由でもある。
望ましい感覚：盗んだ車を飛ばすように走る。2〜4分たってもまだ走れるとしたら、ペースが遅すぎる。
フォーカス目標：息は2回吸って1回吐くようにする。通常の1回吸って1回吐くのではなく。こうすることでフォーカスが定まり、流《フロー》れに入りやすくなるはずだ。息を吸うごとに接地するようタイミングを合わせる。着地についてはつねに、スピードを求めて足を伸ばすのではなく、地面に打ち込むことを忘れずにおく。

9・3 フォーカス――アクションアイテム

1　まだランニングをはじめていないなら、いまがはじめるいい機会だ。思い出してほしい。初心者《ビギナー》の場合、週に3、4回、10～20分ほどゆるやかに走る。道楽人《ダブラー》なら、同様か、やや長めに。熟練者《ベテラン》は、もし1週間休んでいたとしても、また走りはじめればいい。
2　フォームとフォーカスを意識しながら走る。こうしたランはエクササイズというよりダンスのリハーサルだと考えてほしい。目標は動きとリズムをマスターすることで、ただ距離を稼ぐことではない。マインドフルとリラックスを組み合わせるのは厄介だが、それが狙いだ。
3　自分のギアを試す。歌いながら進めるくらいゆっくり走り、一度に2、3語しか発せなくなるまで徐々にペースを上げていく。
4　ギアレンジを上下させながら、短いバーストを何度か織り交ぜて〈フルバーン〉の感覚をおぼえる。
5　走りはじめるまえに、スナックの計画を立てる。帰宅後に何を食べるか決めておく習慣をつければ、息子が冷蔵庫に残していったジャムドーナツ半個の誘惑に負けることもない。

ペース－ギア換算早見表（409ページ）

この表をチェックして、あなたの1マイル〔約1・6キロ〕の自己ベストが長距離ランでは1マイル何分のペースに換算されるか見てみよう。あくまで、最終目標は各ギアの感覚に慣れることだが、時計のタイムと比較することも悪くない習い方だ。各ギアには30秒のペース幅がある（たとえば、1マイルを12分で走る人なら、2速は16分43秒から16分12秒まで）。あなたのスイートスポットはその中間のどこかだ。

10 フットウェア——なにより、害をなすなかれ

『BORN TO RUN』が世に出たとき、ある一文のせいで大炎上が発生した。


〝ランニングシューズは、人間の足を襲う史上最大の破壊勢力かもしれない〟

足病《そくびょう》医やランニングストアのオーナーたちは私を「危険人物」と呼んだ。スポーツ科学者たちは、私がどうやら事実をあまりにも単純化し、なおかつあまりにも誇張していると非難した。私が個人的に気に入ったのは、有名なオリンピック選手だったマラソンの権威で、彼は私が裸足で走っているときに密かにストレス骨折を起こし、それを隠すためにこっそり姿をくらませたという噂をでっちあげ、広めはじめたのだった。

世界シューズ大戦の勃発である。しかも私はまだウォーミングアップをしていたにすぎない。

「ランニングシューズが存在しなければ」と私はさらに書いた。「走る人はもっと増えるだろう。走る人が増えれば、変性心疾患や急性心不全、高血圧、動脈閉塞、糖尿病など、西洋版の死にいたる病

で亡くなる人は減るはずだ」

ランニングシューズ業界全体が、ほかならぬ当て推量とでたらめの上に成り立っている、と私は主張した。

ナイキやブルックスをはじめとする〝ビッグ・スニーク（巨大スニーカーメーカー）〟は、みずから反撃するのではなく、極力この問題に関わらないようにしていた。自分たちに科学的根拠がないことを知っていたのだ。数十年にわたり、相次ぐ研究によって、ランニングシューズはけがの予防にもランニングパフォーマンスの向上にもなんら役立たないことが示されていた。ある辛辣《しんらつ》な報告から、シューズにお金を払えば払うほど、けがをする可能性が高くなることも明らかになった。ナイキ側の筆頭研究者までもが、シューズに余計なクッションを詰め込むと、衝撃は軽減されるどころか、かえって増大することを発見した。オーストラリアのあるバイオメカニクス研究者は、スタビリティシューズやモーションコントロールシューズの使用を正当化する研究が見つからないことに困惑し、各メーカーに研究結果を公表するよう求めた。

メーカーの反応は？

沈黙だ。

だから、シューズメーカーが基本的に黙秘することに決めても驚きはしなかった。だが、この戦いに口をはさんできたほかの声には完全に不意をつかれた。たとえば、アイリーン・デイヴィス博士、全米トップクラスのバイオメカニクス研究者にして、ハーヴァード・メディカル・スクールのスポールディング・ナショナル・ランニング・センターの責任者だ。人間の動き《ヒューマン・ムーブメント》を数十年にわたって研究してきたアイリーンは、サポート構造のあるシューズの信奉者だった。

だったという言葉がここではカギを握る。

「けがのため30年間、自分では走ることはありませんでした」とアイリーンは語っている。「以前は装具の処方もしていました。いまは誓って、週に20マイル〔約32キロ〕走りますし、裸足で走るようになってからけがをしたことはありません」

しばし立ち止まり、その言葉を胸に刻んでほしい。ハーヴァード・メディカル・スクールのランニング障害の権威は、ランニングシューズが自身の足に対する最大の破壊勢力である可能性を示唆したのだ。

そして彼女もまた、ウォーミングアップをしていたにすぎない。

最近のランニングシューズは「ばかげている」と、アイリーンは『BORN TO RUN』について論じたポッドキャストでスーパーサイエンティストのニール・ドグラース・タイソンに語っている。「最初期の靴は足を保護するのが目的で、私たちが身につけるほかの衣類とおおむね同じようなものでした。ばかげているのは、その後、私たちがあらゆるテクノロジーを加えはじめたことです。筋肉がクッションになるのにクッションを追加している。もとからある筋肉で足をコントロールできるのに、モーションコントロールを追加している。そうすることで、じつは足を後退させているのです」

ニールはすぐに理解した。「人類を種として見た場合、靴を履いてきた時間よりも、靴を履いていなかった時間のほうがはるかに長い」と彼は同意した。実父が全国レベルのランナーとして大学卒業後も長く競技をつづけていたニールは、父親のシューズのシンプルさが印象に残っていた。「こういう余計なラバーもテックもヒールもなかった」とニールは指摘した。「足を覆うものはまったくないも同然だった」

アイリーンのような経歴をもつ科学者がミニマリズムに転向するのは、驚くべきことだった。だが、数十年間、ありとあらゆるイノベーションが展開されるのを見てきたが、どれも効果はなかったと彼女は説明した。スプリング式緩衝も。安定性《スタビリティ》ウェッジも。アシックスの〝生理用シューズ〟も断じてない。同社の広告塔を務める足病医は勇敢にも、このシューズが必要なのだと訴えかけていた。なにしろ、女性には「女性ホルモンと調和した」特別なクッションが欠かせないからと。当然、この生理用シューズ足病医の愚かさを少し大目に見る向きもあるだろう。昔は医師でさえ、女性の身体についてばかげたことをいろいろ信じていたのだから。

ただし、これは２０１０年のことだ。

ランニングシューズがそこまでばかばかしいものになった経緯について科学的な説明を見つけたい、アイリーンは純粋にそう思い、ナイキのトップデザイナーに尋ねた。その返答は、委員会方式で馬をデザインしたらラクダができあがったという諺《ことわざ》そのものだったようだ。まずはさかのぼって80年代、新米ランナーたちは長年の運動不足で腱が短くなっていたことから、アキレス腱の問題を抱えはじめた。

「それなら簡単に治せる」とスポーツ足病医たちはナイキに言った。「ヒールを高くして、アキレス腱の負担を減らせばいい」

素晴らしい！　ただし、踵を上げると、足が前にすべってアーチが崩れる。

やり直し。今回はヒールを持ち上げただけでなく、つま先部《トウボックス》を狭くし、アーチを高くして足を固定した。

だめだ。着地時に足が広がる空間がなくなった。足は代わりに丸まろうとしたが、丸まるのはよくない。ミッドソールに硬いウェッジを入れたらいいだろうか？　その覆いに発泡体素材《フォーム》を追加しなければならないのは当然として。

この時点で、デザイナーの頭の片隅にはこんな口うるさい声がしたにちがいない。〝ちょっと待て、それよりランナーに少しウォームアップするよう指示すればいいじゃないか？〟。だが、彼らはそのまま進め、ヒールを持ち上げ、トウボックスを狭くし、アーチを高くして、硬いウェッジを挿入し、余分なフォーム素材を注入して――

かくして200万年ものあいだ見事に機能していた立派な馬が200ドルのラクダになり、3か月ごとに買い換えられる。

アイリーンはこう語った。「私の考えでは、ランニングシューズメーカーは、かつてみんながやっていたように、ランナーをスポーツに適応させるのではなく、シューズをランナーに適応させた結果、どうやら、益よりも害をもたらしているのです」

では、その分野のトップクラスの頭脳がそんながらくたは使えないと証明したのに、なぜまだ売られているのか？

「シューズメーカーはクッション機能やらサポートやら、シューズに搭載されるテクノロジーのすべてに多額の投資をしていますから」とアイリーンはぶっきらぼうに言った。

ベーシックなものは大金をもたらさない、といってもいい。

だが、がらくたは金鉱だ。

アイリーンはラボで電極だらけのランナーたちの比較研究を通して結論に達した。カート・マンソンはそれを靴下履きで解明しなくてはならなかった。

カートは『BORN TO RUN』の刊行後に最初に電話をかけてきたシューズ店オーナーだった。ミシガン州オケモスにある自身の店、〈プレイメイカーズ・パフォーマンス・フットウェア〉での対面を求めてきたのだ。なぜ私がのこのことミシガン州の奥地までキレたスニーカー売りの待ち伏せに遭いにいくと思ったのかは、さっぱりわからないが、何度かの電話で実際に私を説得してみせたのだから、カートの売り込み手腕は確かなのだろう。

といって、気をよくしたわけでもない私が車を駐車場に入れると、カートは私を、ひとりだけ奥の部屋に連れていくと言い張った。顧客の耳にはふさわしくない言葉で怒りをぶちまけたいのだろうと思い、私は古きよきオケモス流に気圧《けお》されるのを覚悟した。ところが、カートが明かりをつけると、そこに現れたのは古いランニングシューズのミニ博物館だった。フットウェアはみずからの歴史を物語る。長年のあいだにシューズは徐々に高く、やわらかくなってきたが、1992年に突如ブルックス・ビーストが登場すると、より大きな、ますます野獣的《ビースティ》なものへの軍拡競争がはじまった。

「私は生まれてこのかた、ずっとランナーです」とカートは言った。「50年のあいだに、ありとあらゆるシューズを目にしてきた。さあ、いま履いているものを見てほしい」

カートは足下を指差した。驚いたことに、私は気づかずにいたが、彼はビブラム・ファイブフィンガーズを履いていた。

カートは年をとるにつれて、けがで苦労することが増え、ランニングを控えて自転車によく乗るようになったという。ある週末、トライアスロンに出場した彼は最終レグの直前にランニングシューズがないと気づいた。カートはそのままシューズなしで走りだした。ミシガン州でもっとも有名なスポーツシューズ専門家が、ソックス姿でランシングの通りを小走りする姿を見られてもかまうことはない。

フィニッシュラインを通過したとき、カートはまさしく優雅に浮かんでいた。そのランの何かが時計の針を30年前に戻したのだ。背中、膝、足、何もかもがよくなったように感じられた。カートはニューバランスに電話で連絡をとり、自身の専門知識をたびたび頼りにしていた同社に売り込みをかけた。〝ベアフットスタイルのシューズをデザインしてくれたら、私がみなさんに使い方を教えましょう〟

こうして両者は一体となり、ふたつの美しい成果が生まれた。素晴らしいニューバランス・ミニマスと、プレイメイカーズの〈グッドフォーム・ランニング〉プログラムだ。カートは得意客であろうとなかろうと、店に足を踏み入れた人に無料で〈グッドフォーム〉のレッスンを提供するばかりか、数十人の競合店で働く販売員にもトレーニングを施した。

「みんなが勝利すればいい」とカートは肩をすくめた。私が以下の理由を尋ねたときのことだ。
1　シューズの購入者に裸足で走る力を与えるだけでなく

2　シューズ業界の他社もそうすべきだと説得する

「健康なランナーは幸せだ」とオケモスのランニングシューズ王は宣言した。「幸せなお客さんはお店を信頼して、また来てくれる。シューズはこれからもずっと必要だからね。でも、正しい使い方があることを学ばなくてはならない――正しい選び方があることも」

ホーク・ハーパーは誰かが幸せな客にしてくれるのを待ってはいなかった。

ホークは『ＢＯＲＮ　ＴＯ　ＲＵＮ』が発売された数か月後、アウトドア・リテイラー・コンベンションで私をつかまえて、何年も自分でシューズをハックしてきたのだと言った。大学のアメリカンフットボールでは体重２４０ポンド〔約１０９キロ〕のディフェンシブエンドとしてプレーし、膝の軟骨をすべて吹き飛ばした。医師からもう走る日々は終わったと忠告されたが、〝石頭ハーパー〟の法則では、それは走る日々ははじまったばかりという意味だった。

ホークはその後、マラソンを70回以上完走し、セントジョージマラソンを2時間22分の好タイムで制する。１９８０年代にユタ州オレムに〈ランナーズ・コーナー〉を開店し、そこで〝石頭ハーパー〟はプロに転身した。ホークの店は、医師からあきらめるように言われた州内のランナーたちが最後に駆け込む教会となった。慢性的な痛みを抱え、暗鬱な診断を受けた人たちが足を引きずりながらやってくるのを、ホークは愛おしく思っていた。彼は自分の傷跡を見せ、医者に反抗するための秘訣を伝授するようになる。

〝簡単なことだ〟とホークは打ち明ける。〝ケニア人のように考えればいい〟

そうやってホークはフットボールで負った傷から立ち直ったのだ。世界最高のマラソンランナーたちが何をしているかを研究し、彼らのフォームとフットウェアをそっくりまねた。そして、エリートはけっして厚底のシューズを履かない、と気づいた。トレーニング中でさえそうで、つねに軽く小刻みに走り、脚は身体の下で曲げ、ぴんと伸ばして前に出しはしない。

だが、シューズのセールスマンであるホークでさえ、厚いヒールやモーションコントロール用のインソールが入っていないモデルはどんどん見つけにくくなっていた。そこで決心した。買えないのなら、焼いてみよう。ホークはシューズをオーブントースターに入れ、華氏275度〔摂氏135度〕に設定した。接着剤が溶けるのを待ってからアウトソールをはがし、余計なフォーム材や不要ながらくたをすべて取り除き、アウトソールを貼り直した。

ジャジャーン！　フランケンシューズを試し履きしたホークは有頂天になった。ついに足は自由になり、ケニア人のように軽やかに跳ねていく。それからというもの、客が膝やアキレス腱の痛みを訴えるたび、ホークはオーブントースターを準備して仕事に取りかかった。

だが私が本当に会いたかったのは、ホークのマッドサイエンティストの息子のほうだった。ゴールデン・ハーパーはさしずめ、のっけから快調に飛ばしたホークだ。ホークは30代になってからシューズとストライドをつくり直す方法を見つけたが、ゴールデンはおむつが外れたときにはすでに絶妙なフォームと懐疑精神を示していた。

9歳になるころには、ゴールデンは家族の店で客のフィッティングをしていた。10歳でもうマラソンを走っていた。12歳のときに樹立したマラソンの年齢別世界記録、2時間45分はいまも破られていない。だがランニングについて学べば学ぶほど、ゴールデンは自身の信仰と格闘するようになる。大学に入るころには、もはや〝最後の駆け込み教会〟を信じていなかった。

「僕はずっと人にうそをついてきた」とゴールデンは気づいた。「シューズについてシューズメーカーから聞かされたことを人々に話してきたけれど、それはすべて科学的なうそなんだ」

ブリガム・ヤング大学ハワイ校で生体力学《バイオメカニクス》と運動科学を専攻していたゴールデンは、スタビリティ型ランニングシューズの根拠となる医学的・工学的原理を掘り下げる機会を得た。そして発見したことに愕然とする。どれも本物ではなかったのだ。それは科学ではなく、科学を装ったマーケティングだった。

「僕らはエンジニアやバイオメカニクスの専門家がナイキの研究所で新製品をデザインしていると考えたいのに。ふざけてる!」とゴールデンは言う。「現実には本物のバイオメカニクス研究者がシューズをデザインしてるわけじゃない。すべてマーケティング担当者がやっているんだ」

デザイン変更の真の推進者を知るまで、ゴールデンはなぜそれが機能しないのか、いつも不思議に思っていた。半年ごとに、シューズメーカーは最新の驚くべきギミックを発表した。〝高効率フォーム材!〟〝カーボンファイバー・プレート!〟〝踵からつま先《ヒール・トゥ・トウ》の転がり《ロッカー》ソール!〟。ところが、負傷率は相変わらずだった。

「ナイキはシューズに高いヒールをつけたが、それについてわずかでも研究した者はいなかった」とゴールデンは息巻いた。「以来、誰もがそれをまねしている。大金を稼げたから、みんなが同じものをコピーしたんだ」

そのころユタでは、パパ・ホークが自身の心の闇と闘っていた。「パパはしっかりしたテクニックで走らないと、まったく走れない」とゴールデンは言う。「膝が大爆発するんだ。だからケニア人のような走り方を独学で身につけ、ぼくらはそれをお客さんに見せるのが得意になった。いつも手早い5分間のレッスンでね」

でも、そこに何の意味があるのか？「われわれはみんなに身体を保護する方法を教えているのに」とホークは嘆いた。「それを台なしにするシューズを売っているとは」

正気じゃない！　スタビリティシューズの市場をつくりあげた張本人ですら、いまでは大きな間違いを犯したと認めている。ベノ・ニッグ博士は、カルガリー大学の権威あるヒューマン・パフォーマンス研究所の共同所長だ。さかのぼって1985年、彼は着地の際に足が内側に転がること、つまり回内《プロネート》することは有害かもしれないという考えを抱いた。巨大スニーカーメ

クイックフィートと前足部着地が全地形ランニングの秘訣だ

ーカーがこのアイデアに飛びつき、スタビリティシューズを店頭にあふれさせた。だが2005年、ベノはこの反プロネーション理論を「完全に間違った考え方」と呼び、「スポーツシューズの構造における大失敗」につながったとして撤回した。

大失敗?

もし食品医薬品局がふにゃふにゃのランニングシューズの監督機関だとしたら、リコールを告げて販売禁止にしている。何百万もの人が専門家の推奨する、医学用語をまとった器具に健康を託していたのだ。だがいまやスタビリティの主唱者が、〝おっと、失礼!〟と訂正しているのに――そして『ブリティッシュ・ジャーナル・オブ・スポーツ・メディシン』誌がこれを追跡した痛烈な報告書を掲載し、13週にわたる調査の結果、モーションコントロールシューズを履いた女性全員が故障するという100パーセントの失敗率によって、そのシューズがよくて役立たず、悪くすれば危険であることが示されたにもかかわらず――。

何の変化もなかった。スタビリティシューズは昔もいまも、好況のビジネスだ。

「プロネーションに大きな注目が集まっている」とゴールデンは指摘する。「でもプロネーションとけがには何の関係もない。それなのに、なぜわれわれはプロネーションに注目するのか?」。彼は芝居がかった間を一拍置いてから、こう言い放った。「売れるシューズの種類を増やすためだ」

だがスタビリティの名づけ親は、自分が引き起こしたトラブルとは関わりたくないと考えている。今日、ランナーに何を勧めたいか尋ねると、ベノ・ニッグはまるでベアフット・テッドのような口ぶりになる。

「保護機能はまったく必要ない」と、世界でもっとも尊敬されているスポーツシューズ科学者は認める。「寒さ対策は別だ。あとは砂利《じゃり》など」

ゴールデンはすでにフランケンシューズ業界に乗り込むのに必要なものをすべて手に入れていた。本物の科学、オーブントースター、列をなす人間モルモットたちだ。

目標はシンプルだった。つくりこみすぎたシューズからガラクタを取り払うのではなく、そもそもガラクタのないシューズをつくればいいじゃないか？　ただ、まずはそのシューズはどんなものか突き止めなくてはならない。そこでモルモットの登場となった。

ゴールデンはいちばん簡単なハックからはじめた。あのいまいましいトウボックスを広げることだ。人間の足はランニングシューズの形には似ていない。われわれの足は箱形で、ランニングシューズは先がとがっている。昔、ホークは大きめのシューズを履かせて靴紐を緩めるだけで、足底筋膜炎をはじめ、顧客の足の問題の75パーセントを解決できることに気づいた。

つぎに、ゴールデンは電動工具を取り出した。値引き品の棚からサッカニーの〈ジャズ・オリジナルス〉を選ぶと、職人を雇ってヒールを削り、ミッドソールを薄くしてシューズを完全にフラットにさせた。このはぐれ物は、名づけて〈ジャジー・ゼロズ〉、踵からつま先まで高低差のないゼロドロップになったためだ。それに〝ジャジー〟は〝ぶさいく《ファグリー》〟よりも響きがいい。

「まずはこれを絶望的な状況のお客さんたちに試してもらった」とゴールデンは言う。「もっともクッション性の高いシューズやもっともサポート機能があるシューズ、装具を試しても相変わらずけがの問題を抱えていた人たちだ」。ゴールデンはこの絶望ランナーたちにアンケートを渡し、６週間後に感想を添えて返送してくれたら10ドル支払うと約束した。

「傑作だったのは、アンケートが戻ってくるまえに、彼らの友達がやってきて、こう言ったことだね。〝ジョーはあの改造シューズを履いたら、膝がそれほど痛くなくなったって。試し履きできるかな?〟」

1年とたたないうちに、ゴールデンは貼り合わせて引き延ばしたフランケン=ゼロズの購入客1000人以上のデータを手に入れていた。「本当にいいものでなかったら、職人によってハックしたシューズを1000足も売ることはできない」とゴールデンは言う。「しかもその結果は信じられないものだった。97パーセントの成功率でランニング障害5大部位のけがや痛みが軽減したんだ。足底筋膜炎、シンスプリント、ランナー膝、腸脛靱帯炎、腰痛のね」

これはもはやゴールデンの手にあまる規模だった。修理職人が1日に仕上げられる〈ジャジー〉の数には限りがあるし、ハーパー家はユタの山奥にある1軒の

カバーヨの場合、ご機嫌な1日はトルティーヤとブリキのマグカップに入れたコーヒー、そしてぼろぼろのサンダルでの長距離ランではじまった

商店にすぎない。いったい何人の故障したランナーが全米で——世界じゅうで！——大喜びするだろう。シューズに足を突っ込んだら、ついにつま先が広がり、足の痛みが解消されるのだ。

ホークにはシューズ業界に知り合いが大勢いて、その誰もがゴールデンの頭をなでてこう言った。その折り紙つきのモデルと97パーセントの成功率を抱えて失せろ。もちろん、本当に消えてほしいのなら、ハーパーに言ってはいけない言葉だ。

ゴールデンは好奇心から実験をはじめたのだが、これで火がついた。「あの連中は人が自分のシューズでけがをしようがしまいが、どうでもいいんだ」とゴールデンはいきり立った。「そこで、けがをした人間と破綻した業界のどちらも修復してやろうという気になった」

ゴールデンと、ドラマの『マクガイバー』を連想させる従兄弟のジェレミーは味方を探し、やがてマーケティング担当者に振りまわされることにうんざりした精鋭エンジニアの地下軍団を発見した。「彼らに『BORN TO RUN』のさわりを読んで聞かせると、こう言った。〝ああ、ああ、それが正しいのはわかってる。でも、あんなシューズをつくらせてくれるわけがない〟」

〝あんなシューズ〟がゴールデンの執念となった。「ぼくらはタラウマラ族の経験をまねしようとしていた」とゴールデンは言う。「『BORN TO RUN』でタラウマラ族について読んだことが、最初のシューズに大きな影響を与えている。タラウマラ式のサンダルをつくろうと決めたんだ。同じ厚みと履き心地で、現代的な素材を使って」

彼らにはチームがあった。夢があった。あとは名前が必要だった。この反乱同盟は独りよがりなものではなく、使命を帯びているのだから、これ見よがしにギリシャの女神や古代ローマ由来の略語からつけたり、個人的な虚栄心を満たしたりはしなかった。そうではなく、ランニング業界の現状に対する嫌悪感と、あるべき姿への希望を表現するたったひとつの言葉を選んだ。
彼らは〈Ａｌｔｒａ（アルトラ）〉と名乗った――「壊れたものを直す」という意味だ。

10・1 矢筒を用意する

はたして、〈90日間ラン・フリー〉のリブートをはじめるなら、アルトラがおすすめのシューズだ。さまざまなモデルを検討し、われわれと同じナチュラルムーブメント志向の経験豊かなランナーたちとブレインストーミングをおこなった結果、2部門のトップは以下のように落ち着いた。

トレイル用
Altra Superior　アルトラ・スペリオール（ゼロドロップ、スタックハイト〔ソールの厚み〕21ミリ）

ロード用
Altra Escalante　アルトラ・エスカランテ（ゼロドロップ、スタックハイト24ミリ）
Altra Escalante Racer　アルトラ・エスカランテレーサー（ゼロドロップ、スタックハイト22ミリ）
（注：エスカランテレーサーはロード部門で文句なしの1位だったはずだが、ゴールデン・ハーパー

の指摘によると、通常のエスカランテはインソールを抜けば基本的にレーサーと同じで、1足が片方につき10ドル安い価格で手に入る。私はまた、果敢にXero Shoes〔ゼロシューズ〕の2モデル——Zelen〔ゼレン〕とMesa〔メサ〕——を推したが、却下された。ミニマリストシューズは多くのランナーにとって極端な移行になりかねないためだ）

なぜアルトラなのか？　理由は3つ

1　自然な履き心地——このふたつの作品で、ゴールデン・ハーパーはララムリのワラーチの感触を保ちつつ現代的な材料でシューズをつくることを追求し、成功した。アルトラのモデルの一部は、われわれの好みよりもクッション性が高いが、それはとくに荒れたトレイルでのウルトラマラソン用にデザインされているからだ。
2　柔軟性——スペリオールとエスカランテを選んだのは、アルトラのラインナップ中もっとも軽量かつ柔軟性があり、保護機能が的確で過不足がないからだ。
3　貯蔵寿命——6か月ごとにナイキ・ペガサス式の大きな構造的お直しをするシューズをすすめたくはなかった。スペリオールとエスカランテはどちらも型板が固定されているため、何年かのちに手にするヴァージョンはいま持っているものと一致する。
だが、用具は自分で選びたいというのなら、それもけっこう。その反骨精神に拍手を！　以下に挙げる自然なフットウェアの4つの特徴を保っているかぎり、好きなものを選ぶといい。

・幅の広いトウボックス――足の両側が締めつけられることはない。
・充分な長さ――つま先にいちばん長い指から1・5インチ〔約3・8センチ〕程度の余裕がある。
・低いヒール（または「ドロップ」「踵とつま先の高低差」）。
・最小限《ミニマル》のクッション（または「スタックハイト」）。

最初のふたつは当たりまえだと思えるなら、考え直してほしい。あなたはこれまでずっとそういう判断をふいにしてきたのではないか。

「初めて来店したお客さんは、かならず最低でもワンサイズ小さすぎるシューズを選ぶ」と語るのは、ノースカロライナ州シャーロットにある〈ウルトラ・ランニング・カンパニー〉のオーナー、ネイサン・リーマンだ。「たくさんの問題を解決するいちばん簡単な方法は、サイズを上げればいい！なんだけど、これが信じられないくらい抵抗を受ける。7だと思っている人に8・5だと言うと、ドアを出ていくんだから」

長いあいだ、ネイサン自身が最悪の客だった。かつてはミシュランの重役で、ランニングをはじめたのは片手に携帯電話、片手にオレオを持つ時間が長すぎたからにすぎない。最初は1日おきに1マイル、歩くよりかろうじて速いペースで走るのがやっとだったが、持久力が増すにつれて、興奮も増していった。

「以前はモアブやコロラドをハイクしていて、そういうトレイルを走れるだなんて思ってもみなかった」とネイサンは言う。「そんなとき、ほかの誰も訪れない場所に自分の足で行くことがランニングの醍醐味だと思うようになったんだ」

そんな心境にいたったことから、ネイサンはこのスポーツを研究するようになり、走れる距離とスピードを上げる方法を試しつづけた。まもなく週４マイル〔約６・４キロ〕の男はウルトラマラソンの階段を駆け上がり、１００マイル〔約１６０キロ〕を15時間で走破して（そう、トレイルマラソンを４回連続４時間未満で走った計算だ）、伝説的なトル・デ・ジェアンでトップ50入りを果たした。これはアルプスを走る容赦ない２０５マイル〔約３３０キロ〕のレースで、エヴェレスト挑戦の３倍のクライミングが求められる。

当初はネイサンも『ランナーズ・ワールド』誌や地元のシューズ店がすすめるものを何でも買っていた。だが、タイヤの小売業に何年も携わっていれば、でたらめを察知する猟犬並みの嗅覚が養われる。遠からず、ネイサンは反発し、厳しい質問をぶつけるようになった。

「あるときトレッドミルでテストしてみたら、シューズ店の男が素晴らしいフォームですと言うんだ。そのあとスタビリティシューズを渡されてね」とネイサンは振り返る。「待った、オーバープロネーション〔過剰なプロネーション。着地時に足が内側に倒れ込みすぎること〕じゃないのに、どうしてアンチプロネーションシューズが必要なんだ？　理由をわかりやすく説明してもらえないから、こっちも問いつづける。最終的に店員は〝いや、お客さんのサイズなら、うちではこれがベストです〟って」

なるほど。〝ベスト〟とは〝もっとも高価な〟という意味か。ネイサンはあの『シックス・センス』ばりのフラッシュバックに見舞われ、不意に合点がいった。これは目新しいことではなく、いままで見落としていた数々のぼったくりの最新版なのだ。もし誰かに腹を立てるとしたら、それはもっと早く気づかなかった自分自身以外にない。もちろん、店側はこんなものが本当に効くとは思っていなかった。どうしてそう思えるだろう、半年ごとに、このまえ買ったものはもう古いから買い換えたほうがいいと客に言うのに？　ｉＰｈｏｎｅだってそんなに早く期限切れにはならない。

もうこれきりだ。信頼できるランニングストアが見つからないのなら、自分が開店してやろう、とネイサンは思った。

「われわれは〝ＬＯＶＥ ＴＯ ＲＵＮを学ぶ〟というキャッチフレーズを考えた」とネイサンは言う。「足に何を履くかよりも、学ぶことのほうがずっと重要だ。知識を売って、シューズをただで配ることができるのなら、私はそうする」

それが着想の源だった。実行にあたっては、２０１３年の開店以来、守ってきた６つの黄金律がある。

1　補正《コレクション》ではなく、保護《プロテクション》を

「私はメーカーに、スタビリティシューズが顧客をより健康にするという研究をひとつでも示してくれれば、全製品を扱うと伝えている。誰もそんなことはできない。一時は東海岸で最大のＨＯＫＡ（ホカ）の小売店だったが、スタビリティシューズはひとつも扱わなかった。彼らにはこう言ったよ。〝われわれはあなたたちをサポートするが、でっち上げた場合はそのかぎりじゃない〟」

2　凝ったインソールはいらない

「インソールは店のために大金を稼ぐだけだ。ランナーのためには何もしない。何ひとつ。インソールを売ったら、それは北極星を見失った証拠だ」

3　8ミリ以上のヒールはいらない

シューズギークの範疇《はんちゅう》と思われるかもしれないが、これはランニングフットウェアのゴールドスタンダードだ。〝ドロップ〟とはゴールデン・ハーパーが考案した用語で、踵からつま先までの高低差を表す。アルトラやララムリのサンダルなどのフラットシューズは、ゼロドロップだ。ブルックス・ビーストは巨大で、17ミリもある。ホカはクッション性こそ高いが、ドロップは4〜6ミリと比較的小さい。「私は独断で8ミリに線を引いた」とネイサンは言う。「それ以上だと、走りにくいし、踵が地面に接触しないように脚をまっすぐ伸ばさざるをえない。走るのはたたでさえむずかしいのに、どうしてブレーキをかける？」

4　生まれつきの故障はテストしない

ネイサンはシューズで治る身体の不具合はないと考えている。だからプロネーションを測ったり〝習慣的動作経路《ハビチュアル・モーション・パス》〟——業界最新の仕掛け——を見積もったりしてあなたの「独特《ユニーク》な関節の動き」を判定することはしない。経験則として、ランニングシューズに関する会話に「ユニーク」「特別」「個性的」という言葉が含まれるとき、あなたのポケットはスリの被害に遭いかけている。

5 ロック・ロブスターのルール

エリックと同じく、ネイサンも理想的なランニングフォームを5分ほどで教えられることを発見した。まずZwift RunPod（ズイフト・ランポッド）を足に装着し、トレッドミルに乗ってもらう。走っているあいだ、ポッドはトレッドミルのディスプレイに歩数／分のケイデンスを点滅させる。「概して新規のお客さんは象の群れみたいな音をたてるし、ストライドがすごく長くて、縦の揺れが大きい」。そこでネイサンはシンプルな指示をふたつ与える。ストライドを短くすること、ケイデンスを１８０まで上げること。「すると昼と夜くらいの違いが生まれる。彼らは突然、膝を曲げて、軽く着地するようになる。いつもながら衝撃的な瞬間だ」

だが、トレッドミルの電源が落ちると同時に、ロック・ロブスターのロマンスが消えることもある。より力強い、より健康的なランニングのための魔法の公式を発見して、信じられないほど興奮する人もいれば、

ジェナ・クロフォードはトレイル向きのスタミナと2時間51分でマラソンを走るロード用のスピードを兼ね備える

ランニングフォームをリブートする気分にはまだなれない人もいる。ネイサンがつぎの〝すべての規律を終わらせる規律〟を明らかにするのはそんなときだ。

6　ランニングは大人の休み時間

「私の目標は、誰もが幸せで健康で、熱心になることだ。2か月後にトレイルの10キロレースを走るという人がいたら、足下のシューズにクッション付きをおすすめするのは間違いない。でも長期的には、つねにミニマルランを奨励する。基本的には、誰もが裸足で長い距離を走れるようにできているという信念を持っているが、時間と労力をかけてまでそのスキルを身につけようという人はまずいない。もしその考え方を理解して、目標を追い求めるのなら、うちの店の壁一面から選ぶことができる」

ネイサンの〝フットウェア・ウォール〟は、少なくともほかのランニングストアに慣れている人にとっては、奇妙な体験だ。全体を見渡したとき、このうえなく不思議な感覚がわき起こる……まごつかない、という感覚だ。ギミックやわけのわからない専門用語はいっさいなく、モーションコントロールやスタビリティについてのまやかしもない。

検討すべきはふたつの重要なファクターだけ。

クッションはどのくらい欲しいか？　そしてヒールはどのくらいか？

「ほとんどの人は中間にする。ミディアムドロップ、ミディアムクッションだ」とネイサンは言う。

そしてそのシューズが壁の上で見つかる場所も、ど真ん中だ。ネイサンはシューズをヒールの高さによって左から右へ、クッション性によって上から下へと並べる。ルナ・サンダルが左上、ゼロドロップ、ゼロクッション）、ホカ・ボンダイが右下（ドロップ4ミリ、クッション33ミリ）で、そのあいだにほかの全シューズがある。
ネイサンの壁でもうひとつおもしろいのは、モチベーションを高めるはしご《ラダー》としても機能することだ。店に戻ってくるたび、自分の視線がより高く、より左のルナ側へ向けられるかどうかで、ランニングフォームがどれだけ進歩したかを測ることができる。これもまたウルトラ・ランニング・カンパニー方式の清々しいところだ。シューズのモデルがアップデートされ、名前や色が変わっても、各シューズの特徴やいま履いているものとの相違が一目でわかる。

ネイサンは自分用の〝矢筒〟に3種類ほどのシューズを常備し、週が進むにつれクッション性を上げていくのを好む。脚がフレッシュな火曜日に超ミニマルからはじめ、疲労がたまってくる木曜日にミッドクッションに切り替え、土曜日のロングランでは少しぜいたくをする。たとえばサッカニー・エンドルフィンスピード、ネイサンに言わせると「ホカがつくらなかった最高のホカ」で。

「私は10ミリ未満なら何を履いても走れるし、影響もないけれど、これは仕事だからね」とネイサンは言う。「ドロップを下げれば下げるほど、重心の下に着地しやすくなる。そのほうが楽なんだ」

新規の客からどうしたらいいか相談されると、ネイサンはこう言う。「ミニマルシューズを履いて1マイル走ってみて。きっと生涯最高の1マイルになる。とても自由になれるんだ！　ただ、そのあと1週間は、負荷がかかりすぎたふくらはぎが痛くてカウチに座ることになるだろう。それが嫌なら、クッションのあるシューズを履いて、楽しみながら鍛えていってもいい。

ただし――」とネイサンはつづけ、手を胸にあてる得意の仕草で要点をはっきりさせる。「みんなにこう言うんだ。この壁にあるどのシューズよりも、われわれがフォームについて教えたことのほうが大事だ。そこにフォーカスすること。北極星を見失わないことだ」

個人的には、エリックも私もネイサンのクッションシューズを履く反則日《チートデイ》に１００パーセント賛成はしない。１００パーセント反対でもない。

カール・〝すばしこい山羊《スピードゴート》〟・メルツァーやトライアスロンの伝説的選手ブリー・ウィーなど、ネイサンと同じアプローチをとるきわめて有能なトレイルランナーをわれわれは大勢知っている。〝ダートの歌姫〟ことキャトラ・コーベットも、ほぼ頑丈なホカしか履かないが、そのせいで遅くなったりはしない。キャトラは１００マイルレースを１００回以上完走しているし、毎日、喜びを感じながら、たいがいダックスフントとともに走っている。

それでもわれわれにとって、クッションは杜撰《ずさん》さへのすべりやすいスロープだ。ネイサンのようにフォームに精通し、規律を重んじる人なら、しばらくのあいだ――かなり長いあいだ――クッションがあっても乗り切れるだろうが、われわれの感覚では、地面との接触を断たれれば断たれるほど、悪い癖に戻りやすくなる。北極星は闇に消えるだろう。

私はその教訓を身をもって得ている。２００７年、『ＢＯＲＮ ＴＯ ＲＵＮ』に取り組んでいた最中に妙なことが起こった。足がまた痛みだしたのだ。

当時、私はロンドンでナチュラルムーブメントに関するワークショップに参加していた。そのカンファレンスの眼目は、人体組織の弾性である。私の本の眼目は、弾性がいかにけがをしないランニングにつながるか、だった。

では、どうして踵が疼《うず》いたのか？

そのころ、私はエリックのもとでトレーニングを積んで1年以上、私のランニングは劇的に変わり、8か月のあいだにウルトラマラソンを3回走りきった。私のランニングフォームはかちりとハマっていた。コンディションはピークに達していた。パンツサイズまでもが大学のボート選手時代と同じになった。

そして足を引きずっていた。

不可解だった。エリックとは何か月も連絡をとっていない、その必要がなかったからだ。私の目標はもともと、レースや自己ベストを気にせず、好きなところを好きなだけ走ることで、その任務という点でエリックは成功したどころではない。ある夜、私はヴァーモント100を完走しようと奮闘中のジェン・シェルトンといっしょに20マイル〔約32キロ〕を走った。それからまもなく、地元の50キロレースへの参加を、スタートの号砲が鳴る直前に申し込んだ。中間地点で熱々のフレンチフライが食べられると聞いたためだ。

ところが突然、昔なじみのあの痛みで右足の踵が疼くようになった。数週間は無視して、自然におさまるよう願ったが、毎朝ロンドンを歩いてカンファレンスに向かうのが日に日に苦痛になってきた。友人からリー・サクスビーに会うようすすめられた。ボクサーから転身したフィットネスコーチで、地下世界では奇跡の担い手との評判を得ていた人物である。

地下という部分はたしかに真実だと判明した。リーは何の変哲もないホテルの地階にある小さなジムで注目を集めていたのだ。「そのシューズは何だね？」リーは私が到着して問題について話すとすぐにそう言った。

「裸足スタイルの走りを学んできたのです」と私は説明した。〈コッパー・キャニオン〉のレース後、帰国した私はクッション性のあるシューズの弊害について、理論的にはカバーヨとベアフット・テッドの言うとおりだと完全に納得していた。だが実践面では、まだ覚悟ができていなかった。そこで私は、フラットとふわふわの中間と思えるナイキのシューズに、いい妥協点を見つけたつもりでいた。

「だからこういうミニマルなシューズが好きなんです」と私は言った。

「それが？」とリーは鼻を鳴らした。「ソファのクッションだな」

リーに言われるまま、私はそれを蹴って脱いだ。すると彼は私にウェイトリフティングのバーをよこし、背筋を伸ばして足をぴったり床につけたまま、楽にフルスクワットする方法を教えてくれた。

「10本だ」とリーは言った。

「あと10回」私が終えるなり、彼はそう命じた。「きみはそこらじゅうをよろよろしている。しっかり10回やってくれ」

私は40回ほど繰り返したすえに、どうにかスクワット連続10回を決めてみせた。「よし」とリーが言った。「今度は外だ」

われわれは歩道に出た。通りの先を指さすリーに言われるまま、私は裸足で角まで走って戻りながら、こう唱える。「1－2－3－4、1－2－3－4……」

4周目を終えたとき、リーが言った。「オーケー、いいぞ」

「〝いい〟というのは……？」

「いいぞ。すべて解決した。どんな感じだ？」

「感じるのは……わお」一瞬、どちらの足に問題があるのか思い出せなかった。「これは、申し分ない」

「裸足でホテルまで走って帰るといい。その感覚を固めるんだ」

「本当に？　ロンドン中心部を通って？」

「大丈夫だ。その足を目覚めさせる必要がある。それに、私だったら、あんなものは――」と私のナイキを指差した。「ゴミ箱に直行だ」

事態をのみ込むのに少々かかったものの、いったん整理できると、私は二度とクッションの効いたシューズを履くことはなかった。リーのスクワットは私の症状（踵の下の足底腱膜が硬い）を治したが、彼のベアフット・ケイデンス訓練はその原因を修正したのだ。私の退化したランニングフォームを。ランニングシューズメーカーはつねに最新の、テクノロジーをきわめた、クッション性も最高のスーパーシューズで他社を追い越そうとしているが、現実にやっているのは、もともと脚の先端に見つかるものをリバースエンジニアリングすることでしかない。

エリックは軽快なフォアフットのストライドで走ることを教えてくれたが、私は少しずつ古い習慣に逆戻りしていた。心の眼には、カバーヨのように楽で軽くスムーズな姿が見えていても、実際は重い足取りへと後退していたのだ。シューズのクッションのせいで、その違いに気づかずにいた。

ミニマリストシューズへの移行を遅らせることで、安全策をとっているつもりだった。だが、ことランニングフォームに関しては、それがもっとも危険な行動だといまは確信している。クッションは麻薬だ。感覚を麻痺させる。増やせば増やすほど、感じなくなる。だからエリックと私はアルトラか、それに近い低ドロップシューズでトレーニングすることを強くおすすめする。
だが、もしあなたがネイサン派で、たまにはクッションシューズを履くチートデイが欲しいと思っているなら、天才的なわが妻のテクニックを使った折衷案を検討してほしい。ミカは裸足で出発し、シューズは両手で持っておく。ふくらはぎが疲れたり、地面が小石だらけだったり、何か違和感を覚えたらすぐにシューズを履いて走りつづける。走りはじめに裸足の時間を設けることで、よいフォームの筋肉記憶《マッスルメモリー》にうまく火がつくため、そのあとは何を履いていようと関係ない。

10・2 最高の逸品を見つけるためのハンターズ・ガイド

真の宝物の例にもれず、ミニマリストシューズは見つけにくいだけに発見したときは喜びもひとしおだ。

ほとんどの大企業はミニマリスト路線から手を引いたが、ある意味、それはかえってプラスになっている。ベアフット・テッドやゼロシューズのスティーヴ・サッシェンといった米国育ちのイノベーターや、ビボベアフット（Vivobarefoot）やイノヴェイト（Inov-8）など強気の純粋主義者が、信念をもって少量生産の美しいシューズをつくるスペースが開かれたからだ。とはいえ、あなたがこの文を読み終えるころには、われわれのおすすめもかなりの数が消えているかもしれないので、これを買い物ガイドとは考えないでほしい。むしろ、何を探すべきかのレッスンなのだ。素晴らしいランニングシューズはいたるところにある。ちょっと調べたり、eBayを探しまわったりして見つける必要はあるとしても、森を駆けていくとき、手づくりのモカシンを履いている気分になれたら、そのかいはあったと思うはずだ。

エイミー・ストーン――ウルトラ・ランニング・カンパニーのシューエキスパート

「わたしは車の事故で片脚にチタンプレートを入れているので、よいフォームとソフトな着地をすごく意識しています」とエイミーは言う。彼女は女性ランナーがシューズ選びで犯しやすい間違いの専門家でもあって、その間違いの第1位は小さすぎるサイズを選ぶことだ。
「シューズのサイズは世界共通の単位だと誤解している人が多いのですが、あるシューズのサイズ8が別の

岩場やぬかるみの多いオハナ・トレイルでは、クリスは3年前のアルトラ・バニッシュXCを愛用している

シューズの8とはかぎりません」と彼女は言う。「それにパンプスやスティレットヒールで8なら、ランニングシューズでは9か9・5になる。シューズが小さすぎると、足の健康にとって本当に有害なのです」
エイミーは女性ランナーのために優れたハックを用意している。欲しいものが決まったら、それの男性用モデルを買うのだ。「業界全体が、女性は足幅が狭いと決めつけているのはどうかしています。男性と同じような体格の女性に、なぜ幅の狭いシューズが与えられるのでしょう?」。そして、どうか見た目でシューズを買わないでほしいと彼女は訴える。「信じてください、誰も気にしていません。履いているスニーカーがかわいいかどうか気にかけているのは本人だけです」

〈エイミーのトップ5〉

1　長いトレイルラン：**Altra Superior（アルトラ・スペリオール）**
2　短めのトレイルラン：**Xero Shoes sandals（ゼロシューズのサンダル）**
3　ロード：「初代の**Altra Solstice（アルトラ・ソルスティス）**がずっとお気に入りなのですが、そのあとジム用のシューズに路線変更して台なしになりました。だからいまはこちら、
4　**Altra Escalante（アルトラ・エスカランテ）**、それと──
5　**Xero Shoes（ゼロシューズ）**のいくつかは、ロードにもよく合います」

ネイサンのトップピックス

1　ロードシューズ：週の前半は**Altra Escalante Racer（アルトラ・エスカランテレーサー）**、後半は**Saucony Freedom（サッカニー・フリーダム）**。「脚が疼きだしたときや長いランでは、クッションが多いものがいい」
2　20マイル〔約32キロ〕以上の長距離ロードラン用：**Saucony Endorphin Speed（サッカニー・エンドルフィンスピード）**。「ホカがつくらなかった最高のホカ。8ミリシューズで走るのは10年ぶりだった」
3　トレイル、13マイル以下：**Altra Superior（アルトラ・スペリオール）**
4　トレイル、13マイル以上：**Hoka Evo Speedgoat（ホカ・エボ・スピードゴート）**、「お気に入りのオールラウンドなハイクッションシューズ」

マーゴ・ワターズ——山岳ウルトラランナー

マーゴはよく岩場だらけのテクニカルなトレイルを走ったり、ロードで長距離のトレーニングをしたりする。クッション性には多少寛容だが、フォームの邪魔にならない低い履き心地は譲らない。

1　**Saucony Peregrine（サッカニー・ペレグリン）トレイル**：マーゴがアルプスでの200マイルレースで頼りにしたのがペレグリンだった。薄底で、4ミリという控えめなドロップ、頑丈な岩に対するプロテクションと確かなグリップを備える。

2　**Saucony Kinvara（サッカニー・キンバラ）ロード：**マーゴお気に入りの長距離ロードシューズ。ペレグリンのロード版で、4ミリドロップ。
3　**Dynafit Feline Up（ディナフィット・フィーライン・アップ）トレイル：**4ミリドロップで精密なフィットの軽量マウンテンシューズ。マーゴが短めの高速レースや、高速テクニカルトレーニング用に選ぶフットウェアだ。
4　**Inov-8 Roclite 290（イノヴェイト・ロックライト290）：**ワイオミング州のグランド・ティートンなど、乾燥した硬い岩がある山に最適で、雑多な地形に対応する素晴らしいオールラウンダー。
5　**Altra Escalante（アルトラ・エスカランテ）ロード：**エスカランテレーサーよりややクッション性が高く、マーゴはロードでの筋力とスピードのトレーニング用にまずこれを選ぶ。

エリック・オートンのトップ5

エリック・オートンはグランド・ティートンに住み、雪と岩に取り組むことが多いため、そのトップ5はグリップ力が強く、頑丈だ。
1　**Inov-8 TerraUltra 270（イノヴェイト・テラウルトラ270）：**「私にとって、これは最高クラスのオールラウンダー・トレイルシューズだ。スタックハイトとプロテクションの完璧なコンボがあるし、自然な柔軟性が軽量のゼロドロップにパッケージされている。このシューズはとても反応がよくて、エネルギーリターンが大きい」
2　**VJ Spark（VJスパーク）**：「イノヴェイト8よりも中足部が正確にフィットするところが、足幅の狭い私は気に入っているが、それでいてトウボックスは広い。軽快で薄底、グリップ力とプロテクションに優れる。テクニカルなトレイルでは、フェラーリだ」
3　**Altra Escalante Racer（アルトラ・エスカランテレーサー）**：「私の定番ロードシューズだ。エスカランテは長距離ランにも高速ランにも適したオプションで、低ドロップシューズへの移行を考えているランナーにとっては完璧な選択肢になる」
4　**Xero Shoes Speed Force（ゼロシューズ・スピードフォース）**：「超軽量でミニマル、足が自然に関節を動かせるよう考え抜かれたデザイン。ララムリのワラーチのような感覚でありながら、ロードでもトレイルでも充分なプロテクションを備えた真のミニマルシューズだ」
5　**Inov-8 X-Talon 210（イノヴェイト・エックスタロン210）**：「軽量でミニマル、アグレッシブなラグ付きソールは、正確な足運びが不可欠な場合にうってつけだ。雪道でも抜群で、夏にはやわらかくてぬかるんだトレイルで威力を発揮する。ラグがすり減ったら、トラック用のシューズにしてもいい」

クリストファー・マクドゥーガルのほぼトップ6

プロからひと言。「どんなシューズでも私が最初にするのは、インソールをはがすことだ。あの無駄などろどろの層がないだけで、どれだけ履き心地がよくなるか、きっと驚くだろう」

1 **Luna Sandals Leadville（ルナサンダル・レッドヴィル）**：「独創的で、私にとってはもっとも万能なベアフット・テッドの作品。初めてこのサンダルを試したのは、レッドヴィル・トレイル100の最終13マイルで彼のペーサーを務める直前のことで、テッドが私の足に装着してくれたのだった。オフロードのハーフマラソンはワラーチを試すのに最適な場所ではないが、見事にうまくいった」
2 **Xero Shoes Zelen（ゼロシューズ・ゼレン）**：「ベアフット・テッドへの忠誠心もあって長らくゼロシューズから遠ざかっていた。ワラーチ市場の競合相手だったからだが、ゼロがロードシューズを出したとなれば、試してもかまうまい。ゼレンはロードでもトレイルでも理想的だし、ゼロはインソールがうまく調和していて取り出す必要のない唯一のシューズだ。全体的にデザインも素晴らしい」
3 **Xero Shoes Mesa Trail（ゼロシューズ・メサトレイル）**：「もし1足しか選べないとしたら、私の無人島フットウェアはこれだ。メサは上はボルダリングシューズ、下は全地形対応車（ATV）さながら、ソールはATVのタイヤのようにグリップ力がある。メッシュのアッパーは水切れがよく、小川を駆けてもずぶ濡れにならない」
4 **Bedrock Sandals Cairn Pro II Adventure（ベッドロック・サンダルズ・ケアン・プロII・アドヴェンチャー）**：「水はフットベッドの上で足をすべらせるため、ほぼすべてのワラーチにとって隠れた天敵《クリプトナイト》だが、ベッドロックの魔術師たちはしなやかさを犠牲にすることなく、その問題を解決した。私はこの美しい全地形対応サンダルのすべてが気に入っている」
5 **New Balance Minimus（ニューバランス・ミニマス）（MT00, M10v1, M10v4, MT20）**：「時代を先取りした真の名作に献杯。ニューバランスはほのかなクッション性で自然な感覚を実現したが、この真のベアフットシューズのラインは悲しいことに製造中止となり、ｅＢａｙで探すしかない。私は最近ＭＴ００を見つけた。バブルソールの半透明のバレエシューズのような、美しくクレイジーな一点物だ。欲しい人は、私の冷たい死んだ足から引き剝がすしかない」
6 **Altra Vanish XC（アルトラ・バニッシュXC）**：「ティッシュのように薄いこの美しいシューズを履くたびに、どんな魔法でつなぎとめているのかと思う。アッパーはオープンメッシュで、暑さのなかでは夢のようなシューズだし、スイム - ランシューズとしても最高かもしれない」

10・3 エイドステーション——裸足で脳を使う

２０１６年にスコットランドのハイランド地方をハイクした際、フロリダからやってきたふたりの客員研究員はやわらかいヘザーに魅了され、靴を脱いで裸足で走りはじめた。**最高のひとときだったが、あとになって驚いたことに、脚は心地よさを感じているのに、頭はただ……へとへとになっていた。**

ふたりは疑問に思った。なぜ裸足で走ると精神的に疲れるのか？

心理学者であるふたりはそれをテストすることにした。ロス・アロウェイとトレイシー・アロウェイ両博士は、ノースフロリダ大学の運動生理学者ピーター・マジャーリ博士とチームを組み、ある実験をおこなう。18歳から44歳までのさまざまな年齢のボランティア72人を集め、裸足とシューズを履いた状態の両方で16分間走ってもらった。そして走る前と後で被験者のワーキングメモリをテストし、比較した。

これで5パーセントでも向上したら素晴らしい。記憶できるものが多ければ多いほど、気分も高まるのだから。ワーキングメモリは学業や仕事の成績ばかりか、メンタルヘルスにも影響をおよぼす。ちょっとした認知力の低下は、不安や社会的摩擦の大きな要因となるのだ。鍵をなくすだけではない。名前を忘れたり、指示に従えなかったり、判断を誤ったり、ストレスを感じたり、不安になったりする。

それだけに5パーセントの上昇は重要になる。ところがフロリダの研究者たちは、裸足で走るとそのスコアが3倍になることを発見した。ワーキングメモリの能力は16パーセント向上したのである。「シューズを履いて走った場合は、ワーキングメモリに有意な増大は見られなかった」と研究者たちは記している。

なぜか？　ロス・アロウェイはこんな仮説を立てている。「裸足の状態では、裸足ランニングに関連して触覚と固有受容覚の要求が高まるため、ワーキングメモリをより集中的に使う必要があったと考えられる。そこからワーキングメモリの向上は説明がつくのではないか」

つまり、あなたはパズルを組み立てているのだ。裸足で走るとなれば、フォーム材の板2枚を頼りにやみくもに踏みしめ、脚を麻痺させることはない。地形をスキャンし、一歩ごとに着地点をすばやく評価し、以前に遭遇したシナリオと頭のなかで比較するのだ。なめらかか、石だらけか？　ちくちくするか、やわらかいか？　ぬかるんでいるか、固いか？　脳と身体の接続における作業リンクとして、記憶が働き、活性化される。こうした情報が脳の意思決定をつかさどる前頭葉を駆けめぐり、ストライドごとに、どこで、どう着地すべきかについて、思考よりも速く選択を導く。

つまり、裸足はけがのリスクを上げるのではない。下げるのだ。「裸足ランナーのほうが地面との結合がより直接的で固有受容覚に優れるとしたら、当然、裸足ランナーはバランスや地形の不規則性に関連したけがを負う可能性がはるかに低い」と、足病学の教授でアメリカ足病スポーツ医学アカデミー理事、デイヴィッド・ジェンキンズ博士は述べている。「実際、複数の研究者が、シューズを履いていないアスリートのほうが、横方向の安定性と足首の内反運動を識別する能力が有意に優れていることを証明している」

スコットランドの羊の草原を駆けることでアロウェイ夫妻が疲れ果てたのも驚くにはあたらない。

目には美しくとも、足下に広がっていたのは避けなければならない「羊のうんち」の地雷原だった。だが裸足ランナーの場合、ある人のうんちは別の人のLumosity（脳トレゲーム）だ。「シューズを脱いで走りにいけば」とロス・アロウェイは結論づけた。「スタートしたときより賢くなってフィニッシュできる」

10・4 フットウェア——アクションアイテム

1 現在お気に入りのランニングシューズを手に取り、インソールを抜く。その薄いパッドの層は些細なものに見えるかもしれないが、シューズを履き直すと、安定感が格段に増し、地面との距離が低く感じられるはずだ。数日間インソールなしで走り、ミニマルシューズの感覚へと移行しよう。
2 地元のランニングストアを訪れ、ニュートラルシューズやミニマリストシューズの品揃えをチェックしよう。理想としては、われわれのおすすめモデルが見つかるといい。クッションのモンスターを押し売りされないように。
3 どのシューズにするか決めたら、サイズに気をつけよう。ゴールデン・ハーパーのアドバイスに従い、長さと幅に余裕を持たせる。大きすぎるのは問題ない。小さすぎたら最悪だ。

4　新しいシューズを履き慣らすために、積み上げてきたスキルをひととおりやってみる。ムーブメント・スナック、壁を背にしたロック・ロブスタリング、フォームとフィットネスのエクササイズ。人工的なクッションは使わずに、軽く着地する感覚に慣れよう。
5　新しいミニマリストシューズを、週のいちばん短いランで試してみよう。リラックスしてケイデンスを高く保つことを忘れずに。着地の仕方を一定にしようとしないこと。ロック・ロブスタリングや100アップの練習をしてきたのなら、高いケイデンスで跳ねつづければ大丈夫だ。ただし、ふくらはぎがつったり足がしびれたり、脚が何かしら反抗している場合は、その日は中止して歩きに徹すること。術後の期間だと思えばいい。長く眠っていた筋肉を呼び覚ますのだ。
6　裸足で走ってみる。試しにミカ方式で、シューズを手に持って出発しよう。苦痛を感じたらすぐにシューズを履き、ランを終了する。

11 ファン――仕事みたいに思えたら、あなたはがんばりすぎている

「いいタトゥーだね」と友人が言った。私が腕から包帯をはずし、まだ血が出ているか確かめたあとのことだ。

「気に入ってるんだ。ありがとう」

「ええと――それ、足の指がひとつないよね?」

私はもう一度確認した。1、2、3――たしかに、彼の言うとおりだ。私が一生消えない墨で身体に入れてもらったばかりの超クールな裸足の〈BORN TO RUN〉ロゴは、じつは超クールな4本指の〈BORN TO RUN〉ロゴだった。

これで完璧になる。タトゥーを入れてくれるのが仮釈放中のバイカーで、乗っているぼろぼろのRVを駐車している前後には、テキーラショットのエイドステーションや土のレスリングリング、200マイルのフットレースのフィニッシュラインがあって、レースの運営責任者はマリアッチの衣装姿で（またもや）なくしたショットガンを探しているとしたら、それで当然――足の指がひとつ欠けてなかったら、なんの意味がある? あるいは、BORNのBをPに換えてつづらなかったら?

もう1本足指を加えてもらいに戻ることもできたが、オネスト・ボブのRVの外には長蛇の列ができていて、ビアマイルやララムリのボールゲームに間に合わない危険もあったし、なぜメキシコのルチャリブレのマスクをかぶって人込みを駆けていく男をみんなで平手打ちするのか、その説明も聞き逃しかねない。まだ朝の8時40分だというのに、ルイス・エスコバーの〈BORN TO RUN ウルトラマラソン・エクストラヴァガンザ〉では、もうサーカスの真っ最中なのだ。

2010年、ルイスは私に電話をよこし、親切にも、そして必要もないのに、この名前を特別なイベントに使ってもいいだろうかと尋ねてきた。ルイスはカバーヨの描いたヴィジョンを、気むずかしい峡谷の一匹狼にはとうていできない方法で実現したかったのだ。カバーヨはつねづね、マラソンがあまりにも商業的で孤独なものに成り果てたと感じていた。そこでは他人どうしの集団が、言われるままに関連グッズの並んだモールを抜けてから、通りをとぼとぼ進み、囚人のようにシャツに書かれた番号だけで識別されるのだ。

カバーヨが求めていたのはダンスだった！　そして物語！　それにつづく、容赦のない、肺を焼き

カーマ・パークのベストランは、サンダルと愛犬、少なくともひとりの息子とともに

こがすようなトレイルレース！　そのあとで再開されるパーティとダンスと物語だ！

それこそがカバーヨが銅峡谷で見つけた真の魔法だった。だからこそララムリはあれほど衝撃的な長距離ランナーだったのだ。チアシード、自然なランニングフォーム、ミニマリストフットウェア——もちろん、どれも重要だが、あくまで手段でしかない。そうした道具を使って達成したい本当の目標、それはランニングを素晴らしいと感じられるものにすることだ。

そしてそこにララムリが君臨する。伝説的なコーチ、ジョー・ヴィヒル博士がレッドヴィルで初めてララムリを見たときに気づいたとおり、偉大なランナーになりたければ、楽しまなければならない。ララムリのボールレース、ララヒパリにカバーヨが初めて誘われたときも、同じことがひらめいた。走ることは当然、パーティであって、罰ではない。カバーヨはララムリがそのことをけっして忘れないと知って喜んだ。彼らはわれわれのようなレースはしない。何千人もの他人どうしがスターティングラインに立ち、黙って遠くを見つめながら、号砲が鳴り響くのを待って、苦痛と自己不信という孤独な洞窟に飛び込んでいきはしない。

その代わりにふたつの村が集まり、自家製のトウモロコシビールを飲みながら賭けをして夜をすごす。翌朝、それぞれの村は8人ほどのランナーからなるチームを送り出す。それから12時間、あるいは24時間、ときには48時間、両チームは1マイル〔約1・6キロ〕のトレイルを往復しながら、狂ったように跳ね返る木製のボールを追いかけ、速攻スタイルでチームメイトからチームメイトへと蹴りつなぐ。

レースが終わると、またパーティの時間だ。賭け金は清算され、トウモロコシビールが振る舞われ、羽目をはずすことが奨励される。ランナーたちはまるで最初から同じチームにいたかのように祝賀の輪に溶け込んでいく——もちろん、それこそが、ララムリがそもそもこのゲームをつくった理由なのだ。

カバーヨはそんな光景を見たことがなかった。ふたつのチームがレースコースを走って行き来するあいだ、家族や隣人、親友たちがそのわきで浮かれ騒ぎ、応援したり歌ったり、イスキアテ（１１２ページ参照）を差し出して励ましたり、夜には松明《たいまつ》をともして、この体験全体をどこまでもパーティのように感じさせるのだ。もちろん、48時間立ちっぱなしでなお陽気になれる人などいない。それでも、やってみることはできる、そうだろう？

なぜなら、やってみないほうがどうかしているからだ。苦しむことが走る目的ではない。悪くすると、巻き添えでダメージを受けることはあっても、本当は避けたいと願っている。傷を負うことは、よくなることの正反対だ。もしアルヌルフォやマヌエル・ルナに、病院行きになるまで身体をいじめるデイヴィッド・ゴギンズ〔海軍出身のウルトラランナー〕方式で「史上最も頑強な男」をめざすべきだとか、「成長するために苦しむ」べきだと言ったら、彼らはあなたに密造酒の瓶を渡すか、あなたの手からそれをそっと取り上げるかするはずだ。

ひとつしかない身体をなぜ壊す？　歩けなくなるほど身体を痛めつけることが、どうしていいことなのか？　理性的な哺乳類なら、好んで自分の身体を傷つけはしない。そうでないとしたら、アルファオスのランボーのコスプレをすれば〝ハードな野郎〟になれるだとか、タフに振る舞うことはよくなることよりも重要だとか、だまされて思い込んでいるのだろう。

それにしても、地球上でもっとも社交的でない男、カバーヨ・ブランコがいかにして　それまで見たこともないほど奇抜で奇妙な１週間にわたるランニングとパーティをまとめあげたのか、私はいまだによくわからない。

とはいえ、〈コッパー・キャニオン・ウルトラマラソン〉はこれからも、少数の果報者だけが体験できる奇跡となるのかもしれない。現地までの道のりが大変だし、地元の麻薬王がらみの危険は予測不可能で、２０１５年にはふたりの地元警官が町の中心部にある警察署から引きずり出されて殺害され、レースは中止に追い込まれている。

そこでルイスは独自の計画を思いついた。巨大イベント〈バーニングマン〉のようなランニングレースを開催したらどうだろう？　カリフォルニアの野生の牧場ですごす長い週末、そこでキャンプをし、激しくパーティを楽しみ、さらに激しく走るのは？　ルイスが２０１０年に〈狂騒劇《エクストラヴァガンザ》〉を初上演すると、すぐに「エクストラヴァガンザ」が控えめな表現であることが明らかになった。

ルイスがどんなものをつくりあげたのか感じられるように、私が直接、〈エクストラヴァガンザ〉の４日間のうち、たった１日の半分で目撃した出来事を紹介したい。

土曜日、午前5：45　暗闇にマリアッチのトランペットが鳴り響く。「ランナーが来た！」と誰かが叫ぶ。水曜日にスタートした４日間ランナーたちが周回を重ねてキャンプを通過してくるのか、それとも昨夜スタートした１００マイラーたちなのか。ほかの早起き者たちも叫びだす。「**ランナーが来た！**」

もう少し眠ろうとしている人は、あきらめてくれ。
6：00 ベアフット・テッドと私はルイスといっしょに干し草を積む台車の上に乗り、1000人ほどのランナーと友人たちを率いてカバーヨ流のレース前の宣誓をおこなう。右手を心臓に当て、左手を上げる。「けがをしたり、道に迷ったり、死ぬようなことがあったら、それは全部自分のせいだ」
6：45 ルイスがショットガンを見つける。紛失したのが前日、ガラガラヘビを殺したあとかビアマイルのスタート時に号砲を鳴らしたあとかは、おぼえていない。
7：00 **バン!!** 太陽が太平洋に沈むころ、ルイスは二連の銃身から発射し、〝短めの〟各レース――100キロ、50キロ、10マイル〔約16キロ〕――の全参加者が一斉に走りだし、最初の坂を登ると同時に太陽が太平洋を照らす。
7：00：01 毛布にくるまってテントから出てきた友人たちが、スタートを見た直後に回れ右して屋台に向かうと、ルイスの妹と義理の弟が用意する朝食のタコスがおいしそうな匂いを放ち、私もDNF（途中棄権）したくなる。
7：20 おっと、こっちに向かってくるのはパット・スウィーニーだ。4日間レースの真っ只中、坂を登りきった彼の短パン姿がうれしい。パットはヌーディストで、元プロフリスビー選手だ。かつてシカゴマラソンを完走すると、そのままニューヨークまでサンダル履きで走り、もう1回マラソンを完走した。パットはネイキッド・ビアマイルとビアハーフマラソン（13マイル、13種類のビール）双方の無敵のチャンピオンだ。だって、ほかに誰が挑戦したがる？　パットは〈エクストラヴァガンザ〉でとくに人気の高い以下のセミナーのリーダーでもある。

・「カリフォルニア・ミッションの歴史」。ビール4本を持参すること。
・「カリフォルニアの動植物に関するトレイルランナーズガイド」。ビール4本を持参すること。
・「パトリック・スウィーニーとの黙想」。ビール4本を持参すること。
8:40　10マイルレースのフィニッシュに近づき、あまりの楽しさに私は50キロに切り替えて走りつづけたい衝動に駆られる。だが、ほかの様子も見てみたいので、パット・スウィーニーから首にかけられた手製の完走者ネックレスを受け入れる。パットはなぜか私より先にフィニッシュラインに着いていたが、あと30時間走らなくてはならない。

8:50　オネスト・ボブのタトゥーRVが開店し、私は乗車してシャツを脱ぐ。オネスト・ボブはドアを開けたまま仕事をするので、友人が「ハーイ!」と入ってくるたびRVの車体が揺れ、ボブは私の腕からすばやく針を持ち上げないといけない。揺れを予測するその能力は不気味なまでの鋭さだ。

9:30　墨を入れたばかりの私は、ルイスの妹の屋台で自家製メヌードをたっぷりいただき、さらに、私の超クールなタトゥーは超クールな足指が1本欠けていることに気づく。

10:00　「位置について!」

ぎりぎりの時間に私は0・0レースのスターティングラインにつく。

「用意……」

ルイスがショットガンを放つ。

「**何もするな!**」

出場者たちは0マイル0分の完走を祝福しあう。

「これがウルトラランニングのゲートウェイドラッグさ」とルイスは説明する。

10：01　クリス・ブラウンとブライアン・ギリス、オークランドとシアトルから来た他人のふたりが激しい1位争いを繰り広げ、50キロのフィニッシュをめざして疾走するうち、自然と手をつかんでいっしょにラインを越える。

観客はスポーツマンシップに拍手を送る。ルイスは怒り心頭だ。

「とんでもない！」と彼は叫ぶ。「デートじゃないぞ。レースなんだ」。〈エクストラヴァガンザ〉は楽《ファン》しみで、ランだが、ファンランではない。

ルイスはふたりに選ばせる。1位を決めるには、レスリングをするか、ビールを一気飲みするか。ふたりが選ぶのは一気飲みだ。クリスとブライアンはビールを流し込み、空になった瓶を頭上にかかげる。無効、とルイスは残ったしずくを見逃さない。2度目はクリスが2口先に飲み終え、50キロチャンピオンと宣言される。クリスはルチャリブレのマスクとケープを身につけると、〈エクストラヴァガンザ〉の習慣に従い、謙虚であれと尻を平手打ちする2列の観客のあいだを駆け抜ける。

10：30　ベアフット・テッドがいるルナ・サンダルのテントに向かうと、ララムリのレジェンド、アルヌルフォ・キマーレも来ている。テッドはアルヌルフォにワラーチの材料を用意してあり、私は椅子を見つけて名匠にサンダルをつくってもらう。

アルヌルフォは『BORN TO RUN』でのライバル、スコット・ジュレクと同じく〈エクストラヴァガンザ〉の常連となっている。ある年、ルイスは帽子をまわして投げ銭がたまると、アルヌルフォとスコットに全額を賭けた100ヤードの再戦をけしかけた。

「アルヌルフォに火がついたな」とルイスは振り返る。「接戦ですらなかった」

11:00 「この人がどうしてもあんたと戦いたいって」とルイスが言う。「やるかい?」

ジョン・ヴァンダーポット教授はサンディエゴ州立大学で『BORN TO RUN』について教えている。毎年、〈エクストラヴァガンザ〉では退役軍人募金の一環で誰でも参加できるレスリング大会が開かれるが、今年はヴァンダーポット博士が私と組み合いたいとのことだ。

「教授は100キロレースの真っ最中でね」とルイスが言う。「レスリングをする時間だけコースから離れることになる」。昨年、あるランナーが病院送りになったのは降参《タップアウト》という選択肢を忘れていたせいだった。そして、ルイスによると、私が対戦する文学の教授は大学時代にレスリングをしていたらしい。それでも私は、30マイル走ってまだ30マイル残っている52歳の学者を相手にいい勝負ができると思っていた。とんだ思いちがいだった。

正午 楽隊が夜の〈ダートバッグ・プロム〉に備えて干し草車の上でバンジョーやギターのチューニング中だ。予定では100マイルの出場者たちが完走した直後と、4日間レースの周回の合間に開始されるから、ランナーたちもダンスに飛び入りできる。

大勢のランナーがプロムのために奇抜なドレスや衣装を持ってくる。それを着ずにフィニッシュするランナーも少なくない。この牧場には貯留水がないにもかかわらず、すっ裸泳ぎ《スキニーディップ》がよく見られる。

「たくさんのつきあいがこの〈BORN TO RUN〉イベントではじまり、そして終わっている」とルイスは言う。「結婚式も1回あった。プロポーズは数え切れない。離婚したカップルもいる。少なくとも1回は妊娠が確認された。その赤ちゃんはもう6歳になる」

ザック・フリードリーはコーヒーを淹れに来ただけだった。

プロムにも車椅子一騎打ち《ジョスト》にも仮釈放中の囚人のタトゥーにも興味がなかったし、そもそも〈エクストラヴァガンザ〉に走りにきたわけでもなかった。

片脚の男はトレイルを走らない。

ザックは生まれつき右脚の膝上から下と右手の指が3本ない。子供のころはレスリングに熱中した。家のなかをクマのように這うことが格好のトレーニングになる唯一のスポーツだったからだが、ハイスクール時代には相手も距離を取ればザックの優位を無効にできることを突き止めていた。かつては圧倒していたレスラーたちにも負けるようになり、最上級生になるころには大学の奨学金への期待も薄れていた。

義肢装具について幼いころには教えてもらえないことを知ったのも、そんなときだった。大人になったら、自力でやっていくしかないのだと。

シュライナー小児病院から無償で提供されていた治療も終わり、ザックは自分で義足を調達し、費用を支払わなければならなくなった。そういった事情を念頭に今度、競技中のパラリンピック選手を見てみるといい。スターティングラインにつくまえから、彼らはカスタムメイドの義足を探し、装着し、資金も調達するという途方もない難題に直面しているのだ。

〈BORN TO RUN エクストラヴァガンザ〉でカバーヨの誓いを立てる。左からルイス・エスコバー、マクドゥーガル、ベアフット・テッド

「壊れることもある」とザックは言う。「それに、ものすごく痛かったりするんだ」

ザックが20代前半を不器用に足を引きずりながらすごしたのは、専門医から痛みは成人用器具の現実だと断言されたからだった。だがやがてザックは最後の力を振り絞り、インディアナポリスにあるメーカー本社に出かけていった。ホールを歩きまわり、力になってくれそうな人を探していると、アスリートらしい体格がスポーツ義肢のデザイナーの目に留まり、短距離走者《スプリンター》用のブレードを試着することになった。

短距離走は障害のあるアダプティブアスリートが取り組んでいたことで、彼らはごくなめらかなトラックでごく短いレースを走っていた。ザックはそれに挑戦し、優秀だったことから特製ブレードの使用を継続させてもらえたが、短距離走はある種の行き止まりだった。ワールドクラスでなければ、アダプティブランナーがほかにできることはあまりなかったのだ。だが、少なくとも彼は脚を手に入れたのであり、まさにそれが大麻への対応に大役を果たすことになる。

ハイスクール時代の友人テリーサ・シフレットが、北カリフォルニアの山中での大麻栽培で重荷を運ぶ人手を必要としていた。彼女は地形が険しすぎると忠告したが、ザックはダクトテープと古いランニングシューズがあれば、この細いスプリンター用ブレードをバックカントリークライミングに適応させられると説得した。

「みんなからクソの役にも立たないと思われていたけれど、ぼくは誰よりもハードに、速く働くことができた」とザックは言う。マリファナ事業は麻薬常用者のパラダイスではない。ザックは毎日午前4時半には起床し、5時には植物から防水シートを引きはがして、日が暮れるまで5ガロン〔約19リットル〕入りのバケツで水を小川から1200フィート〔約360メートル〕上に運んだ。急な登りはテリーサの言葉どおりに厳しかったが、ザックはそれまで試したことのない動き方ができると気づくようになる。

友人たちからは、テープで貼ったへんてこなスニーカーを履いて岩の崖をよじ登るなんてどうかしてると言われたが、ザックに関するかぎり、テリーサこそ真の〝クレイジータウン女王〟だった。過酷な仕事に携わるかたわら、100マイルレースのトレーニングをしていたのだ。腰から下の運動器官がどうであれ、人間が自力でそこまで移動できるという考えはザックの想像を超えていた。だから、テリーサから〈BORN TO RUN〉イベントをいっしょに見にいこうと誘われたとき、行かないわけにはいかなかったのだ。

ザックはトランクいっぱいのコーヒー豆とプロ仕様のグラインダーを持って、〈エクストラヴァガンザ〉に駆けつけた。社会活動に貢献するコーヒー会社がザックの障害児募金に協力してくれることになったのだ。「計画としては、一日じゅう本当においしいコーヒーをすごいランナーたちに配るつもりだったんだけど、会場に着いてみたら、驚いたことに彼らはそれほどすごくなかった」とザックは言う。「正直、ぼくの見るかぎり、この人たちは超絶アスリートというわけじゃない。いたって普通なのに、なんだか底知れないことをやってるんだ」

「じゃあどうして走らないんだい？」ルイスが尋ねた。

「そんなことができるとでも？」とザックは問い返した。過去にいちばん長く走ったのは5キロレースで、道は平坦だったが、それでも最悪だった。「義足でこんなトレイルを走れますか？」

ルイスは肩をすくめた。ふたりの後方では、〈エクストラヴァガンザ〉のランナーたちがスタントカーレースを繰り広げ、プラスチック製のキッズカーに乗ってぶつかり合いながら巨大な丘を下りていく。出走者の半分は跳ね飛ばされて、うつぶせになっていた。

「ここではクレイジーなことばかり起こる」とルイスは言った。「まさかその手があったかと思うようなことがね。でもここまでやってこれたんだ」

ルイスに触発されたのか、それとも〝カークラッシュ・マウンテン〟でのふざけた惨劇に触発されたのか、翌日の明け方、ザックは右手を上げて、死んだら全部自分のせいだと誓い、人間工学の実験台として丘に乗り出した。その日は涙のうちに暮れる——10マイルの完走メダルを首にかけられて。

「ぼくはコーヒーの売り子としてやってきたんだ」とザックは言う。「帰りはトレイルランナーだった」

メンドシーノに帰ったザックは、食料品店でプロのウルトラランナー、クリス・ブラウンにばったり会った。〈エクストラヴァガンザ〉で50キロレースの勝者を決めるためにビールを2本一気飲みしたあの男だ。ザックは少年ファンさながらになった（「彼は猛獣だ！」とうれしそうに言う）。たまらず初心者らしい質問をつぎつぎとプロにぶつけたが、やがてクリスがさえぎり、「そのうち走りにいこう」と持ちかけた。

クリスはザックを山に導くことからはじめ、10マイルから100マイルへと距離を伸ばしていくよう励ました。「そこはジャンプするんだ」とクリスはしきりに言ったが、待ってほしい。新しいヒーローの前で怖気づきたくなくても、へたをすると、ザックと彼の片脚は真夜中にひとり森の奥深くに転がるはめになる。そこには助け出してくれるクリス・ブラウンもいない。

ところがその後、ザックはほかの先駆的アダプティブアスリートふたりの活動を耳にし、自分は走ることについてずっと間違った考えを抱いていたのだと思い知った。デイヴ・マッキーはウルトラランナー・オブ・ザ・イヤーに2度輝いたのち、2016年にトレイルから落下して左脚の膝から下を切断した。その後、レッドヴィル・トレイル100を2度走り、〝R2R2R〟を制覇している——これはグランドキャニオンの縁から縁から縁から縁《リム・トゥ・リム・トゥ・リム》までのチャレンジで、全長47マイル〔約76キロ〕、登りは1万フィート以上〔約3000メートル〕ある。

ジャッキー・ハント＝ブロアズマは2001年にがんで片脚を失ったとき、ランナーでさえなかった。そもそも興味をいだいたのも、もうできないと言われた事柄のリストの上位にあったからだ。「もちろんみんな言っていましたよ、無理、切断手術した人はトレイルを走れないって!」とジャッキーは『カナディアン・ランニング』誌に語っている。理由はまもなくわかっ

ザック・フリードリーはアダプティブアスリートをより多くトレイルに導くことを自らの使命とした

た。義足は折れるし、ゴムのトレッドは底が破れ、血マメやすり傷が参加料で、ぬかるみや急勾配があったら、ジャッキーは尻もちをついてすべり降りてくること請け合いだ。

「脳は義肢を身体の一部とは認識しないから、脚についているこの異物を信頼するように脳に教えないといけない」とジャッキーは語っている。目を閉じて歩くことを想像してみてほしい。自分の足が何の上に着地しようとしているのか、グリップするのか、すべるのか、つっかえるのか、正確にはわからない。これで義肢をつけて走るのはどんな感じなのか、つかめてくるだろう。

もちろん、だからこそ彼女はそれが好きなのだ。トレイルランナーや6歳児なら誰でもわかるように、遊びの時間は血と泥なしには楽しめない。猛烈な5年間で、ジャッキーは3マイル〔約4・8キロ〕から40マイル〔約64キロ〕、そしてトランスロッキーズ6日間ステージレースの全120マイル〔約193キロ〕へと駆け上がった。2022年5月には104日間で104回マラソンを走るという世界記録を打ち立てた。これは義肢の有無や男女を問わず、全ランナーの最長連続記録だ（ちなみに、男性の連日マラソン記録は？　ギネスによれば59日だ）。

だがザックの目を輝かせたのは、マッキーとジャッキーの勝利のパレードではない。彼らの挫折だった。たとえば2019年、デイヴ・マッキーがウルトラランニング界最大のウェスタン・ステーツ100という舞台に上がったすえ、〝Did Not Finish《デイド・ノット・フィニッシュ》（DNF：完走せず、途中棄権）〟という結果となったとき。そしてジャッキーがモアブ240に挑戦し、濡れた岩のせいでエイドステーションの足切り時間に間に合わないとわかったとき。これもDNFだ。

この3文字がザックの心を凍りつかせる。ザックにとって〝あいつ《ザット・ガイ》〟——誰もが物珍しさからいっしょにセルフィーを撮りたがるアダプティブアスリート——であること以上に嫌なことがあるとすれば、それは〝DNFしたあいつ〟になることだ。DNFはザックがもっとも恐れていることを突きつける。つまり、自分はほかのみんなと肩を並べられない、そもそも出るべきでないのだと。

だから30マイルレースの残り5マイルでDNFしたとき、ザックは悔しくてしかたがなかった。その記憶を葬る決心をし、狂ったようにトレーニングを積んでさらに長いレース——50マイル〔約80キロ〕——に挑んだが、早々に自滅し、半分も行かないうちに暑さと義足の問題で動けなくなった。屈辱に打ちひしがれた彼は、森のなかからコーチに電話をかけ、要するに、棄権の許可を求めた。

「誇りに思うわ！」クリス・パームクイストが言った。

「がっかりしないのかい？」

「まさか！」と彼女は答えた。「プラグを抜くの。ダメージが残らないように」

レースをはじめるのは勇敢なことだと彼女は説明した。けがをしても完走するのはエゴでしかない。「それで3日間トレーニングができなくなるなら」と彼女はザックに言った。「その日は終わりにすること」。この〝3日間ルール〟がクリスのものさしだった。72時間歩けなくなるとわかっているのに走りつづけるとしたら、そもそも走っている理由を疑ったほうがいい。もし何か証明したいことがあるという理由なら、本格的に故障するか永遠にやめることになるのは時間の問題だ。イリノイ州のハイスクールの陸上コーチとして並外れた成功をおさめたトニー・ホラーは、この哲学を〝ステーキを焦がしてはならない〟と呼んでいる。「子供たちは好きなことが得意で、大好きなことに執着するものだ」と彼は説明する。きょう無理をしすぎたら、たくさんあるはずの明日に戻ってこられない。

「わたしはいつも〝ディド・ノット・スタート〟より〝ディド・ノット・フィニッシュ〟を優先させる」とは、ザックのコーチの言葉だ。

だが、ザックが言うとおり、そのようなマッキーやジャッキー的な知恵はなかなか身につかない。そこで彼とルイス・エスコバーは策を練りはじめた。アダプティブであろうとなかろうと、もっと多くの人にトレイルランニングに挑戦してもらうにはどうしたらいいのか？　クリス・ブラウンのアドバイスに従ってジャンプすることを、どうやって勧めたらいいのだろう？

簡単だ！　脱落をありえなくすればいい。

今年の〈エクストラヴァガンザ〉で、ザックとルイスは史上初のアダプティブアスリート・トレイルレース〈BORN TO ADAPT〉のテープカットをおこなう。「ブレード、松葉杖、ニンジャスティック（前腕部支持型杖）、車椅子、這うなど、あらゆる形のランニングを歓迎する」とザックは言う。「ぼくのゴールは、1マイルも走ったことがない人やトラックを2、3周しかしたことがない人をトレイルレースに誘うことなんだ」

ザックとルイスのふたりは、素晴らしい新機軸を思いついた。〈BORN TO ADAPT〉は、3時間以内に誰がもっとも多く5キロを周回できるかを競うレース・ザ・クロック式のコンテスト

ザックの義足は全ランナーにとって大事なレッスンをつけてくれた
フォームとバランスがすべてだと

だ。ランナーたちは終始、周回を重ねて励まし合うが、好きなだけ休憩したり競走したりしてかまわない。

勝つことも、3時間ずっと全力で駆け抜けることも、1マイルを走って切り上げることもできるが、DNFだけはできない。いつ走るのをやめても、そのときにはフィニッシュラインに達している。存分に楽しんだ時点で、その日は終わる。


きっとどこかでカバーヨ・ブランコも一礼しているはずだ。

彼にとって、生涯でもっとも意味のあったレースは、あらゆる予想を覆して、本当に実現したのか目を疑いたくもなった第1回〈コッパー・キャニオン・ウルトラマラソン〉をおいてほかにない。カバーヨはララムリが外の世界の最強アスリートを相手に実力を発揮することをずっと夢見ていた。ところが、そもそも起こるはずがなく、しかも二度と起こりそうにないイベントの真っ最中に、ウリケの町民が総出で見物している目の前で、突然自分のレースから離脱した。

むずかしい決断でもなかった。みんなの喜ぶ顔を見ているほうが、完走するよりずっと楽しいと、彼は判断したのだ。

11・1 スクートの時間

2005年、当時41歳のマット・カーペンターが100マイルレースを人類史上最速のペースで走り、レッドヴィル・トレイル100で樹立したコースレコードはいまも破られていない。その秘訣を尋ねると、彼は私をガレージに案内した。

まずわれわれがチェックしたのはトレッドミルで、マットはこれを使って水分補給に必要な水の量を正確に計算していた（1時間に18口だった）。つぎはドアのそばのシューズラックで、ここで彼は靴紐をあれこれいじり、その締め付け具合をちょうどランニングシューズが脱げず、しかも履き替えやすい緩さを保てるように調整したのだった。

つづいてわれわれは秘密兵器に移った。

ランニングでいちばんやってはいけないのは、無理をすることだ、とマットは言った。身体が疲れていることもあれば、頭が働かない日もあるが、ワークアウトをサボったら代償を払うことになるのではと心配になる。「走れる量は限られている」と、山岳マラソンとハーフマラソンを3日連続で2度制覇した男は言う。「だとしたら変化をつけなければ、かえって害になるだろう」

解決策は？　ほかの恋愛と同じだ。楽しくつづける。新鮮さを保つ。だがなにより、正直でありつづけること。

そこで長所を発揮するのがキックスクーターだ。マット・カーペンターの場合は〈キックバイク（Kickbike）〉社製の1台、ハイエンドで高性能な北欧仕様になる。マラソンのスケジュールを無視して走り回ることに罪悪感を覚えなくていい。キックスクーターは楽しいだけでなく、ランニングフォームの名教師でもあるからだ。プロスケーターのトニー・ホークばりに滑走するとき、筋肉記憶《マッスルメモリー》の奥底ではありとあらゆる再調整がおこなわれている。

「踵から着地する癖をどうしても直せない頑固な〝ヒールバンガー〟によく出くわします。ここでキックスクーターの出番です」と述べるのは、ユタ州でマスターズ陸上のエリート選手の指導を専門とする生理学博士、トム・ミラーだ。数十年にわたり、トムは慢性的なぶり返しがあっても改めようとしないランナーたちと衝突してきた。トムは結局、口を慎んで彼らをキックスクーターに乗せ、送り出すことを学んだ。1分としないうちに、頭の固い連中はできないと言っていたことをすべてやってのけるのだ。

「キックスクーターに乗れば、ヒールバンガーも重心の真下から蹴り出す感覚を得ることができる」とトムは指摘する。*「キックスクーターに乗っているときに踵から着地する人は、伸ばした脚に衝撃が走るのを直接感じて、ぎこちなく揺れながら進みます。でも数分もしないうちに、足の接地が調整されて自然に感じられるようになる。そうなったらすぐ、キックスクータ

ーに乗ったときの脚の動きをまねて走らせるのです」とトムはつづける。「その変貌ぶりに目をみはることは少なくありません」

キックスクーターをはじめたときの私は、まだ楽しいものとしか思っていなかった。ペンシルヴェニア州ピーチ・ボトムに暮らすアーミッシュの隣人たちは、大地とのつながりと家への近さを維持できる乗り物を好むため、車よりも馬車、自転車ではなくキックスクーターを優先させる。* アーミッシュ製のキックスクーターは見たところとてもシンプルで、その見事な設計に気づかなかったが、娘が8歳の誕生日に欲しがったので私もちょっと転がしてみた。**

約3秒で、キックスクーターは優れたバランスとバイオメカニクスに対する即時報酬システムだとわかった。しっかりキックすればなめらかに走り、しくじれば倍の労力で半分の距離しか進まない。「ランニングも同じだ」とエリックは言う。「キックスクーターは一貫性を求める。蹴り出したあと、脚はつぎの着地に向けた位置に戻り、伸ばすまでもないし、オーバーストライドすることもない。その場ランニングと同じで、曲げた膝で駆動するいい練習になる。キックスクーターに乗ると、その感じをつかみやすいんだ」

私が何を感じるかというと、それは絶対的な喜びだ。8歳児からくすねて10年、私はほぼ毎日キッ

* キックスクーターとランニングバイオメカニクスの関係に注目した嚆矢《こうし》として、トマス・S・ミラー（Thomas S. Miller）の『プログラムド・トゥ・ラン（*Programmed to Run*）』を参照されたい。
** 彼女が10歳の誕生日に何を欲しがったか知りたい人は、『シャーマンと走る（*Running with Sherman*）』を読んでみてほしい。

クスクーターを使ってきた。最寄りの郵便局と地元の雑貨店は2マイル〔約3・2キロ〕の上り坂の頂上にあり、その長く曲がりくねった坂を飛ばして帰るのがあまりに楽しくて、車でスーパーマーケットへ行くのではなく、バックパックを背負って夕食の買い物をするついでにその4マイル〔約6・4キロ〕をスクート〔キックスクーターなどで滑走すること〕するのが癖になっている。

不思議なのは、脚がもう動かないと感じていても、30分ほどスクートすると復活し、家に帰ったときには出発時より爽快な気分になっていることだ。この魔法を完全に説明することはできないが、おそらく、キックスクーターのふたつの主な動作——軸脚をクォータースクワットで上下させ、仕上げに漕ぎ脚を大きく伸ばす——がスポーツマッサージと同じ効果をもたらし、筋肉から血液と乳酸を洗い流すことで走り疲れた脚を充電するのだろう。

現在、私は2台持っている。前輪が24インチの10年前のアーミッシュ製と、26インチの新しいシュウィン・シャッフル（Schwinn Shuffle）だ。価格は同じ（約200ドル）だが、われながら驚いた

ことに私は旧式のアーミッシュ車のほうがいい。アーミッシュは見た目の美しさよりもハードな走りを優先するので、フロアボードは快適な低さでキックしやすく、ハンドルバーはビーチクルーザーの流用品ではなく、特製だ。加えて、アーミッシュのタイヤをソリッドラバーの車椅子用チューブに交換できるので、パンクの心配もない。〈キックバイク〉、とくにボスといった見かけのスポーツG4（Sport G4）はハンドルバーの角度が調節しやすく、28インチの前輪はスリックタイヤで、まえから試してみたいのだが、500ドルという価格はアーミッシュ製2台と同じで、買うことを正当化できない。

去る11月、凍えそうな朝に長い下りをスクートしていた私は、衝動に駆られて片手でポケットから携帯電話を取り出し、もう片方の手でバランスをとりながらエリックに電話をかけた。「なんだか新しいことに突き抜けた気がする」と風の音に負けじと叫んだ。「まるで陶酔というか。人生で最高の状態だと思う」

「そうかもねえ」と答えるエリックは、煙突のてっぺんから近所の裏庭のプールまで飛べると思いこんだ仲間に対するような口調だった。「あるいは楽しんでいるだけかも。両方ということもある。たぶん楽しいんだろう」

11・2 音楽とともに走る

部屋のなかの象と、耳のなかのイヤフォンは同じだ。

ここにジレンマがある。エリックと私は耳にノイズを鳴らしながら走ってもいいのかと訊かれるたび、いいやと大きく頭を振る。リビングでロック・ロブスタリングをするのでなければ、耳のなかで爆音を鳴らさないほうがいい。ただ、個人的な好みで意見は色づけられるもので、その証拠に私は「ノイズ」と呼ばずにはいられなかった。「気分を高めるホルモンを分泌させ、幸福や満足の感覚を持続させると臨床的に証明されている、感情を高揚させるメロディ」ではなく。

幸福や満足に反対するつもりはないし、グロリア・ゲイナーをながら聴きして走るのがへたになった人はいないという事実からは逃れられない。だが、もしゲイナーを聴かなければならないのなら、きっと、あなたはすでに負けている。

われわれにとって、音楽は聴覚の鎮痛剤、麻痺剤であって、それはおそらくあなたが正面から取り組むべきもっと大きな問題を隠している。結局のところ、呼吸のリズムやロック・ロブスター式ケイデンス、足取りのエレガンスに集中することを学べば、音楽は迷惑で邪魔なものになるだろう。

われわれが完全に間違っているのなら話は別だ。レディ・サウスポーはそう考え、それを証明するためにアルバム全篇を制作した。

レディ・サウスポーはニューヨークのパンク・ミュージシャンで、マラソンを走った先輩たちの足跡をたどる決意でいる。アラニス・モリセット（4時間28分、ニューヨークシティ）、レッド・ホット・チリ・ペッパーズのフリー（3時間42分、ロサンゼルス）、クラッシュのジョー・ストラマー（4時間13分、ロンドン。さらに噂では10パイントの晩酌後、匿名の反逆者風に走り抜けたパリ・マラソンでの3時間20分）、そしてエミネムだが、レースに出場したことはなかったものの、彼は毎日17マイルを走りつづけることで名誉会員となっている。*

レディ・サウスポーは、いいバックビートがあればケイデンスを安定させられると考え、そんな曲を歌った。というより、18曲を。彼女のアルバム《Marathoners Rocking New York》は、オリジナル18曲からなる45分のサウンドトラックだ。どれも180bpmで、サウンドはラモーンズ期のパンク直系――ニューヨーク・シティマラソンが生まれたのと同時代のものだからだ。

レディ・サウスポーにとって、音楽を聴きながら走るのは、映画館にこっそり食べ物を持ち込んだり、テキサス州で処方箋なしでマリファナを吸ったりするのと同じだ。「もしかしたら安全で責任をもったやり方について、オープンに話し合う価値があるのかもしれない」と彼女は私にメッセージをくれた。「性教育みたいにね」

いい点をついている。そろそろ腰を落ち着けて話し合う頃合いだ。

一方の代表はフリーが務め、レディ・サウスポーはもう一方の側で互角以上の戦いを繰り広げることになったが、いったん落ち着いてみると、盛大に討論されたものの、明確な勝者はいない。タイブレーカーが必要だった。動きと音楽という人間の経験を真に理解し、誰からも信頼される人物が。幸運にも、あの伝説的な人物がアリーナ入りすることに同意してくれた。リック・ルービン、叙情的なあらゆるものの裁定者にして、熱心なバイオハッカー兼フィットネス研究家だ。

＊「もうファ×キングハムスターだよ」とエミネムは『メンズ・ジャーナル』誌に語っている。「トレッドミルで1日17マイル。朝起きて、スタジオに行くまえに1時間くらいで8・5マイル走る。それで家に帰ったらまた8・5マイルだ」

以下がその顚末《てんまつ》になる。
『ランナーズ・ワールド』誌（以下RW）：どういうきっかけでランニングをはじめたのですか？
フリー：そうだな、まえはあまり走ったことがなかったんだ——たまにちょっとジョグするくらいで、たぶん人生で1マイル以上走ったことはなかったと思う。去年、『BORN TO RUN』を読んで、すごく影響を受けてね——人間の身体は走っているときに本来の目的のために使われるって考え方に。それで思った、ちっ×しょう、マラソンを走って、シルヴァーレイク・コンサヴァトリー・オブ・ミュージックの資金を集めるぞって。ミュージシャンとしては内面にあるものを表現するのが大事だし、誰もが、どんな仕事にしろ、外に出すべき歌を持っていると思う。そして走ることで、僕の身体は自分を表現する別の方法を手に入れたんだ。
RW：走るときに音楽は聴きますか？
フリー：聴かない。1回もないし、やりたくもない。走っているときは、五感がとても活発になってフルに働く。自分の身体に耳を傾け、呼吸に耳を傾け、まわりの自然に耳を傾け、足音に耳を傾け、いま起きていることに注意を払うんだ。僕はこのエネルギーを育み、走ることに集中する。音楽を聴くときは、耳にする音だけにフォーカスするから、走っているときはそうしたくない。ランニングそのものとそれについてくるすべてに集中したいし、それだけでたくさんだという気がする。
でも、〝特別なもの〟を手に入れられるのに、なぜ「たくさん」でよしとするのだろう？　とレディ・

サウスポーは考える。彼女はこう書いている。

『BORN TO RUN』の大好きなくだりを読み返してみると、ランニングのための音楽をつくることにした最初のインスピレーションが思い出されます。どちらにも、より高い次元の経験を解き放つパワーがある。それを「フロー」「ゾーン」「ランナーズ・ハイ」と呼んでもいい。どちらか一方だけでも得られるけれど、この組み合わせは純粋な魔法になる。

たぶんランナーなら誰でも知っているように、最高にすごいランのあいだにすべての力がそろうと、宇宙とそこでの自分の位置を理解したような感覚になって、苦労して勝ち取った幸福感に包まれる。素晴らしい曲を演奏したり聴いたりするときにも、同じようなフロー体験がある。同じ曲を愛する大勢の人のなかでその曲に合わせて踊ることができればなおさら。

基本的に、音楽はそんなランナーズ・ハイへのガイドの役割を果たすことができると私は信じています（とくに、どちらかというと初心者で、まだランニングに恋をしていない人の場合）。音楽は心と体を整理するのに役立つから、余計なエネルギーを浪費しすぎることがなくなる。ランニングにはただでさえたくさんのエネルギーが必要なので、できるだけ効率的に走ることで大きな利益が得られるし、適切なテンポの音楽は本当によいツールになるのです。それに音楽はポジティブな感情を呼び起こし、走る気力を高めてくれる。

私はまわりにいるすべての人やほかのものを犠牲にしてまで自分の音楽を鳴らすことにはすごく気をつけています。ほかの歩行者の迷惑になることもあれば、車や自転車と同じ道路にいる場合は本当に危険（どころか致命的）になることも知っている。どんな交通状況であっても（ニューヨークの場合はほぼあらゆる状況があります）、つねに細心の注意を払うことを勧めたい。周囲の様子も聞こえる音量を見つけて、自分の身体と向き合い、爆音を鳴らすのはトレッドミルだったり陸上トラックだったり、安全で人通りの少ない道だけにしたりできるはずだから。

ランニングに真剣に取り組むようになって、チャリティのためにマラソンのトレーニングをはじめたとき、ランニングに向いた曲を書いて募金活動に役立てることを思いつきました。それがきっかけで、どんな曲がランニングに適しているのか深く掘り下げて調べるようになったのです。そんなときに180bpmという突破口が開けたのだけれど、これは本当にとてつもない！　大前提となったのは、オリンピック選手を研究した結果、ランニングコーチのジャック・ダニエルズが、大多数が1分間に180歩前後で走る傾向があることを発見したことです。逆に、初心者にありがちなミスは、長く弾むようなストライドで走ることで、これはけがにつながることが多い。歩幅を短くし、回転数を上げることを学べば、足取りは自然にぐっと効率的になる。普遍的なトレーニングツールとして、1分間に180歩というのは本当にすごい！　私はリビングで180bpmの曲に合わせてその場ランニングをして、それからほんの少しずつ前に進むことでそれを理解しました。それができるようになったら、どんなペースでもこのケイデンスを使うことができるのです。

それで、既成の180bpmの曲を見つけては自分用のプレイリストにまとめるようになりました。最初にそれをジムのトレッドミルに導入したのだけれど、もうびっくり。いつものペースでそのケイデンスの感覚をつかんだら、30分があっという間で、疲れを感じないし、活力が湧いてきたのです！　まるで人生の秘訣を見つけたみたいに！

私は音楽とランニングのあいだには本能的なつながりがあると感じるようになりました。あなたが『BORN TO RUN』で指摘しているように、「レクリエーションには理由がある」。胸の鼓動、呼吸、繰り返されるリズミカルな身体の動き。古代の人々が走っているあいだ、その心のなかに何か基礎的な形態の音楽が生まれて、時間をつぶしたり長い遠征をつづけたりするのに役立ったとしても、私は驚かない。私たちが最初に耳にする音楽は、母親の声の調子とか鼓動、揺さぶる動作のなかにあるという考えに、私はとてもインスピレーションを受けています。

こういうことから私は、ランニングのためにつくられた音楽というジャンルには、大きな可能性が秘められていると熱く感じているのです。ランニングの体験を念頭に書かれた、感動的なストーリーに案内してくれる物語全体を想像してみてください。ビートはつねに一定で聞き取りやすく、完璧な180bpmかその前後に保たれている。ほとんどの人が使うことのできるテンポがあって、それがよりよいランナーになるのに役立つかもしれないという考えは、どこか美しい。これが《Marathoners Rocking New York》のインスピレーションになりました。私のような普通の人間が、プロのトップ選手と同じ大会に参加できるスポーツがほかにあるでしょうか？　それよりもっとインクルーシブなスポーツがあるでしょうか？

音楽は走るとき毎回必要というわけじゃない。とくに外で自然とふれあうときはそう。まわりの状況を聞き取れる程度に音量を抑えたい。レースのときはいつもプラグを抜いています。でも、安全な道で楽に距離を積み上げているときや、仕事のまえにちょっとトレッドミルで時間をすごそうとしているとき、ランニングを余計にむずかしくする理由はあるでしょうか？　昔から人類が地球を走るときはいつも、ビートがそこにある。それを使いたい。

――エリン、別名レディ・サウスポー

コーチのエリックはレディ・サウスポーの主張をあらゆる角度から検討したが、音楽は身体意識の敵であるというわれわれの基本的な信念は別として、新鮮な反論を絞り出せる実がなるだけの光は見つけられなかった。

「トレイルでは、私の耳が私の目だ」とエリックは強調した。まるでノックアウトパンチのように響くが、それもグランド・ティートンの山でクーガーやグリズリーのうなりに耳をすますという、若干ニッチな心配事について話しているのだとわかるまでの話だ。それに、レディ・サウスポーは音量を抑えて周囲の様子が聞こえるようにし、できれば大自然の声に従うことを勧めていた。

リック・ルービンは両者の立場を考慮したうえで、われわれが見落としていたキーポイントを持ち出してきた。それがリック・ルービンの役目だからだ。

リックの仕事になじみがない人は、１９８４年以来キャプテン・アメリカよろしく氷漬けにされてきたか、リックが自分のやっていることを「仕事」とは定義しないことを吹き込まれたかのどちらかだろう。彼が好む肩書きは「音楽愛好家」。大学の寮の部屋からLL・クール・Jとビースティ・ボーイズを有名にし、ジェイ・Zやカニエ・ウェストからアデル、メタリカ、レッド・ホット・チリ・ペッパーズ、エミネム（〈Berzerk（バザーク）〉のミュージックビデオでエムのそばで頭を揺らしているのがリックだ）まで、驚異的な数のスーパースターを指導してきた人物としては、これ以上ないほど控えめなものだ。

まるで注目されていなかった落ち目のジョニー・キャッシュをリックは日の当たらない場所から脱出させ、グラミーの連続受賞に導いた。ジョニー・キャッシュとしては、ナイン・インチ・ネイルズの〈Hurt〉の何がそんなに素晴らしいのかわからずにいたが、リックに説得されてカバーした結果が、再度のグラミー賞だった。バーブラ・ストライサンドも、なぜリックがザ・キュアーの〈Lovesong（ラブソング）〉のボサノヴァ・ヴァージョンを彼女に歌わせようとしたのか理解できず、やがてアデルがその曲でスマッシュヒットを飛ばすことになった。ランDMCが〈Walk This Way（ウォーク・ディス・ウェイ）〉でエアロスミスと共演したのもリックのアイデアだったが、やはりリック式の説得が相当必要だった。

過去10年にわたり、リックは音楽と同じくらい自分の身体についても研究に励んできた。食事やストレスの管理にも気を配り、酸素が欠乏する水中でのワークアウトや、北極圏で氷につかるレアード・ハミルトンとの水中トレーニングにも定期的に挑戦している。『BORN TO RUN』を読むまえから熱心な裸足主義者で、ことミニマリズムに関しては、われわれの立場に近い。

だが、音楽とともに走ることについて話したとき、リックは私が考えたこともない言い方をした。「質問はこうだ。いつ音楽のなすがままになりたい？」

トレッドミルでは、マシンのなすがままになる。見えるのはマシンの対面にある景色だけで、聞こえるのはマシンが出している音だけだ。刺激されるどころか、感覚はモーターによって麻痺させられる──自分のための音楽で反撃しないかぎりは。

「エリプティカルマシン（クロストレーナー）に乗るときは、60年代のサイケデリックミュージックをかけて、リズムにのめり込む」とリックは言う。「で、もし音楽のおかげで遅い動きのわりにエネルギー消費量が増えたとしたら、音楽でその運動が意味をなすよう制御できたということだ」

だが、一歩外に出れば、予測可能なものが混沌へと変化する。外の世界は音楽が生まれる場所だ。リズムやメロディや感情の源であり、漂ってくる笑い声から〈セーフウェイ〉の買い物客用駐車場でけたたましく鳴る車のアラームまで、あらゆるものが湧き起こる。レディ・サウスポーが愛する70年代のストリートギャング・パンク？　それはニューヨークシティのストリートの衝突や炸裂の音から直接生まれたものだ。ゴミ収集車の音を消して、〈電撃バップ（Blitzkrieg Bop）〉にさよならを言おう。

外界の予測不可能性を吸収しなければならない、とリックは信じている。さもなければ、インスピレーションの源を失うことになるからだ。いつも幸運の青い鳥やささやくような松の音が聞こえるとは限らないが、心を澄ませ、耳を解放すれば、出発したときにはなかったアイデアを持って帰ることができる。ポケットのなかの音楽で世界の音楽をかき消してはいけない。

室内で聴くのはいい、屋外で聴くのは悪い──と、この話題に決着をつけたと思いきや、リックは急反転《ボタンフック》する。「ときには」と彼は思いをめぐらせる。「特別な理由で音楽を聴くこともある。去年の夏、カウアイ島でＤＪセットを車で聴いていたら、とても素晴らしくて、もっと聴きたくなった」。太平洋の海岸を歩こうとしていたのに、リックはＤＪに波をかき消させた。「あれは素晴らしい体験だったよ」

こうしてわれわれは振り出しに戻った。まあ、やりたいようにやるしかない。だが、リックにはもうひとつ言いたいことがあった。「そこなんだ」と彼はつづけた。「特別な目的だ」。ワークアウトをするとき、リックは〝メッタ・スッタ（慈経《じきょう》）〟という仏教の健康と慈悲の祈りを繰り返し唱えるのが好きだ。その祈りはたった４つの短い文章で、復唱すればするほど、より多くの愛と思いやりが生まれる。

「その言葉は本来、音楽的なものではないから、おぼえるのがむずかしかった」とリックは説明する。「そのあと、言葉に節をつければどんな活動にもリンクさせることができると気づいたんだ。僕はいつも、物事をリンクさせる機会を探している。リンクさせなかったら、スケジュールを立てられないかもしれない」

リックはこの詠唱《チャント》を忘れるかもしれないし、スクワットをする気分になれないかもしれないが、それぞれを結びつけたとたん、心に新たなフォーカスが生まれる。やる気が倍増し、単調さが解消されるのだ。

「１マイル泳ぐときは、同じ動きを何度も繰り返すだけで、変化に乏しい。そこで何か大きなものを取り入れると、エクササイズに高い目的が生まれるんだ」と彼は言う。「しかもそれは完全に自然に感じられる。行くぞ、満たされるように――ストローク！
愛と優しさに――ストローク！
元気であるように――ストローク！
平和であるように――ストローク！
そして安らかで――ストローク！
幸せであるように――ストローク！

「そして時がたてば」とリックは締めくくる。「輪を外に広げ、より多くの人を受け入れる喜びがある」

満たされるように
伴侶が愛と優しさで……

満たされるように
家族が愛と優しさで……

満たされるように
世界が愛と優しさで……

別の言い方をすると、車輪を見たことがなかったリックは、偶然にも石を完璧な円形に削ったわけだ。チョクトー族のキャリー・ヴィンソンとちがって、リックは祈りのランというものを知らなかった。それは、走るたびにその労力を必要としている愛する人に捧げるという、ネイティノ・アメリカンの美しい伝統だ。だが、自身の本能に導かれ、リックは動きと瞑想のあいだに祖先から受け継がれた同じつながりを見つけた——そしてわれわれの質問に対する完璧な答えを。

だから、音楽を聴きながら走ってもいいのかと悩んでいる人は、食べ物の選び方やシューズの選び方、ランニングフォームと同じように考えてみてほしい。
・それは自分を強くするのか、それとも弱さを隠すのか？
・それは向上するためなのか、それとも終わらせるためなのか？
なぜなら、もしかしたらあなたはリ

オアフ島を見下ろすオハナ・トレイルを登る

ック・ルービンで、いつイヤフォンを装着し、いつ外しておくべきかを知っているからだ。もしかしたら、あなたはレディ・サウスポーで、ビートを（安全に！）上げることで、気分を高揚させ、ケイデンスを完璧に保てるとわかっているのかもしれない。

あるいは、きょうは退屈な水曜日で、あなたはケシャの曲で脳を直撃する必要があるのかもしれない。

きょうだけは。

11・3 エイドステーション——ファンラン、アーミッシュ式

「おはよう、友たちよ！」アーミッシュの友人エイモス・キングからのメールにはそう書かれていた。

「ぜひお聞かせいただきたい、あなたが今年実行に移した、人生の軌道を変えそうな最高のことといったら⁇」と彼はつづけていた。「計画はこちら：5〜7マイルの親睦会。時刻：明朝6時半」

数秒後、チャットにリプライが届いた。

〝おお、こんな朝早くから、ちょっとディープだね🤔〟

だがその土曜日、日が昇るまえに8人のランナーがペンシルヴェニア州ランカスターのトレイルの

始点付近に集まり、凍てつくような暗闇のなかですでに会話に熱中していた。そのほとんどが、世界で唯一のアーミッシュ・ウルトラランニング・クラブ、〈ヴェラ・シュプリンガ（Vella Shpringa）〉（ペンシルヴェニア・ダッチで〝みんなで走ろう〟）のメンバーだった。

エイモスは10年ほどまえ、屋根工事の同僚たちに5キロレースに誘われたのがきっかけでランニングに目覚め、このグループを立ち上げた。以来、エイモスは何度も50マイル〔約80キロ〕を走り、ボストンマラソンの自己ベストを煙の出そうな2時間54分にまで縮めた。

いまでは隔週で、どんな天候でも、エイモスの友人たちが持ちまわりで暗闇の森に出かける。ランニングクラブを維持するのは簡単なことではない。メンバーの大半が1週間立ちっぱなしで働き、家に帰れば農作業が待っているとなればなおさらだ。だが、エイモスは革新的であると同時に大昔からある戦略だった。

自分の狩猟団《パック》をつくったのだ。

エイモス・キングは、妻のリズをクルーに初の100マイルを23時間で走った
リズ・キングは日常的に5キロレースで優勝し、初マラソンでボストンの出場権を獲得した

まず、エイモスはいつもラン前の準備として、その週に心に宿った妄想についてグループメッセージを送る〈私の個人的なお気に入りは、〝獲得したものを全部失っても学んだことはすべて残すか、学んだことをすべて失っても獲得したものを残すか?〟〉。

第二に、彼は〝みんなで走ろう〟の〝みんなで〟という部分を重視している。アーミッシュであろうとなかろうと、速い人であろうとそうでもなかろうと、誰でも大歓迎なのだ。つまり、ある土曜日には、エイモスの妻リズが伝統的なロングドレスにエプロン姿でやってくるかもしれないし、近くで育ち〈ヴェラ・シュプリンガ〉を気に入った一流プロランナーのザック・ミラーが、海外で転戦していないときの恒例として夜明け前のおしゃべり祭りに参加しているかもしれない。

雑談を中心にランニングを組み立てたのは、天才のなせる技だった。偶然なのかひらめきなのか、エイモスは時計や心拍計を使うことなく、ロング走に最適なペースを固定する確実なシステムを編み出した。息が切れたら話せない。先に飛び出していったら声が聞こえない。レッドゾーンすれすれのスイートスポットで快適に流したいのなら、ジークムント・フロイトはヴィクトール・フランクルに比べて人間の本質をこれっぽっちもわかっていなかった、とエイムに話を振ればいい。議論は駐車場に戻るまで終わらないだろう。*

11・4 楽しみ《ファン》——アクションアイテム

・ミカのリトル・フリー・ライブラリー巡回——長距離ランを楽にしたいなら、いくつものミニ目的地に分けるのに越したことはない。わが妻とその友人たちは、近所から数マイル以内にリトル・フリー・ライブラリー（小さな図書館）の本箱が4つはあることに気づいた。そこで1週間かそこらごとに、読み終えた本をバックパックに詰め、走って巡回しては、いらない本を置いていったり、新しいタイトルを手に取ったりしている。一回走るだけで、寄付による自己満足と無料ショッピングの喜びと狩りのスリルが得られるのだ。友人のデニス・プールへコは、ウルトラマラソンのトレーニングとして、アリゾナ州のホピ族の土地を大きくまわって親戚一同を訪ねていた。幼いいとこたちは、彼の姿が見えてくるや迎えに駆け出し、どこに立ち寄っても楽しい再会の場になる。
・ムーブメント・スナック！——この本で紹介したほかにも、ジュリーとジャレドはたくさんのムーブメント・スナックをウェブサイトに掲載している。ちょっと退屈だ、ランニングをする気分にもなれない、というときは、友達を誘ってムーブメント・スナック（第5章参照）を試してみよう。ジュリーはこれを「こっそりハード」と呼ぶが、たいていこっそり楽しみ《ファン》になる。終わって立ち上がると、気分が上がり、全身が軽くほぐれてリラックスしていることに気づくだろう。

＊〈ヴェラ・シュプリンガ〉のメンバー、ジェイク・バイラーがそんな朝の話題を持ち出した。人間は生物学的衝動の虜であり、自由意思はほとんどないというフロイトの主張にむかっ腹を立てたためだ。

・アドレナリンはスーパーフード——ローリー・ボジオは小児科の看護師から、アルプスの過酷なウルトラマラソン、ウルトラトレイル・デュ・モンブランの2度にわたるチャンピオンに上りつめた。当人によると、それはアレハンドロの功績が大きいらしく、その軋《きし》るビーチクルーザーをこいで彼女は週に1度ほど峠を登り、また下るのだ。そして冬になると、雪山を登ってソリで下るというヒル・リピートをおこなう。スパルタ障害物コースのスーパースター、アメリア・ブーンはElliptiGO（要は車輪付き踏み台昇降機《ステアマスター》）で長い坂道を登り、手に汗握って下るのが好きだ。このふたりのチャンピオンは、最高のワークアウトのいくつかは8歳のときに考案したものだと気づいている。

・変わり者でいい——わが故郷フィラデルフィアは昔から変わり種の培養器で、ベンジャミン・フランクリンと彼の裸の「空気浴」を皮切りに、今日ではアンダーグラウンドな都市冒険の温床へと発

展している。たとえば、レベッカ・バーバー。彼女はロッキー・バルボアが朝のランニングで通過したとされるランドマークをすべてつなげると30マイル〔約50キロ〕になることを発見し、〈ロッキー50k〉を創設した。このウルトラマラソンには、グレーのスウェットに黒のコンバース・オールスターという格好のランナー数百人が集まる。また別のフィラデルフィア市民は大勢の人（そのひとりは私）を説得し、ロッキーのアイコンともいえる美術館の階段を24時間上り下りするチャリティ募金を実施した。ギャグズの愛称で呼ばれる地元の保護観察官は、宇宙から撮影されたフィリー（フィラデルフィア）の写真に霊感を受け、街の全周76マイルを、途中のコンビニエンスストアで燃料補給しながら走りきった。「最高のレースは」と賢明な老トレイルランナーがかつて私に言ったとおり、「自分の足で土に線を引いたところからはじまる」。

12 ファミリー——ともに汗かく者はともに天翔ける

2010年3月、ハワイのビッグアイランド国際マラソンのスターティングラインに野性的な風貌のよそ者が現れた。ふつうの人がホテルの朝食用カウンターに下りてくるときのように、かろうじて服を引っかけ、ぎりぎりの時間にだ。長い髪が顔のまわりでなびき、雨が降って風も強いというのに、身につけているのは短パンとランニングシューズだけだった。

2時間後、レースボランティアたちが先導するヴァンに大あわてで乗り降りし、近づいてくる車を急いで止めたりコーンを置いたりするなか、男はフィニッシュラインへと疾走していた。レースの方針として、先頭ランナーが最後のストレッチに入るまでは道路を開放しておくことになっている。だが、それまで誰も注意を払っていなかったターザンが、ふと気づくと精根尽きるどころか加速していた。

強烈な向かい風にもかかわらず、男は2時間50分、1位で完走した。『ハワイ・トリビューン-ヘラルド』紙のスポーツ記者は、どこからともなく現れてレース関係者の目を奪ったこの無名の若者についてもっと知りたいと思ったが、表彰式会場に着いたときには、姿を消していた。

「あれは何者ですか?」と記者は質問した。レース関係者たちは肩をすくめた。レースエントリーには名前と年齢が書かれていたが、それ以外は謎だった。「わかりませんね」と彼らは言った。「まるでゴーストだ」

この呼び名が定着した。その年、〈ゴースト〉はハワイじゅうのレースで勝ちつづけた。ある50キロレースではコースレコードを更新し、リレーチームを含むすべての選手を打ち負かしている。無愛想な幽霊だったわけではない。言葉をかわす機会があった人はみな、彼はキャスパーそのもので、とても優しかったと口をそろえた。ただ、いつも早く朝食やサーフィンに行きたがっていて、結果にはほとんど関心がなく、ほかの出場者に言われるまで7連勝したことを知らないほどだった。

だが2010年後半になると、ハワイのランナーたちはだんだん〈ゴースト〉を見たことが

土曜朝の定番ルートでドーチェスターの街を走る〈ブラック・メン・ラン〉ボストンの面々
手前:ジェフ・デイヴィス。2列目:カーロス・ノーブルズ、セルギーノ・ルネ、チェルネット・シサイ、アマンヌエル・アバーテ。3列目:カリル・サディク、レイ・アントワーヌ、カイル・オフォリ。4列目:ジェフ・ジョーゼフ、アビオドゥン・オトゥ

あるような気がしてきた。彼らは家に帰って本棚を探してみた。いたぞ、『BORN TO RUN』の表紙に。ビリー・〝ボーンヘッド〟・バーネットだ。

ビリーは海軍にいる兄を訪ねてハワイに来たのだが、土地柄がとても気に入ったので、経験豊富な宿屋の主人を探していた豪華なB&Bのオーナーを説得し、代わりにこのボーンヘッドが雇われることになった。ビリーをハワイに放すのは、ペットのドラゴンを野生に帰すようなものだ。彼は行く先々で注目を集めたし、みずからどこへでも出かけていった。走っていないときはサーフインをし、サーフィンをしていないときは走り、見たこともないトレイルで毎週120マイルを刻み、ロード5キロからバックカントリーウルトラまで、手当たりしだいに飛び込みでレースに参加した。

その年、私がオアフ島を訪れていたとき、ビリーがいっしょに走ろうとビッグアイランド〔ハワイ島〕から飛んできてくれたことがある。トレイルの入口で待っていると、1台の車が停まり、転がるようにビリーが降りてきた。上半身裸で、煙をたなびかせていた。空港で拾ってくれた新しいマリファナ仲間に手を振って別れを告げると、ビリーは荷物を取りに車を追いかけた。Tシャツを後部座席に置き忘れたのだ。

われわれは最高に楽しい時間をすごし、山を下って滝へとつづく古来のトレイルを走った。そのルートは人間にとっては約10マイル〔約16キロ〕だが、ペットのドラゴンにとっては20マイルになる。ビリーはトレイルを走るのと同じだけの時間をかけ、迷い道を探検したり熱帯果樹に登ったりと寄り道したからだ。森から出るころには腹ぺこになり、迎えにきた私の妻と子供たちに、そのまま食事に連れていってもらった。ビリーは脚に泥がこびりつき、午後はずっと短パンの後ろに押し込んでいた汗まみれのTシャツを着ていたにもかかわらず、レストランに電撃が走った。これと同じものを一度だけ見たことがある。ジェイク・ギレンホールが朝の5時にコロラド州レッドヴィルのコーヒーショップに突然現れたときだ。われわれのテーブルとは関係のないウェイトレスたちが、しきりとビリーの水を注ぎ足し、食事に問題はないか3度も確認した。まだ小学生の私の娘たちでさえ、われわれのテーブルがただならぬ注目を浴びているとわかったのに、当の〈ゴースト〉は自分が放つ生々しい色男の磁力に気づいていなかった。翌朝、帰りの便に乗る彼を空港で降ろしたとき、その脚とTシャツはまだ泥がついていた。シャワーと新しいシャツを勧められても、それにはおよばないと断ったためだ。

それから10年、ビリーは〈ゴースト〉らしい生活をおくっていた。膨大な距離を走り、怪物のような波でサーフィンをし、わが道を行くことに満足して、石鹸でさえ耐えがたい社会的負担となった。ジェン・シェルトンとのロマンスは終わったが、ふたりはおたがいのスピリットアニマルでありつづけた。ジェンはビリーを一歩リードしようと決めたのか、〈ゴースト〉生活を国際的に展開する。オレゴンで川探検のガイドをしたのち、テキサスに向かってランス・アームストロングのランニング仲間になり、イタリアに渡ってスキー登山に挑戦するが脚を骨折し、ベーリング海の漁船で体力を回復したすえに、ユタ州で出産してアラスカに移り住んだ。なぜって、当然だろう。

かたや、ビリーはビッグアイランドにとどまり、特殊教育の修士号を取得して情緒に不安のある子供を教えるようになる。毎朝、つぎの冒険を求めて鼻をくんくんさせながら目覚める男には、うってつけの仕事だった。教室での毎日は彼のスタミナの新たな試練であり、生徒が暴れるたびに、強さの秘訣は冷静でいることだと改めて思い知らされる。そして毎日午後3時1分には、自由にドアを飛び出して山へと爆走してかまわない。

ところが突然、〈ゴースト〉の独身生活は終わりを告げた。2019年、ビリーはアリックス・ラックと出会った。地球上で唯一、ジェン・シェルトン以上にジェンらしいといえる女性と。

アリックスがコーチとしてのキャリアをスタートさせたのは、クレジットカードを大量に盗んだ友人とワイオミング州をドライブしたあげく、重警備の女子刑務所で3年間服役していたときだった。男子刑務所のほうがジムが充実しているのは不公平だと思い、所長を説得して設備を増強させ、受刑者仲間にトレーニング方法を教えはじめた。父親が陸上コーチだったたし、アリックス自身、若いころはラグビー選手にして耐久馬術の全米チャンピオンだったから、ウェイトトレーニング室の勝手は心得ていた。釈放されたとき、アリックスはまだ多額の賠償金を負っていた。前科者にとって金銭面でベストな選択肢は、刑務所で鍛えた筋肉を活用することだと彼女は気づいた。

「ウェイトレスやバーテンダーをしながら、ふたつのジムをかけもちしてたんだけど、ある人から1000ドルでMMA（総合格闘技）の試合に出ないかって持ちかけられて飛びついた」とアリックスは言う。「あれはよかったな！　本当に楽しくて。仮釈放が終わるとすぐワイオミングを出て、国じゅうを転戦するようになった」。キング・オブ・ザ・ケージの試合にも出場したが、しばらくして、格闘家仲間の不穏な傾向に気づいた。刑務所に逆戻りする者が多いのだ。「ドラッグを売買して、ドラマみたいな生活をおくっていたのね。この先どうなるかは見えていた。だからわたしは抜けたの」

アリックスは貯金を使ってカリフォルニアに移り、自分のジムをオープンした。そしてトライアスロン選手になり……プロのボディビルダーになり……雑誌の表紙を飾るフィットネスモデルになり、その過程で豊富なトレーニング知識を吸収する。唯一達成できなかった目標が、修羅場を避けることだった。40万人のフォロワーがいるインスタグラムのインフルエンサーとして、面倒な争いに巻き込まれたのは、アイアンマン・トライアスロンを10日間で連続10回完走するレース、デカマンUSAでコースカットしたと非難されたからだった。同じころ、彼女は元海兵隊員のフィットネスモデルとの結婚生活に終止符を打つ最善の方法は、姿を消すことだと思いいたる。ひそかに荷物をまとめ、夫にはレースに行くと告げて、こっそりオマーンに発ち、つぎの手を考えた。

そんな次第で彼女は顔と顔、唇と唇を〈ゴースト〉と合わせることになる。まもなく縁を切る予定の夫から隠れているあいだに、アリックスはオンラインでビリーに呼びかけ、ビッグアイランドのトレイルレースについてアドバイスを求めた。メールは何本も

アリックス・バーネットとコズモくんの応援を受け、ビリーは2021年ホノルルマラソンを3位で完走する

の電話へと発展し、そうした電話はある挑発で終わりを迎える。「もしあなたが目にしたものを気に入ったら」とアリックスは空港まで迎えにいくと言うビリーに告げた。「キスして」

こうして、ふたつの単独衛星が音をたてて衝突した。

〈ゴースト〉生活を天職とするビリーは、それを仕事にしたアリックスと恋に落ちた。ウルトラランニングやサーフィン以上に孤立を強いるスポーツはほとんどない。そんな自分だけを頼りに果てしない時間をひとりですごすよう求めるふたつのスポーツを、アリックスは発見したのだった。トライアスロンは究極の時間泥棒のように思えるかもしれないが、ボディビルディングはまさに利己主義の表彰システムだ。勝利するにはつねに自分のことを考えていなくてはならない。鏡で自分の身体をチェックしたり、1時間ごとのカロリー摂取量にこだわるのをやめたとたん、2位に甘んじることになる。「食事とダイエットに完全無欠に集中することが求められる」とアリックスは言う。「ミスは許されない」

だがビリーと出会ったころのアリックスは、人生にまたひとつ軌道修正が必要だと感じていた。刑務所から釈放されたあと必要に迫られてフィットネス業界に入ったものの、コーチ兼競技者として10年をへて、業界を嫌悪するようになっていた。「フィットネスモデルとして雑誌に引っ張りだこだったけど、とにかくめちゃくちゃだった」と彼女は言う。「みんな、わたしたちみたいなルックスになるべきだって言われてるのに、わたしの目の前ではモデルたちがコカインを吸ってステロイドを注射してるんだから。〝10分間美尻《ブーティ》ビルダー〟が売れるように」

キャリアは上昇中だったが、その先は崖っぷちではないかとアリックスは疑っていた。「見た目はいままでいちばんいい状態だったのに、階段を歩くのはあまりにも苦痛でエスカレーターを使うしかなかった」とアリックスは振り返る。「関節がひどく痛くて泣いていたの。しかもそれが雑誌の表紙を飾るボディイメージだなんて」

すでに彼女は健康的な食事と自然なフィットネスの勉強をはじめていた。コーチングのクライアントが極端に走らないようにし、充分な休息と日々の健康評価を重視するアプローチ（「どう見えるかは忘れて。どう感じる?」）に導くためだ。タイミングはばかげていたにせよ、アリックスは自身のアドバイスに従うときだと覚悟を決める。自然療法と栄養学のオンライン博士号を取得したのは、ラスヴェガスで〝筋肉増強《アナボリック》過剰帝王〟を称えるショー、アーノルド・フィットネス・エキスポのステージに立ったのと同じ週だった。

ハワイでビリーと暮らすようになると、アリックスはウルトラランニング生活に身を投じた。オアフ島の熱帯雨林に覆われたタンタラスの丘を自虐的に5周する悪名高いＨＵＲＴ１００を完走し、独自に〈ハワイ・マウンテン・ランニング〉というビッグアイランドのレースシリーズを創設する。アリックスとビリーはともに賢くトレーニングし、クリーンな食事をし、全力で走った。

少なくともそう考えていた——２０２１年、一世一代のパフォーマンスを発揮するまでは。子供ができたのだ。

ビリーの週１２０マイルランは急停止した。アリックスの筋力とスタミナの日々は、まず出産前の大幅なペースダウンに取って代わられ、そのあとには彼女と新生児の段階的な産後回復がつづいた。コズモがベビーカーに乗れるようになっても、散歩の時間は赤ん坊の昼寝と同じ長さにとどまった。「家のまわりを1マイルずつまわりながら、コズモの様子を見るんだ」とビリーは言う。「するとすぐさま望んでいる成り行きをあきらめるようになる。出発してもコズモが泣きだしたら、引き返すからね」

ビリーが教師の仕事をしている日中、アリックスはコズモにつきっきりのため、ビリーの午後のランは彼女にとって一日の最初の自由時間となった。「ジョグ用ベビーカーを使ったランニング用のライフハックはね」とアリックスは言う。「配偶者をそれに慣らすこと」。その結果、ビリーのトレーニングはすべて赤ちゃんの機嫌に合わせて仕立てられるようになった。コズモが満足していれば、ビリーは長い距離を進む。コズモが乗り気でなければ、代わりに床で遊ぶ。週に1日、ビリーはひとりで猛烈にハードなランに挑んだ。残りの6日はすべて、穏やかな赤ちゃん向けのジョグだった。

ビリーの走行距離は1日20マイル〔約32キロ〕から週25マイルに激減し、7か月間そのままだったが、ホノルル・マラソンの数日前に、ただ刺激が欲しくて参加を決めた。37歳、ビルドアップも準備もテーパリングもなしに、ビリーは生涯最速のマラソンを走り切り、自己ベストを3分も縮め、2時間36分48秒で総合3位になった。

「まさかPR（パーソナルレコード）を出せるなんてね、それも健康的な方法で」とビリーはのちに、まだ少し呆然とした様子で私に言った。「自己新記録というと、故障するぎりぎりのラインしか連想しないけど、完全にリラックスしていたよ。この1年の目標はひとつ、コズモとアリックスとできるだけ多くの時間をすごすことだったし」

1か月後、アリックスは急遽《きゅうきょ》、キャンセル待ちしていたHURT100のエントリーが認められたことを知り、2週間みっちり準備して100マイルのトレイルレースに臨んだ。彼女は肩をすくめ、ビリーとコズモに別れのキスをし、そして敵を打ち倒す。自己ベストを更新しただけでなく、ビリーのベストも破り、自己記録からは2時間、ビリーが7年前の〈ゴースト〉レース全盛期に残した記録からは45分短縮した。

「自分の身体がどこにあるかもわからなくなって、それでこう決めたの、へイ、いまこの瞬間にいればいいんだ。とてもいい天気で、友達のアンナと一対一ですごすこともできたしね」とアリックスは振り返る。「いまからこの世が終わるまで、わたしはビリー・バーネットを破ったんだって言うこともできる。そんなふうになるには１００マイル走ればいいだけ」


では、その秘訣は何なのだろうか？　きわめて経験豊富なふたりのアスリートは、いかにして最悪の1年間のトレーニングを人生最高のレースに変えたのか？

もちろん、ふたりは能力強化物質を見つけたのだ。そしてそれはベビーベッドに寝転んでいた。

エリックはすぐに理解した。「上達するということは、どうやらほとんどの人が思っているのとはちがっている」と彼は言った。われわれは、ランニングは孤独な活動だという考え方を受け入れてきたが、それはごく現代的な――それも自然に反する――観念だ。例によって、母なる自然の裏をかけると思ったら、かならず代償を払うことになる。

人間は世界一チームプレーが得意だ。時のあけぼの以来、その方式でうまくやってきている。数百万年にわたり、われわれはあらゆる仕事にチームで取り組んだ。ともに狩りをし、ともに網を引き、畑を耕し、家を建てた。アーミッシュの納屋づくり〔隣人総出で協力しあう習慣がある〕を思い浮かべたとき、そこに映し出されるのはただの過去ではない。あなたが目にしているのは自然な環境におけるあなたのＤＮＡだ。何百万年ものあいだ、背後を見張ってくれる仲間なしで仕事に集中する者はいなかったし、捕食者がうろついているのに子供を置いていく親もいなかった。孤立した人間は獲物であり、団結した人間は止めようのない勢力だった。

走る仲間になったその日にわれわれは種として突破口を開いた。それがわれわれのスーパーパワーだった。どんな生き物にも走り勝って熱中症に追い込むことができるという以外、天然の武器を持たずにサバンナを横断する能力だ。もちろん、ひとりではできない。ひと目で足跡を読み取る物知りの古株が必要であり、突進してとどめを刺す肉体的に全盛期の男女の一団がつづき、その後ろから技術を学びつつある若者たちがついていく。健康なレイヨウを倒せる可能性があるのは、多様でうまく連携できるチームだけだ。

連帯、すなわち生存だった。われわれが死にものぐるいで走り、協力しあったのは、それ以外に有利になる方法はなかったからだ。とすると、逆さまに思われるだろうが、ともに走ることは、あなたにできる最善の利己的行動かもしれない。

スポーツ科学者たちは長くこの旗を振ってきたせいか、少し不満げな姿勢を見せるようになっている。「学際的な分野の学者たちはこうした知見をすでに数十年前から得ていた」と苦情を記しているのは、アメリカスポーツ医学会が２０１９年に発表した集団エクササイズに関する研究だ。「しかし、この研究とその意味するところが、主要な保健機関の議論に浸透しはじめたのはごく最近のことにすぎない」

個人的に、この分野の文献でいちばん好きなのは、英国の大酒飲みで太りすぎのバーに入り浸るサッカーファンを対象として、一時的にパイントをウェイトに持ち換えるよう説得してみせた２０１５年の研究だ。題して「トレーニング中のサッカーファン（*Football Fans in Training*）」は、「太りすぎまたは肥満で健康リスクの高い中年男性を明確にターゲットにしている」。ファンたちは３か月間、週に１日だけ合同で運動するよう求められた。そのあとはチームを組んだままでもいいし、各自独立してもかまわない。１年後、ファンたちはチームでのワークアウトをほぼ維持しただけでなく、対照グループよりも「有意に大きな体重の減少を示した」ことが確認された。チームを組ませた結果、運動しない男たちを、運動を欠かさない男たちに変えるのに、都合12日しかかからなかったのである。

考えられるあらゆる指標——スピード、スタミナ、個人的な充足感、寿命、継続性、なんでもいい——で、ともに汗かく者はともに上がっていく。ネイティブ・アメリカンの部族からフィンランド陸上界のスターたちまで、あらゆる偉大なランニング文化は、狩猟団を模倣することで力を高めてきた。ララムリの球技は、実際の鹿がいない狩猟にかぎりなく近い。一方、ケニアのエリート長距離ランナーたちは家族式ワークアウトの信奉者で、スーパースターとしてブレイクしたあとも、共同キャンプでのトレーニングをつづけている。

いまでこそ、パーヴォ・ヌルミやハンネス・コレフマイネンといった名前に震え上がるオリンピアンはいないが、20世紀前半の彼らは人食い動物そのもので、このふたりに代表されるフィンランド人ランナーの小軍団は10年以上にわたってオリンピックのあらゆる中長距離種目を制覇した。では、そんな〝フライング・フィン（空飛ぶフィンランド人）〟たちの秘密兵器とは？

ピクニックだ。

北欧の長い冬のあいだ、パーヴォと仲間たちはフィッシュパイやソーセージをバックパックに詰め込み、森へ一日がかりのハイキングに出かけるのが常だった。丘を登り、たっぷりの昼食をとって昼寝をし、来た道を歩いて引き返す。30マイル〔約48キロ〕に達することも少なくない。ペースは速くても仲間に合わせ、しばしば気分転換にクロスカントリースキーを履く。レースシーズンが到来するころには、恐るべき持久力の基盤が築かれているばかりか、ケイデンスとフォームの筋肉記憶《マッスルメモリー》が共有されていて、レース後半の疲労が判断力をくもらせるたび本能的に発動された。

彼らの身体はたがいに学び合っていたのだ。私が初めて同じ感覚を味わったのはあの朝、カバーヨ・ブランコに連れられ、人生を変えた銅峡谷の高台《メサ》でのランに臨んだときのことだ。努力するまでもなく、背筋が伸びてストライドが彼に合わせて短くなるのを感じた。その後、ベアフット・テッドがパロアルトで教える裸足ランニングのクラスで、それが目の前で展開されるのを見ることになる。20人ほどのランナーがテッドの両側に並び、街の公園を速足で行ったり来たりしていた。テッドのすぐそばにいたふたりのランナーがすかさず彼のフォームをまねし……その隣にいたふたりのランナーもつづくと……それがだんだん広がっていき、しまいにはグループ全体が同じ走り方になった。テッドもこのときばかりは何も言わなかった。

ようやく、ずっとあとになってから気づいたのだが、カバーヨは銅峡谷に到着してからずっと、これと同じ身体から身体へのエネルギーを糧としていた。そもそも彼がウルトラマラソンをはじめた理由はそこにある。新参者だった彼はほんのひと握りのララムリ・ランナーたちと親しくなったのち、彼らを説得して、ウリケまでともに山をハイクし、走って戻ってくることに同意を得た。カバーヨはいつもこのイベントを「レース」と称していたから、私は額面どおりに受け取り、彼がわれわれと同じような意味で言っているものと思い込んだ。わたし対あなた、一対一《マノ・ア・マノ》、ランナーはそれぞれ自分のために自分だけの苦痛のトンネルをくぐり抜けていくのだと。だが、カバーヨが身につけた技術を私に伝えてくれ、その際自身の身体を効果的な無言の道具として使っていたことを思い返すうちに、わかってきた。彼にとって——そしてララムリにとって——レースとは〝大いなるまとめ役〟であって、分断するものではない。自分と同等かそれ以上の技術をもつ者と何時間も並んですごし、ふたりであれ、3人であれ、10人であれ、時の試練を経たリズムに足と肺を調和させる機会なのだ。

「人が競走《レース》をするのは、相手を打ちのめすためというわけではない。いっしょにすごすためだ」と、私は『BORN TO RUN』でそんな書き方をした。それは同書でいちばん引用される一節となっている。啓発的なポスターや毎日の走行距離カレンダーに掲げられ、毎年マラソンシーズンになると、世界の主要レースで大々的に唱えられる。

今日、われわれのランの多くが孤独なものとなるのは避けがたい。だが、チャンスはそこに転がっている。保護犬と走ればいい。配偶者と走ってもいい。走ることに臆病な友のために機会をつくろう。狩猟団《パック》を育てよう。きっとあなたも成長する。

オーケー。だが、ビリーとアリックスが新生児の親なりの睡眠といつもの数分の一という走行距離にもかかわらず、とんでもない速さで走れた理由は、そこから説明がつくのだろうか？

さて、ここに素朴な物理学がある。赤ちゃんを連れていくとなると、ベビーカーを使うか牽引カートを使うかにもよるが、押すときも引くときも40ポンド〔約18キロ〕以上の抵抗が加わるため、わずかながらも筋力は強化されたはずだ。

そしてバイオメカニクスもある。ジョグ用ベビーカーを使ったランニングは、ランニングフォームの自己修正インストラクターだ。伸びた背筋、正面を向いた骨盤、安定したケイデンス、短い一定のストライドが促される。ベビーカーを押す（または引く）ことで、足の運び方と体幹で先導する方法が身につく。

そして生理学。走るのがゆっくりすぎるとベビーカーは重くなり、速すぎるとコントロールが効かない。自然にフロー状態に入って何マイルも維持できるが、身体が揺れるとベビーカーの動きが変わり、すばやく注意が引き戻される。

以上すべての要因がビリーとアリックスの躍進に寄与している可能性があるが、ふたりともそうは言っていない。いずれも自身の身体の専門家で、運動科学の高度な教育を受けている（なにしろ、ビリーは大学で専攻したし、アリックスにとってはいまもライフワークだ）。だが、私が別々に自説を尋ねると、ふたりはこう答えた。

アリックス「わたしたちがレースでうまくいったのは、ただ気にしてなかったからかもしれない」

ビリー「あの年、僕らが優先したのはいっしょにいることだけだった」

12・1 ベビージョガーを使いこなす

エレン・オーティスはエリックの課すハードなトレーニング——エレンによれば「エリートレベルというか、強度の高いもの」——に取り組んでいたとき、自分が妊娠していることを知った。過去9回のマラソンで快走し、ボストンの出場資格はすぐ手の届くところにあったが、彼女は自分の身体を押すことから別の身体を押すことへと、容易ならざる移行をしなければならなかった。

メモ：医師はたいてい、赤ちゃんの首が座って自力で頭を支えられるようになる6か月くらいまで待ってから、ベビーカーでのジョギングをはじめることを勧める。だが、ウェブサイト〈The Mother Runners〉のチーフブロガー、ホイットニー・ハインズが指摘するように、ベビーカーにチャイルドシートを装着して赤ちゃんの首を支え、対面できるようにすることで、早めにはじめる親が多い。

かならずランニング専用のベビーカーを選ぶように。歩行用のベビーカーは上部が重くなりがちで、スピードを出した移動には向かない。質のいいジョグ用ベビーカーは高価だが（500ドルほどするだろう）、そのために友人たちはいる。子供のいるランニング仲間はたいてい地下室に素晴らしい1台を保管しているので、それを借りながら、どのベビーカーにするか検討するといい。

ウォーキング・ウォームアップ――妊娠中、エレンはランニングのまえに長めのウォーキングをすると、変化する身体が周囲の環境に適応しやすいことに気づいた。「妊娠中は脱水症状がいちばん禁物」と指摘する彼女は、長時間のウォーキングで水分を補給し、自分をチェックすることができた。「人生のどの時期よりも、自分の身体の声に耳を傾けないといけないのです」。出産後のエレンは回復に向けて日課を頼りにした。「最初の1マイルを走って調子がよければ、200メートルくらい走って身体を試してみる。それで身体が協力的だったら、心拍数が高くなったと感じるまでつづける。そのあとは歩いて、100パーセント感覚だけを頼りに気の向くままインターバルをおこなう。身体が協力的でなかったら、歩きつづけて2マイル〔約3・2キロ〕めでもう一度挑戦する。2マイルめもだめだったら、無理はしない」

自転車のベルを手に入れる――前方のランナーや歩行者に、もうすぐ追い越すことを早く知らせられれば、相手が驚いてうっかり赤ちゃんを怖がらせる可能性は低くなる。小さくチリンと鳴らすことで誰もが助かる。

チャイルドシートアタッチメントも手に入れる――「これはほんとにやるだけの価値がある」とエレンは請け合う。「走るママがランニングを再開するとか、少なくともウォーキングをはじめたりできるようになるのは、赤ちゃんが自分でお座りを支えられるようになる6か月ぐらいよりかなりまえ」。チャイルドシートアタッチメントを使えば、ふたりともベビーカーに慣れながら、ゆるやかに鍛えていける。

紙に書きとめる――エレンの夫は、自身の寄せ集め《ピックアップ》チームのバスケットボールとエレンのランを両立させるには外交術が必要になるとわかっていたので、息子マコーリーが生まれるまえにふたりでスケジュールを決めておいた。「週3回、わたしは搾乳して、こっちが走っているあいだは夫がマックの世話をする。週に2回はわたしがベビーカーを使って45分のランに出る」

あなたが嫌う3人の親友――あなたの憎き友《フレネミー》たちを紹介する。Ｔａｋｅ、Ｉｔ、そしてＳｌｏｗ〔3語で「のんびりやろう」といった意味になる〕だ。母乳育児をしながらトレーニングをすれば、筋肉とカロリーが身体に要求され、つねにエネルギーを消耗することになる。「速くなりたくて長いあいだ努力してきたのに、それをあきらめるのは大変だから」とエレンは認める。「マックが生まれるまえのわたしは何が何でもボストン、ボストン、ボストンで、何度かあと一歩というところまで行った。でもこうなったら長丁場のゲームだから、いまの課題は、健康で忍耐強くなって復帰すること」

〝高く〟と〝叩く〟を意識する――「ベビーカーを押しているとき、膝のすぐ前に大きな物体があるから、つい前かがみになって、膝の振り出しを抑えたくなる」とエレンは指摘する。「だから走るときは頭を高くして膝でベビーカーの背もたれを叩けって自分に言い聞かせるの。もちろんそんなことはしないけれど、いいフォームのお手本にはなる」

12・2 サンタ・ムヘーレス方式で群れ《パック》をつくろう

「でも後をつけられたり、車に轢《ひ》かれそうになったり、知らない人に怒鳴られたり……」

「ふたりともとても勇敢なんです」とプリシラ・ロハスは言う。

もしあなたが女性なら、このような脅威こそ、ランニングをしようとドアから踏み出したときの現実だ。有色人種の場合は、疑惑と警察の嫌がらせがリスクに加わり、殺害というさらに大きな危険にもさらされる。「黒人男性であるぼくたちは、コロナのずっとまえからマスクをつけなければならなかった」と明言するのは〈ブラック・メン・ラン〉ボストン支部の創設者、ジェフ・デイヴィスだ。「肌の色だけを理由に脅威とみなされる。走りに出ることはできても、とある火曜日に黒人であるせいで家に帰りつけなくなるかもしれない」

アメリカ人として、この国民病が治っていないのは恥ずべきことだ。だが、それが治るまで、ランナー仲間を助けるために踏み出せる小さな一歩がひとつはある。彼らの活動に加わることだ。

「わたしたちは安全な空間をつくりたかった」とプリシラは言う。「だから〈サンタ・ムヘーレス・ランニングクラブ〉を結成したの。女性たちはグループ内で友情を育むから、誰もひとりで走らなくていい」

プリシラたちはランニングにおける最新の盛り上がりもうまく利用していた。大きなイベントは減少しつつあり、地元の小さなグループが台頭してきているのだ。「レースの最盛期は10年前でした。人々はいま、レースよりもむしろ、いっしょに走ることでより大きなコミュニティやつながりの感覚を見出しています」と語るのはイマン・ウィルカーソン、ランニングデータベース〈The Run Down〉の作成者だ。「自認型のグループがたくさん出現しています。私はある空間で唯一の黒人女性であることに慣れているけれど、人は自分に似た姿が見えないと、異星人みたいな気分になる。それで、自分でそういった必要性を満たそうと決めた人たちによるアフィニティ・クラブが急激に増えてきたのです」

プリシラとヴァージニア・ルシア・カマーチョは、〈サンタ・ムヘーレス〉を立ち上げるまで、いずれもランニングクラブに所属したことがなかった。ランニング仲間がいたためしもなく、どれだけの距離をともに走れなかったか思うと、本当に悔しくなる。

「わたしたちはアンダーグラウンドな音楽シーンで友

〈サンタ・ムヘーレス〉のヴァージニアとプリシラ。「わたしたちはランナーを見慣れていない地域に参上する」

人になった」とヴァージニアは振り返る。

「カヴァ・ラウンジ、ルーツ・ファクトリー――」プリシラが言い添える。

「サンディエゴにはすごいクラブがいくつもあった。それからエイドリアン・ヤングのショー！　そこでわたしたちは出会ったの」

「10年前に」とプリシラも同意する。「わたしたちの人生であんなに素晴らしい時代は――」

「とにかく」とヴァージニアが本題に戻す。「2013年に減量しようとランニングをはじめたの。プリシラが気づいて、本当に励ましてくれた」

プリシラ自身ははじめるまでさらに4年かかったが、いざやるとなったら、もはや本格的どころではなかった。最初の1マイルを走りきらないうちに、39マイル〔約63キロ〕に挑むと誓ったのだ。参加を申し込んだのは〈トリプル・クラウン〉。1年間にハーフマラソンを3回走るというものだった。彼女はトレーニングプランをグーグル検索し、走ることをゆっくりと独力で学びはじめた。

「カールズバッドが最初のレースだった。ひとりで出て、ペースは14～15分くらいだったけれど、自分なりにやりつづけた。最後は涙が出てきて、自分がやり遂げたことが信じられなかった」。3か月後、ラ・ホーヤだ。「坂が多かったけれど、自己ベストになって、〝ちょっと、これはやらなきゃ！〟って」

プリシラは興奮し、ヴァージニアに電話をして彼女も参加したほうがいいと伝えた。ふたりはランニングの冒険について語り合い、どうしていままでおたがいに助けを求めなかったのだろうと思った。何人の友人が同じ困難に直面しているのか。走りはじめることに臆病で、そこに完全な女性の連帯《シスターフッド》の絆があり、結ばれるのを待っているとは気づかずにいるのか？

「何年ものあいだ、クラブに入りたいと思っていたけれど、外からながめても自分の姿が見えなかった」とヴァージニアは言う。「多様性がなかったり、入会金が必要だったり、走るのが速すぎたり。わたしたちは、とくに女性が心地よくすごせる場所を求めていた」

2020年8月、〈サンタ・ムヘーレス〉が誕生した。ふたりの友人がこぞってサンディエゴのバルボアパークでのジョギングに加わった。以来、参加者はどんどん増えてきている。木曜日になると、いまや50人ものランナーが公園に集まるのだ。

「ここではベビーカーに子供たち、ティーンエイジャー、年配の人たちの姿も見られる。娘に会いにやってくる父親もいる。父親は町のこちら側、娘は反対側に住んでいて、ここで合流するわけ」とヴァージニアが言う。

「仲間《アライ》、母親、姉妹やいとこのためのスペースね」とプリシラは言う。「みんなが心地よくすごせるといい」

「わたしたちの夢はすべて叶おうとしている」とヴァージニアは言う。

だが、それは運のなせるわざではない。「ちゃんと下準備をしたから」とプリシラは言う。数多くの賢い選択をし、ありとあらゆる目に見えない細部を発見したからこそ、夢をいだくふたりの友人を草の根の最強チームに変えることができるのだ。

1　ターゲットを絞る――「サンディエゴのランニングクラブはたいてい白人ばかりだから、ラテン系の女性は居心地が悪かったりする」とヴァージニアは言う。だから、〈ムヘーレス〉は意図的に小規模なデモをめざした。それで会員がゼロになってもおかしくなかったが、結局、科学は彼女たちの味方だった。「どうやら、グループの有用性を理解するには、とくに運動という環境では、重要なだし書きがつく。すなわち、〝すべての運動グループが平等なわけではない〟」と２０１９年のブリティッシュ・コロンビア大学の研究は忠告している。人々がグループに加わり、いつも顔を出す理由の第1位は、この研究によると、「自己カテゴリー化」、つまり自分に似た顔を見ることだ。

「わたしたちはふたりともアメリカ一世で、両親はメキシコ出身なの。だから、わたしたちを象徴するスペイン語の名前を考えた」とプリシラは言う。「ラテン系の女性となら、スパングリッシュなことができる。新メンバーは友達にこう言うの。〝きっと気に入る。彼女たちはあなたと同じだから〟」

2 地元のイマンを見つける——イマン・ウィルカーソンはシカゴからカリフォルニアに引っ越してきたとき、ランナーのためのあらゆるリソースを見つけたが、そのほとんどはなかば隠れた状態だった。「もともとグループランについて知らなかったら、それが開催されているとわかるはずがありません」と彼女は言う。そこで〈Ｔｈｅ Ｒｕｎ Ｄｏｗｎ〉アプリを作成し、そこに膨大な量の情報を盛り込んだ。クラブや交流会《ミートアップ》の名前と場所だけでなく、全体的な雰囲気や平均ペースのほか、近隣の様子を水飲み場や公衆トイレといった細かなレベルまで記載している。
「イマンがわたしたちの露出のカギになった」とヴァージニアは言う。「わたしが〈Ｔｈｅ Ｒｕｎ Ｄｏｗｎ〉を見つけたのは、パンデミックがはじまったころだった。何もかも停止して、どの公園もトイレも閉鎖された。〈Ｔｈｅ Ｒｕｎ Ｄｏｗｎ〉はだからこそすごいツールになる。街灯がある場所まで教えてくれるから安全だし」。〈ムヘーレス〉が始動するとすぐに、〈The Run Down〉は情報を広めた。「イマンのおかげで、興味をもった人たちはわたしたちのことを全部、まえもって知ることができた」とヴァージニアは言う。「それがすごく大きかった」
〈The Run Down〉がまだあなたの街を対象地域にしていない場合は、オンライン上でできるだけ目につくようにしよう。笑顔の写真を投稿するだけではいけない。グループの目標や構成についてなるべく詳しく説明することだ。ニュージーランドでは、WoRM（ウェリントン・ランニング・ミートアップ）というグループがほとんど騒々しいほどに、その週にどこを走るのか、誰が参加するのか、あるランナーが母親のアーモンドケーキを持ってきて配るかどうかなどをオンラインに投稿している。ロンドンでは、DJで詩人のチャーリー・ダークが創設した伝説的な〈ラン・デム・クルー〉が、ランだけでなく、ダンスパーティや詩の朗読競技会《ポエトリー・スラム》、若者向けメンターシップも主催している。〈クルー〉には各スピードに対応したグループがあるから、ウェブサイトをチェックすれば、自分に合っているのは〝パーティペース〟か〝野兎《ヘアズ》〟か〝グレイハウンズ〟かが確認できる。事前にわかれば、初心者が参加する可能性は高くなるはずだ。

チーム・ルルレモンとのスピード・プロジェクト2022でLAからラスヴェガスへのリレーに備えるイマン・ウィルカーソン

3　あなたのクラブであって、あなたのクラブではない――「利己的になってはいけない」とプリシラは強調する。「あなたはコミュニティをサポートして、その人たちのニーズを満たすためにそこにいる。向こうがあなたのニーズを満たすためにいるわけじゃない。だから、ランナーとして向上しても、初心を忘れないこと」
そこで〈ムヘーレス〉では毎週1マイルと3マイルのふたつの距離を用意して、女性のランリーダーが各グループを指導する。〝No Woman Left Behind（ひとりの女性も置き去りにしない）〟というポリシーを掲げているため、ベテランの女性たち《ムヘーレス》がつねに巡回して後発組が取り残されないようにしている。「みんなの名前をおぼえて、自分の旅について話すよう励ますの」とヴァージニアは言う。「推薦できる理学療法士もいるし、長いランの予定があるとわかれば、いっしょに走りたいという女性につなぐこともできる」

「フィニッシュでみんなが笑っていなかったら、わたしたちが何か間違えたということ」とプリシラが締めくくる。「まだそうはなっていない」
4　あなたのランナーたちを祝福する――〈ムヘーレス〉はブローガン・グレアムとボーヤン・マンダリックから多くを学んだ。このふたりは、なんでも無料、なんでも歓迎、たとえ猛威を振るう台風のさなかでもかならず開催される〈ノヴェンバー・プロジェクト（NP）〉のなんとも革新的な創設者だ。ブローガンとボーヤンのふたりは元大学のボート選手で、ある11月に身体を鍛え直そうと決心したわけだが、「またあした走ろう」と言うのではなく、核爆弾の極秘開発計画のような言い方をすることで、陰謀めいた雰囲気をかもし出した。ふたりとも突進型で、桁はずれの負けず嫌いだが、肝に銘じたことがある。ボートの速さは、いちばん非力なこぎ手で決まるということだ。NPの無料ワークアウトに参加した人は全員、ハグとハイタッチで歓迎される。応援のトンネルを走り抜け、水はいらないか、車で送ろうかと尋ねられる。NPはグッズの販売をしないが、グループのリーダーたちは喜んでTシャツにスプレーペイントとステンシルでプロジェクトのロゴを入れてくれるはずだ。

「わたしたちは女性たちに自己ベストを教えてって働きかける」とプリシラは言う。「喜びを分かち合いたいから！　レースのメダルを持ってきて！　わたしたちがどれだけ誇りに思うか伝えるの」。そしてNPと同じく、〈サンタ・ムヘーレス〉は何も売らない。Tシャツが欲しかったら、5回顔を出せばいいのだ。

「わたしたちにしたら大ごとだから。あなたは自分の時間を5時間もプレゼントしてくれたわけで」とプリシラはつけ加える。「そして、彼女たちはこう感じるの――わたし、よくやったよ！」

イマンがチーム・ルルレモンのために深夜の行程でLAの街を駆ける

5　ほかのクラブに参加する——「わたしたちは街じゅうで〈団結《ユニティ》〉ランをする」とヴァージニアは言う。「〈ブラック・メン・ラン〉とか〈ブラック・ガールズ・ラン〉、あらゆる種類のグループや運動と走る親友になっているの。〈ウィ・ラン・フォー・ジャスティス〉、黒人女性を祝福して——」
「〈ユニティ〉ランはわたしたちにとってすべてを意味する」とプリシラが口をはさむ。「理由のひとつは、ほかにどんな人がいるのか、うちの会員が知るのに役立つこと。ほかのクラブは別の日に、街の別の場所で走ってる。こうして新しい友情、新しいつながりが生まれたら、もう誰もひとりで走らなくていい」。新しいクラブに初めてひとりで参加するのは、気後れするものだし、自分が少数派かもしれない場合はなおさらだが、14人の〈サンタ・ムヘーレス〉仲間といっしょに参加するなら話は別だ。「イマンの存在が大きかった」とヴァージニアは言う。「彼女がいるから街のみんなは何が起きているのかわかるの」

ボストンでは、〈パイオニアーズ・ラン・クルー〉が、周囲の裕福な郊外ではなく、真にこの都市を称えるマラソンをつくるときが来たと考えた。そこで、２０２２年ボストンマラソンの前日、〈パイオニアーズ〉は都心部を通るコースで独自の〝26・2トゥルーマラソン〟を開催した。沿道には〈トレイルブレイザーズ〉〈ブラック・メン・ラン〉〈ブラック・ガールズ・ラン〉が応援に駆けつけ、サポートと愛、そしてその存在を示してみせた。

6　何があっても、顔を出す——プリシラとヴァージニアはノヴェンバー・プロジェクト・サミットに招待された。そこでは毎年ブローガンとボーヤンが、ふたりの男の冬季ワークアウトを9か国53都市に広がる一大ブームに成長させた秘訣を無料で公開する。無料を保つことが、儀式をつくることや、自分の言葉を発明することと並んで重要なのだ。「もしぼくらが〝ノヴェンバー・プロジェクト・ランニングクラブ〟と呼ばれていたら、成長することはなかったと思う」とブローガンは言う。「この呼称とまぎらわしさは、街角の立ち話で簡単に説明できない。言えるのは、〝自分で確かめてみてください〟ということだけだ」

だが、もしNPが皆勤という異常な評判を確立していなければ、どれも奏功しなかっただろう。「成長プランは何もなかったが、そのうちふさわしい人たちが手を挙げてくれてね」とブローガンは言う。「〝オースティンでもこれをはじめたい〟と言われたら、ぼくらはこう言う。〝無理ですよ。むずかしすぎる〟。連続52週間やらないといけないので」。それも、ただ出かけていくのではなく、顔を出さないとだめだ。現場で何が待っていようが、空から何が降ってこようが、先導する準備はできていなければならない。

「わたしたちの継続性が大きなファクターになっている」とヴァージニアは言う。「まわりにはいろんなランクラブがあるけれど、ひとつ気づいたのは、クラブはさまざまな理由でランを中止にするということ。雨のせいだったり、誰かが病気になったりして。でも、2020年にわたしたちは一度も中止しなかった。コミュニティは、何があってもわたしたちがそこにいることを知っている」

12・3 エイドステーション――「プロフェッサーに！」

2007年、デイヴィッド・エイプリルは、ノース・フィリーの自宅ロウホーム*の地下室を改装している業者から、デイヴィッドがその日仕事に行っているあいだに妻が荷物をまとめて出ていったことを知らされた。デイヴィッドはその対処に……手こずった。

家具はあらかたなくなり、がらんとした家に反響する音に、デイヴィッドはパニック発作寸前まで追い込まれた。ドアから飛び出し、むやみやたらと、できるかぎり遠くまで走った。それで通りの角までたどり着いた。たった70ヤード〔約65メートル〕だったが、この70ヤードはここ数年に走った距離を70ヤード上回っていた。いや、生涯距離を、かもしれない。気を取り直して家に戻ったあと、デイヴィッドは猛ダッシュのおかげで少し気分がよくなったことに気づいた。

デイヴィッドはまだランニングというものに夢中になっていなかったが、友人のエリックに連れられてジョギングに出かけたある日の午後、南スペインのさほど知られていない科学者の埋もれた研究について話を聞いた。エリックの理解によると、その研究では、走ったあとのビールは水と同じくらい健康的であることが確認されたという。

エリックがそんな話をしたのは、ちょうどその瞬間、デイヴィッドとともに偶然バーの前を通りかかったからだった。友人ふたりはその場でランを終了し、ピッチャーでじきじきに実験するために店内に入った。「で、どんなビールを注文すればいいのかよくわからないことに思い当たったんだ」とデイヴィッドは振り返る。「研究報告は何をすすめていたっけ？　ラガーだったか？　エールだったか？　ビールは1本なのか？　2本なのか？　それでわれわれは気づいたんだ。この研究が答えよりも多くの未解決の問題を残していることに」

いや、そうではなかった。問題が未解決とされた理由は単に、（1）エリックとデイヴィッドはこの研究報告を実際に読んでいなかったからであり、（2）もし読んでいたら、入手しやすい英語版の最初のページにずばり答えが載っていたからだ。それはほぼ9秒のインターネット検索で簡単に見つかる。＊＊

「これは僕たちより大きなことだぞ！」とデイヴィッドはエリックに力説した。「世界にシェアしないと」

またしても、そうではなかった。そして、ふたりがシェアするまでもなかった。結果的に何がこれをエリックとデイヴィッドよりもずっと、ずっと大きなものにしたかといえば、それはつぎの一点に尽きる。

もしパーティでなかったら、デイヴィッドは興味を抱かなかったということだ。

「それがデイヴィッドを特別な存在にしているんだ」とエリックは肩をすくめる。

＊　テラスハウス。
＊＊　念のため補足すると、この研究では60分間のトレッドミルランニングののち、アルコール度数4・5パーセントの「一般的なラガー」を22オンスまたは650ミリリットル飲むことが求められた。要するに、バドライト2本だ。

「だって、ランナーになるんだったら、楽しいほうがいいだろう?」とデイヴィッドは言い返す。

こうして、まさにフィラデルフィア流に、研究報告を読まずにいることが愛すべき慣習となった。

「フィッシュタウン・ビアランナーズへようこそ、科学の名の下に責任あるランニングと飲酒を!」デイヴィッドがロウホームの玄関前の階段から叫ぶ。歩道を埋め尽くし、通りのなかばまでこぼれる群衆は、週によって数十人から数百人になることもある。

「今夜はサウスストリートのタトゥーマムに行く」とデイヴィッドはつづける。手順はこうだ。毎週木曜日の午後7時、たとえ地獄を見ようが時化《しけ》に見舞われようが(彼はどちらの経験もある)、デイヴィッドはバーを選び、みんなで走りだす。

デイヴィッドとエリックはかろうじて友人ふたりを説得し、2007年12月20日の第1回ビアランに参加させることができた。いちばん寒い月のいちばん昼の短い日で、クリスマス前最後の週なら、そんなものだろう。その悲惨な初回以降、ビアランナーズはひとつのクラブに、つづいて村に、そしていまでは国際的なコミュニティに成長した。世界じゅうに4000人以上のビアランナーがいて、100近い支部があり、ビアランナーの結婚12組(うち1組はデイヴィッドのもの)とビアランナーの赤ちゃん10人については言うまでもない。デイヴィッドが腎臓がんと診断されたときは、ビアランナーたちがデイヴィッドのそばにいた。そして彼が回復し、階段への凱旋を果たしたときは、狂喜乱舞した。

不思議なことに、最初にその5マイルほどのフィラデルフィア横断小旅行に参加したのは、非ランナーたちだった。「人生で一度も走ったことがなかった」と筋金入りのビアランナー、マイク・ザンダーはのちに語る。「ある晩、デイヴィッドが話しかけてきて、で思ったんだ。〝まあ、ビールは好きだし。もしかしたらランニングが好きになるかも〟」

「バーの連中にはばかだと思われたし、ランニングクラブからは本物のランナーだと思われてなかった」とデイヴィッドはつづける。「いつも人から訊かれてね、真剣なのか？　本気なのか？　いまでもおぼえているけれど、最初のマラソンランナーが参加したときは思わずこう言ったよ、〝よし！　これで本物だ！〟」

フィラデルフィアの数軒のバーも乗り気になった。わけても、気づいてみれば、騒がしくて悪臭を放つ数十人のランナーをドアから出入りさせるのは悪いビジネスではない。入口外の即席の物干し紐に汗まみれのTシャツを干しているのを見つけたとしてもだ。

「初めての人は、誰かが見つけていっしょにいてくれる」とデイヴィッドが階段の上から叫び、毎週の挨拶をつづける。「初めての人はいるかい？　新人ビアランナーは？」

数人の手が上がる。群衆はどっとわき、興味深い変化が起こる。手がまだ宙に浮いているあいだに、年季入りのビアランナーたちが保護分子よろしく新参者たちに押し寄せ、取り囲むのだ。

「とにかくバーへ」とデイヴィッドは叫ぶ。「歩く、走る、タクシーに乗る、どれにするかは問わない。バーでは恒例の〈プロフェッサー〉に乾杯だ。プロフェッサーが誰なのか知らない人は――」

実際、教授自身がプロフェッサーの正体を知るまでかなり長い時間がかかった。だが、そもそもの最初から、デイヴィッドはきまって夜の締めくくりに、椅子に登って特別な賛辞を捧げた。

「フィッシュタウン・ビアランナーズの伝統にのっとり――」と彼は切り出し、その言葉に無理やり冷蔵庫の牛乳程度の歴史しかない儀式を込めると、「――科学の名の下に責任あるランニングと飲酒を信じ、われわれを結集させた男に敬意を表して」

グラスを掲げた。「プロフェッサーに！」

「プロフェッッッサーーーーに！」とビアランナーたちは叫び返した。

やがて、途方に暮れたスペインの医師が米国から不可解なメールを受け取った。マヌエル・カスティージョ・ガルソン医師は、科学界全体はおろか、グラナダ大学医学部の同僚にさえ、自身のビール擁護論を真剣に受け止めてもらうのに苦労していた。それが突然、4000マイル遠方の見知らぬ者からファンレターが届いたりするだろうか？　それも毎週、何十人もの赤の他人が自分を英雄とあがめて乾杯しているだって？

「デイヴィッドはあのメールを送ったとき、まるでサンタクロースに手紙を書く子供みたいだった」とエリックは振り返る。「教授が返事をくれたときは、こっちも心を揺さぶられたよ」

だが、〈プロフェッサー〉には彼らの知らない一面があった。ビールは彼の関心のサブカテゴリーにすぎない。カスティージョ・ガルソン博士はもっと広く、幸福がもつ魔法のような薬効パワーに魅了されていた。幸福な人は不幸な人より7年も長生きし、心血管疾患にかかる確率が半分であることをご存じだろうか？　多くの科学者にとって、こうした事実は医学ではなく気分に基づいているだけに不愉快なものだ。だが、これは事実である。そしてカスティージョ・ガルソン博士はそのような科学者ではない。

どんな理由であれ、幸福は効く。幸福は薬だ。そして、冷たく湿った冬の日々に、デイヴィッド・エイプリルは大勢の人をとても幸福にする方法を見つけた。

デイヴィッドからのそのメールは、カスティージョ・ガルソン博士を立ち止まらせた。そのキャリアで初めて、自分の研究を疑ったのである。データではなく――データは盤石だった――その意味を。計算は正しかったが、答えが間違っていた。ここにきてついに、博士は研究可能なすべての飲料のなかでもビールは独特なのだと思い当たった。ただの飲み物ではない。聖餐《せいさん》なのだ。ビールはほかのどれともちがって、友情と楽しみのためにある。ワインはシリアスで、シャンパンは勝利の味だが、ビールは――ビールだけがグラスのなかのパーティなのだ。

「この乾杯は、人々が集い、ともに走り、ともに楽しむ理由となるのであれば、研究する価値があると気づいたのです」とカスティージョ・ガルソン博士はのちに語る。だから当然、博士はデイヴィッドに返信しただけではない。スペインに招待し、会場を埋め尽くす学者たちの前に立たせ、このビアランナーから〈プロフェッサー〉本人に、当の研究がどういうものかを説明するよう促した。

なぜなら、それは本当にデイヴィッドとエリックより大きなものだったからだ。そして彼らはそれを世界にシェアしなければならなかった。ランニングを再発明したわけではないにせよ、そのパワーの源を見つけたのだ。

12・4 犬と走る

ルイス・エスコバーはたいてい、ちょっとした愛に包まれて人生をすごしている。感謝と笑いの中心にいて、自分の影響を受けた子供たちや助けたランナーたちに囲まれている日がほとんどだ。でも、今回はそういう日じゃない。ルイスがティーンエイジャーたちをピットブルの一団といっしょにランニングへ連れ出した翌日のことだ。

「まいったね、怒ってる連中がいるんだ」ルイスが反発のうわさを嗅ぎつけた私に言った。「フェイスブックのコメントを見てくれ。**これは血の海になるぞ！　あんたのせいで子供たちが殺される――犬たちもだ！**」

事の次第はこうだ。ルイスは写真家業を営み、自身のトレイルレースシリーズを監督するかたわら、カリフォルニア州サンタマリアのセントジョーゼフ・ハイスクールでクロスカントリーのコーチも務めていた。普通なら、まさに自分の子供を指導してほしい人物だ。〈保安官〉の異名をとるほどタフな反面、とてもやさしく、自閉症の少年がアメリカンフットボールはできないと言われて泣き崩れたときには、ランニングシューズを買い与え、愛と尊敬を集めるメンバーとしてチームに迎え入れた。

だが、ルイスは昔からひとつ問題をかかえていた。それは〝8月〟と呼ばれる。夏のサンタマリアは炉《ろ》さながらだ。子供たちのモチベーションを高め、シーズン前の練習に参加して炎天下でヒル・リピートに取り組ませるのは、さすがの〈保安官〉にも容易なことではない。そこで彼は妙案を思いついた。練習の代わりにチームを保護施設に連れていき、犬といっしょに走らせよう。導火線に火がついた。

檻に入れられた動物たち。

衝動制御に疑問のあるティーンたち。

トレーニングはゼロ。

付き添い1名。

ショータイム。


個人的な理由と取材上の理由の両方で、私はつぎの展開を聞くのが待ちきれなかった。当時、私は動物とのパートナーシップについて、われながら疑問のある実験をおこなっていて、ルイスの運が私よりましであるよう願っていたのだ。その夏、ペンシルヴェニアの森での偶然の出会いと、想像力豊かな9歳の娘に誕生日には何が欲しいか尋ねた私の過ちが重なり、わが家の裏庭に重病のロバがいる結果となった。アニマルトレーナーをしている友人のタニアから、このロバの命を救う方法はたったひとつ、仕事を与えることだと忠告された。何か身体を使う日課でもあれば、動くことをまた楽しむ理由として受け入れてくれるかもしれない。金鉱労働者でも聖書の預言者でもない私が思いつく最善のアイデア——あるいは最悪のアイデア——は、この〈シャーマン〉を私のランニングパートナーにすることだった。

どこから手をつけたらいいのかさっぱりわからないので、助けを求めて網を広げた。私が引き寄せたものはなかなか魅力的だった。

私は〝ドッグウィスパラー〟のシーザー・ミランや、まさに犬の行動に関する本を書いたバーナード大学の認知科学教授アレクサンドラ・ホロウィッツと話をした。ミシガン州の農場でシマウマの調教をしているティミアン・シーブライトと親しくなったし、厳寒の夜、ウィスコンシン州北部の暗闇を進む犬ぞりに同乗したのは、犬ぞり使いの夫婦クインス・マウンテンとブレア・ブレイヴァマンだった。ブレアはときどき犬ぞりを止めて隊列をいじる。犬を入れ替える基準となる一瞬の行動シグナルは、私の目には映らなくとも、ブレアとクインスには火を見るより明らかだった。

「どうしてあの子はずっとヨーデルを叫んでる?」と私は尋ねた。

「あれは〈リフライド〉ね」とブレアが答えた。「万事快調というとき、彼女はとても幸せになって、歌が止まらなくなる」

ブレアやティミアン、アレクサンドラが読み取ることを学んだわずかな直観的メッセージは、かつてわれわれ全員の母語だった。人類が生存してきたほとんどの期間で、動物とのパートナーシップはただ役に立ってきたのではない。それこそ生死を左右する問題だった。われわれの祖先は動物を瞬時に、かつ親密に理解しなければならず、さもなければ絶滅していたことだろう。

われわれが種として得た最高の友は、かつて盗み食いをさせてくれたオオカミだった。われわれの祖先はオオカミの群れの後ろをゆったりした足取りでついていき、オオカミが獲物を倒して存分に食べたあとに残骸を拾い集めるようになった。そしてある日、突破口が開かれる。オオカミがわれわれを泥棒ではなく、パートナーとして受け入れてくれたのだ。この新しいロマンスで先手を打ったのはオオカミだった可能性が高い。オオカミは好奇心が旺盛で、人間の不安を嗅ぎ分ける能力があるから、われわれに近づくもっとも安全な瞬間を嗅ぎ分けることができたのだろう。

それこそが、未来が定まる瞬間だった。われわれの祖先は、身を低くして不安な気持ちで、じりじりと近づく優位《アルファ》な獣を見張り、攻撃するか受け入れるかを決めようとしていた。両者の警戒心がしだいに解けていったのは、ほかのどの生き物にもまして、オオカミがわれわれのことをよくわかっていたからだった。そして彼らがわれわれの考え方を理解できたのは、その脳には、われわれと同じような知覚スキル、カール・サフィナらの自然科学者が「人間のような社会的認知」と呼ぶものがあらかじめ組み込まれていたからだ。

ひとたびチームになれば、われわれは素晴らしかった。イヌ科の動物を味方につけ、世界の支配者となるにいたる。この新しい仲間はわれわれの夜警、GPSガイド、第一波の突撃隊だった。

ダニエル・キンチは楽しみたくて、よく友人の犬をランに連れていく

それ以降、われわれはいくら動物と同盟を結んでも飽き足りなくなる。馬や象を説得して戦場まで運んでもらい、タカやフェレットにウサギを殺して足元に落とすようにさせた。山猫を飼いならし、齧《げっ》歯《し》類から穀物を守ってもらった。

猫を抱きしめることに抗しがたい魅力があるのはなぜだと思う？　それはあなたの内なる穴居人が語りかけるからだ、その子猫がのどを鳴らしているかぎり、あなたを殺そうとする者はいないと。先史時代の動物のパートナーはわれわれの目と耳の延長であり、鋭い夜間視力と遠隔聴覚を使って危険を知らせてくれた。いまでも、トラ猫が膝の上で丸くなったときはもちろん、犬小屋の屋根の上で眠るスヌーピーの絵柄を目にしたときでさえ、祖先から受け継がれた本能がつついてくる、〝リラックスして——いまは安全だ〟と。

このパートナーシップはわれわれの脳内化学にまで浸透した。数分間犬をなでることには、研究によれば、鎮静剤と同じ効果がある。呼吸はゆっくりになり、血圧が下がり、筋肉がほぐれるだろう。心臓発作を経験した人も犬を飼っている場合は、主要冠動脈イベントから回復する確率が2倍で、動物とふれあうがん患者は、化学療法中に不安やうつに悩まされる可能性が半分になる。私の目から見て、もっとも心温まる魔法は、ペットとＡＤＨＤの子供たちのあいだで起こるものだ。動物がいると子供たちは授業の成績が向上するだけでなく、より落ち着き、幸福になり、注意深さも増して、自己表現がうまくなる。市場に出まわっている最高の妙薬は、どうやら10万年前からあって、毛皮で覆われているらしい。

なぜか？　それは誰にもわからない。

だが、わからないといけないのだろうか？　本当の問題は、動物から何を得るかではない。動物がいなかったら、何を失うかだ。動物と人間の絆があらゆる面でわれわれの生活を向上させるのなら――病人が強くなり、トラウマを負った者がより安心し、子供たちがより早く学び、刑務所がより安全になるのなら――逆もまた真なり。動物がいなかったら、われわれはもっと弱くなる。より病気になる。より怒り、より暴力的になり、より恐れる。われわれは時間をさかのぼり、人間が地球上で孤独にすごし、オオカミやタカや山猫を遠くから見つめながら、どうにかしてつながりをもちたいと願う、絶望的な日々に戻ることになる。

いったん同盟関係を築けば、われわれはうまくやっていけた――やがて動物を捨てはじめ、それまでで最高の友情に背を向けるまでは。


フィラデルフィアでは、ひとりの男が1度に1匹の迷い犬を相手に、物事を正そうとしていた。

ギイェルモ・トーレスは転勤のため、2015年に小さなコーギー犬のパタスだけを連れてメキシコから米国にやってきた。クレジットカード会社の資材プランナーとして毎日長時間、画面の前でひとり、価格表や出荷スケジュールを調べてすごす。一日じゅう誰とも話さず、ホームシックで憂鬱になって帰宅することも少なくなかった。

「でも、玄関を入ったら気分を変えないわけにはいかなかった。パタスは私に会うとすごく喜んでくれるから」とギイェルモは言う。「こっちもうれしいふりをして、しばらくボールを投げてやらないといけない。でもパタスといっしょに喜ぶと、私の気分は本当に変わるんだ」

ここにギイェルモの問題がある。彼はお人好しで、パタスの愛を一身に受けることに後ろめたさを感じていた。そんな親切に値するようなことを自分はしただろうか？　「それで思ったんだ、〃ほかの誰かにお返しできるんじゃないか。この街にはほかにも孤独な人がいるはずだろう？　パタスが与えてくれたこの幸せを、別の犬がほかの誰かに与えたっていい〃」

ギイェルモはまもなく〈モンスター・マイラーズ〉を見つけた。フィラデルフィアのボランティアたちのグループで、そのメンバーは保護犬を連れて走る訓練を受ける。そこで要領をおぼえたギイェルモは、ある計画を思いついた。パタスからの借りを清算するためでなかったら、いかにもあざといやり方だったかもしれない。街で大きなグループランがあると、いつも里子に引き取られやすそうな保護犬を連れて現れるようになったのだ。

当初、ギイェルモは割り当てられたピットブルが見知らぬ人たちに囲まれて暴れるのではと心配していたが、驚いたことに、大人数であればあるほど犬たちは行儀がよくなる。「集中力が増すんだ」とギイェルモは言う。「犬たちの変化を見るのはとてもおもしろくてね。問題が起きたこともない」

レッグズという名のチワワにもチャンスがめぐってきた。「抱えて走らないとだめかと思っていたけれど、あいつは最高だった！」とギイェルモは笑いだす。「ヒヨコみたいに歩道をぴょこぴょこぴょこと、4マイル〔約6・4キロ〕を走りきってね。まだつづけたがっていたよ」。レッグズはそれで大きな印象を残したのか、2週間としないうちに引き取られていった。こうしてギイェルモにもだんだんわかってくる。犬たちが好きなのはただ走るというより、走るグループなのだと。

「シェルターでは気が変になって、24時間吠えつづけたりもする」と彼は説明する。「でも、たくさんの人といっしょに外に連れ出すと、犬は社交的な雰囲気を感じ取って、すぐになじむんだ」

販売戦略として、こうしたランは絶対確実だった。保護犬をランニングクラブに紹介するたび、誰かしらが犬を飼いたいと申し出るのだ。「犬というのは、いかにおぼえがいいか、いっしょに走るといかに楽しいかをわかってもらえたんだ」とギイェルモは私に言った。「一匹、かわいそうな犬がいて、180日間も引き取られなかった。目が見えなくて、いくつか問題を抱えていてね。それでもいっしょに参加しつづけていたら、テンプル大学のすてきな女子学生が家に連れて帰ってくれたんだ」

そのころには、ギイェルモと彼のプロジェクトは強く結ばれ、女子学生がアリゾナに引っ越すと、ギイェルモはある週末に空路、昔の仲間が元気に暮らしていることを確かめにいくほどだった。


つまり――ルイス・エスコバーが計画を立てたのは、だいたいそういう経緯からだった。子供たちをシェルターに連れていき、みんなにかわいがる時間を与えてから、リードをつけて出発する。双方にとって、このアイデアはたちまちヒットとなった。

「どっちのほうが興奮してるのかわからなかったね、子供たちなのか犬なのか」とルイスは私に言った。それぞれ対になって彼らは出発した。急に勢いづいたクロスカントリーランナーの一団と、それを囲んでさかんに吠えるチワワや雑種犬、ピットブルの一隊だ。フレッドという名の子犬はへとへとでついていけず、16歳のジョッシュ・メヌーサに抱きあげられた。その日の夕方には、フレッドはメヌーサ家の一員になっていた。

ルイスはジョッシュが犬を抱きかかえている動画を抜粋し、インターネット上に投稿した。子供たちにとってその日の記念になればという理由が大きかったが、2日後、閲覧数が2000万回を突破していることを知って衝撃を受ける。

「金属のケージのなかで震えるただの小さな犬だったのに、ほんの何日かで国際的なカルトの教祖みたいになるとはね」とルイスは言う。仲間のコーチたちはこのアイデアを気に入ってルイスに詳しい情報を求めてきたし、有名シェフのレイチェル・レイにいたっては、ルイスをニューヨークに招いてテレビに出演させ、チームへの寄付金を贈呈した。

そして反発が起こった。フェイスブックやユーチューブで、キーボード・カウボーイたちが物申した。

あんた頭おかしい《クレイジー》だろ？　この動物たちはトラウマを抱えていて、何をするかわからない……もしいきなり暴れたらどうする？　もし子供がつまずいて、そこに寄ってたかってのしかかってきたら？　もし……

ルイスとしては、ほかの何千もの人や有名シェフからはヒーローと呼ばれているのだし、この変人たちを無視してもよかったのだが、腹の底では変人たちの言うとおりという気もしていた。「うちには15人のクレイジーな子供《キッズ》と14匹のクレイジーな犬がいる」と彼は思った。「クレイジーだらけだ」

ルイスには助けが必要だと考える者はほかにもいた。〝ドッグウィスパラー〟その人、シーザー・ミランだ。シーザーはルイスの動画を見て、魅了されると同時に恐怖を感じていた。

「コーチ、アイデアは素晴らしいが、あなたは戦略をお持ちじゃない」とシーザーはルイスと私に言った。カリフォルニア州サンタクラリタにある彼のドッグ・サイコロジー・センターに到着したときのことだ。われわれがここに来た理由はふたつあった。まずルイスは、ティーンとドッグのランニングプログラムを全米の保護シェルターに広めるというアイデアを気に入っていたが、はたして安全に実施できるのだろうか？　そして私は、ルイスが厄介な犬について学んだことを傷ついたロバにも応用できるのではないかと期待していた。

「というと、私のランは危険かもしれない？」とルイスは尋ねた。

「超危険です」とシーザーは言った。「仮に2匹の小さなチワワが喧嘩をはじめたら、どの犬も反応する。そして、弱いほうを助けにくることはない。むしろ群れになって攻撃するのです」

シーザーは最悪のシナリオをつぎつぎに挙げながら、動画を驚くべき細部にいたるまで思い出していった。彼が言うには、グループが固まりすぎていると、犬に脅威を感じさせかねない。子供たちは犬を追いかけるのではなく、犬に前へと引っ張られていて、〝エネル

ギー〟がそこらじゅうにあふれている。強気の子と慎重な子、不安な犬と強引な犬が入り乱れた組み合わせになっているのだ。

シーザーが話を終えるころには、このランが牙を立てて転がる毛皮の塊にならなかったのが奇跡に思えた。このような分析こそが、自分の成功を支える真の秘訣なのですと彼は説明した。

それはメキシコにいた若いころから変わっていない。当時は近所の野良犬を手なずけるのが得意だったことから、〝エル・ペレーロ〟——ザ・ドッグボーイ——と呼ばれていたのだ。そして国境フェンスの穴を這うようにして21歳で米国にひそかに入国したあとは、ロサンゼルスでドアをノックしては犬の散歩を申し出ることで生き延びた。

「朝8時から夜9時まで歩いて、書類を持っていなかったから、わずかな金額しか請求しなかった。1回10ドルです」。生活に困窮し、最大10頭もの犬をつないで歩いているのが取材中のカメラマンの目に留まり、無一文の〝ペレーロ〟はスターになった。

「日曜日の『LAタイムズ』に僕の記事が載ったんだ」とシーザーは言った。「月曜日には、テレビのプロデューサーたちが列をなして会いにきた」。それ以来、名を上げてきたのは、オプラ・ウィンフリーやトニー・ロビンズ、ディーパック・チョプラ、ジェリー・サインフェルド、さらには『マーリー——世界一おバカな犬が教えてくれたこと』の著者ジョン・グローガンといったセレブリティに、何百万人もの尊敬と憧れを集めることはできても自分のペットの心は動かせない理由を教えたからでもある。

おそらくペットを飼う私たちの最大の罪は、シーザーの持論では、本来は共同生活を営むイヌ類を孤独な生き物に変えることだという。一腹の子犬たちから引き抜き、人間ばかりの家で孤独に育て、犬としてのあり方を教えるものもいない。多くの場合、危険な行動を改めるための第一歩となるのは、単純に犬をつがいにし、行動の仕方をたがいに学べるようにすることだと、シーザーは考えている。

「さあ、コーチ！」とシーザーはルイスに呼びかけた。「僕がコーチをする時間だ」

シーザーはアシスタントに頼んで自分の犬たちを集めさせると、ルイスに犬種も大きさもさまざまな8匹のリードを渡した。だが、ほんの数ヤード歩いただけで、シーザーは犬を連れ戻した。「あなたは心配しすぎだ」と彼は言った。

そしてリードを私の娘、犬を飼ったことのないソフィに渡した。シーザーはソフィにいくつか助言し（顔を上げる、腕の力を抜く、前に位置する、きびきび歩く）、われわれは急な土のトレイルを登りはじめた。犬たちは静かについてきたが、ソフィがちらりと後ろを見てリードを少し強く引くと、とたんに散らばりはじめた。

「姿勢をまっすぐに、お嬢さん」とシーザーが言った。ソフィは背筋を伸ばして腕を下げた。犬たちはすぐに隊列に戻った。「小さな女の子があなたより上手にやるのを見ましたね？」とシーザーはルイスに言った。「犬たちは群れ《パック》のリーダーに従うのです」

亡くなった最愛のピットブル、ダディのためにつくられた小さな庭の滝のそばの日陰にみんなで座ると、シーザーはルイスの「クレイジーなキッズたち」をパック・リーダーにする計画を説明した。その話の途中で私が思い出したのは、犬の心理に関する専門家、アレクサンドラ・ホロウィッツに言われたことだった。

「すべての生き物は生物学的な命令を持っています。〝太陽が昇ったら、どうやって一日を満たすのか?〟」とアレクサンドラは言った。「動物を家畜化すると、彼らの進化上の目的を取り除くことになり、そこから問題が生じることもある」。帰宅してみると、飼い犬のスプリンガースパニエルがドレスシューズを追いつめて食べていたという経験がある人なら、驚くことではないだろう。

「私たちの差異は、似ている点に比べれば些細なものです」とアレクサンドラは指摘した。とすると、もしあなたや私が挑戦に飢えているのなら、急を要し、自分のスキルにうってつけと感じられる課題を求めているのなら、ほかのすべての生き物もそうしているのではないか?「最善の状況とは、いくつもの目的を調和させることにあるのです」

そして個性を、とシーザーはアドバイスしていた。まず、彼は一度に数人のティーンからはじめることを提案した。ジョッシュのように控えめな自信のある子供を選び、臆病すぎず、強気すぎない犬とマッチさせる。はじめはきびきびと歩き、視線は前に向け、ほどよい距離を保つ。

「動物界にはひとつの言語しかない。それはエネルギーだ」とシーザーは言った。だからこそ、散歩をはじめるまえに気分を整理しておかなくてはならない。何を感じていようと、それはリードを通して伝わる。目的をもって先導し、茂みのにおいを嗅ぐのは後回しにするように、とシーザーは力をこめた。散歩はさすらいではなく、作業のように感じられるといい。

「あなたがやっていることは本当に重要です」とシーザーは言った。「あとはそれを正しくやればいい」

12・5 ドッグランニングのベストプラクティス

ダーウィンの隣人、サー・ジョン・ラボックは、種の起源というよりも、種がいまここで何ができるかに関心を持っていた。ピレネー山脈で捕獲したスズメバチに、サー・ジョンは自分の手から食べることを教え、そのハチが9か月という高齢で世を去るまで、両者は主人とペットとしてともに幸せに暮らした。

つぎに、サー・ジョンはブラックテリアのヴァンに読み方を教えることにした。簡単なことではなく、成功するまでまる10日かかった。彼は友人たちを招き、「えさ《フード》」や「骨《ボーン》」と言うと、ヴァンが小走りに部屋を横切り、ノートカードの列を探って、正しいものを口にくわえて戻ってくることを実証した。本当の見せ場が訪れたのは、サー・ジョンと仲間たちが会話に夢中になり、ヴァンのことを忘れていたら、ヴァンが話をさえぎって「水」のカードを見せ、のどの渇きを示したときだった。

ヴァンは完璧ではなかった。いつも正しいカードをくわえるとはかぎらなかったし、サー・ジョンも率直に認めたとおり、計算も、糞の色の識別もできなかった。だが、それでいい。サー・ジョンが本当に関心を抱いていたのは言語だけであり、犬と言葉で通じ合いたかったからだ。ヴァンは唯一の人工種の創出に対する1万年の投資が報われたという生きた証拠だった。石器時代以来、犬は注意深く品種改良されてきた。ひとつのことを、ひとつのことだけを、つまり、われわれが言うことだけをするように。

だから心配は無用だ！　あなたの子犬がいまどんなに気性が荒くても、ヴァンやパタス、陽気なチワワのレッグズから勇気をもらえばいい。あなたの犬のＤＮＡに含まれるゲノムはすべて、あなたの命令を受け入れるように準備されている。あなたの税金を申告したり適切なカーテンを選んだりすることはないが、耳を傾けて従うことに関していえば、まさにそれが彼らの天職なのだ。時間をかけ、以下に挙げるアドバイスに従ったなら、これ以上のランニング仲間が見つかることはない。

1　3／3／3ルールをおぼえておく——新しい犬を家に迎える場合、その犬はまごつくにおいや景色、目に見えない危険に満ちた別の星に到着することになる。元の家ではとても楽しそうにじゃれていたから、これは選んだ犬とはちがうのではと思えるかもしれない。だから、その犬が家に慣れる過程として、つぎのようなタイムラインを予期しておこう。
・**崖っぷちの3日間**：神経質で、引っ込み思案で、無反応で、境界を試す。
・**うちとける3週間**：家のなかにお気に入りの場所を見つける。まえよりも精力的になる——この時期に行動上の問題が起きやすい。
・**くつろげるまでの3か月**：絆を深め、信頼と親近感を示し、自発的に遊び、愛情を注ぐようになる。

2　犬種を知る——ブレアによれば、アラスカン・ハスキーは「すばしっこくて、働き者で、忠実で、足が丈夫で、よく食べ、群れで行動し、引っ張るのが大好き」だという。ただ、シベリアン・ハスキーほど毛むくじゃらではないが、それでもすぐに体温が上昇する。そのため、ブレアとクインスは秋のあいだ、ウィスコンシン州の気温が華氏40度台〔摂氏10度以下〕に下がる夜遅く——つまり深夜——にしかトレーニングをしない。

だから、トレーニングで走らせるまえに、その犬にどんな制約があるか調べておこう。ブルドッグやイングリッシュ・マスティフのように鼻の短い犬種は、空気の取り入れ口が狭くなるし、犬はもともと荒い口呼吸《パンティング》で身体を冷やすため、オーバーヒートしがちだ。そして犬種に関係なく、あなたの子犬は絶対的なスターになるかもしれない。トレイルランニングの〝ダートの歌姫〟キャトラ・コーベットは、2匹のダックスフントと定期的に長い距離を走っている。だが、彼女はつねに、2匹が少しでも苦しそうにしていないか注意を怠らない。

3　**成長するまで走らせない**——子犬はかわいくて身体をくねくねさせるが、これは骨の成長板が閉じるのに1年かかるためで、大型の犬種ほどその期間は長くなる。子犬の発育を損なわないように、1歳半か2歳になるのを待ってランニングプログラムをはじめよう。

4　**ハーネス限定、チョークチェーンは使わない**——あなたがしっかり仕事をしたら、子犬はかならずあなたのそばで自信をもって落ち着いて動けるようになるはずだ。初めてのランニングデートが近づいたら、良質なリードとハーネスに投資しよう。マーカス・レンティがバットマン・ジ・アドベンチャー・ドッグに着せるのはラフウェア（Ruffwear）のギアで、これはクリッシー・モールやキャット・ブラッドリーといった一流ウルトラランナーも愛用している。ラフウェア・ローマー（Ruffwear Roamer）は夢のような装備だ。リードとバンジーテザー付きのウェストベルト、さらにピックアップバッグやおやつを入れるポケットがついている。

5　散歩で予行演習をする——シーザー・ミランは犬の行動学者たちから批判を浴びてきた。彼らの主張によると、シーザーの〝パック・リーダーたれ〟方式は、野生のオオカミの群れは、単一の、支配的なアルファに従うという間違った考えに基づいているらしい。シーザーの返答は、要するに〝どうであれ、僕のやり方はうまくいく〟というものだ。彼はまた、それが一般的な、よく見られる犬の行動をモデルにしていることも明言している。子犬が母犬の後ろにくっついていない場合、母犬はすぐに子犬にそうさせるというものだ。
「リーダーシップは悪いことではない」とシーザーは言う。「罰を与えるのではなく、しつけをすることなんだ。とくに、冷静で自信に満ちたエネルギーという観点から。その場合、犬は怖がったり、神経質になったり、緊張したりしない。落ち着くんだ」

だから、もしあなたが幼い犬を飼っているなら、成長初期につぎの散歩テクニックを練習しよう。
・左右を決め、それを守る。犬を左側で散歩させているなら、そのまま継続する。
・犬が引っ張ったら歩くのをやめる。一拍待って、犬が前に出て引っ張ったら立ち止まるというメッセージをしみこませる。
・犬があなたの横で数ヤード歩いたら、そのたびに立ち止まり、ご褒美におやつを与える。

・最初の数回は、いつも同じ場所で散歩し、なるべく気が散ったり変わったにおいにつられたりしないようにする。
・犬を初めて走らせる準備ができたら、ゆっくり進めよう。歩くことからはじめ、徐々に勢いをつけていく。犬があなたのそばから離れずにいたら、引き続き立ち止まっておやつをあげる。ウォーキングやジョギングも織り交ぜながら、犬が自分の務めを理解するまでつづける。

6 ランナーを増やして問題に取り組む——私のランニングパートナーとすべくトレーニングしていたロバ、〈シャーマン〉に関しては、コーチングをあきらめてロバの数を増やしたときに大きな突破口が開けた。ようやく気づいたのだが、シャーマンは誰かしらの後ろについていくのが大好きらしい。私の娘たち、ヤギ、子猫、そしてとくにほかのロバたちだ。妻と友人のジークがそれぞれロバを連れて加わると、私とシャーマンは一気に飛び出した。
しばらくしてから、私はその戦略を試すチャンスを得た。ウルトラ・ランニング・カンパニーのオーナーであるネイサン・リーマンとノースカロライナ州シャーロットでトレイルランをしたときのことだ。森のなかであるランナーに出会ったのだが、彼女は犬を連れて走ろうとしているのにどうにもならない様子だった。「ちょっと試してみないか？」と私は提案し、ネイサンを犬の前に、飼い主を犬の脇に配置して、自分はしんがりを務めた。そして走りだすと、犬はただちに理解した。トレイルの始点まで引き返す約１マイルを、飼い主のそばで見事に走りきったのだ。

ギイェルモの保護犬ランが毎回大成功をおさめていたのもそのせいにちがいない。犬たちのまわりを大きなランニングクラブで囲むと、犬はすぐさま調子を合わせるのだった。

7　水をたっぷり持っていく――オアフ島でいっしょに走ろうと友人ダニエルが3匹の犬を連れてきたとき、彼女が重いバックパックを背負って現れたのには驚いた。その理由がわかったのは最初の休憩時で、彼女は大きな水差しと折りたたみ式の犬用ボウルを引っ張り出し、犬たちにしっかり水を飲ませたのだった。犬はパンティングをして舌を出すことでしか熱を発散できないため、すぐに脱水症状を起こす。自分用の水をどれだけ持っていくにせよ、犬のために量を2倍にするか、犬が水を飲める場所を中心にルートを計画しよう。

8　足をチェックする――たとえミニマルシューズを履いていたとしても、あなたと熱いアスファルトのあいだには、犬よりもずっと多くのプロテクションがある。暑い日や岩場の多いトレイルでは、地形に目を配

り、犬の足に荒れた箇所やすり傷がないかチェックしよう。
9　おやつは自己防衛でもある――あなたの犬は愛らしいかもしれないが、ほかの犬もそうとはかぎらない。万一、面倒を起こす犬に出くわしたときのために、ポーチにはいつもおやつを何つかみか余分に忍ばせておこう。おやつを地面に落とし（投げないこと。腕を振ると犬が驚いて突進してくることがあるから）、相手の犬がおやつに気を取られているあいだに、さっさと立ち去ろう。

12・6　ファミリー――アクションアイテム

マイクのブロック・ラン――エリック・オートンは30回目の同窓会で会ったハイスクール時代の友人マイクから、いまはシングルファーザーで、働きすぎて体調も悪いし、人生について落ち込んでいると打ち明けられた。そこでエリックは言った。「超シンプルなことからはじめよう。砂糖をカットして、毎晩ブロックのまわりを走ったらどうかな？　それだけだ。たった1ブロック」。エリックはそれから、ふたりの共通の友人全員にメッセージを送り、毎週水曜日にマイクといっしょに1ブロック走ろうと誘った。「みんな週末を楽しみにしている。彼らに真ん中の日《ハンプ・デイ》を楽しみにしてほしかったんだ」とエリックは言う。マイクのブロック・ランはすぐに火がついた。マイクは自分の進歩をブログに記すようになり、オンラインの友人がたくさんできて、オーストラリアに住むあるフォロワーは訪米中にニユージャージーまで回り道をしてマイクといっしょに走った。その後、マイクは1日1ブロックから50マイル〔約80キロ〕をノンストップで走るまでになっている。友人ががんと診断されたとき、〈マイクのブロック・ラン〉は〈ケヴィンのラン〉になった。毎週水曜日、マイクと仲間たちはケヴィンの家まで走り、治療中のケヴィンとすごした。だから、ランニングクラブに所属していなくても、困っている友達がいるなら、あとは出発するだけいい。

13 ファイナルレッスンを白馬より
——自由に走れ、カバーヨ

２０１２年３月、ある木曜日の夕方、講演会が開催されるカリフォルニア州アゴーラ・ヒルズの公共図書館に着くと、駐車場の向こうから見知らぬ男があわてて駆け寄ってきて、私は軽い胸騒ぎを覚えた。

「よかった、ここにいらっしゃって！」と男は言った。「マリアがあなたに連絡をとろうとしていて」

いったい誰の、いや何の話なのか、さっぱりわからなかった。

「遅刻でもしていますか？」と私は尋ねた
「いや、そうじゃないんです。ご友人のマリアから緊急の電話がありまして。彼女はひどく動揺しているようです」

まだ手がかりはない。その朝、ロサンゼルス国際空港（ＬＡＸ）に到着してからロサンゼルスの峡谷を抜ける長いドライブのあいだに、私の携帯電話はいつの間にか充電が切れていた。おぼえているかぎり、マリアという名の人物から緊急の電話をもらったのは、ギリシャ人ジャーナリストの友人が感謝祭の夕食をつくっているときにコリアンダーを切らした１９９８年が最後だった。

その見知らぬ男は、結局、図書館の館長で、〈通話〉を押して自分の電話を私によこした。応答した女性はいきなり誰かの飼い犬やらニューメキシコやらといった話をはじめたため、私は途中でさえぎらざるをえなかった。「失礼ですが」と言葉をはさんだ。「どちら様でしょう?」

「マリア」

「マリア……?」

「マリポーザ」

不意に小さな恐怖の拳が私の腹をつかんだ。状況はわからないまでも、その名前を聞いたとたん、誰に関することなのかはわかった。そしてきっと悪いことなのだと。マリア――〝ラ・マリポーザ〟――はマイカ・トゥルーのガールフレンドだった。それまで電話で話したことはなかったし、その彼女が突然電話をかけてきたばかりか、カリフォルニアの図書館長の携帯番号まで調べ出したということは、何かとても、とても尋常でない事態が起こっていることを意味していた。

その2日前に、マリアの話によると、マイカはニューメキシコ州のヒーラ原生自然地域《ウィルダネス》に走りに出かけ、そのまま行方不明になったという。いまは木曜日で、聞いたとおりマリアは心配しているものの、私の腹のパニックはおさまりはじめた。なんといっても、いま話しているのはカバーヨ・ブランコ、メキシコの銅峡谷をさすらう白馬のことなのだ。それまで数十年にわたり、カバーヨは北米で最大級に厄介かつ人を寄せつけない土地を放浪していたのであり、休むことを知らないその目のおかげでどんなトラブルに陥ろうと、その脚はかならずまた彼を脱出させていた。カバーヨの場合、道に迷わないうちは、自分がどこにいるかを知ることもない。

実をいうと、2005年に私が出会った日にもカバーヨは道に迷っていた。その日の朝、峡谷のはずれにあるメキシコの町クリールから気楽なハイクに出発したが、魅力的なトレイルに誘い込まれて走りだし、銅峡谷の奥地を藪《やぶ》こぎしたあげく、ようやく位置を把握したのは日暮れ直前だった。「しょっちゅう道に迷って垂直登攀《とうはん》するはめになる。水のボトルを口にくわえて、頭の上には飛びまわるコンドルがいて」とカバーヨは私に言った。「それもまた素晴らしいことさ」

それこそが彼の人生の物語だった。奥の間を舞台とするファイトクラブの日々にランニングを発見した1980年代——放浪仲間のスミッティにハワイの熱帯雨林をさまよっているところを見つかり、秘密の洞窟を案内されて住みかとしたころ——から、まさに現在までつづくもので、最近では銅峡谷でホルヘという名の盗賊の怒りを買い、やむなく崖の端に沿って新しいルートを切り開いて迂回したこともある。

だから今回もカバーヨは、ヒーラの崖の住居で何夜かすごす衝動に駆られたか、野生の地からハイウェイに迷い

カバーヨ・ブランコが元祖"BORN TO RUN"マス・ロコスを率いて銅峡谷に乗り込む

出て、ちょうどいまヒッチハイクでロッジに戻ってくるところか、パークレンジャーと取っ組み合いでもして鉄格子の奥にいるのに意地を張って電話で助けを求めてこないかにちがいないと思い、そう伝えようとした矢先、マリアが言った。

「グアダフーコさえ彼といっしょならよかったのに」

おっと。

「あの子はポーチの柱につながれたままだった」

私の心は沈んだ。〝幽霊犬〟のグアダフーコは半分野生のメキシコの雑種犬で、カバーヨは3年前に川から助けて峡谷で飼いはじめた。以来、彼らは切っても切れない関係にあった。私がこのままカバーヨに会ったのはコロラド州ボールダーで、そのときグアダフーコはバスに脚を挟まれてギプスをはめていた。カバーヨはそんなグアダフーコを赤ん坊のように抱えて連れまわし、シックなブルワリーパブにまで入っていって、うなるグアダフーコに手からハンバーガーを奪い取られそうになっていた。グアダフーコが帰りを待っているのなら、カバーヨが森のなかでぐずぐずするわけがない。

「ルイスとは話しました?」と私は尋ねた。

「ええ、ルイスはあなたからの連絡を待っています」

「クレイジー野郎がいままで何してた?」電話がつながるとルイス・エスコバーが叫んだ。

驚くと同時にいくぶん安心もしたのだが、ルイスの声は落ち着いていて快活でさえあった。ルイスがマリアと話したあと真っ先にしたのは、本人から聞いたところ、妻のシヴォレー・タホのキーをつかみ、「行ってくる」と告げて、カリフォルニア州サンタバーバラから車を飛ばし、700マイル〔約1127キロ〕以上先の救助活動に乗り出すことだったからだ。車中でメッセージを送り ラッシュアワーの渋滞をすり抜けながら、ルイスはステアリングを膝で操作し、全域からの情報を両親指で整理していた。

ルイスの運転時間を計算すると、講演をすませてLAXまで行き、フライトをキャンセルしてレンタカーを乗り捨てるくらいの時間はあるとわかった。3時間後、ルイスが空港で拾ってくれたときには、すでにふたりの志願者が彼のトラックに同乗していて、3人目――ビアマイル王者のパット・スウィーニー――がわれわれの迎えを待っていた。

まもなく、われわれはルイスを運転席から引きはがして後部に押し込むはめになった。彼の携帯電話がひと晩じゅう、新たな協力の申し出に通知音を鳴らしつづけたからだ。カイル・スキャッグズは――ハードロック100の記録保持者でマイカのことはかろうじて知っている程度だが――すでにニューメキシコの農場を出発していた。真夜中にわれわれがアリゾナ州の某所で車を停め、燃料を補給したときには無料になった。コロラド州のある女性がガソリン代をペイパルで支払わせてくれと言ってきかなかったのだ。

「ずっと考えてるんだ、森のどこかのどかな場所でばったり出くわして、あの笑顔を見せてくれるって」とルイスは夜通し走る車中で言った。「〝おまえってバカだな〟と思ってるのがわかる笑顔を」

それでも不安を抱えたまま、ルイスは耳をiPhoneから離さず、荒野に向かってクホをハイウェイに走らせるのだった。

『BORN TO RUN』のクルーがエルパソのホテルで初めて出会い、一世一代のレースをめざして旅をつづけて以来、われわれはおたがいの人生に出入りしてきたが、その際、カバーヨがみんなをつなぐ糸となったことは少なくない。カバーヨとグアダフーコがカリフォルニアを漂流するときはルイスの家で寝泊まりするのが常だったし、ジェンとビリー、ベアフット・テッドと私はバッドウォーター・ウルトラでルイスのクルーを務めた。ベアフット・テッドと私が生涯の友となったのはあの魅惑的な夜、私が彼からもらった手製のサンダルを履き、ペーサーとしてレッドヴィル・トレイル100のフィニッシュまで伴走したときのことだ。

カバーヨは私とエリック・オートンとともにレッドヴィルで1週間すごしたこともある。日中はずっとトレイルを走り、夜はビールとハラペーニョ・ピッツァをはさんで語り合った。〈コッパー・キャニオン〉レースの混乱のさなかには隠れていたカバーヨの温かい、楽しいことが大好きな一面を見ることができた。

だから、われわれが友人のままでいられたのは驚くようなことではなかった。それより衝撃的だったのは、カバーヨがほとんど一夜にして、天涯の一匹狼からオンライン・アミーゴ国際軍の陸軍元帥に変身したことだ。数十年にわたり、彼はお尋ね者さながらの生活をしていた。さすらいの引越し業者としてボールダーで何か月か身を粉にして働き、1年分のフリホーレス（インゲンマメ）代が貯まったとたん、地球から立ち去る。グアテマラの高地やメキシコの峡谷に消え、日々、丘陵や自身の頭を駆けめぐるのだ。60歳近くになるまで、ララムリの領地にある一間の小屋と、ボールダーにあるピックアップトラックの荷台に敷いた睡眠マットに時間を分けて暮らしていた。ララムリはそんなカバーヨにとって理想的な仲間だった。よく走り、めったにしゃべらず、酒にノーと言うことはない。

だが、『ＢＯＲＮ ＴＯ ＲＵＮ』以降、カバーヨは引っ張りだこの男となった。にわかに、講演の仕事でロンドンやストックホルムに飛び、立ち見以外満席のイベントでサインをするようになったのだ。思いもよらず偶然の偶像《アイコン》と化したわけだが、それでも彼本来の切れ味がまるで鈍らないところが私は大好きだった。ミニマリストムーブメント？　いまさらカバーヨの知ったことではなかった。40年間ミニマルな装備で動きつづけ、ララムリにならってつま先を解放するサンダルを好んで履くようになったのは、ファイブフィンガーズという名前が万引き以外のものと関連づけられるずっとまえのことなのだ。

彼はいつも鋭く推理し、健やかですねていて、自分で名前を選び、自分で道を切り開き、自分で馬となった真のカウボーイだった。２００７年、自己資金で食いつなぐのに必死だった〈コッパー・キャニオン・ウルトラマラソン〉への出資をザ・ノース・フェイスから持ちかけられても、カバーヨは断った。へんぴな土地のファンキーなフェスティバルが、展示ブースばかりで空洞化した企業主導の怪物になることを恐れたからだ。彼の人生を凝縮したその返答は、カバーヨの公然のアイデンティティとなっている。〝ラン・フリー〟だ。

だが、まさにわれわれが彼に追いつこうとしたそのとき、カバーヨは姿を消した。

捜索救助《サーチ・アンド・レスキュー》（ＳＡＲ）隊は彼の最後の行動を知れば知るほど困惑するばかりだった。

カバーヨは3月23日にメキシコを発ち、古いピックアップでアリゾナ州フェニックスへとマリアに会いに北上した。道中で友人を訪ねたり、何度も訪れているヒーラ・ウィルダネス・ロッジで少しくつろいだりしている。本来なら、とっくに休養をとってしかるべきだった。なにしろ見事なレースをつくりあげたばかり、出場する400人以上のララムリと80人あまりのアメリカ人や他国のランナーの後方支援を、3月4日にはじまった最新回の〈ウルトラマラトン・カバーヨ・ブランコ〉でどうにかやり遂げたのだ。その後、誰もが帰路につくなか、カバーヨはつぎの2週間をかけて峡谷を奔走し、ララムリの勝者たちが獲得した賞品のトウモロコシが確実に彼らの村に届くようにした。

ヒーラ・ウィルダネス・ロッジでの最初の朝、カバーヨは6時間におよぶ長大なトレイルランに出発した。翌日——火曜日——は、ロッジの仲間たちに、あまり時間がないから軽く12マイル〔約19キロ〕ほど脚のストレッチをしてからフェニックスに向かうと告げた。グアダフーコは前足が前日から痛そうだったため、ポーチにつないだままにし、2時間で戻るとカバーヨは言った。

SARはカバーヨがそのあと国道15号線の中央をヒーラ・ヴィジター・センターに向かって3マイル〔約4・8キロ〕走ったことを確認した。車のドライバーたちが彼をよけたことをおぼえていたからだ。だとしたら、いいニュースがある。12マイルを往復で完走するつもりだとしたら、あと3マイル進んだところで折り返したはずだ。

悪いニュースもある。その周囲3マイルを昼は犬と騎馬巡察隊とヘリコプターで、夜は赤外線追尾式偵察機で捜索したが、何も見つからなかった。

「まるでご友人は地球上から消えてしまったようです」とヒーラ・パークのボランティアは私に言っ

た。「こんなに集中的な捜索は見たこともありませんが、何も出てこない。においすらありません」。われわれが説明を受けている途中、捜索隊の指導員がふと私の足元に見入った。LAには2日間しか滞在しない予定だったため、私が持っていたシューズはベアフット・テッドのワラーチ1足だけだった。「いいでしょう、私は見なかったことにする」と指導員は言った。「先に行ってください」

軽量バックパックと水のボトルをつかんだわれわれは、ひとつのチームに割り当てられた。ニューメキシコ州ロズウェルから来たSARのベテラン2名が、私とルイス、パット・スウィーニーを連れていく。カイル・スキャッグズはすでに、2009年から毎年カバーヨのレースに参加しているアリゾナ出身のトレイルランニング兄弟、ニックとジャミル・クーリーのいるチームと出発していた。この2チームは反対方向からスタートして中間で交差するため、同じ10マイル〔約16キロ〕の環状コースを2回、両側からカバーすることになる。われわれは雨裂《ガリー》とビャクシンの茂みを引っかくようにして進み、大声でヨーデル風に叫びながら、標高8000フィート〔約2400メートル〕のメサに向かって登りはじめた。

「カバーーーヨーーーー……」

「マイカ・トゥルーーーー……」

「カバーーーヨーーー、ばか野郎ーーー！　どこにいやがる？」

スウィーニーにスキャッグズ、クーリー兄弟といった俊足が跡を追っているのだから、日が暮れるまでにはカバーヨを見つけられると確信していた。だがそうはならず、その夜、とぼとぼ歩いて戻るわれわれは途方に暮れ、意気消沈していた。ある捜索隊員は、麻薬カルテルがカバーヨの殺害を請け負い、発覚しないように彼の本拠地での実行を計画したのではないかと考えはじめた。ベアフット・テッドも私への伝言で、偶然の出来事ではない可能性にふれていた。なにしろ、ヒーラはジェロニモが潜伏した土地であり、カバーヨはつねづね、人生の終わりはアパッチ式に荒野への最後の散歩で締めくくりたいと言っていたのだと。会ったこともない誰かがメールで『BORN TO RUN』の巻頭のエピグラフを思い出させてくれた。「最良の走者は跡を残さず」

ああ、そのとおりだ。ルイスが求めていたのもアクションであって、メロドラマではない。ベースキャンプに着くとすぐに、ルイスは捜索隊の隊長に会いにいった。「いいですか、このドアの外には、この国で最高のトレイルランナーたちがいる」とルイスは言った。「ものすごく頼りになる連中だ。みんなの意見も聞いてみたほうがいい」

するとなんとも見上げたことに、隊長はクリップボードをつかむと、まもなくウルトラランナーたちの輪

のなかに立って提案を受け止めていた。

「カバーヨの犬は連れていったのかな?」ルイスが尋ねた。

「もちろん」

「歩かせた、それとも走らせた?」

「歩かせたよ。犬はにおいを嗅ぎつけたが、結局、追っていた相手は鹿だった」

「それは歩かせたからだ」とルイスは言った。「犬は走っているときは行動が変わる。すばやく動きすぎるから気が散る暇もない。走っていれば、癖でパパが行ったところに行くんだ」

「なるほど」と隊長は言った。「ではマイカはどこまで行けたでしょう?」

「彼の走る距離は幅広かった」とルイスは言った。「その気になれば、12マイルを30マイル〔約48キロ〕に変更することもできる」

だとすると、カバーヨがいるかもしれないあたりを格子状に歩くよりも、カバーヨがいるはずのトレイルを走ればいいのではないか? ヒーラの地形は険しく石だらけで、カイルやパット・スウィーニーのほうが馬よりも長い距離を一日で走破できる。その点について隊長は検討すると約束してくれたが、翌朝までにルイスとカイルは独自の計画を思いついていた。

その日は土曜日で、カバーヨの友人やファンがさらに到着し、捜索前のブリーフィングに集まったボランティアの数は50人ほどに達した。行方不明になった気球飛行士スティーヴ・フォセットの捜索に協力したカナダの地質学者、サイモン・ドナートがカルガリーからやってきていた。同行者はケイレブ・ウィルソンとティム・ピッツ、カバーヨのレースで知り合ったウルトラランナー仲間だった。

これだけの捜索隊がいれば、抜け駆けしても気づかれないと、ルイスは踏んだ。ここでロッジに戻り、グアダフーコにリードをつけ、できるだけカバーヨの走り方をまねてグアダフーコがどこへ案内してくれるか確かめたい。一方、カイルは私ともうひとりのトレイルランナーに、静かについてくるよう合図した。

「こんなことしたら捜索隊から追放されるぞ」と釘を指す者がいた。

「きょうは5日目だ」とカイルは言った。夜は氷点下になり、昼は焼けつくような暑さだ。暖も水もとれなければ、カバーヨに6日目はないかもしれない。

われら隠密作戦小隊が出発したのは夜明け直後だった。20マイル〔約32キロ〕の環状路をたどってリトルベア・キャニオンを登り、川沿いを下って一周する。カイルはふたつのシナリオしか思い描けなかった。カバーヨは水場へ向かう途中で激しく転倒したか、つづら折りで足を踏み外して崖を越えたか。それ以外は道理に合わない。早足のハイクからはじめたわれわれは、やがて走りだし、トレイルが分岐するたび二人組に分かれては、叫び声と口笛でおたがいを見つけて再度合流した。

正午までに、カバーヨの折り返し地点の2倍の距離を進んだが、何も見つからなかった。足跡も、血痕も、隠れたトレイルや雨裂《ガリー》さえもない。暑い日にもかかわらず、ひたすら登りつづけ、標高8000フィート〔約2400メートル〕に達したところでクールダウンと水分補給のために足を止めた。デーツやナッツの入った袋をまわしながら、低いビャクシンのうっすらした木陰で休んだ。空を仰いでもそこに救いはなく、コンドルにはまだ早すぎる春だった。

「で、その新しい靴の具合は?」誰かに訊かれた。その朝、アルバカーキからやってきたSARボランティアが、あまり一般的でないサイズ14のトレイルシューズを余分に持っていて、私は2日間履いていたベアフット・テッド製ワラーチと交換させてもらっていた。

「慣れているものと比べたら、いかにもシューズらしいが、悪くないね」と私は答えた。

いま思えば、そこが〝あの瞬間〟だった。捜索が終わったとわかったのはそのときだ。われわれはペースを落とさなかった――すぐトレイルに戻り、日が暮れるまで探しつづけた――が、3日間鼓舞してくれたアドレナリンの奔流は、緊急性から有効性へと微妙に方向を転じていた。口に出す者はいないにせよ、われわれはランを楽しみはじめ、それは救助というより、むしろ感謝の証しに感じられるまでになる。私はついつい考えていた。「カバーヨがいなかったら、こういう仲間と知り合うことはなかった。彼に会うまでは、こんなランに挑戦することさえなかった」

われわれはカバーヨを失った――それを感じることができた――が、あたりにはカバーヨの感覚が漂っていた。

サイモン・ドナートと友人たちも同じように感じたのだろう、彼らはまさにカバーヨだったらやりそうなことをやってみせる。捜索任務を終えて日が暮れかけているとなれば、寝袋に入って身体を休め、自分が迷子にならないようにするのが唯一賢明な行動のはずだった。

だが、カバーヨは北のどこかにいるはずだ――絶対確実、それだけは間違いない――それならばと、彼らはふたたび出発して南に向かったのだ。まもなく、出くわしたのがレイ・モリーナ、カバーヨとは誰よりつきあいが古い人物だった。レイとその一行は反対方向をさらに進んでいき……とそこに、とても穏やかな表情のカバーヨが、小川のほとりに脚を水につけたまま横たわっていた。

レイはとっさに叫んだ、「マイカ！」と、彼を起こせるのではないかと。だがすでに遅きに失していた。

一行は火を焚き、野生の地で友と最後の一夜をすごした。早朝になると、SAR隊は1頭の馬――白馬だった――を峡谷まで連れてくることができ、カバーヨの遺体を運び出した。手と膝にすり傷があり、どうやら小川をたどって森の外に出ようとしていたときに転倒したらしい。ドナートはそのことをみんなに知ってもらいたいと考えている。

「小川が彼を連れ戻してくれるはずだった」とドナートは言った。「カバーヨは自分の行動をわかっていたんだ」

今日にいたるまで、カバーヨの死因を本当に知る者はいない。私が耳にしたもっとも信憑《しんぴょう》性のある説は、シャーガス病という熱帯の寄生虫感染症で、これは徐々に心臓を弱らせる。カバーヨはここ何年かの奇妙な失神発作について私に話してくれていたし、少しまえには元気がなくて熱っぽく、本人はウエストナイル・ウイルスに感染したのではないかと考えていた。どちらの症状もシャーガス病の徴候かもしれず、レースを主催するストレスと、身体に課した熱く激しい距離が、じつは衰えつつあった心臓にこたえたというのはもっともな話だ。だが、そんな言葉を書いているだけでも私は尊大で愚かな気分になってくる。それこそカバーヨの顔に、あの〝バカを言うな〟という笑みをよぎらせる類いだからだ。

「マク熊《オーツ》、ジェロニモがどう死んだかなんて誰が気にする？」とカバーヨなら言うだろう。「どう生きたかを語ろうじゃないか」

だからそうする。

マイカ・トゥルーは強く、賢い、きわめてタフな男であり、史上もっとも裕福な国に生まれたが、きっぱりとそのすべてに背を向け、かわりに、同じ大陸でもっとも平和な、分かち合う人々の例にならった。

そうすることで、おそらくわれわれが生きている時代で最大のランニング革命を始動させたのだ。彼は自分には見事に明白なことが世界じゅうの人々には見えていないことに戸惑い、憤りを覚えていた。それは、ララムリは太古の技芸の管理人であり、その技芸は地球上のすべての人をより強く、より幸せに、より健やかに、より優しくできるということだ。

だが、技芸はお金では買えない。ライフハックも早道も受けつけない。資金なり道具なりを好きなだけ技芸に投じてかまわないが、それは投げ捨てるようなものだ。カバーヨのような反逆者が走ることをこよなく愛したのも不思議ではない。謙虚に基本に立ち返り、世界でいちばん寡黙な教師たちから学べば、あなたも高く上昇できる。

マイカ・トゥルーはその扉を私に、そして『BORN TO RUN』に感化されたすべての人に開いてくれた。だからこそ、この本は彼の思い出に捧げたい。ただし、彼の人生を称えるにはもっといい方法がある。

彼の足跡をたどることだ。

自由に走れ《ラン・フリー》。

Part 3

THE 90-DAY RUN FREE PROGRAM

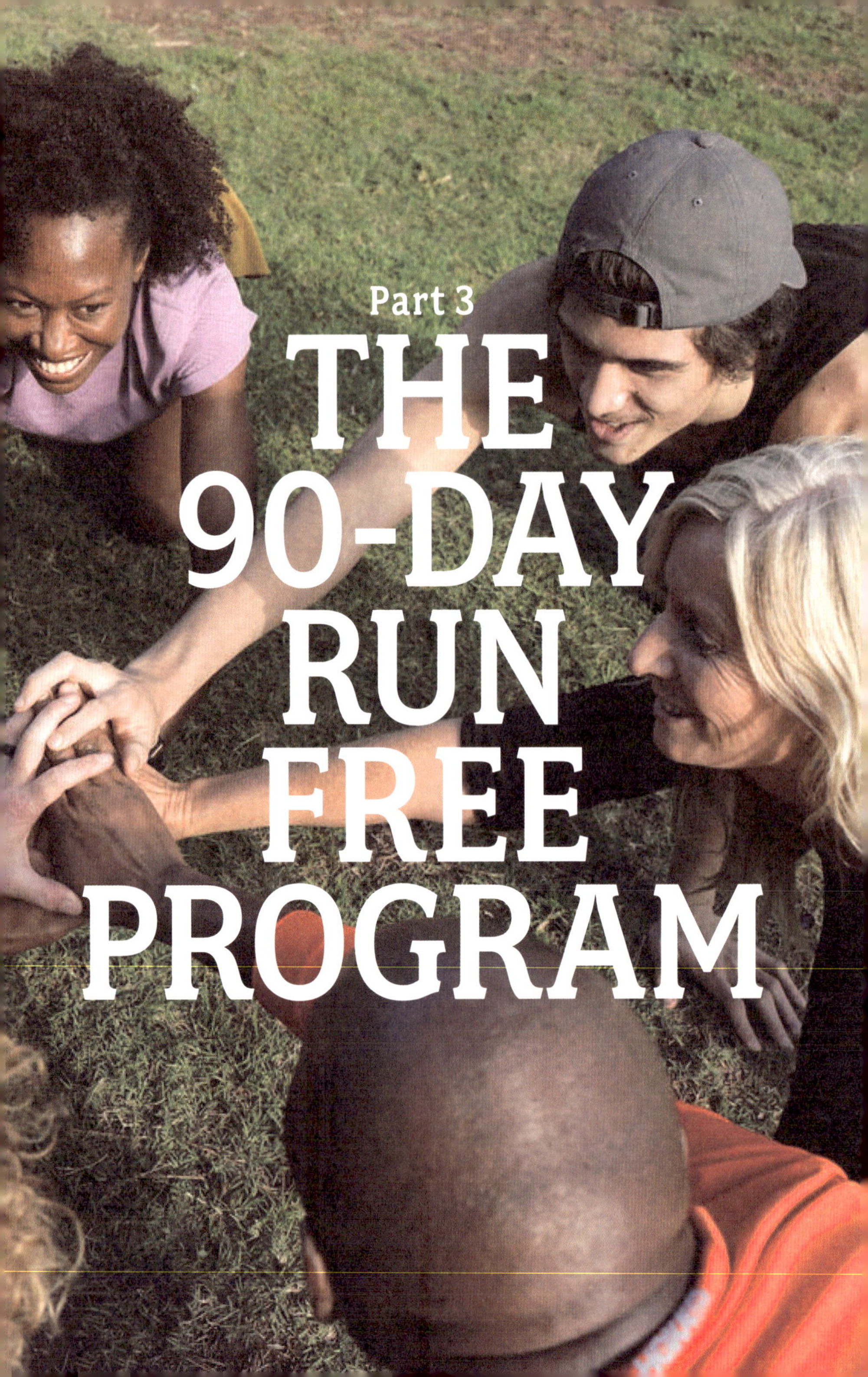

《 第3部 》

〈90日間ラン・フリー〉プログラム

14 ザ・プラン

この橋を渡ったら、後戻りはできない。
だから私といっしょに来るなら、この誓いを立ててくれ。
右手を挙げて。

けがをしたり、道に迷ったり、死ぬようなことがあったら、
それは全部自分のせいだ。

――カバーヨの誓い

〈90日間ラン・フリー〉プログラムを実行するには

巻末のＱＲコードをスマートフォンでスキャンし、〈90日間ラン・フリー〉プログラムアプリ（90 Day Run Free Program）をダウンロードしよう。このトレーニングアプリはあなたの進捗を記録し、毎

日のワークアウトを自動的に呼び出す。エリック・コーチの指導動画やトレーニングのヒントもあるから、〈ラン・フリー〉の全スキルのやり方を思い出せるはずだ。

毎日のシークエンス

・各スキルはかならず順番におこなうこと。ストレングスとフォームのエクササイズは相互の土台となり、ランのウォームアップの役目も果たす。ランはつねに最後だ。
・どのワークアウトにも明確な目的があるため、極力、週ごとのシークエンスを守ってほしい。そうすれば、必要なときに休息をとり、着実に進歩できる。ワークアウトをやりそこねた場合は、それは飛ばして先に進み、週ごとの順序を守るのがベストだ。

毎日のラン

・各ランには継続時間かインターバル

ハワイの山中でカバーヨのモットーを実践する

のセットが割り当てられる。ここは要注意！　準備が整うまで、無理に距離を延ばさないことだ。頻度がわれわれのゴールドスタンダードなのだから、辛抱強く取り組もう。毎日やや少なめに走って、つぎの日、力強く復帰したほうがいい。

〝ビッグディール〟ディスタンスを計算する

・ケイデンス、ペース、強度《エフォート》の違いを感じられるように身体を鍛える。距離についても同じだ。ほかのみんなと同じロングランを指定されるより、自分の理想の範囲をカスタマイズしたい。そのベースとなるのは単純な計算だ。何を〝大ごと《ビッグディール》〟と考えるか？
・友達からメッセージが着信し、こう訊かれるとしよう。〝ヘイ、あした15走らない？〟。あなたの直感的な反応はどうだろう？　〝乗った！〟それとも〝おっと、それは大ごとだ〟？　毎週土曜日に仲間と気軽に8マイル〔約13キロ〕走ることに慣れているなら、それをいきなり12マイル〔約19キロ〕に増やすのはビッグディールだ。あなたの過去最長レースがハーフマラソンなら、20マイル〔約32キロ〕は大変だと感じるだろう。
・たしかに、これはごく主観的な尺度で、気分や現在のフィットネスに左右される――が、まさにそれこそが肝心な点だ。身体を無理やり型どおりの基準に合わせても、筋力や自覚を高めることはできない。パフォーマンスと自信を最大限に向上させるには、体内走行距離計《オドメーター》を使いこなし、理想的な距離範囲に調整することだ。
・毎週、ビッグディールの距離の何パーセントかを基準にロングランを決めよう。

走るスピード／強度

・〈1マイル・テスト〉を実行すれば、自分の〝ギア〟、つまり個人のトレーニング用スピードを算出できる。
・どの課題もあなたの能力をもとにカスタマイズされるため、各ギアの範囲内にとどまることが重要だ。
・忘れないでおきたいが、ここでの目標はより強固な土台を築くことなので、走り慣れたスピードより速い、遅いと感じることもあるだろう。その変化を受け入れてほしい。フィットネスのベースが広がっていることを示す最初のサインなのだから。

トレイルランナー

・平坦なロードのほうがトレイルより走りやすいため、当然、森のなかでは減速して走ることになる。それゆえ、1分あたり何マイルといったペースは気にしなくていい。その代わり、各ギアの感覚だけを意識しよう。
・ロングランを楽に感じながらつづけられるように、丘陵地では必要に応じてハイクをする。
・トレイルや山を走るのは、筋力をつけるにはよくても、スピードを出すのには向いていない。だから、ストレングスやフォーム用のランは、毎週のロングランの一部と同じく、平地でおこなうのがベストだ。

〈90日間ラン・フリー〉プログラム

レナイア・フラワーズとステラ・ウォイは、
〈90日間ラン・フリー〉プログラムの初日がとても楽しくて驚いていた

RI = 休憩インターバル(rest interval)

[第1週]

ワークアウト	フード	フィットネス	フォーム	フォーカス・ラン
第1日	2週間テスト	フットコア(p.126)2セット	5分間フィックス(p.152)を実行し、自分のランフォーム技術を銘記する	1速(p.175)で10〜30分。強度を維持し、フットストライク(足の着地)をしっかり意識しておく。これは筋力トレーニングだ
第2日	2週間テスト	オフ	ランニング・ログ〈パート1〉(p.156)	2速で20〜40分。ランニング・ログを思い描きながら走ることにフォーカスする
第3日	2週間テスト	100アップ〈マイナー〉(p.132)1セット&ウォールスクワット(p.134)3セット	オフ	2速で20〜40分
第4日	2週間テスト	フットコア2セット	ランニング・ログ〈パート1〉	オフ
第5日	2週間テスト	オフ	オフ	1速で10〜30分。強度を維持し、着地をしっかり意識しておく。これは筋力トレーニングだ
第6日	2週間テスト	100アップ〈マイナー〉1セット&ウォールスクワット3セット	ランニング・ログ・〈パート1〉+スキッピング・フォー・ハイト(p.158)6〜8回×5	本日のランの距離/時間はビッグディール(p.342)の65%にする。1〜2速を維持し、心地よさを保つ。耐えるのではなく、鍛えることだ
第7日	2週間テスト	フットコア2セット	音楽プレイリストに合わせて、その場で裸足ランニング2分×3	オフ

[第3週]

ワークアウト	フィットネス	フォーム	フォーカス・ラン
第15日	フットコア3セット	オフ	1速でストレングス/フォーム用ラン20〜40分。着地とケイデンスにフォーカスする。スピードは辛抱強く維持する
第16日	レッグ・スティフナー(p.130)3セット	ランニング・ロッグ〈パート1〉+スキッピング・フォー・ハイト6〜8回×5	2速で30分+6速で30秒×5、RIを90秒
第17日	100アップ〈マイナー〉2セット&ウォールスクワット4セット	オフ	2速で20〜40分。ランニング・ロッグのイメージにフォーカスしながら走る
第18日	フットコア3セット	音楽プレイリストに合わせて、その場で裸足ランニング2分×4	オフ
第19日	オフ	その場ランニング30秒×5+スキッピング・フォー・ハイト6〜8回×5	1速でストレングス/フォーム用ラン20〜40分。着地とケイデンスにフォーカスする。スピードは辛抱強く維持する
第20日	100アップ〈マイナー〉1セット&ウォールスクワットの回数を増やして3セット	オフ	本日のランの距離/時間はビッグディールの70%にする。1〜2速を維持し、心地よさを保つ。耐えるのではなく、鍛えることだ
第21日	フットコア2セット	音楽プレイリストに合わせて、その場で裸足ランニング1分×5	オフ

[第2週]

ワークアウト	フード	フィットネス	フォーム	フォーカス・ラン
第8日	2週間テスト	フットコア2セット	オフ	1速で20〜40分。強度を維持し、着地をしっかり意識しておく。これは筋力トレーニングだ
第9日	2週間テスト	オフ	ランニング・ロッグ・〈パート1〉＋スキッピング・フォー・ハイト6〜8回×5	2速の強度で20〜40分。ランニング・ロッグを思い描きながら走ることにフォーカスする
第10日	2週間テスト	100アップ〈マイナー〉1セット&ウォールスクワット3セット	オフ	2速の強度で20〜40分+7速までギアを上げて加速30秒×5。各回の終わりにRIを1分
第11日	2週間テスト	フットコア3セット	音楽プレイリストに合わせて、その場で裸足ランニング2分×4	オフ
第12日	2週間テスト	オフ	オフ	1速で20〜40分。強度を維持し、着地をしっかり意識しておく。これは筋力トレーニングだ
第13日	2週間テスト	100アップ〈マイナー〉1セット&ウォールスクワット3セット	オフ	本日のランの距離/時間はビッグディールの70%にする。1〜2速を維持し、心地よさを保つ。耐えるのではなく、鍛えることだ
第14日	2週間テスト	フットコア2セット	ランニング・ロッグ・〈パート1〉＋スキッピング・フォー・ハイト6〜8回×5	オフ

［第5週］

ワークアウト	フィットネス	フォーム	フォーカス・ラン
第29日	フットコア3セット+ラン・ランジ(p.135)2セット	オフ	2速で30~50分。辛抱強くスピードを維持し、フォームと一定のグルーヴに入ることにフォーカスする
第30日	100アップ〈マイナー〉1セット+レッグ・スティフナー4セット	スキッピング・フォー・ハイト6～8回×3+スティッキーホップ(p.159)2セット	2速で10～20分+7速で1分×4、RIを90秒+5速で4～5分×4、RIを2分
第31日	オフ	オフ	1速でストレングス/フォーム用ランニング15～30分。着地とケイデンスにフォーカスする。薪をまたいだランニングを頭に描く
第32日	ウォールスクワット3セット+ラン・ランジ2セット	オフ	2速で20～30分+手を頭の後ろで組んだ/肘を広げたヒル・リピート20秒×6～8。通常の腕でヒル・リピート10秒×4～6
第33日	フットコア3セット	音楽プレイリストに合わせて、その場で裸足ランニング3分×3	オフ
第34日	オフ	ランニング・ロッグ〈パート1&2〉	1～2速でビッグディール・ディスタンス/時間の75%+7速まで加速していくフラット・リピート30秒×6、各回の終わりにRIを1分
第35日	ウォールスクワット3セット+ラン・ランジ2セット	オフ	1速でストレングス/フォーム用ランニング25~45分。着地とケイデンスにフォーカスしよう。筋力トレーニングをするうちマッスルメモリーが身につく。辛抱強くスピードを維持すること

［第4週］

ワークアウト	フィットネス	フォーム	フォーカス・ラン
第22日	フットコア2セット。時間/回数を増やすか、バランス補助を減らして難度を高める	オフ	1速でストレングス/フォーム用ラン20～40分。着地とケイデンスにフォーカスする。辛抱強くスピードを維持する
第23日	レッグ・スティフナー2～3セット+ウォールスクワット3セット	スキッピング・フォー・ハイト6～8回×4。よりパワフルになることを意識する	2速で30分+6速で30秒×7、RIを90秒
第24日	オフ	ランニング・ロッグ〈パート2〉(p.157)。薪の間隔を広げながら、地面にかける力を感じる	2速で20~40分。地面にかかる力を感じながら前へ走ることにフォーカスする
第25日	完全なオフ日。思い出そう、リカバリーこそ力がつくときだ	オフ	オフ
第26日	フットコア2セット	5分間フィックス(p.152)を実行し、自分のランフォーム技術を銘記する	2速で30～50分+手を頭の後ろで組んだ/肘を広げたヒル・リピート(p.266)20秒×4～6。通常の腕でヒル・リピート20秒×3～4
第27日	100アップ〈マイナー〉2セット&ウォールスクワットを多めに2セット	オフ	本日のランの距離/時間はビッグディールの50%にする。1～2速を維持し、きょうは短めのランにしてかまわない。リカバリーこそ力がつくときだ
第28日	完全なオフ日。思い出そう、リカバリーこそ力がつくときだ	オフ	オフ

［ 第7週 ］

ワークアウト	フィットネス	フォーム	フォーカス・ラン
第43日	フットコア3セット+ラン・ランジ3セット	オフ	2速で30〜50分。辛抱強くスピードを維持し、フォームと一定のグルーヴに入ることにフォーカスする
第44日	100アップ〈メジャー〉(p.133) 1セット+レッグ・スティフナー3セット	スキッピング・フォー・ハイト6〜8回×3+スティッキーホップ4セット	2速で10〜20分+7速まで加速していく30秒×5、RIを90秒+5速で6分×3、RIを2〜3分
第45日	オフ	オフ	1速でストレングス/フォーム用ランニング15〜30分。着地とケイデンスにフォーカスする。薪をまたいで走る姿を思い描く
第46日	ウォールスクワット3セット+ラン・ランジ2セット。レップ数を増やして難度を高めていく	オフ	2速で20〜30分+手を頭の後ろで組んだ/肘を広げたヒル・リピート20秒×4。通常の腕でヒル・リピート30秒×8
第47日	フットコア3セット。時間/レップ数を増やすかバランス補助を減らして難度を上げる	音楽プレイリストに合わせてその場で裸足ランニング3分×3	オフ
第48日	オフ	ランニング・ロッグ〈パート1&2〉+スティッキーホップ2セット	1〜2速でビッグディール・ディスタンス/時間の85%+7速まで加速していくフラット・リピート30秒×8。各回の終わりにRIを90秒
第49日	100アップ〈マイナー〉2セット+ラン・ランジ3セット	オフ	2速でリラックスしたフォームの安定したラン25〜45分。フォームの良し悪しを感じるようになったら、走りながら調節しよう

［ 第6週 ］

ワークアウト	フィットネス	フォーム	フォーカス・ラン
第36日	フットコア3セット+ウォールスクワット3セット	オフ	2速で30〜50分。辛抱強くスピードを維持し、フォームと一定のグルーヴに入ることにフォーカスする
第37日	100アップ〈メジャー〉1セット+レッグ・スティフナー3セット	スキッピング・フォー・ハイト6〜8回×3+スティッキーホップ4セット	2速で10〜20分+7速で1分×4、RIを90秒+5速で4〜5分×4、RIを2分
第38日	オフ	オフ	1速でストレングス／フォーム用ランニング15〜30分。着地とケイデンスにフォーカスする。薪をまたぐランニングを思い描く
第39日	ウォールスクワット2セット+ラン・ランジ3セット	オフ	2速で20〜30分+手を頭の後ろで組んだ／肘を広げたヒル・リピート30秒×6。通常の腕でヒル・リピート30秒×5
第40日	フットコア3セット	音楽プレイリストに合わせてその場で裸足ランニング2分×5	オフ
第41日	オフ	ランニング・ロッグ〈パート1&2〉+スティッキーホップ2セット	1〜2速でビッグディール・ディスタンス／時間の80%+7速までスピードを上げていくフラット・リピート30秒×7、各回の終わりにRIを90秒
第42日	ウォールスクワット3セット+ラン・ランジ2セット	オフ	2速でリラックスしたフォームの安定したラン25〜45分。フォームの良し悪しを感じるようになったら、走りながら調節しよう

[第9週]

ワークアウト	フィットネス	フォーム	フォーカス・ラン
第57日	フットコア2セット+ラン・ランジ4セット	オフ	2速で35〜60分。辛抱強くスピードを維持し、フォームと一定のグルーヴに入ることにフォーカスする
第58日	100アップ〈メジャー〉1セット+レッグ・スティフナー2セット	スティッキーホップ4〜5セット+スキッピング・フォー・ハイト2セット	2速で15〜30分+7速で3分×4〜5、RIを3分。RIを目いっぱい使うこと
第59日	オフ	音楽プレイリストに合わせて、その場で裸足ランニング1分×5	1速でストレングス/フォーム用ランニング20〜45分。着地とケイデンスにフォーカスする。薪をまたいで走る姿を思い描く
第60日	ウォールスクワット4セット+ラン・ランジ2セット	オフ	2速で20〜30分+5速で6分×3〜4、RIを2分
第61日	フットコア3セット+レッグ・スティフナー2セット	音楽プレイリストに合わせて、その場で裸足ランニング3分×3	オフ
第62日	オフ	スティッキーホップ4セット	1〜2速でビッグディール・ディスタンス/時間の85%。安定の2速に時間をかけることにフォーカスする+適度に速いダウンヒル・リピートを適切な着地にフォーカスしながら20秒×5〜7。踵着地にならない程度に減速すること
第63日	フットコア2セット	オフ	1速でストレングス/フォーム用ランニング20〜45分。着地とケイデンスにフォーカスする。薪をまたいで走る姿を思い描く

［ 第8週 ］

ワークアウト	フィットネス	フォーム	フォーカス・ラン
第50日	完全なオフ日。思い出そう、リカバリーこそ力がつくときだ	オフ	オフ
第51日	フットコア2セット+ラン・ランジ2セット	オフ	2速で30〜50分。辛抱強くスピードを維持し、フォームと一定のグルーヴに入ることにフォーカスする
第52日	オフ	ランニング・ロッグ〈パート1〉+スキッピング・フォー・ハイト6〜8回×4。リラックスして高さを出そう	オフ
第53日	オフ	オフ	2速で20〜30分+ヒル・リピート20秒×5+7速でフラット・インターバル走1分×3、RIを2分
第54日	フットコア2セット+ラン・ランジ2セット	音楽プレイリストに合わせて、その場で裸足ランニング2分×3	オフ
第55日	ウォールスクワット3セット	ランニング・ロッグ〈パート1&2〉+スティッキー・ホップ3セット	2速で40〜60分。リカバリーに努める
第56日	完全なオフ日。思い出そう、リカバリーこそ力がつくときだ	オフ	オフ

[第11週]

ワークアウト	フィットネス	フォーム	フォーカス・ラン
第71日	フットコア2セット+ウォールスクワット3セット	オフ	2速で35〜60分。辛抱強くスピードを維持し、フォームと一定のグルーヴに入ることにフォーカスする
第72日	レッグ・スティフナー3セット	スティッキーホップ2セット+スキッピング・フォー・ハイト2セット	2速で30分+7速で4分×4〜5、RIを4分。RIを目いっぱい使うこと!
第73日	オフ	オフ	1速でストレングス/フォーム用ランニング20〜40分。着地とケイデンスにフォーカスする。薪をまたいで走る姿を思い描く
第74日	ウォールスクワットのレップ数を増やして1セット+ラン・ランジ5セット	オフ	2速で35〜60分。辛抱強くスピードを維持し、フォームと一定のグルーヴに入ることにフォーカスする
第75日	フットコア3セット+レッグ・スティフナー2セット	音楽プレイリストに合わせて、その場で裸足ランニング2分×4	オフ
第76日	オフ	ランニング・ロッグ〈パート1&2〉+スティッキーホップ3セット	2速で20〜30分+5速で8分×3、RIを2分
第77日	フットコア2セット	オフ	2速で40〜70分

［第10週］

ワークアウト	フィットネス	フォーム	フォーカス・ラン
第64日	フットコア2セット+ラン・ランジ4セット	オフ	2速で35～60分。辛抱強くスピードを維持し、フォームと一定のグルーヴに入ることにフォーカスする
第65日	100アップ〈メジャー〉1セット+レッグ・スティフナー2セット	スティッキーホップ4～5セット+スキッピング・フォー・ハイト2セット	2速で30分+7速で3分半×4～5、RIを3分。RIを目いっぱい使うこと
第66日	オフ	音楽プレイリストに合わせて、その場で裸足ランニング1分×5	1速でストレングス/フォーム用ランニング20～45分。着地とケイデンスにフォーカスする。薪をまたいで走る姿を思い描く
第67日	ウォールスクワットの回数を増やして2セット+ラン・ランジ4セット	オフ	2速で15～30分+5速で8分/6分/4分、RIを2分
第68日	フットコア3セット+レッグ・スティフナー2セット	音楽プレイリストに合わせて、その場で裸足ランニング4分×3	オフ
第69日	オフ	スティッキー・ホップ5セット	1～2速でビッグディール・ディスタンス/時間の90%+適度に速いダウンヒルリピート20秒×7。適切な着地にフォーカスする。踵着地にならない程度に減速すること
第70日	フットコア2セット	オフ	オフ

[第13週]

ワークアウト	フィットネス	フォーム	フォーカス・ラン
第85日	フットコア2セット+ウォールスクワット3セット	オフ	1速でストレングス/フォーム用ランニング20〜30分。着地とケイデンスにフォーカスする。薪をまたいで走る姿を思い描く
第86日	オフ	スキッピング・フォー・ハイト2セット+スティッキーホップ2セット	2速で30分+7速で2分×3、RIを4分。第90日の再テストでどうペース配分に活かせそうかに注意しよう
第87日	ウォールスクワット2セット+ラン・ランジ3セット	オフ	2速で20〜40分。強度を維持し、フレッシュな状態でテストに臨もう
第88日	フットコア2セット	スティッキーホップ2セット	オフ
第89日	オフ	オフ	1速でストレングス/フォーム用ランニング20〜30分
第90日	オフ	スキッピング・フォー・ハイト2セット+スティッキーホップ2セット	このプログラムのはじめに使ったのと同じコースで〈1マイル・テスト〉(p.180)

[第12週]

ワークアウト	フィットネス	フォーム	フォーカス・ラン
第78日	完全なオフ日。そう、リカバリーこそ力がつくときだ	オフ	オフ
第79日	レッグ・スティフナー1セット	スキッピング・フォー・ハイト3セット	2速で30分+7速で3分×3、RIを3分。仕上げに4〜5速で8分(4速については感覚で判断していい)
第80日	フットコア2セット	オフ	1速でストレングス/フォーム用ランニング20〜40分。着地とケイデンスにフォーカスする。薪をまたいで走る姿を思い描く
第81日	ウォールスクワットのレップ数を増やして2セット+ラン・ランジ2セット	スティッキーホップ2セット	2速で35〜60分
第82日	完全なオフ日。そう、リカバリーこそ力がつくときだ	オフ	オフ
第83日	オフ	スキッピング・フォー・ハイト3セット+スティッキーホップ2セット	1〜2速でビッグディール・ディスタンスの100%
第84日	完全なオフ日。そう、リカバリーこそ力がつくときだ	オフ	オフ

15 故障——パンクを修理する

もしあなたがけがをしたのなら、ここにいいニュースがある。


そのけがは長引かない。そして二度と再発しないかもしれない。

ランニング関連の故障は、身体が原因で生じるのではない。原因は行動にある。年齢も体重も、〝プロネーションのパターン〟も〝脚の長さの不一致〟も関係ない。あなたを悩ませているのが、足底筋膜炎やアキレス腱炎その他、ランをめぐる札つきの容疑者たちだとしたら、悪いところはすべて動き方を変えれば治すことができる。われわれはランナーとして、もっと水泳選手や武道家を見習って動きを繰り返し練習しなくてはならない。するといずれは悪い動きを瞬時に感じて修正できるようになる。問題はバランスが崩れていることだ。熟練することが解決策になる。

コーチのエリックは「故障」という言葉さえ使わない。むしろ「機能不全」だと主張する。あなたは壊れてはいないからだ。じつはけがをしたわけでもない。身体が文句を言うのは、あなたが無理のある姿勢で機能させたからだ。ひと晩じゅう頭を変にかしげたまま寝ていたのと同じ。フォームを直せば、ほとんどの場合、問題は解決する。

「みんな自分は特別な状況にあると考えるが、機能的には全員、よく似ている」とエリックは説明する。「両極端は別にして、ほとんどの人はちょうど真ん中にいるし、身体は同じ動き方をするように設計されているんだ」

だからこそ、標準的な治療法――安静《レスト》、冷却《アイス》、イブプロフェン、静的ストレッチ、装具など――には効果がない。短期的には症状を和らげてくれるが、長期的には実際の機能障害を無視するために治りが遅くなる。骨折した脚を麻痺させても、骨は固定されない。だが、正しい走り方を身につければ、二重の見返りがある。いいフォームで進む一歩一歩が、そのまま強化訓練になる。崩れたバランスを修正すると同時に、筋肉も鍛えられて走りやすくなるのだ。

あなたは以下のサイクルを反転させる――
悪いフォーム→弱くなる→硬くなる→痛くなる
それを無限に充電可能なバッテリーに変えるのだ――
いいフォーム→強くなる→いいフォームで長く走れる→さらに強くなる

期待がもてる？　いや、最高の聞きどころはこれからだ。

つまり、必要なものはすべて、あなたはすでに備えている。

これまで学んできた〈フィットネス〉〈フォーム〉〈ムーブメント・スナック〉の各エクササイズは、痛みを和らげ、根本的な原因を正す完全なツールキットだ。そして優れた診断ツールでもある。どのエクササイズをやっても具合は悪くならないし、よくならないとしたら、別の原因が根底にあって、専門家に診てもらうべきかもしれないというサインだ。残念ながら、われわれは筋肉の痛みや硬さ（筋緊張）がランニングでは普通のことだと思い込まされてきたが、じつは機能不全の赤信号なのだ。ケイデンスを速め、着地をフラットにし、エリックのムーブメントエクササイズを日課に加えれば、ランニングがどれほど素晴らしく感じられることか、ほとんどの人は知らない。

硬さは柔軟性の問題ではない！「多くのランナーが筋緊張にストレッチやヨガで対処しようとするが、実際は崩れた筋肉のバランスからくる引っ張り合いだ」とエリックは言う。「ストレッチは役に立たない。でもフォームとストレングスはすべてを変えてくれる」。自分では故障していないと思っていても、普通のこととして受け入れている硬さがじつは徐々に空気漏れするタイヤで、破裂への途上にあるのかもしれない。

メモ：現在痛みがなくても、この〈パンク修理〉エクササイズをすべて試してほしい。これは隠れたホットスポットを発見できる素晴らしい診断ツールだ

各スキルは自分の身体とふれあう素晴らしい方法でもある。われわれの下肢はおおむね、問題を起こしはじめるまで、視界に入らず、念頭に置かれない。最後に自分の土踏まず《アーチ》をよく見たのはいつだろう？　アキレス腱のあたりやふくらはぎを指でさわり、何やら節くれだっていると驚いたことはないだろうか？　いますぐ指で、少しでも確信をもって足底筋膜のある箇所をなぞることができるだろうか？　通常、膝から下の部位はどれも遠い親戚で、われわれはめったに訪れないため、あげくに放置されていると文句を言いはじめる。

最近、エリックは足の甲の痛みを訴えるプロのアスリートと仕事をした。走ろうとすると、かならず足首から親指を激痛が貫くとのことだった。エリックは彼女の足の甲を迂回し、その下を調べていき、やがてアーチに達した。すると案の定、「彼女は屋根を突き破らんばかりになった」。どういう状態かは容易に察しがついた。痛いところに原因があることはめったにない。多くの場合、痛みは運動連鎖の上位にある弱い環《わ》の結果だ。

「あなたの身体が話してくれる、そのストーリーに従うんだ」とエリックは言う。足はじつはかなりシンプルな装置だ、と彼は説明する。衝撃吸収システムであり、クッションとして着地を安定させるよう設計されている。だから着地が痛い場合、打つべき第一手は、この緩衝装置《サスペンション》をチェックすることだ。第二手は、それが機能しない原因を突き止めること。エリックがこのアスリートのシューズを見ると、〝スタビリティ矯正〟用のインソールと硬いラバーのアウトソールを備えた最上位モデルだった。真冬だったため、凍てつく寒さにシューズはいつも以上に硬くなっていた。もはや底はかちかちで、アスリートのアーチが曲がる余地さえない。エリックは〝改善策《レメディ》スナック〟と安定性を強化する基本的なエクササイズをひととおり指導し、彼女は痛みから解放されて帰っていった。
だが、ここで肝心なのは、このプロのアスリートはすでに医師や療法士に診てもらっていたという点だ。彼らは誰ひとりこうは言わなかった。「仮にあなたの足は問題ないとしましょう。明かりのスイッチを押して、電源が入るか確かめるのはどうでしょう？」。足の可動性の場合、明かりのスイッチに相当するのがアーチだ。そのアーチを解放するのではなく、固定するのがもっとも一般的な治療法となっている。このアスリートは自分の足のことを知らず、エリックが押してみるまで、アーチが無力化されていることに気づかなかった。

こうした機能不全を改善するために、エリックは2部構成のアプローチを用意している。

・ひとつめは、違和感を和らげるための〝レメディ・スナック〟。
・ふたつめは、問題の根源に取り組む長期戦略で、週に数回エクササイズをおこない、完全な可動性を回復させるものだ。回復後も、筋肉の疼きや張りを感じたら、このエクササイズを繰り返す。

そんなわけで、これはあなたの取扱説明書だと思ってほしい。あなたは自分の身体の熟練メカニックになろうとしているのだ。

踵の裏の痛み(足底筋膜炎)

症状

踵の裏に痛みがあり、朝や、歩いたり走ったりしたときにひどくなる。

原因

・足底筋膜は、足の下側を走り、踵とつま先をつなぐ厚い帯状の組織だ。足底筋膜炎は通常、ふくらはぎが硬くなり、下腿の可動域が限定されることで生じる。曲げにくくなるにつれ、脚は足底組織を強く引っ張る。
・要因は、ふくらはぎに過度の負担をかけるものすべて。坂道でのランニング、オーバーストライド、股関節屈筋の可動性が低い、遅いケイデンスのため体重移動がしにくい、など。
・フットウェアに大幅な変更があると、ふくらはぎは自分を保護しようとして硬くなることがある。そのため、ベアフットスタイルのシューズを採用しても、走る距離を減らして徐々に移行する方式にしない場合、多くのランナーがその代償を払う

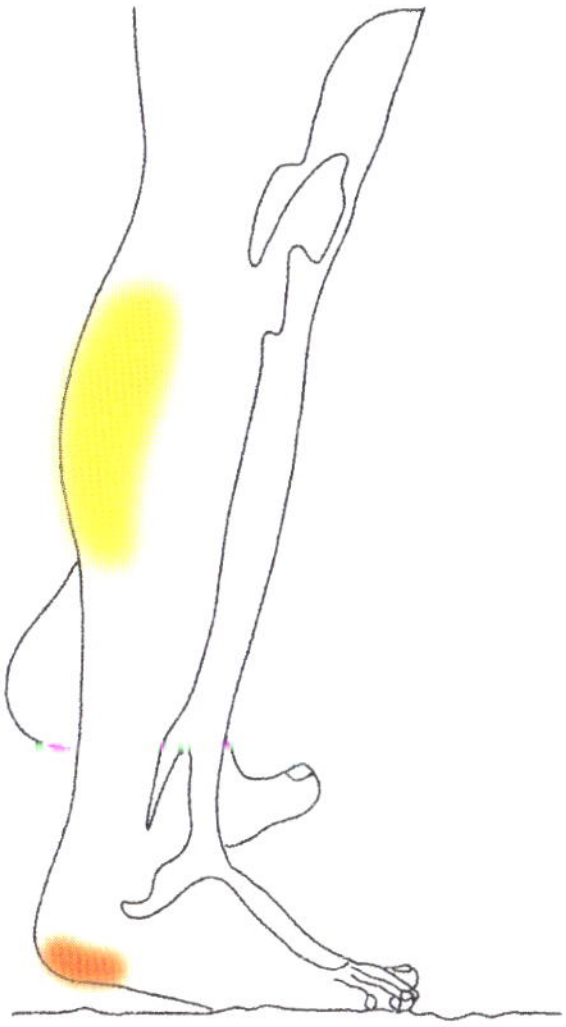

踵の筋肉／ふくらはぎの筋肉
黄色い部分が原因を示している——硬いふくらはぎだ。赤い部分は、踵の裏の違和感がある箇所

ことになる。

レメディ・スナック

ふくらはぎの癒着《ゆちゃく》をほぐし、長く伸ばせるようにするには、まずマッサージ、つぎにストレッチという組み合わせを、できるときに1日2~3回おこなうといい。目的は、ふくらはぎの硬さを克服して、踵が熱くなる、もしくは伸びる感覚を得ることだ。そこまで来たら、問題の核心にある痛い筋膜をストレッチして伸ばしていることになる。
辛抱強くなろう。ふくらはぎの硬さを克服して踵に到達するまで、マッサージとストレッチのサイクルを7~10日反復する必要があるかもしれない。実際に到達したら――それは感覚でわかるだろう――たちまち痛みが軽減されるのを感じはじめるはずだ。

カーマが前傾姿勢になっていることに注目。これは股関節の屈筋が硬すぎるからだ。足首を使った蹴り出しと駆動を余儀なくされ、ふくらはぎに過剰な負荷がかかっている。毎日同じスローペースを維持するランナーによく見られる

1　ランニング

・ランニングを休む時間をもうければ、たいてい痛みは和らぐが、問題は解消されない。
・この治療中に走れば走るほど、ふくらはぎが硬くなって治りが遅くなるので、走る距離を減らし、坂道は避けるのがベストだ。

オーバーストライド、つまり前脚を大きく伸ばすと、接地時間が長くなり、ふくらはぎに余分な負担がかかる。カーマは膝の振り出しがほとんどないことに注目してほしい

足底筋膜炎の脆弱性を調べるふたつの簡単なテストは、ニンジャジャンプとディープスクワットだ。カーマはしゃがむのに苦労していることから、ふくらはぎの可動域が制限されているのがわかる

いいはずのことがまずいことになる場合
ヒールストライクをやめようとしているランナーは、逆に修正しすぎることがある。自然に足を着地させて平らにするのではなく、無理につま先立ちになる。初めてミニマルランニングをする人も、脚をほとんど動かさずにゆっくり走りがちだ。どれも、ふくらはぎにストレスがかかる

2　マッサージ

床にうつ伏せになり、パートナーにふくらはぎを筋肉の深くまでマッサージしてもらう。マッサージをする側は、指を使ってこりを探す。敏感なこりが見つかったら、その箇所をしっかり押し、じっくりとした指圧でほぐしておこう。
自分でマッサージするなら、椅子に座って手でふくらはぎを上から下へもんでいくといい。

メモ：フォームローラーなどのマッサージ用具ではなく、かならず手を使うこと。手を使えば、こりを正確に探し出し、ほぐすことができる。

3　前傾ふくらはぎストレッチ

・こりを充分にほぐしたら、立ち上がってこのストレッチをおこなう。つねにマッサージが先、ストレッチをあとにして、ふくらはぎの癒着をほぐし、伸ばせるようにする。
・壁に向かって両手をつけ、痛む側の脚を後ろにまっすぐ伸ばす。
・ふくらはぎがぴんと張って抵抗を感じるまで、踵を徐々に床に下ろす。
・ふくらはぎを適度に伸ばす。このストレッチを2～5分間、つづけられる程度に。
・そこまで長くつづけられないとしたら、強くストレッチしすぎている。少し力をゆるめて、辛抱強くなろう。

・このシークエンスを1日に2～3回、できるときにおこなう。
・ねらいは、最終的にふくらはぎの緊張を克服し、踵が熱くなる／伸びる感覚を得ることだ。
・踵に伸びを感じるところに達したら、問題の核心にある痛い筋膜をストレッチで伸ばしていることになる。

長期戦略

・足の着地／オーバーストライドについてはフットコアおよび5分間フィックスの各エクササイズをする（126ページと152ページ参照）。
・〈Rock Lobster〉など90bpmの曲（162ページ参照）に合わせて、その場で裸足ケイデンスランニングをする。
・短いストライドのいいフォームで楽に走る。
・痛みがなくなったら、ポゴホップ（130ページ参照）をはじめる。
・背面《ポステリア》・フロス：伝統的なつま先タッチストレッチ。背筋を伸ばして立ち、脚をまっすぐにする。膝を固定したまま（強い抵抗を感じる場合は軽く曲げて）、つま先に向かって手を下に伸ばしていく。無理はしないように。ねらいは緊張が生じるポイントを見つけたら、そのときの姿勢をしばらく保つことだ。足の先に手を伸ばせば伸ばすほど、ふくらはぎをストレッチすることになる。
・ウォールスクワット／ラン・ランジ（134～135ページ）。

硬い／痛いふくらはぎ

症状

ふくらはぎの痛みは**急性**か**慢性**のどちらかだ。

走っている最中に痛みを感じて止まらざるをえなかったり、上り坂や猛スピードで走ったあとにふくらはぎがひどく疼いたりした場合は、**急性**の機能不全だ。

痛みが徐々に時間をかけて発生して一日じゅう消えず、坂道を走るといった急な事象で誘発されない場合は、**慢性**だ。

原因

急性のふくらはぎ痛によく見られる要因は以下のものだ。
・よりミニマルなシューズへの移行中に生じるランニングフォームや足の着地の変化。
・ふだんよりランニングの量が多い、ペースが速い、あるいは勾配がきついこと。
慢性的なふくらはぎ痛の要因は以下のものだ。
・悪いフォーム／筋力不足。

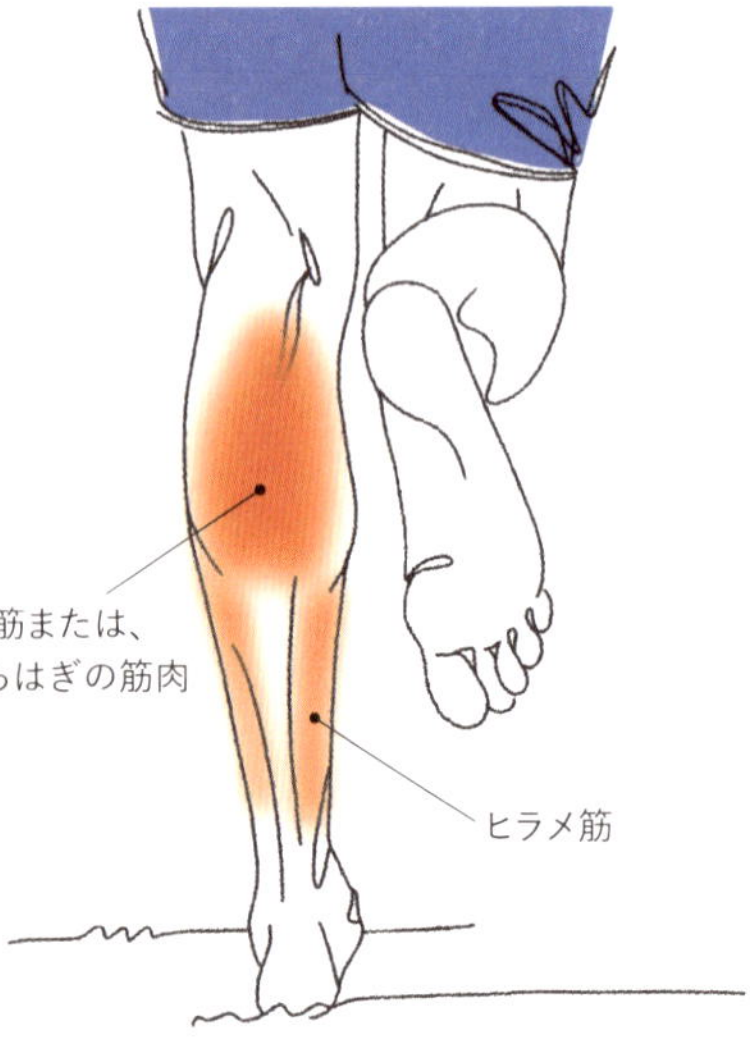

・上り坂の反復《アップヒル・リピート》とスピードのオーバートレーニング。
・不充分な／低いケイデンス、つねにゆっくり走ること。

レメディ・スナック

・急性の痛み：積極的休養《アクティブ・レスト》。たとえば、痛みが引いているときの、軽いウォーキング。
・急性および慢性：ふくらはぎのハンドマッサージ。フォームローラーは、筋肉のこりに気づきにくくなるため使わない。マッサージをするときは、敏感な箇所を意識し、その部分を指でもみ、癒着や筋肉の緊張をほぐす。そのあと、マッサージにつづいて、軽くふくらはぎのストレッチをする。
・急性：痛みのない緩やかなランニングを再開するが、ふくらはぎにまた負荷がかかるようになったら量を減らす。

長期戦略

・毎日のふくらはぎのマッサージとストレッチ。
・ウォーキング。足を引きずるようなら、ランニングは控えること。

坂道やランニングの量が増えると、踵を上げたままのランニングと同様、急性および慢性の痛みが生じることがある

前足部着地を心がけていてもオーバーストライドなため、つま先をとがらせて前足部着地をし、ふくらはぎが過負荷になるランナーもいる

・何か初めてのこと／多すぎたこと／よくない行動はあったか、振り返って考える。
・ムーブメント・スナック：ふくらはぎに効果のある、脚をまっすぐにしたベアクロール（62ページ参照）。
・ポステリア・フロス（伝統的なつま先タッチストレッチ）：30〜45秒を2〜3セット。
・フィットネス・エクササイズ：フットコア（126ページ参照）、痛みがない場合はレッグ・ステイフナー（130ページ参照）。

すねの痛み（シンスプリント）

症状

すねの骨（または脛骨筋）に沿って、痛みが脚の前面を膝から足首まで走る。

原因

・踵着地《ヒールストライク》／オーバーストライド／筋力と安定性の不足はどれも、シンスプリントの大きな原因になる。
・これと同時に、あるいは別々に、長すぎる接地時間／低すぎるケイデンス。
・若い中高生のランナーで、1年を通して継続的には走らないが、スポーツなどでごく短い期間に急激に走り込むケースによく見られる。

レメディ・スナック

・まず〈硬いふくらはぎ〉の改善策《レメディ》を試してみよう。ふくらはぎをほぐすことは即効性があると同時に、長期的な改善策になるかもしれない。
・〈硬いふくらはぎ〉の手順に従っても、すねの痛みがつづく場合、症状を落ち着かせるにはランニングを休むことが最適だ。
・ランニングを休んでいるあいだは、フットコアの手順に従おう。

長期戦略

・フィットネス・エクササイズ：フットコア、ウォールスクワット、ラン・ランジの手順（126、134〜135ページ参照）。
・フォーム：足の着地／オーバーストライドのスキル練習（156〜160ページ参照）。
・90bpmの音楽（推奨曲は162ページを参照）に合わせて、その場で裸足ケイデンスランニング：5回×1〜2分。
・フォーカス：短いストライドとよいフォームで、楽な〈1速〉のランニング（175ページ参照）。
・痛みがなくなったら、レッグ・スティフナー（130ページ参照）を試す。
・ポステリア・フロスとして、脚をまっすぐにした伝統的なつま先タッチストレッチ：30〜45秒を2〜3セット。

オーバーストライドが原因で接地時間が長くなる

膝がつま先の上に位置し、足首が過度に反っていることに注目してほしい。これで接地時間が長くなり、すねに余計なストレスがかかる

アキレス腱とヒラメ筋の痛み

症状

踵の後ろ側で踵骨《しょうこつ》に付着する腱、アキレス腱や、下腿の裏側を走る筋肉、ヒラメ筋に痛みを感じる。どちらか一方に感じることもあれば、両方に痛みが生じることもある。

原因

・遅いケイデンスによる過度の接地時間。接地時間が長いと脚が揺れ、アキレス腱およびヒラメ筋に過剰な負荷がかかる。
・坂道ランニングの増加。

レメディ・スナック

・痛みがなくなるまで安静にする。
・患部をマッサージして痛みの程度を判断し、治り具合を感じる。

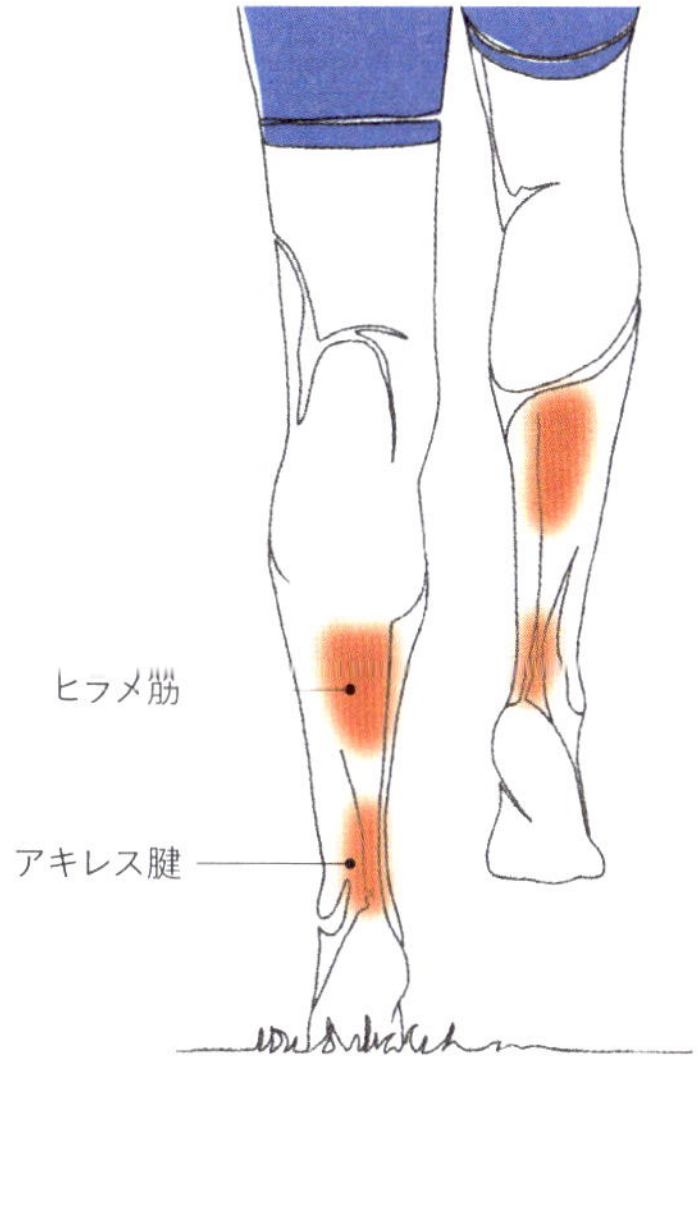

長期戦略——痛みがなくなったら
・ムーブメント・スナック：ふくらはぎに効く脚をまっすぐ伸ばしたベアクロール（62ページ参照）。
・伝統的なつま先タッチストレッチによるポステリア・フロス：30〜45秒を2〜3セット。このシンプルな動きですべてをリセットし、必要なところにフロスをかける。
・フィットネス・エクササイズ：フットコア、レッグ・スティフナー、ウォールスクワット、ラン・ランジの手順。
・フォーム：スキル練習（156〜160ページ参照）。
・より速いランニング／加速により、接地時間と膝の屈曲を減らすのに役立つ。10〜20秒×4〜5回試してみよう。
・90bpmの音楽に合わせて、その場で裸足ケイデンスランニング：3〜5回×1〜2分。

踵の後ろ側の痛み

症状
踵骨の後ろ側（アキレス腱や踵の底ではない）が痛む。

膝がつま先より前に出すぎると、フォームの崩れや遅いケイデンス、バランスの悪い筋肉といった原因を問わず、アキレス腱にストレスがかかる。太腿に負荷がかかりすぎ、大臀筋が締まらないため、ほかのけがのリスクもある

万全でないアキレス腱にとって坂は地獄となりかねない

水ぶくれのような炎症や摩擦ではなく、さわると骨を打撲したように痛い。

原因

・オーバーストライド。多くは足の外側から着地して内側に回転することによるもので、踵にトルク（ねじりモーメント）がかかる。
・履いているシューズが短すぎるか、きつすぎて、足の動きが妨げられている。
・シューズのスタックハイトが非常に高く、クッションがややわらかいため、着地時に足が大きく横方向にトルクを受け、動きがちになる。

レメディ・スナック

・シューズがぴったりしすぎて、つま先を動かすスペースがなくなっていないかチェックする。もしそうなら、トウボックスが広い長めのシューズを試そう。
・シューズのインソールを抜いて、軽く走ってみる。それだけでもスペースが増えると、てきめんに痛みが和らぐかもしれない。
・着地時の安定性を高めるために、底が低めのシュ

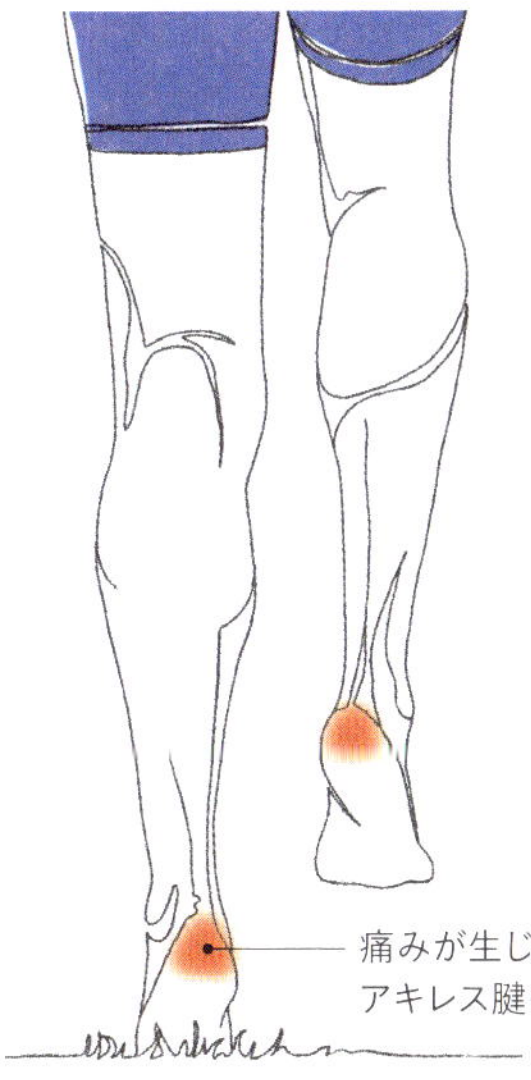
痛みが生じるのは踵骨、
アキレス腱のすぐ下だ

ーズを試してみよう。
・リード脚を前に伸ばすのではなく、身体の近くで地面を打つことに集中する。そうすることで、着地がより安定する。
・どちらも効かない場合は、ふくらはぎ／アキレス腱のレメディ・スナック（369ページと373ページを参照）に従う。

長期戦略

・ポステリア・フロス（伝統的なつま先タッチストレッチ）：30〜45秒を2〜3セット。
・フィットネス・エクササイズ：フットコアの手順。
・フォーム：スキル練習。
・90bpmの音楽に合わせて、その場で裸足ケイデンスランニング：3〜5回×1〜2分。

先頭のランナーは右足を伸ばしているため、極端に足の外側で着地して内側に回転していることに注目したい。そのトルクが踵に大きなストレスを与え、痛みを引き起こす

扁平足

症状
アーチが低く、足裏が平らに見える。

原因
・扁平足は機能不全ではないが、トレーニングによってアーチを上げ、筋力と衝撃吸収性を高めることができる。
・ほかの筋肉が鍛えられるのと同じで、扁平足も筋力トレーニングに反応する。
・足は安定性を保つ第一の防御線なため、アーチを強化すれば大臀筋やふくらはぎの負担を減らすことができる。

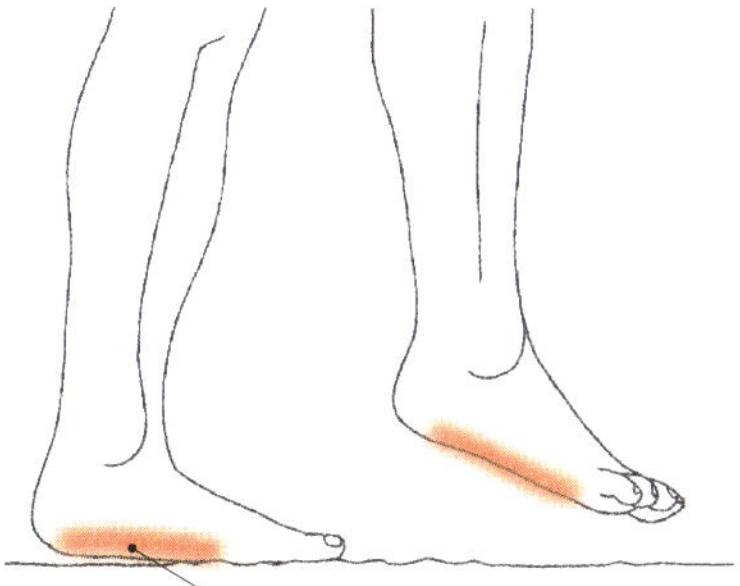
アーチは崩れて
"扁平"になっている

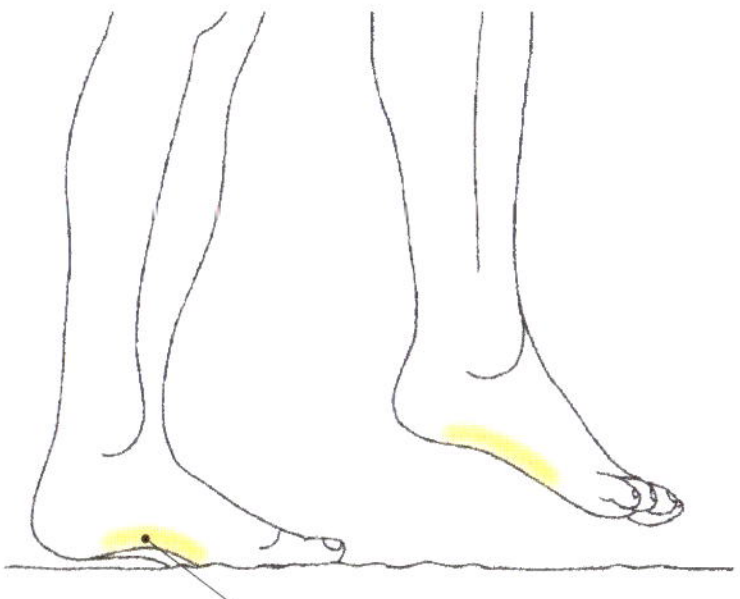
アーチが上がっている

レメディ・スナック

・日常生活でできるだけ裸足で歩く。
・ミニマルシューズでストレングスラン。

長期戦略

・フィットネス・エクササイズ：フットコアとレッグ・スティフナー。
・フォーム：フォアフット・ラン（152〜155ページ参照）。
・90bpmの音楽に合わせて、その場で裸足ケイデンスランニング：3〜5回×1〜2分。

膝や脚の外側の痛み（腸脛靱帯痛）

症状

膝の外側の炎症と痛み。重症度にもよるが、通常は走りはじめて10分ほどすると生じる。

原因

・腸脛靱帯（ITB）は、臀部から膝の外側にかけて走る厚い線維の帯。この帯が膝とこすれ合うことで、膝の外側に炎症や痛みが生じる。
・痛みを感じる箇所は概して問題の発生源ではない。痛みは膝に現れるが、原因となる弱点は連鎖の上位、腰や大臀筋にある。
・踵着地《ヒールストライク》とオーバーストライドが元凶だ。ヒールストライクになると、足を最初の安定装置《スタビライザー》として活用できない。その結果、反応が安定性の連鎖を腸脛靱帯、大腿四頭筋、股関節屈筋へと上昇していく。
・股関節屈筋は、臀筋が安定性を欠くために酷使されて緊張する。この緊張が脚を引っ張り、大腿四頭筋と腸脛靱帯の周辺を緊張させる。
・ヒールストライクはまた、大腿四頭筋をより激しく働かせ、臀筋の働きを停止させる。
・スタックハイトが高く、クッションがやわらかいシューズも、安定性を下げて足を弱くするため、要因のひとつになる。

レメディ・スナック

・腸脛靱帯（ＩＴＢ）をフォームローラーやストレッチでほぐそうとしてはいけない。ＩＴＢは分厚い線維の

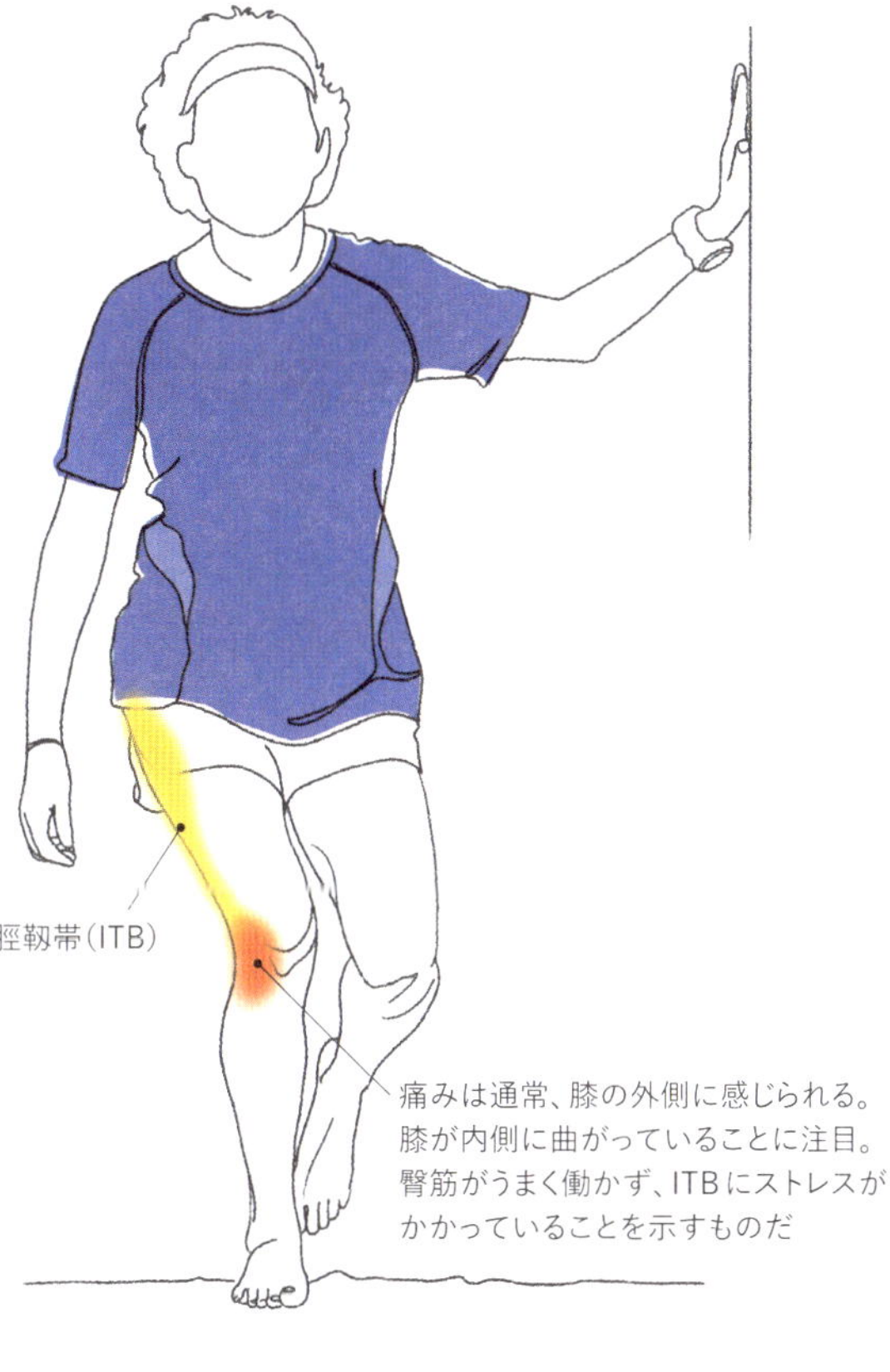
腸脛靭帯(ITB)
痛みは通常、膝の外側に感じられる。
膝が内側に曲がっていることに注目。
臀筋がうまく働かず、ITBにストレスがかかっていることを示すものだ

帯で、あまりストレッチできない。ローラーを使っても刺激を与えつづけるだけだ。直後は気持ちいいかもしれないが、原因に対処するわけではない以上、それはつかの間の「気持ちよさ」で、長続きしない。たいていのストレッチ手順と同じだ。
・それよりも、大腿四頭筋をマッサージして癒着やさわると痛い箇所をほぐそう。
・そして、ムーブメント・スナックを試してみる――シンボックスとスリーポイントクラブが、股関節屈筋と腸脛靱帯付着筋を伸ばすのに役立つだろう（61ページ、65ページ参照）。

長期戦略

・ヒールストライクは主にフォームの問題で、これが腸脛靱帯痛を引き起こすのだから、フォームの

マニーは離地時に軸脚を曲げすぎているため、大腿四頭筋が酷使され、臀筋が使われない

ヒールストライクは大腿四頭筋の負担が大きすぎ、臀筋の負担が小さすぎるため、ITBにストレスがかかる

ディープスクワットで膝が内側に曲がるのは、大腿四頭筋が優位に働き、臀筋の安定性が悪い証拠で、膝痛につながる

トレーニングが重要だ。
・フットコアの強化にも大きな効果があり、アーチの天然スタビライザーを生み出して膝の安定と臀筋の活性化に役立つ。
・ウォールスクワットとラン・ランジで臀部の筋力と筋肉の均衡を高めれば、股関節屈筋へのストレスが解消される。
・フォーム：スキル練習。
・フィットネス：フットコア、レッグ・スティフナー、ウォールスクワット、ラン・ランジのエクササイズをおこなう。
・フォーカス：7〜8速での加速5〜6回×20〜30秒（176ページ参照）。
・ムーブメント・スナック：シンボックス、スリーポイントクラブ、ディープスクワット（61、65、59ページ参照）。
・ポステリア・フロス（伝統的なつま先タッチストレッチ）：30〜45秒×3〜5回。

硬い／痛い股関節屈筋

症状

・大腿四頭筋の前面上、骨盤部にある股関節屈筋に痛みや緊張がある。
・股関節屈筋は、ストライドごとに脚を上げる際、重労働をする。股関節屈筋が硬い場合、股関節や臀筋に張りを感じるだけでなく、腰やハムストリングにも違和感を覚えることが多い。
・100アップ（132ページ参照）の姿勢で立ち、軸脚をまっすぐ伸ばし、もう一方の膝を高く上げられるか？　できないのなら、股関節屈筋が硬すぎる。

原因

・座りすぎにより、臀筋が硬くなったり、弱くなったりする。
・臀部の筋力不足。
・フォームがよくない。

レメディ・スナック

・100アップで股関節屈筋の柔軟性を試してみよう。膝を高く上げて脚をまっすぐに保つのに苦労するなら、少しほぐすといいかもしれない。

長期戦略

・フィットネス・エクササイズ：フットコア、ウォールスクワット、ラン・ランジで臀筋を活性化させる。
・フォーム：スキル練習。
・スキップ・フォー・ハイトで股関節屈筋を伸ばしやすくする。
・ムーブメント・スナック：シンボックスとスリーポイントクラブで股関節屈筋／大腿四頭筋を伸ばす。
・両手を頭の後ろにまわした上り坂《アップヒル》リピートで脚と股関節を伸ばす：5～8回×10～20秒。
・短時間の7～8速の加速で股関節屈筋をしっかり伸展させる：5～8回

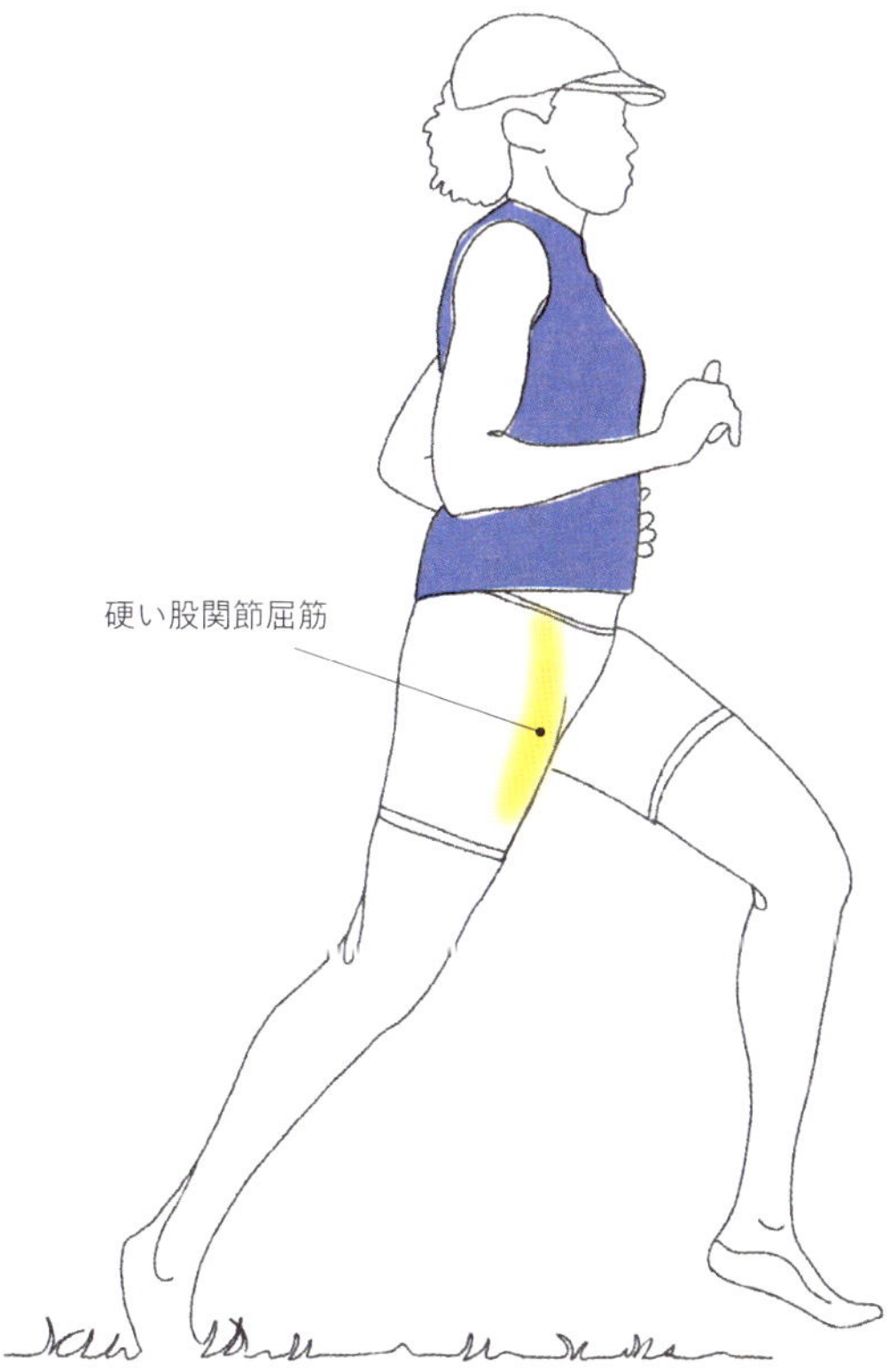

×20～30秒（176ページ参照）。

膝の痛み（ランナー膝）

症状

膝まわり、とくに膝の内側、膝頭の上、膝頭の下に痛みがある。

原因

・ランナー膝は一般的に大腿四頭筋の緊張に起因し、膝の軌道が悪くなって膝の周囲に炎症が生じる。
・元凶となりがちなのは縫工《ほうこう》筋で、これは大腿四頭筋と股関節屈筋付着部の上部から走って膝の内側に付着している。とても長い筋肉で、張りつめると膝を引っ張って軌道を狂わせ、痛みを引き起こす。

レメディ・スナック

・違和感や痛みをすぐに和らげるには、指やマッサージステ

股関節屈筋が硬いと、脚が曲がりすぎたり股関節の屈曲が妨げられたりして、ランナーは腰から上が前傾する

股関節屈筋が健康なら“背筋を伸ばして走る”ことができ、体幹は直立して、プッシュオフ時に脚がよりまっすぐになる。股関節屈筋が伸びれば、“ゴムバンド”が引かれて前方にはじかれる状態になる

ィックを使って、大腿四頭筋全体をマッサージする。断じてフォームローラーは使わないこと。
・縫工筋の真ん中、大腿四頭筋を半分ほど下ってやや内側の、縫工筋が膝の内側に向かって巻きはじめるあたりに圧痛点やこりがないか注意する。この経路を大腿四頭筋の上から膝の内側へとたどりながらマッサージし、圧痛点を探る。
・この部位が敏感な場合は、マッサージしながら親指で圧力をかけ、そのまま20秒間深呼吸をするとほぐれやすくなる。指圧しながら膝を前後に曲げてみてもいい。
・マッサージのあと、次ページに挙げるムーブメント・スナックで、大腿四頭筋を伸ばす。
・普通の大腿四頭《クワッド》筋ストレッチをおこなう：横向きに寝て、上になった足をつかみ、脚を後ろに引いて大腿四頭筋が軽く伸びるのを感じる。この軽いストレッチを1回につき60秒ほどつづける。
・このマッサージ／ストレッチのサイクルによって、大腿四頭筋の緊張は和らぎ、膝の痛みは即座に取り除か

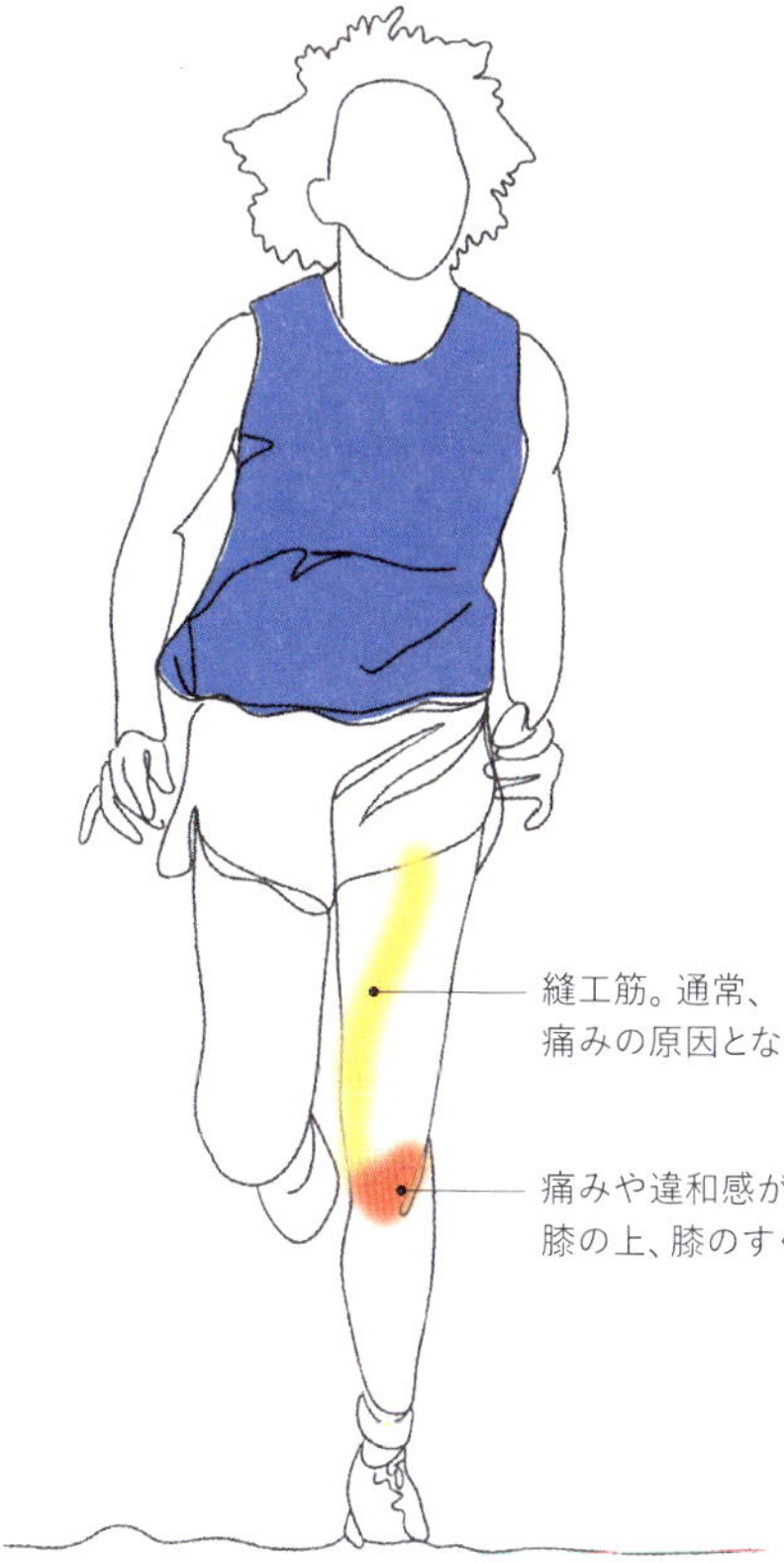
痛みや違和感がある箇所。
膝の上、膝のすぐ下、膝の内側

れて、走れるようになるはずだ。
・ランの最中に膝が音《ね》をあげたら、立ち止まって膝の上をマッサージし、クワッドストレッチをしよう。

長期戦略

・フォーム：脚の伸展《レッグ・エクステンション》、ランニング・ロッグ、足部着地《フットストライク》のエクササイズ（156ページ参照）。
・フィットネス・エクササイズ：フットコア、レッグ・スティフナー、ウォールスクワット、ラン・ランジの手順。
・ムーブメント・スナック：シンボックスとスリーポイントクラブ。
・7〜8速で平地と坂道のインターバルトレーニング：10〜20秒×5〜8回（176ページ参照）。

ハムストリング上部の緊張や痛み

症状

ハムストリング上部、臀筋のすぐ下、ハムストリング／

ヒールストライクとオーバーストライドは大腿四頭筋に過度のストレスをかけて全身の安定性を損ない、緊張を生じさせて膝痛を引き起こす

膝を動かしすぎて、前方や内側に突き出したりすると、大腿四頭筋にストレスがかかって臀筋が不安定になる。これはケイデンスの低下や接地時間の増加にもつながる。ニンジャジャンプやディープスクワットでの問題（365ページと380ページ参照）と同じだ

臀筋の付着部に生じる緊張や引きつる感覚。とくに速いスピードで走るときの可動域が制限されかねない。

原因

・ハムストリングの問題のように感じられるとしても、原因は臀筋が緊張し、ハムストリングの付着部を引っ張ることにある。
・元凶となるのは、座りすぎや運転のしすぎで、そのために臀筋が硬くなる。

レメディ・スナック

・重要なのは、まず癒着と緊張を解消し、つぎに筋力と可動域を加えることだ。
・はじめに硬いソフトボール大のボールを臀筋の上で転がし、硬さをほぐす。
・つぎに、ウォールスクワットをおこ

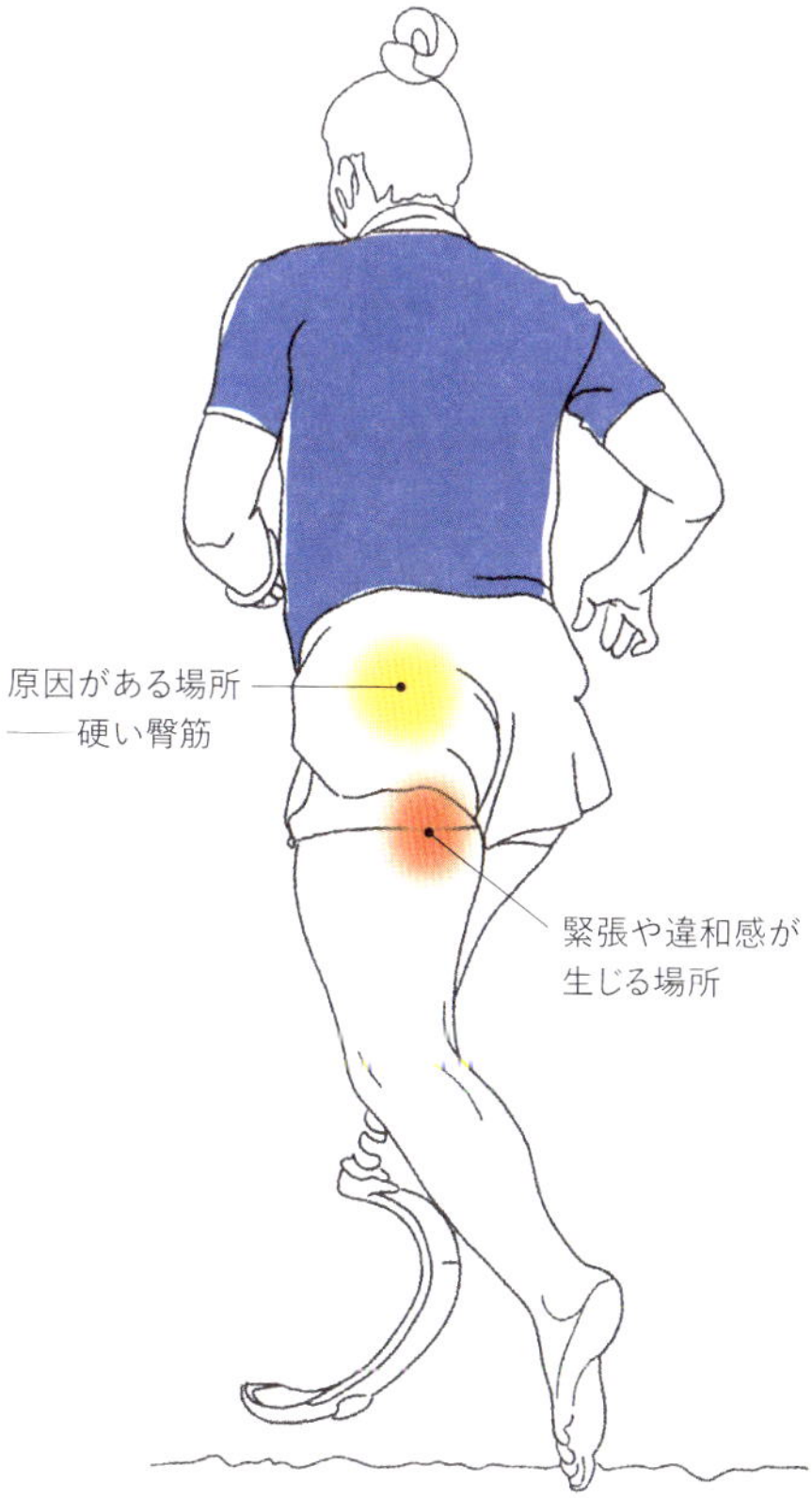

ない、可動域を確保しながら筋力と安定性を高める。
メモ：ハムストリング自体をストレッチしても効果はなく、かえって症状を悪化させる可能性がある。

長期戦略

・フィットネス・エクササイズ：ウォールスクワットとラン・ランジ。
・ポステリア・フロス（伝統的なつま先タッチストレッチ）：3～5回×1～2分。
・ムーブメント・スナック：シンボックスとディープスクワット。

『BORN 2』の誕生（またの名を、われらが心からの謝辞）

まさかあなたが、ティートン山脈の高地でリモートコーチをしたり、私の場合のように、ヤギの数が隣人より多い農場に住んだりすることはないだろう。ただ、ひとりで仕事をするのが最善だと、全世界と合意したなら話は別だ。だからまず真っ先に、エリックと私はこのささやかな奇跡に感謝を捧げたい。おたがい〃協調性なし〃の前科があるにもかかわらず、われわれはなぜか10年以上にわたって親友かつ共同作業者でありつづけているのだ。エリックは本書での理想的なパートナーで、なんといっても彼なしでは本が成立することもなかっただろう。賢明なトレーニング方法、先祖伝来のフィットネスに関する〃そうか！《アハ》〃の発見——どれもエリックによるものだ。だが、その知力よりなにより、この男は涼しい顔《クールハンド》のオートンなのである。けっしてがたがた言ったりしない。パンデミックのさなかに写真撮影を成功させるには、会ったこともないランナーたちを説得し、砂漠のどこか野生のロバたちが棲《す》むヌーディスト牧場に集めるしかないとわかったときでさえ、エリックはなんとかなると信じて疑わず、私の不安を鎮めてくれた。

エリックと私はこの題名にまつわるある事実にも感謝を申し上げておきたい。

誰もそれを気に入っていないことだ。

『BORN TO RUN 2』とはひどいアイデアだとみんなから忠告された。それこそ愚か者のなせるわざで、歴史上すべての作家が賢くも避けてきたものなのだと。自分の著書にヴィン・ディーゼルの主演シリーズよろしく番号を振る者などいない。たとえ少年魔法使いサーガ全8巻をつぎつぎ生み出していたとしてもだ。だからそのとおり、もし『BORN 2』が大失敗に終わったら、その責任はわれわれにある。

幸いだったのは、おかげでこの最悪の衝動を帳消しにしてくれる見事な手引きを受けられたことだ。私はこの稼業で初めて本の執筆中に出版社に連絡をとり、担当してくれた編集者にあふれ出る感謝の気持ちを伝えた。プロファイル・ブックスのシンディ・チャンこそ、このプロジェクトの3人目の作者だ。彼女の意見はトーンや方向性を固めるうえでなくてはならなかったし、彼女の主導によるすてきなアートとレイアウトはわれわれの期待を超えていた。クノッフのエドワード・カステンマイヤーはいまや14年と4冊にわたるわが編集者であり、これ以上の表の擁護者にして裏の鬼監督は望むべくもない。インクウェル・マネジメント・リテラリー・エージェンシーのリチャード・パインはまさに最高の友人で、いつもわれわれを応援し、もっとよくなると励ましてくれる。原稿整理編集者のパトリック・テイラーはどういうわけか、われわれの心を本人よりもわかっていて、われわれが本当に言いたかったことを何度も示して驚かせてくれた。デザイナーのルイーズ・レフラーはこちらの想像のはるか上を行き、このプロジェクトを目もくらむアート作品に変えてくれた。

われわれが序盤に打った好手のひとつは、古い〈BORN TO RUN〉仲間のルイス・エスコバーに連絡し、まずは写真撮影の準備を手伝ってもらったことだ。この本を開いたどの読者にも自分と似たような人物を見つけてもらいたかったので、ルイスにはこう注文した。年齢も性自認も民族もさまざまなアスリートを探し出し、カリフォルニア州コルトンまで、遠くはアラバマ州バーミングハムからでも遠征して、週末のランニングフォーム訓練に参加するよう説得してもらえないだろうか。

これはわれわれふたりの手に余る大仕事だった。それをルイスは1時間ほどで片づけた。

ルイスが集めたクルーはとても愉快で友好的で有望だったため、以来、われわれはずっと考えているのだが、これはただ運がよかったということか、それともトレイルランナーには奇特にも心の広さとか、自ら名乗り出る習性があるということだろうか。ともあれルイスが擁するモデル要員は、本書に大きな影響をもたらしたので、今後はいつも彼らを『BORN 2』の愛すべき〝オリジナルキャスト〟だと考えることにしたい。

イマン・ウィルカーソン、イマニュエル・ルネス、カーマ・パーク、ザカリー・フリードリー、アレハンドラ・サントス、ジェナ・クローフォード、チャリス・ポプキー、パトリック・スウィーニー、最高のドッグトレーナーであるジェフ・クリントンとその娘オリヴィア、そしてあの長距離ランニングデュオ、マーカス・レンティとバットマン・ジ・アドベンチャー・ドッグだ。

だが、ルイスもさることながら、われらがハワイ人フォトグラファー、マヒナホクカウアイカモアナ・チョイ＝エリスはルイスを一歩リードし、カメラを仲間にハンドオフして自らレンズの前に飛び込んでみせた。われわれとしては世界じゅうの人に思い出してもらいたかったのだが、太平洋諸島の人々にはトレイルランニングの伝統があり、それは彼らの歴史にとってサーフィンよりも重要だ。だからハワイでは、その実現に向けてマヒナがまず強力なチームを編成し、ビーチサンダルを履いて（彼女の選択だ）泥をかき分けるようにしてロケーションを探した。その彼女がモデルと第一フォトグラファーの二刀流をこなした〈ＢＯＲＮ２・ハワイアン・アイランド・オールスターズ〉は以下の面々からなる。

シエナ・〝ビッグ・シエナ・エナジー〟・アキモ、スカイ・キクチ、カイマナ・ラモス、ダニエル・ガトウスキー、ダニエル・キンチ。

ベアフット・テッド・マクドナルドは、私がコルトンで合流しないかと誘ったとき、急を要する家族の用事が入っていたのだが、そのことを口にしたのは、列車で6時間かけてコルトンに到着し、オリジナルキャストのひとりひとりに特製ルナ・サンダルをつくったあとのことだった。私はテッドの〝幽玄《アストラル》モンキー〟頭脳にはとうていシンクロできないが、彼の特大のハートについては疑いをもっていない。同じことがビリー・バーネットと妻のアリックスにもいえる。この〝ボーンヘッド〟は自分の野蛮なドラムのビートに合わせて生きているが、私が〈オン・ザ・ラン〉のレシピや新米の親たちに向けたトレーニング上のアドバイスを求めたとき、彼とアリックスはすぐに協力して、素晴らしい知識を披露してくれた。新米ママのエレン・オーティスも同じで、彼女のベビージョガーの知識は自前のユーチューブチャンネル開設に値するものだ。

銅峡谷では、幸運にもアルヌルフォ・キマーレ、シルビーノ・クベサレ、マヌエル・ルナら、カバーヨのララムリ仲間たちから学ぶことができた。だが、それはわれわれの教育のはじまりだったにすぎない。バッキー・プレストンとデニス・プールへコに連れられ、高台《メサ》が並ぶホピ族の土地へロングランに出かけたある晩、月が昇り、遠くでコヨーテが吠えるなか、ふたりから祈りのランの手ほどきを受けて、私の考え方はにわかに、そして永久に変わることになった。その祖先から受け継がれた伝統では、あなたのランが無私の行為に転化するのだ。心の温かい、まさに独学によるチャンピオンだったデニス・プールヘコは、その夜から間もなく早すぎる死を迎えた。ただ彼が他界したあとも、われわれは幸運に恵まれ、ジョーダン・マリー・ブリングズ・スリー・ホワイト・ホースィズ・ダニエル（彼女は出産予定の週になってもなお私の質問に答えてくれた）や、ネイティブ・アメリカンのウェルネス研究者であるチェルシー・ルーガーとトッシュ・コリンズから学びつづけている。ふたりは親切にも堂々たる共著、『7つのサークル――善く生きるための先住民の教え（*The Seven Circles: Indigenous Teachings for Living Well*）』をいち早く読ませてくれた。

アイリーン・デイヴィス博士は長年にわたってわれわれのヒーローでありつづけてきた。理由はニール・ドグラース・タイソンとの配信で聴ける一歩も引かない姿勢だけではない。ベアノット・ムーブメントの利点を知ったとき、アイリーンは勇気とプロとしての誠実さをもって数十年におよぶ自身のバイオメカニクス研究を再検証し、以来、ランニングシューズ・マーケティングの集団催眠に対する抵抗運動をリードしてきた。彼女の研究は、フットウェアとフォームに関してわれわれの理解を形成する基盤となっている。ゴールデン・ハーパー、カート・マンソン、ケリーとジュリエット・スターレット、ネイサン・リーマン、エイミー・ストーンらの優れた才気と自己実験も同様だ。

そしてフィル・マフェトン博士もしかり。並外れた知識と業績をもつ人物でありながら、フィル・マフェトンは生涯一ヒッピーの内なる光を失わない。われわれはフィルと彼の妻が国を横断する旅の途中、RVをピーチ・ボトムのわが家に乗りつける抜き打ちの訪問でキッチンを占領し、友情と知恵に加えてご馳走をたっぷりふるまってくれることに感激してきた。そしてフィルはリック・ルービンと私を最初につないでくれた人でもある。リックとは朝食を兼ねたインタビューをするはずだったが、その直前にカバーヨが行方不明になったとの知らせを受け、キャンセルを余儀なくされていた。リックとスケジュールを組み直すのに10年近くかかり、ようやく実現したわけだが——これがとんでもない。リック・ルービンは大胆で、寛大で、随一のずば抜けた頭脳の持ち主だという噂はすべて、50パーセント引きで語られている。

リック・ルービンは手強いとの評判にもかかわらず、われらが新しい友人、レディ・サウスポー（別名エリン・モロイ）は臆することなく、音楽とともに走るというテーマで彼と議論した（間接的であるにしても！ 相手はリック・ルービンなのだ！）。レディ・サウスポーはその後、自身の主張を実行に移し、曲を書いてレコーディングしている。〈Born to Run Too〉——まさにわれわれのロックアンセムを！

キャリー・ヴィンソン、マーゴ・ワターズ（と協力者の夫ティム）、ルーシー・バーソロミューは、自宅のキッチンを〈BORN 2・テストラボ〉にしたばかりか、勇敢にもけがやメンタルヘルスとの戦いについて自身の体験を語ってくれた。私は以前、フランスのイベントでルーシーが話すのを直接聞いたことがあり、以来、彼女が書く言葉はすべて読むと誓っている。ウルトラランニングのスターであることは、むしろルーシーのいちばんつまらないところで、じつはとてつもないガッツとウィットを兼ね備えた才能あるストーリーテラーでもあるのだ。

ジュリー・エンジェルは映画製作者として活躍し、私がこれまでに見た最高の短篇パルクール映画のうち3本をつくったが、その後観察者から教師に転身し、ジャレド・タヴァソリアンと組んでムーブメント・スナックを開発している。ムーブメント・スナックはあまりにもランナーにうってつけなため、私は軽度の動悸に見舞われながらジュリーに『BORN TO RUN 2』への収録許可を願い出た。断られるのではないかと恐れたためだ――が、ジュリーはさすが、すぐに快諾したばかりか、ジャレドも誘ってムーブメント・スナックを以下の〈BORN 2・サンディエゴ〉のクルーに教えてくれた。

ジョナサン・ミルネス、ザカリー・フリードリー、イマン・ウィルカーソン、スティーヴン・エンリケス、ソニア・ルドン、トッド・バーネット、レスフォード・ダンカン。

〈BORN TO RUN〉アプリ用の映像制作には私が手ずから挑戦した。つまり、勇気あるボランティアたちに延々と〈ロック・ロブスター〉ドリルやウォールスクワットを繰り返してもらい、私はGoPro《ゴープロ》をいじっては撮り直したわけで、驚くほど素晴らしい動画に仕上がったのは、すべて以下の〈BORN 2・ランカスター班〉のたゆみない熱意のおかげだ。

レナイア・アイヴァン・フラワーズ、エライアス・デスティン・アヴィレス、ステラ・ウォイ、クリスティン・リー、アシュトン・クラッターバック、ジョーダン・ロビンソン、ルビー・ルブレスキー。

ビデオ撮影の合間には、トレイルを走り、アーミッシュ・カントリーのランニング仲間たち、〈ヴェラ・シュプリンガ〉と会うこともできた。彼らはデイヴィッド・エイプリルやフィッシュタウン・

ビアランナーズと並び、ローカルランニングクラブの意義について個人的にインスピレーションを与えてくれる存在だ。さらにジャスティン・ウィアタラにもわれわれは恩義がある。彼が監督した『ビアランナーズ（*Beer Runners*）』は、変化を生み出すランニングのパワーを描いた最高の映画だ。『炎』の走者たちの出番はない。

イマン・ウィルカーソンはデータベース〈The Run Down〉の創設者で、ランニングのあり方を静かに変えつつある革命に目を開かせてくれた人物だ。LGBTQ＋のランナーや有色人種のランナーたちが、業界に無視されなくなるのを待つのではなく、自分たちでサポートシステムをつくり、ストリートに繰り出している。われわれはつぎのようなクラブが見せてくれる喜びとひたむきさに心を打たれてきた。サンタ・ムヘーレス（Santa Mujeres）、ラン・デム・クルー（Run Dem Crew）、フロントランナーズ（FrontRunners）、トレイルブレイザーズ（TrailblazHers）、パイオニアーズ（Pioneers）、ブラック・メン・ラン（Black Men Run）、ブラック・ガールズ・ラン（Black Girls Run）、ラティーノズ・ラン（Latinos Run）、スワッガハウス（Swaggahouse）、ライオット・スクワッド（Riot Squad）、エイト・シックス・ゴー（Eight Six Go）は、毎週、どんな天候でも集まり、初参加のランナーの家族になって共同体《コミュニティ》が競争《コンペティション》よりも重要であることを示している。

それが本当のランナーたちの世界だ。

そして久しく待ち望まれてきたものだ。

自分の家族に耐えることを教えたいなら、本を書けばいい。保証しよう。あなたの愛する人たちは何か月も泣き言と自己憐憫にさらされ、家にあるおやつはいつ何時も無事ではなくなる。冗談ではなく、われわれは我慢のならない存在なのだ。だからこそ、この冒険にもう一度、ともに出発してくれた終生のトレイル仲間には、言葉にできないほど感謝している。ミシェル・ルックスとエンジェル・ルックス・オートン、ミカとマヤ、そしてソフィ・マクドゥーガル、ここにいたるすべての瞬間、すべての思い出、すべての一歩を楽しくしてくれてありがとう。

訳者あとがき

本国アメリカで2009年、日本では翌2010年に刊行された『BORN TO RUN 走るために生まれた――ウルトラランナーVS人類最強の〝走る民族〟』（原題 *Born to Run: A Hidden Tribe, Superathletes, and the Greatest Race the World Has Never Seen*）は、人間本来の走りを追求したノンフィクションであり、メキシコの秘境で繰り広げられた、走る民族〝ララムリ〟（タラウマラ族）と一流ウルトラランナーたちとのレースでクライマックスを迎える痛快な冒険物語だった。厚底の多機能シューズに反旗を翻《ひるがえ》し、裸足ランニングに脚光を当てて反響を呼んだ同書が、世界じゅうでベストセラーとなって十余年。かつては故障しがちだった著者クリストファー・マクドゥーガルの身体をウルトラマラソン仕様に鍛え直したコーチ、エリック・オートンを共著者に迎えた待望の一冊が本書、『BORN TO RUN 2――〝走る民族〟から学ぶ究極のトレーニングガイド』（原題 *Born to Run 2: The Ultimate Training Guide*）だ。

そう、まずこれはサブタイトルにあるとおり、実践的な決定版トレーニングガイドにほかならない。著者たちは第1部で本番前《プリゲーム》のムーブメント・スナック（ひと口サイズの運動）による可動域評価とウオームアップを済ませ、初心者《ビギナー》、道楽人《ダブラー》、熟練者《ベテラン》それぞれの準備段階について指南したのち、第2部で〈フリー・セブン〉というアスリートのための七本柱を解説していく。フード、フィットネス、フォーム、フォーカス、フットウェア、ファン、ファミリーだ（これにつづく章が「ファイナルレッスン」と、どれも〝f〟の音ではじまっているのが心憎い）。こうして印象的なエピソードをまじえつつ、必要なエクササイズやそのねらいを明確に示したあと、満を持して紹介されるのが、第3部14章の〈90日間ラン・フリー〉プログラムだ。ここでは一日ごとのトレーニングメニューが一覧表にまとめられているので、ぜひこれを使ってあなたのランを再起動《リブート》してほしい（ちなみにこのプログラムのアプリ版は、巻末に掲載されたＱＲコードからアクセスできる。英語のみで有料ではあるけれど、本書のトレーニングの実践に役立つので、挑戦してみるのも悪くないだろう）。そして最後はボーナス的に「故障」の章が設けられ、症状ごとのレメディ・スナック（簡単な改善策）や長期戦略で締めくくられる。アップデートされた至れり尽くせりな内容は、『ＢＯＲＮ　ＴＯ　ＲＵＮ』を読んで具体的なスキルについて興味をかき立てられた読者ならずとも、大いに参考にしたくなるにちがいない。

　といって、実用一本槍のトレーニング本ではなく、著者の軽妙な語り口はここでも楽しめる（跳びはねるエクササイズ〝ポゴホップ〟を説明する際、「モッシュピットを思い浮かべて。１９７９年のブロンディを思い浮かべて」とニューウェイヴファンの心をくすぐるのはほんの一例だ）。第6章「フード」で紹介されるレシピは、マフェトン・メソッドやクレタ島の地中海食やロカボ主体で、ウルトラランナー、スコット・ジュレクによる『ＥＡＴ＆ＲＵＮ』と比べたくなるし、ララムリのレシピも含まれるのは見逃せない。第11章「ファン」では、ランニングと音楽の関係をめぐってレッド・ホット・チリ・ペッパーズのフリーやプロデューサーのリック・ルービンらが議論を繰り広げるのに加え、ランニングの理想的なテンポを刻む代表曲として、B52sの〈Rock Lobster（ロック・ロブスター）〉がしきりに登場するのもおもしろい。『ダニエルズのランニング・フォーミュラ』（篠原美穂訳、前河洋一翻訳監修／ベースボール・マガジン社）で知られる名コーチ、ジャック・ダニエルズが発見したとおり、ランニングのケイデンス（歩調：1分あたりのステップ数で表す）は180が望ましいため、180bpm（片脚につき90bpm）前後の曲を聴きながら〝その場ランニング〟をするのが最適で、フォームの修正にも役立つという理屈だ。ここでは1960年代から2020年代にいたる幅広い曲がプレイリストにまとめられているので、そこから気に入った曲を選んでもいいし、もちろん、同じbpmなら好きな曲をかけてかまわない。リストといえば、第10章「フットウェア」で若者やアスリートたちのおすすめシューズが、ロード用とトレイル用に分けて詳しく紹介されているのも目を引くところだ。

　だが何よりうれしいのは、ここに原典『BORN TO RUN』で前面に押し出されたカバーヨ・ブランコやララムリの精神が息づいていることだろう。それは「楽に」「軽く」「スムーズに」といったキーワードに象徴されているし、そもそも〝ラン・フリー〟という旗印自体、カバーコがことあるごとに唱えていたマントラなのだ。かくして『BORN TO RUN 2』の名のとおり、この本ではカバーヨやベアフット・テッド、ビリー・〝ボーンヘッド〟・バーネット、ジェン・シェルトンら、第一作の登場人物たちのその後の人生が語られる。さらに、アメリカ先住民女性のために走るジョーダンや、前科のある元ボディビルダーのアリックス、アイデンティティに苦しんだカーマ、アダプティブトレイルランナーのザック、〈バットマン〉という名の雌の保護犬など、民族やジェンダーや種属さえも超えた、多様性のある新キャラクターたちとの出会いがあり、古い仲間との別れがあり、再会がある。どこか戦隊ものを思わせるカバー写真をはじめ、全篇を彩る図版の大多数を撮影したのは、『BORN TO RUN』以来の盟友、ルイス・エスコバーだ。

こうして『BORN TO RUN 2』というタイトルに落ち着いた経緯は「『BORN 2』の誕生」と題された本書の「謝辞」に譲るが、お読みいただければわかるように、この本はじつは〈BORN〉シリーズのエピソード3、あるいは4というべきなのかもしれない。マクドゥーガルにとっては、2作目の『ナチュラル・ボーン・ヒーローズ――人類が失った〃野生〃のスキルをめぐる冒険』（原題：*How a Daring Band of Misfits Mastered the Lost Secrets of Strength and Endurance*）や3作目の*Running with Sherman*（未訳）からの抜粋も盛り込まれ、ランニング三部作の集大成といった趣きさえあるからだ。

とすると、この〈ボーン〉シリーズはマット・デイモンが出てこないまま（『スプレマシー』や『アルティメイタム』とはちがって！）、ここで打ち止めとなるのだろうか？　それについてはなんともいえないが、孤高のランナーからはじまった物語は、ララムリの地元で開催される〈コッパー・キャニオン・ウルトラマラソン〉（第11章）に日本から参加した〃狂人ども《マス・ロコス》〃がいるように、多くの人に受け継がれている。第12章「ファミリー」で紹介される、太古の狩猟団《パック》に回帰するかのような疑似ファミリーが、ランニングクラブというカルチャーとして世界各地で広がりを見せているのも確かだ。

きっとあなたの街や山にもいるそんなランナーたちが新たな続篇を、いやそれぞれの本篇を紡いでいってくれたらいい。

２０２４年12月

1マイルのタイム	1速	2速	3速	4速	5速	6速	7速	8速
5:30	> 07:57	**7:57 7:25**	7:07 6:36	6:36 6:19	**6:23 6:03**	6:02 5:46	**5:45 5:30**	5:23 5.13
5:28	> 07:54	**7:54 7:22**	7:05 6:33	6:33 6:17	**6:20 6:00**	6:00 5:44	**5:43 5:28**	5:21 5:11
5:25	> 07:50	**7:50 7:18**	7:01 6:30	6:30 6:13	**6:17 5:57**	5:57 5:41	**5:40 5:25**	5:18 5:08
5:23	> 07:47	**7:47 7:16**	6:59 6:27	6:27 6:11	**6:15 5:55**	5:54 5:39	**5:38 5:23**	5:16 5:06
5:20	> 07:43	**7:43 7:12**	6:55 6:24	6:24 6:08	**6:12 5:52**	5:51 5:36	**5:35 5:20**	5:14 5:04
5:18	> 07:40	**7:40 7:09**	6:53 6:21	6:21 6:05	**6:09 5:49**	5:49 5:33	**5:33 5:18**	5:12 5:02
5:15	> 07:36	**7:36 7:05**	6:49 6:18	6:18 6:02	**6:06 5:46**	5:46 5:30	**5:30 5:15**	5:09 4:59
5:13	> 07:34	**7:34 7:02**	6:47 6:15	6:15 5:59	**6:04 5:44**	5:44 5:28	**5:28 5:13**	5:07 4:57
5:10	> 07:30	**7:30 6:58**	6:43 6:12	6:12 5:56	**6:01 5:41**	5:41 5:25	**5:25 5:10**	5:04 4:54
5:08	> 07:27	**7:27 6:55**	6:41 6:09	6:09 5:54	**5:58 5:38**	5:39 5:23	**5:23 5:08**	5:02 4:52
5:05	> 07:23	**7:23 6:51**	6:37 6:06	6:06 5:50	**5:55 5:35**	5:36 5:20	**5:20 5:05**	4:59 4:49
5:03	> 07:20	**7:20 6:49**	6:35 6:03	6:03 5:48	**5:53 5:33**	5:33 5:18	**5:18 5:03**	4:57 4:47
5:00	> 07:16	**7:16 6:45**	6:31 6:00	6:00 5:45	**5:50 5:30**	5:30 5:15	**5:15 5:00**	4:55 4:45

1マイルのタイム	1速	**2速**	3速	4速	**5速**	6速	**7速**	8速
6:30	> 09:18	**9:18** **8:46**	8:19 7:48	7:48 7:28	**7:29** **7:09**	7:05 6:49	**6:45** **6:30**	6:20 6:10
6:28	> 09:15	**9:15** **8:43**	8:17 7:45	7:45 7:26	**7:26** **7:06**	7:03 6:47	**6:43** **6:28**	6:18 6:08
6:25	> 09:11	**9:11** **8:39**	8:13 7:42	7:42 7:22	**7:23** **7:03**	7:00 6:44	**6:40** **6:25**	6:15 6:05
6:23	> 09:08	**9:08** **8:37**	8:11 7:39	7:39 7:20	**7:21** **7:01**	6:57 6:42	**6:38** **6:23**	6:13 6:03
6:20	> 09:04	**9:04** **8:33**	8:07 7:36	7:36 7:17	**7:18** **6:58**	6:54 6:39	**6:35** **6:20**	6:11 6:01
6:18	> 09:01	**9:01** **8:30**	8:05 7:33	7:33 7:14	**7:15** **6:55**	6:52 6:36	**6:33** **6:18**	6:09 5:59
6:15	> 08:57	**8:57** **8:26**	8:01 7:30	7:30 7:11	**7:12** **6:52**	6:49 6:33	**6:30** **6:15**	6:06 5:56
6:13	> 08:55	**8:55** **8:23**	7:59 7:27	7:27 7:08	**7:10** **6:50**	6:47 6:31	**6:28** **6:13**	6:04 5:54
6:10	> 08:51	**8:51** **8:19**	7:55 7:24	7:24 7:05	**7:07** **6:47**	6:44 6:28	**6:25** **6:10**	6:01 5:51
6:08	> 08:48	**8:48** **8:16**	7:53 7:21	7:21 7:03	**7:04** **6:44**	6:42 6:26	**6:23** **6:08**	5:59 5:49
6:05	> 08:44	**8:44** **8:12**	7:49 7:18	7:18 6:59	**7:01** **6:41**	6:39 6:23	**6:20** **6:05**	5:56 5:46
6:03	> 08:41	**8:41** **8:10**	7:47 7:15	7:15 6:57	**6:59** **6:39**	6:36 6:21	**6:18** **6:03**	5:54 5:44
6:00	> 08:37	**8:37** **8:06**	7:43 7:12	7:12 6:54	**6:56** **6:36**	6:33 6:18	**6:15** **6:00**	5:52 5:42
5:58	> 08:34	**8:34** **8:03**	7:41 7:09	7:09 6:51	**6:53** **6:33**	6:31 6:15	**6:13** **5:58**	5:50 5:40
5:55	> 08:30	**8:30** **7:59**	7:37 7:06	7:06 6:48	**6:50** **6:30**	6:28 6:12	**6:10** **5:55**	5:47 5:37
5:53	> 08:28	**8:28** **7:56**	7:35 7:03	7:03 6:45	**6:48** **6:28**	6:26 6:10	**6:08** **5:53**	5:45 5:35
5:50	> 08:24	**8:24** **7:52**	7:31 7:00	7:00 6:42	**6:45** **6:25**	6:23 6:07	**6:05** **5:50**	5:42 5:32
5:48	> 08:21	**8:21** **7:49**	7:29 6:57	6:57 6:40	**6:42** **6:22**	6:21 6:05	**6:03** **5:48**	5:40 5:30
5:45	> 08:17	**8:17** **7:45**	7:25 6:54	6:54 6:36	**6:39** **6:19**	6:18 6:02	**6:00** **5:45**	5:37 5:27
5:43	> 08:14	**8:14** **7:43**	7:23 6:51	6:51 6:34	**6:37** **6:17**	6:15 6:00	**5:58** **5:43**	5:35 5:25
5:40	> 08:10	**8:10** **7:39**	7:19 6:48	6:48 6:31	**6:34** **6:14**	6:12 5:57	**5:55** **5:40**	5:33 5:23
5:38	> 08:07	**8:07** **7:36**	7:17 6:45	6:45 6:28	**6:31** **6:11**	6:10 5:54	**5:53** **5:38**	5:31 5:21
5:35	> 08:03	**8:03** **7:32**	7:13 6:42	6:42 6:25	**6:28** **6:08**	6:07 5:51	**5:50** **5:35**	5:28 5:18
5:33	> 08:01	**8:01** **7:29**	7:11 6:39	6:39 6:22	**6:26** **6:06**	6:05 5:49	**5:48** **5:33**	5:26 5:16

1マイルの タイム	1速	**2速**	3速	4速	**5速**	6速	**7速**	8速
8:00	> 11:19	**11:19 10:48**	10:07 9:36	9:36 9:12	**9:08 8:48**	8:39 8:24	**8:15 8:00**	7:46 7:36
7:55	> 11:12	**11:12 10:41**	10:01 9:30	9:30 9:06	**9:02 8:42**	8:34 8:18	**8:10 7:55**	7:41 7:31
7:50	> 11:06	**11:06 10:34**	9:55 9:24	9:24 9:00	**8:57 8:37**	8:29 8:13	**8:05 7:50**	7:36 7:26
7:45	> 10:59	**10:59 10:27**	9:49 9:18	9:18 8:54	**8:51 8:31**	8:24 8:08	**8:00 7:45**	7:31 7:21
7:40	> 10:52	**10:52 10:21**	9:43 9:12	9:12 8:49	**8:46 8:26**	8:18 8:03	**7:55 7:40**	7:27 7:17
7:35	> 10:45	**10:45 10:14**	9:37 9:06	9:06 8:43	**8:40 8:20**	8:13 7:57	**7:50 7:35**	7:22 7:12
7:30	> 10:39	**10:39 10:07**	9:31 9:00	9:00 8:37	**8:35 8:15**	8:08 7:52	**7:45 7:30**	7:17 7:07
7:25	> 10:32	**10:32 10:00**	9:25 8:54	8:54 8:31	**8:29 8:09**	8:03 7:47	**7:40 7:25**	7:12 7:02
7:20	> 10:25	**10:25 9:54**	9:19 8:48	8:48 8:26	**8:24 8:04**	7:57 7:42	**7:35 7:20**	7:08 6:58
7:15	> 10:18	**10:18 9:47**	9:13 8:42	8:42 8:20	**8:18 7:58**	7:52 7:36	**7:30 7:15**	7:03 6:53
7:10	> 10:12	**10:12 9:40**	9:07 8:36	8:36 8:14	**8:13 7:53**	7:47 7:31	**7:25 7:10**	6:58 6:48
7:05	> 10:05	**10:05 9:33**	9:01 8:30	8:30 8:08	**8:07 7:47**	7:42 7:26	**7:20 7:05**	6:53 6:43
7:00	> 09:58	**9:58 9:27**	8:55 8:24	8:24 8:03	**8:02 7:42**	7:36 7:21	**7:15 7:00**	6:49 6:39
6:58	> 09:55	**9:55 9:24**	8:53 8:21	8:21 8:00	**7:59 7:39**	7:34 7:18	**7:13 6:58**	6:47 6:37
6:55	> 09:51	**9:51 9:20**	8:49 8:18	8:18 7:57	**7:56 7:36**	7:31 7:15	**7:10 6:55**	6:44 6:34
6:53	> 09:49	**9:49 9:17**	8:47 8:15	8:15 7:54	**7:54 7:34**	7:29 7:13	**7:08 6:53**	6:42 6:32
6:50	> 09:45	**9:45 9:13**	8:43 8:12	8:12 7:51	**7:51 7:31**	7:26 7:10	**7:05 6:50**	6:39 6:29
6:48	> 09:42	**9:42 9:10**	8:41 8:09	8:09 7:49	**7:48 7:28**	7:24 7:08	**7:03 6:48**	6:37 6:27
6:45	> 09:38	**9:38 9:06**	8:37 8:06	8:06 7:45	**7:45 7:25**	7:21 7:05	**7:00 6:45**	6:34 6:24
6:43	> 09:35	**9:35 9:04**	8:35 8:03	8:03 7:43	**7:43 7:23**	7:18 7:03	**6:58 6:43**	6:32 6:22
6:40	> 09:31	**9:31 9:00**	8:31 8:00	8:00 7:40	**7:40 7:20**	7:15 7:00	**6:55 6:40**	6:30 6:20
6:38	> 09:28	**9:28 8:57**	8:29 7:57	7:57 7:37	**7:37 7:17**	7:13 6:57	**6:53 6:38**	6:28 6:18
6:35	> 09:24	**9:24 8:53**	8:25 7:54	7:54 7:34	**7:34 7:14**	7:10 6:54	**6:50 6:35**	6:25 6:15
6:33	> 09:22	**9:22 8:50**	8:23 7:51	7:51 7:31	**7:32 7:12**	7:08 6:52	**6:48 6:33**	6:23 6:13

1マイルのタイム	1速	2速	3速	4速	5速	6速	7速	8速
10:00	> 14:01	14:01 13:30	12:31 12:00	12:00 11:30	11:20 11:00	10:45 10:30	10:15 10:00	9:40 9:30
9:55	> 13:54	13:54 13:23	12:25 11:54	11:54 11:24	11:14 10:54	10:40 10:24	10:10 9:55	9:35 9:25
9:50	> 13:48	13:48 13:16	12:19 11:48	11:48 11:18	11:09 10:49	10:35 10:19	10:05 9:50	9:30 9:20
9:45	> 13:41	13:41 13:09	12:13 11:42	11:42 11:12	11:03 10:43	10:30 10:14	10:00 9:45	9:25 9:15
9:40	> 13:34	13:34 13:03	12:07 11:36	11:36 11:07	10:58 10:38	10:24 10:09	9:55 9:40	9:21 9:11
9:35	> 13:27	13:27 12:56	12:01 11:30	11:30 11:01	10:52 10:32	10:19 10:03	9:50 9:35	9:16 9:06
9:30	> 13:21	13:21 12:49	11:55 11:24	11:24 10:55	10:47 10:27	10:14 9:58	9:45 9:30	9:11 9:01
9:25	> 13:14	13:14 12:42	11:49 11:18	11:18 10:49	10:41 10:21	10:09 9:53	9:40 9:25	9:06 8:56
9:20	> 13:07	13:07 12:36	11:43 11:12	11:12 10:44	10:36 10:16	10:03 9:48	9:35 9:20	9:02 8:52
9:15	> 13:00	13:00 12:29	11:37 11:06	11:06 10:38	10:30 10:10	9:58 9:42	9:30 9:15	8:57 8:47
9:10	> 12:54	12:54 12:22	11:31 11:00	11:00 10:32	10:25 10:05	9:53 9:37	9:25 9:10	8:52 8:42
9:05	> 12:47	12:47 12:15	11:25 10:54	10:54 10:26	10:19 9:59	9:48 9:32	9:20 9:05	8:47 8:37
9:00	> 12:40	12:40 12:09	11:19 10:48	10:48 10:21	10:14 9:54	9:42 9:27	9:15 9:00	8:43 8:33
8:55	> 12:33	12:33 12:02	11:13 10:42	10:42 10:15	10:08 9:48	9:37 9:21	9:10 8:55	8:38 8:28
8:50	> 12:27	12:27 11:55	11:07 10:36	10:36 10:09	10:03 9:43	9:32 9:16	9:05 8:50	8:33 8:23
8:45	> 12:20	12:20 11:48	11:01 10:30	10:30 10:03	9:57 9:37	9:27 9:11	9:00 8:45	8:28 8:18
8:40	> 12:13	12:13 11:42	10:55 10:24	10:24 9:58	9:52 9:32	9:21 9:06	8:55 8:40	8:24 8:14
8:35	> 12:06	12:06 11:35	10:49 10:18	10:18 9:52	9:46 9:26	9:16 9:00	8:50 8:35	8:19 8:09
8:30	> 12:00	12:00 11:28	10:43 10:12	10:12 9:46	9:41 9:21	9:11 8:55	8:45 8:30	8:14 8:04
8:25	> 11:53	11:53 11:21	10:37 10:06	10:06 9:40	9:35 9:15	9:06 8:50	8:40 8:25	8:09 7:59
8:20	> 11:46	11:46 11:15	10:31 10:00	10:00 9:35	9:30 9:10	9:00 8:45	8:35 8:20	8:05 7:55
8:15	> 11:39	11:39 11:08	10:25 9:54	9:54 9:29	9:24 9:04	8:55 8:39	8:30 8:15	8:00 7:50
8:10	> 11:33	11:33 11:01	10:19 9:48	9:48 9:23	9:19 8:59	8:50 8:34	8:25 8:10	7:55 7:45
8:05	> 11:26	11:26 10:54	10:13 9:42	9:42 9:17	9:13 8:53	8:45 8:29	8:20 8:05	7:50 7:40

ペース - ギア換算早見表

※注意　速度ゾーンは1マイル(1609.344メートル)あたりの分:秒で表す。

1マイルの タイム	1速	**2速**	3速	4速	**5速**	6速	**7速**	8速
12:00	> 16:43	**16:43 16:12**	14:55 14:24	14:24 13:48	**13:32 13:12**	12:51 12:36	**12:15 12:00**	11:34 11:24
11:55	> 16:36	**16:36 16:05**	14:49 14:18	14:18 13:42	**13:26 13:06**	12:46 12:30	**12:10 11:55**	11:29 11:19
11:50	> 16:30	**16:30 15:58**	14:43 14:12	14:12 13:36	**13:21 13:01**	12:41 12:25	**12:05 11:50**	11:24 11:14
11:45	> 16:23	**16:23 15:51**	14:37 14:06	14:06 13:30	**13:15 12:55**	12:36 12:20	**12:00 11:45**	11:19 11:09
11:40	> 16:16	**16:16 15:45**	14:31 14:00	14:00 13:25	**13:10 12:50**	12:30 12:15	**11:55 11:40**	11:15 11:05
11:35	> 16:09	**16:09 15:38**	14:25 13:54	13:54 13:19	**13:04 12:44**	12:25 12:09	**11:50 11:35**	11:10 11:00
11:30	> 16:03	**16:03 15:31**	14:19 13:48	13:48 13:13	**12:59 12:39**	12:20 12:04	**11:45 11:30**	11:05 10:55
11:25	> 15:56	**15:56 15:24**	14:13 13:42	13:42 13:07	**12:53 12:33**	12:15 11:59	**11:40 11:25**	11:00 10:50
11:20	> 15:49	**15:49 15:18**	14:07 13:36	13:36 13:02	**12:48 12:28**	12:09 11:54	**11:35 11:20**	10:56 10:46
11:15	> 15:42	**15:42 15:11**	14:01 13:30	13:30 12:56	**12:42 12:22**	12:04 11:48	**11:30 11:15**	10:51 10:41
11:10	> 15:36	**15:36 15:04**	13:55 13:24	13:24 12:50	**12:37 12:17**	11:59 11:43	**11:25 11:10**	10:46 10:36
11:05	> 15:29	**15:29 14:57**	13:49 13:18	13:18 12:44	**12:31 12:11**	11:54 11:38	**11:20 11:05**	10:41 10:31
11:00	> 15:22	**15:22 14:51**	13:43 13:12	13:12 12:39	**12:26 12:06**	11:48 11:33	**11:15 11:00**	10:37 10:27
10:55	> 15:15	**15:15 14:44**	13:37 13:06	13:06 12:33	**12:20 12:00**	11:43 11:27	**11:10 10:55**	10:32 10:22
10:50	> 15:09	**15:09 14:37**	13:31 13:00	13:00 12:27	**12:15 11:55**	11:38 11:22	**11:05 10:50**	10:27 10:17
10:45	> 15:02	**15:02 14:30**	13:25 12:54	12:54 12:21	**12:09 11:49**	11:33 11:17	**11:00 10:45**	10:22 10:12
10:40	> 14:55	**14:55 14:24**	13:19 12:48	12:48 12:16	**12:04 11:44**	11:27 11:12	**10:55 10:40**	10:18 10:08
10:35	> 14:48	**14:48 14:17**	13:13 12:42	12:42 12:10	**11:58 11:38**	11:22 11:06	**10:50 10:35**	10:13 10:03
10:30	> 14:42	**14:42 14:10**	13:07 12:36	12:36 12:04	**11:53 11:33**	11:17 11:01	**10:45 10:30**	10:00 9:58
10:25	> 14:35	**14:35 14:03**	13:01 12:30	12:30 11:58	**11:47 11:27**	11:12 10:56	**10:40 10:25**	10:03 9:53
10:20	> 14:28	**14:28 13:57**	12:55 12:24	12:24 11:53	**11:42 11:22**	11:06 10:51	**10:35 10:20**	9:59 9:49
10:15	> 14:21	**14:21 13:50**	12:49 12:18	12:18 11:47	**11:36 11:16**	11:01 10:45	**10:30 10:15**	9:54 9:44
10:10	> 14:15	**14:15 13:43**	12:43 12:12	12:12 11:41	**11:31 11:11**	10:56 10:40	**10:25 10:10**	9:49 9:39
10:05	> 14:08	**14:08 13:36**	12:37 12:06	12:06 11:35	**11:25 11:05**	10:51 10:35	**10:20 10:05**	9:44 9:34

■ 写真クレジット

Luis Escobar
（カバー。本文：p.6-7,11,13,16,19,29,36,47,50,53,55,60,68-69,108,123-124,127-128,131-134,140,146下,149,151,156-157,159-160,163,166,200,208,240,243,269,325,332,360,364-365,369,372,374,376,380,382,384,386,398端）
Mahinahokukauikamoana Choy-Ellis
（p.9,71,75,86,117,170,197,216,246,248,261,305,311,341）
Jo Savage（p.23,320）
Julie Angel（p.35,39,57,58,61-65,136-137,224）
Griselda Madrigal（p.44：壁画アート）
Devin Whetstone（p.44：写真）
Brittany Gilbert（p.112）
Mikey Brown（p.114）
Alyx Barnett（p.99,270）
Eric Orton（p.102,338-339）
Joshua Lynotte（p.104）
Courtesy of Lucy Bartholomew（p.106）
Christopher McDougall（p.111,154）
Courtesy of Ted McDonald（p.146上）
Sheridan Marie Park（p.228）
Tyler Tomasello（p.236）
Elam King（p.263）
Kaimana Ramos（p.266）
Jeff Davis（p.269）
Anna Albrecht（p.273）
Emily Osuna（p.287）
Zach Hetrick（p.291,293）
Gini Woy（p.344, 398中央）

THE 90 DAY RUN FREE PROGRAM APP

〈90日間ラン・フリー〉プログラム用アプリ

〈90日間ラン・フリー〉プログラムを実行するには、
以下のQRコードをスマートフォンでスキャンし、
〈90日間ラン・フリー〉プログラムアプリ（90 Day Run Free Program）を
ダウンロードしよう。＊英語のみ。有料（2024年12月時点）

このトレーニングアプリはあなたの進捗を記録し、
毎日のワークアウトを自動的に呼び出す。
エリック・コーチの指導動画やトレーニングのヒントもあるから、
〈ラン・フリー〉の全スキルのやり方を思い出せるはずだ。

◉著者
Christopher McDougall
クリストファー・マクドゥーガル
作家・ジャーナリスト。AP通信の外国特派員としてルワンダやアンゴラの戦争取材を行い、その後*Men's Health*誌のライター兼編集者となる。著書に『BORN TO RUN 走るために生まれた』『ナチュラル・ボーン・ヒーローズ』（ともにNHK出版）など。ウルトラマラソン・ランナーでもある。20年にわたるペンシルヴェニア州郊外での生活をへて、現在は妻の出身州ハワイに暮らす。

Eric Orton
エリック・オートン
ワイオミング州出身のアドベンチャースポーツコーチ。『BORN TO RUN 走るために生まれた』にも登場し、故障しがちな著者クリストファー・マクドゥーガルの身体をウルトラマラソン向けに鍛え直した。著書に*The Cool Impossible*がある。

◉訳者
近藤隆文（こんどう・たかふみ）
翻訳家。一橋大学社会学部卒業。訳書に『BORN TO RUN 走るために生まれた』クリストファー・マクドゥーガル（NHK出版）、『ほんとうのランニング』マイク・スピーノ（木星社）、『自閉症のぼくは書くことで息をする』ダーラ・マカナルティ（辰巳出版）、『BREATH 呼吸の科学』ジェームズ・ネスター（早川書房）、『フランク・デリク81歳 素晴らしき普通の人生』J・B・モリソン（三賢社）など多数。

校正：河本乃里香
本文組版：アーティザンカンパニー
編集：川上純子　塩田知子

BORN TO RUN 2
″走る民族″から学ぶ究極のトレーニングガイド

2025年1月25日　第1刷発行

著　者　クリストファー・マクドゥーガル
　　　　エリック・オートン
訳　者　近藤隆文
発行者　江口貴之
発行所　NHK出版
〒150-0042 東京都渋谷区宇田川町10-3
電話　0570-009-321（問い合わせ）
　　　0570-000-321（注文）
ホームページ　https://www.nhk-book.co.jp
印　刷　近代美術
製　本　ブックアート

Printed in Japan
ISBN978-4-14-081982-1 C0098